HEYNE <

Das Buch

»Wie viel Zeit brauchst du denn, um Gottes willen?«, stößt Antoine hervor.

Es bricht mir das Herz, ihn in so einem Zustand zu sehen. Ich flüstere: »Sechs Monate.« Er senkt den Kopf, um zu überlegen, aber auch, damit ich nicht erkennen kann, ob er meiner Bitte nachgeben wird. Er lässt sich Zeit, bevor er antwortet, atmet tief ein.

»Gut, Meredith. Okay, ich gebe dir sechs Monate, um deine Entdeckungsreise durchzuführen und dann zu mir zurückzukehren. Aber ich warne dich: Ich halte es keinen EINZIGEN Tag länger aus!«

Ich mag es, wenn er den harten Mann spielt. Ich gehe auf ihn zu und umarme ihn und ignoriere dabei seine mürrische Miene.

»Noch etwas«, fügt er hinzu.

»Sag's mir …«

»Während dieser Zeit möchte ich dich mindestens einmal sehen.«

»Versprochen.«

Antoine und Meredith lieben sich, seit sie sich das erste Mal begegnet sind. Eine gemeinsame Wohnung ist nach einiger Zeit der logische nächste Schritt für die beiden. Eigentlich. Denn Meredith packen plötzlich die Zweifel. Und sie schlägt ein gefährliches Experiment vor, eines, von dem weder sie noch Antoine wissen, wie es ausgehen wird …

Die Autorin

Raphaëlle Giordano hat Angewandte Kunst in Paris studiert. Nachdem sie lange in der Werbebranche tätig war, arbeitet sie heute als Malerin und Coach. Sie hat mehrere Sachbücher zu den Themen Persönlichkeitsentwicklung und emotionale Intelligenz veröffentlicht. Ihr erster Roman, »Dein zweites Leben beginnt, wenn du verstehst, du hast nur eins!«, wurde in Frankreich auf Anhieb zum Bestseller.

RAPHAËLLE
GIORDANO

Du und ich und Amors Pfeile

AUS DEM FRANZÖSISCHEN
VON ANTOINETTE GITTINGER

WILHELM HEYNE VERLAG
MÜNCHEN

Die Originalausgabe *Cupidon a des ailes en carton*
erschien erstmals 2019 bei Éditions Eyrolles, Éditions Plon, Paris

FSC
www.fsc.org
MIX
Papier aus verantwortungsvollen Quellen
FSC® C014496

Penguin Random House Verlagsgruppe FSC® N001967

Deutsche Erstausgabe 02/2022

in der Penguin Random House Verlagsgruppe GmbH,
Neumarkter Str. 28, 81673 München
Redaktion: Joscha Faralisch
Printed in Germany
Umschlaggestaltung: t.mutzenbach design, München,
unter Verwendung von Motiven von Shutterstock
(Magnia_Punkte, windesign, suns07butterfly,
Anastasiia Veretennikova, Gannie)
Satz: Leingärtner, Nabburg
Druck und Bindung: GGP Media GmbH, Pößneck
ISBN: 978-3-453-42498-2

www.heyne.de

Und wenn das Geheimnis der großen Liebe darin bestünde,
dem anderen den Spiegel vorzuhalten,
damit er das erkennen kann,
was am schönsten an ihm ist?

»Das Verb lieben ist schwer zu konjugieren:
Seine Vergangenheit ist nicht einfach,
seine Gegenwart nur unverbindlich,
und seine Zukunft ist immer bedingt.«

Jean Cocteau

Kein Wort ist zu groß, zu verrückt, wenn es ihr gilt
Ich stelle sie mir vor, in einem Kleid aus Wolkenfäden
Und eifersüchtig gebe ich dem Engel seine Flügel zurück
Den Schwalben ihren Schmuck
Auf der Erde glauben die Blumen,
sie seien verbannt worden

Louis Aragon, *Les Yeux d'Elsa*

Paris

SZENE 1

Meredith

Eine vornehme Einladungskarte, die höchsten ästhetischen Ansprüchen gerecht wird. Seidig glänzendes, perlfarbenes Papier und eine elegante Typografie. Antoines Name, in Goldlettern und Kursivschrift aufgedruckt, springt sofort ins Auge. Mein Name taucht dagegen nicht einmal auf. Begleitpersonen spielen hier wohl keine Rolle! Antoine wendet sich mir zu und lächelt. Er ahnt nicht, welche Gedanken mir durch den Kopf gehen. Seitdem wir in diese schwarze Limousine mit den getönten Scheiben gestiegen sind, haben wir noch kein Wort miteinander gewechselt, doch seine Hand hat meine nicht eine Sekunde lang losgelassen. Diese sanfte Berührung ist das Einzige, was mir die nötige Kraft für diesen Abend verleiht.

Der Chauffeur öffnet die Tür, und Antoine reicht mir höflich den Arm. Aus einer Limousine zu steigen ist eine Kunst für sich, wenn man dabei ein langes Abendkleid trägt, eine Stola, die ständig verrutscht, und noch dazu gefährlich instabile High Heels. Die Gäste strömen herbei. Jeder Einzelne von ihnen meldet sich bei den Empfangsdamen, die die Namen derjenigen abhaken, die Einlass in diesen prestigeträchtigen Raum erhalten.

Die Gastgeberin lächelt Antoine zu. Ihr Gebiss ist makellos weiß – ist es möglich, solche Zähne zu haben? Dann wendet sie sich mir zu, mit diesem prüfenden Blick, der sofort mein Hochstapler-Syndrom aktiviert.

»Und Sie sind Madame …?«

Antoine tut die Frage mit einer raschen Geste ab.

»Madame begleitet mich.«

»In diesem Fall …«

Sie lässt uns vorbei und wünscht mir mit dieser gekünstelten Höflichkeit, die mich immer auf die Palme bringt, einen schönen Abend.

Wir befinden uns auf einer Benefizgala für die Bewahrung des kulturellen und künstlerischen Erbe Frankreichs. Die gesamte Schickeria hat sich eingefunden, bunt zusammengewürfelte Gäste aus den unterschiedlichsten Bereichen. Star-Moderatoren, Politiker, Leute von Welt, reiche Erben, Vorsitzende von börsennotierten Unternehmen, Intellektuelle und Künstler. Und ich … ich, die ich nur ein ganz kleines Ich bin.

Seit gut einer halben Stunde nippen wir an unserem Willkommensdrink und stehen unter all diesen Leuten, das Champagnerglas in der Hand, mit wachsamem Blick hier und da grüßend, vor allem aber, um eventuelle Bekannte zu erspähen und sie zu begutachten. Antoine ist ganz in seinem Element. Da er einen angesehenen Posten bei einem der größten Rundfunksender Frankreichs bekleidet, kennt er hier jeden, der Rang und Namen hat.

»Alles in Ordnung, Liebes?«, haucht er mir ins Ohr.

Wie könnte ich es wagen, ihn zu enttäuschen? Es hatte ihm so am Herzen gelegen, dass ich ihn begleite! Und er scheint so stolz darauf zu sein, mich vorstellen zu können. Ein Paar nähert sich, und ich erkenne sofort die Moderatorin einer bekannten Fernsehsendung. Sie hat sich bei einem berühmten Sportler eingehakt.

»Antoine!«

Es folgt eine überschwängliche Begrüßung, die eine gewisse Vertrautheit vorgaukeln möchte, aber trotz aller Bemühungen nicht echt wirkt. Schließlich bemerken sie mich und werfen mir einen fragenden Blick zu. *Wer ist die denn?*

»Das ist meine Lebensgefährtin Meredith«, verkündet Antoine voller Stolz.

Die Moderatorin mustert mich von Kopf bis Fuß. Sie kramt in ihrer Erinnerung nach irgendeinem Anhaltspunkt; fragt sich, woher sie mich kennen könnte. Doch ohne Ergebnis.

»Und was tun Sie so im Leben, Meredith?«

»Ich bin Schauspielerin …«

»Ah, sehr schön.« Dabei kneift sie die Augen zusammen, und ihr Blick wird gallig. Ich tue so, als entginge mir ihr Sarkasmus, als sie ihr Gift verspritzt.

»Und wo haben Sie so mitgespielt?«

Voll ins Schwarze getroffen!

Die letzten fünf Jahre meines ziellosen Herumruderns treiben mir die Scham in die Wangen und überziehen sie mit Röte. Die Frau lässt ihren Finger noch für ein paar weitere Momente in der Wunde meiner Minderwertigkeitskomplexe liegen, sie scheint geradezu ein boshaftes Vergnügen daran zu haben! Warum sollte sie auch nicht die Gelegenheit nutzen? Ist doch eine willkommene Ablenkung von der Langweile dieses angespannten Ambientes. Ich leere mein Champagnerglas in einem Zug.

Endlich wird zum Dinner gebeten. Doch ich sitze nicht neben Antoine! Über die Pflanzendekoration hinweg, die eine Barriere zwischen den Reihen der Gäste bildet und jegliche Unterhaltung unmöglich macht, wirft er mir einen enttäuschten Blick zu. Meine einzig möglichen Gesprächspartner sind meine beiden

Nachbarn zur Linken und zur Rechten. Auf der einen Seite sitzt eine distinguiert wirkende Person, die wohl von Anfang an beschlossen hat, mir den Rücken zuzuwenden und mir zur Unterhaltung nur ihren gewaltigen Haarknoten anzubieten. Bleibt noch mein Nachbar auf der anderen Seite, ein grauhaariger Herr mittleren Alters, der mit genügend Selbstbewusstsein ausgestattet ist, um sich mir gegenüber sofort ein paar Anzüglichkeiten herauszunehmen.

Für einen kurzen Moment halte ich seiner lüsternen Bedrängnis stand. Doch als ich es nicht mehr aushalte, stehe ich auf, um mich in die menschenleere Toilette zu flüchten. Dort schließe ich mich in einer Kabine ein. Ich würde am liebsten für immer hierbleiben und nie mehr hinausgehen. Dann betreten zwei Damen die Toilette. Sie frischen ihr Make-up auf und unterhalten sich über Gott und die Welt. Ich erkenne die Stimme der Moderatorin von vorhin. Offensichtlich bietet ihr diese kurze Pause eine Gelegenheit, um die Gäste in Gedanken Revue passieren zu lassen. Jeder Einzelne wird mit einer ätzenden Bemerkung bedacht. Es ist wie im Film. Antoine und ich bilden da keine Ausnahme. Vor allem ich nicht. Und ihr Urteil ist gnadenlos: Ich sei ein hübsches Mädchen, aber eine zweitklassige Schauspielerin, die jedoch fein heraus ist, weil sie sich eine gute Partie geangelt hat …

Ich bin kurz davor, mich zu übergeben. Nach einer gefühlten Ewigkeit verlassen die beiden endlich die Toilette. Ich strafe sie Lügen: Denn als ich wieder mit Antoine zusammentreffe, erweise ich mich als erstklassige Schauspielerin: Ich lächle ihn an und lasse mir nichts anmerken.

SZENE 2

Meredith

Ich stoße die Türen des Massagesalons auf, der in einem kleinen Gässchen meines Viertels liegt, mitten im 19. Arrondissement von Paris. Seit Tagen schon denke ich jedes Mal, wenn ich daran vorbeilaufe: Ich brauche dringend eine Massage. Seit dem Galadinner spüre ich Verspannungen im Rücken, und bekanntlich lügt der Körper nicht. Die Benefizveranstaltung hat viele Dinge in mir wieder aufgewirbelt, die ich lieber hätte ruhen lassen. Doch jetzt, da sie wieder an die Oberfläche gedrungen sind, läuft bei mir nichts mehr normal …

Der Salon ist zwar winzig, aber eine wahre Wohlfühloase, ausgestattet mit Geschmack und Raffinesse. Eine gewisse Lamaï wird sich um mich kümmern. Die junge Frau geleitet mich zum Behandlungsraum, der mit einer Buddha-Statue und Kerzen dekoriert ist. Im Hintergrund ist sanfte Musik zu hören, alles ist in gedämpftes Licht getaucht. Gerne nehme ich diese Einladung zur Entspannungsreise an, um mir eine Atempause zu gönnen. Ich entkleide mich rasch. Lamaï klopft an die Tür. Ihre einnehmende Stimme, ihr sanfter Blick und ihre zarte Berührung beruhigen mich sofort. Sie lächelt und fordert mich auf, mich hinzulegen. Der Duft von ätherischen Ölen umhüllt mich, ihre Hände machen sich an die Arbeit.

Während Lamaï geschickt meine Verspannungen lockert, bringt

sie mich nicht weniger behutsam dazu, auch meine Zunge zu lösen.

»Ich weiß nicht mehr, wo ich stehe«, höre ich mich sagen. »Ich bin gerade in einer schwierigen Phase …«

Anfangs kommen mir die Worte nur schwer über die Lippen. Doch dann, beseelt von dem wohligen Gefühl, das sich in mir ausbreitet, sprudeln sie nur so aus mir heraus.

»Ich liebe … einen Mann. Aber … Es ist seltsam, denn es gelingt mir trotzdem nicht, mich dabei in meiner Haut wohlzufühlen. Obwohl er mich auch liebt! Gegenseitige Liebe ist so selten, finden Sie nicht?«

Lamaï stimmt mir schweigend zu, sie will mein Eingeständnis nicht durch überflüssige Worte unterbrechen. Sie ist es wohl gewohnt, sich die Gemütszustände unbekannter Kundinnen anzuhören. Wohlwollend lauscht sie meinen Worten, und ich lasse mich von ihrer stillen Anteilnahme davontragen.

»Wissen Sie, ich habe keinen Grund, stolz auf mich selbst zu sein. Ich habe das Gefühl, ein Niemand zu sein …«

»Wie kommen Sie darauf, ein *Niemand* zu sein?«, hakt Lamaï nach.

»Nun, er hat sich bereits seinen Platz im Leben erkämpft, er ist erfolgreich. Aber meine Karriere steckt noch in den Kinderschuhen. Und wer weiß, ob ich es je schaffe, aus seinem Schatten herauszutreten?«

»Erlauben Sie mir eine Bemerkung: Sie *sind* schon jemand.«

Ich seufze tief, innerlich zerrissen.

»Nun ja, aber noch lange nicht diejenige, die ich gern wäre. Ich habe das Gefühl, nur ein Entwurf, eine Skizze meiner selbst zu sein, verstehen Sie?«

Im Halbdunkel habe ich das Gefühl, dass die Masseurin, die im Augenblick auch meine Psychologin ist, lächelt.

»In Asien sind wir besonders empfänglich für den Reiz des Unvollendeten, des Unfertigen …«

Das ist leichter gesagt als getan. Ich möchte nicht einzig und allein durch seinen Blick existieren! Auch verspüre ich nicht die geringste Lust, von ihm abhängig zu sein, um mich lebendig zu fühlen.

»Solange man sich nicht selbst gefunden hat, ist es schwierig, jemand anderen zu lieben.«

Lamaïs Worte bleiben einen Augenblick lang im Raum stehen. Sie lösen etwas in mir aus. Da die Anwendung zu Ende ist, zieht sie sich zurück und lässt mich in der halbdunklen Nische allein. Ich nehme mir Zeit, um mich zu sammeln. In Gedanken lasse ich einige der Männer vor Antoine Revue passieren und erinnere mich an meine gescheiterten Liebesgeschichten. Ich habe sie mehr oder weniger selbst sabotiert, indem ich es immer wieder geschafft habe, die Männer durch Zweifel und verborgene Komplexe abzuschrecken. Werde ich zulassen, dass meine Beziehung mit Antoine dasselbe Schicksal erleidet?

Ich horche in mich hinein. Nein. Dafür liebe ich ihn zu sehr. Ich muss lernen, ein eigenständiges Leben führen. Nur wie?

Während ich mich ankleide, nimmt eine verrückte, kühne und gewagte Idee in meinem Kopf langsam Form an.

SZENE 3

Antoine

»Ich muss mit dir reden«, hatte sie gesagt. Für gewöhnlich kein gutes Zeichen, wenn deine Partnerin mit so etwas ankommt. Aber in diesem Moment hatte ich ihren Worten keine Bedeutung beigemessen, denn auch ich musste mit ihr reden. Voller Vorfreude auf die Überraschung, die ich ihr bereiten wollte, hatte ich die Gegenwinde nicht gespürt. Das war vor sechs Stunden, in einem anderen Leben – dem Leben *vor* ihrer Ankündigung.

Im Augenblick sitzen Meredith und ich an meinem festlich gedeckten Tisch, der plötzlich allen Glanz für mich verloren hat. Der perlende Champagner, der Lachs und die Kerzen ... die ganze Aufmachung erscheint plötzlich lächerlich, in einem Zuhause, das in Kürze unser gemeinsames hätte werden sollen. Ich war kurz davor, ihr meine Zweitschlüssel zu geben, damit sie bei mir einziehen kann. Damit wollte ich ihr zeigen, dass ich es ernst meine! Doch vielleicht ist genau das das Problem.

Meredith ist noch nicht bereit. Das versucht sie mir gerade mit allen Mitteln zu erklären. Aber das kann den Schmerz, der mich wie ein Messer durchbohrt, nicht lindern.

Sie möchte sich Zeit lassen, um sich selbst zu finden, ihren eigenen Weg zu gehen und in einer besseren Verfassung zu mir zurückzukehren. Ihre Vision: Sie möchte ihre nächste Gastspielreise nutzen, um sie als eine Art »Love Tour« zu gestalten: eine

Reise, um wieder zu mir und zu uns zu finden – eine Reise der Liebe. Als ob man dazu eine Reise machen könnte …

Ich verstehe lediglich, dass sie sich von mir entfernen wird. Und dann verstehe ich gar nichts mehr. Ungläubig starre ich auf ihre Lippen, die sich bewegen und mir sagen, wie leidenschaftlich sie mich liebt. Und gerade deswegen wolle sie diese Liebe nicht aufs Spiel setzen. Die Worte schießen wie ein Schrei aus ihr heraus, kommen direkt aus ihrem Herzen. Auch sie scheint zu leiden. Aber warum, um Gottes willen, tun wir uns das dann an?

Wie hypnotisiert von ihren eigenen Worten redet sie immer weiter, sagt Dinge wie: Sie wolle unserer Liebe gewachsen sein. Ihrer Meinung nach muss man sich eine echte Liebe erst verdienen, sich darauf vorbereiten … Sie habe den Eindruck, im Vergleich zu mir nur ein Entwurf, eine Rohfassung von dem zu sein, was sie sein könnte, und diese Vorstellung findet sie unerträglich. Am liebsten würde ich ihr entgegenrufen, dass sie sich täuscht, aber wie soll ich gegen eine derart fest verankerte Vorstellung ankommen? Sie sagt, sie könne einfach nicht stolz auf sich selbst sein und ist vollkommen davon überzeugt, dass dieser Mangel an Selbstbewusstsein ihre Gefühle zwangsläufig zerrütten würde. Ihre fehlende Selbstachtung würde unsere Beziehung immer mehr belasten und sie letztendlich zerstören. Meredith erklärt es mir so: »Du hast schon alles. Du wirst geachtet, bist anerkannt.« Ich sei ja schließlich der Produzent beliebter Rundfunksendungen. Dann kommt sie auf die Benefizveranstaltung zu sprechen, die wir vor Kurzem gemeinsam besucht haben, und beschreibt das Unbehagen, das sie empfindet, wenn ich sie anderen vorstelle. Sie erklärt mir, wie sehr es sie nervt, wenn man sie fragt, *in welchem Stück sie denn schon aufgetreten sei.* Auch, dass sie das verlegene oder spöttische Lächeln, mit dem man sie ihrer Meinung nach bedenkt, nicht mehr erträgt. Das ist dieser verdammte

Minderwertigkeitskomplex, den sie seit ein paar Jahren wie eine schwere Last mit sich herumschleppt, nachdem ihre Familie, die der Provinz-Bourgeoisie angehört, nicht akzeptieren wollte, dass sie Künstlerin wird, und ihr seitdem die kalte Schulter zeigt. Vergeblich versuche ich, ihr klarzumachen, dass ich an sie glaube, auch wenn sie im Augenblick noch nicht den »großen Durchbruch« geschafft hat! Doch sie möchte erst »jemand« werden, bevor sie sich in das Abenteuer stürzt, ihr Leben mit einem anderen Menschen zu verbringen, der dann »der Eine« sein soll. Dieser andere Mensch bin ich. Eins und eins macht drei, doch sie glaubt noch nicht daran. Gerne würde ich ihr erklären, dass ich mich nicht an ihrem kleinen Mangel an emotionaler Reife störe, sondern gut damit zurechtkomme. Es stimmt schon – man würde sie nicht für eine Frau von zweiunddreißig Jahren halten, mit ihren kindlichen Marotten, die sie wie widerspenstige Sommersprossen unter einem Erwachsenenhabitus zu kaschieren versucht, mit ihrer Überempfindlichkeit, dem seltsamen Vergnügen, das sie dabei empfindet, die Prinzessin auf der Erbse zu spielen, und mit ihren Anfällen von Größenwahn, die ich aufs Korn nehme, indem ich den Gockel vor ihr spiele, um sie zum Lachen zu bringen. Ich genieße ihr einzigartiges Lachen, das meine Tage mit Farbe und Würze erfüllt, und meine Nächte mit ihr noch viel mehr – ihre samtweiche Haut, die ich wie ein verrückt gewordener Barjavel bis ans Ende meiner Tage liebkosen würde …

Verrückt geworden, das ist es. Es ist verrückt.

Die Ader auf meiner Stirn pocht im Takt meiner Verzweiflung.

Ich betrachte sie, diese Närrin, diese Gauklerin – meine Geliebte. Wie schön sie doch ist, wenn sie die Fassung verliert.

Siebenunddreißig Jahre lang habe ich darauf gewartet, sie zu finden. Alle meine Beziehungen vor ihr sind in meiner Erinnerung verblasst, seit sie mit einem einzigen Blick, mit nichts weiter als ihrem Lächeln, alles andere in den Hintergrund gedrängt hat. Und jetzt, nachdem ich endlich die Liebe meines Lebens gefunden habe, möchte sie das Weite suchen, mich verlassen? Das Leben macht keinen Sinn.

Meredith setzt ihre aus absurden Argumenten bestehende Überlegung fort.

»Ich tue das, weil ich dich liebe«, ruft sie schließlich. »Ich muss das Risiko eingehen, dich zu verlieren, um mich selbst zu finden und danach in besserer Verfassung wieder auf dich zuzugehen, verstehst du?«

Noch nie habe ich einen solchen Unsinn gehört. Ich muss sagen, für eine noch ziemlich unerfahrene Schauspielerin besitzt sie bereits einen beachtlichen Sinn für Dramatik.

»Wir bleiben auf jeden Fall in Kontakt«, versucht sie mich zu beruhigen.

»Ach so, dann ist ja gut«, erwidere ich verbittert. »Kann ich vielleicht sogar mit ein paar SMS rechnen?«

»Antoine! Es wird nicht so schlimm werden, das verspreche ich dir. Du wirst sehen, wir telefonieren und schreiben uns Mails und SMS … unsere Nachrichten und Gespräche werden uns wie der Faden der Ariadne den Weg weisen. Dass wir uns eine Weile nicht sehen, bedeutet nicht das Ende unseres Begehrens, unserer Liebe – im Gegenteil. Wir könnten diesen Mangel sogar lieben lernen …«

Noch einmal schöpfe ich Hoffnung und versuche, sie zur Vernunft zu bringen, indem ich sie behutsam an den Schultern packe und schüttle.

»Meredith, wir sind hier nicht auf der Bühne. Du fantasierst … Du teilst mir eiskalt mit, dass du mich im Stich lässt, um irgendwelchen existenziellen Fragen in Bezug auf dich, mich, das Leben, die Liebe und wer weiß was noch auf den Grund zu gehen?«

»Du verstehst das nicht …«

»Ah ja? Verzeih, dass ich es tatsächlich nicht verstehe.«

»Antoine, ich lasse dich doch nicht im Stich. Ich tue es, weil du im Mittelpunkt all meiner Zukunftspläne stehst, weil ich *über alle Maßen* an dir hänge und unserer Liebe die Chance geben will, ein gutes Ende zu nehmen«.

»Und ich? Glaubst du denn nicht, dass auch ich *über alle Maßen* an dir hänge? Hast du überhaupt die geringste Ahnung, was du mir gerade antust? Schau mich an!«

Ich fasse sie energisch am Kinn, um sie zu zwingen, mich anzusehen. Sie versucht, sich meinem Griff zu entziehen. Eine verräterische Träne rollt über ihre Wange. Mir wird etwas leichter ums Herz. Ich wusste bisher nicht, wie viel sie für mich empfindet.

Und plötzlich schwankt mein Widerstand, meine Vorbehalte lösen sich in nichts auf. Meine Stimme streicht wie eine Liebkosung über ihre Lippen. Ich hauche ihr tausendmal *Ich liebe dich* gegen den Hals, bis sie erschaudert. Meine Meredith! Sie ist unglaublich sensibel, wie eine Stradivari.

Meredith

Noch ein gehauchtes *Ich liebe dich*, und ich verliere jegliche Würde ihm gegenüber. Ich beiße die Zähne zusammen, um das Schluchzen, das sich in mir aufbaut, zu unterdrücken. Er darf mir nicht noch mehr Dinge zuflüstern, die mir die Tränen in die Augen treiben.

»Sei still!«

»Niemals.«

Antoine! Wenn ich ihn zehnmal k. o. schlagen würde, würde er sich elfmal wieder aufrappeln. Ich mag diese Hartnäckigkeit an ihm. Ich blicke in seine klaren dunkelbraunen Augen mit dem bernsteinfarbenen Schimmer. Unwillkürlich fahre ich mit der Hand durch sein dichtes, seidiges braunes Haar, was einen wohligen Schauder in mir auslöst.

Unsere Lippen verschmelzen. Ich schmiege mich an ihn, fühle mich wie ein Schiff, das seinen Hafen wiederfindet. Wie soll ich es nur schaffen, mich von ihm loszulösen?

Aber mein schlimmster Albtraum geistert mir wieder durch den Kopf: Ich sehe mich in fünf Jahren, festgefahren in bürgerlicher Routine, »die Frau von …«, die man belächelt, wenn sie von ihrer Karriere redet, die nicht einmal eine Karriere in Anführungszeichen ist, sondern löchrig wie ein Schweizer Käse, bei dem nicht einmal eine Maus etwas zum Nagen finden würde. Und das zu Recht. Die reizende kleine Gattin, die dem Mann, den sie liebt, zwei Kinder geschenkt hat. Natürlich schuftet er viel. Natürlich muss einer der beiden mehr auf dem Posten sein, um die kleine Familie zu unterhalten. Ihr hübsches Kleid ist weder mit Strass noch mit Pailletten verziert, sondern mit der Marmelade, die ihr Baby darauf ausgespuckt hat. Ihre Nägel sind so kurz, dass kein Nagellack mehr draufpasst. Es ist praktischer so. Und der Blick ihres geliebten Mannes wird von Tag zu Tag ausdrucksloser, wenn er sie ansieht … Unsere Liebe darf so nicht enden. Nicht unsere Liebe, nicht bei uns!

Also muss ich nach Lösungen suchen. Natürlich versteht er mich im Augenblick nicht. Aber ich muss stark sein für zwei …

Ich löse mich aus seiner Umklammerung.

»Antoine, ich gehe jetzt«, sage ich so entschlossen wie möglich. »Ich gehe jetzt, aber ich komme wieder, das schwöre ich dir.«

»Wann?«

»Ich weiß nicht … Ich …«

»Meredith, das ist zu vage, das ertrage ich nicht. Das, was du mir da aufzwingst, ist ohnehin schon am Rande des Erträglichen. Ich liebe dich, aber ich kann nicht ewig auf dich warten. Das tut zu weh …«

Mit zusammengepressten Kiefern schenkt er sich noch ein Glas Champagner ein und leert es in einem Zug. Dann irrt er im Zimmer umher, als versuche er, seine Angst zu vertreiben. Ich betrachte ihn besorgt und ringe um eine Lösung.

»Ein Jahr und einen Tag«, verkünde ich plötzlich, als handle es sich um die Aufbewahrungsfrist von Fundsachen. »Ein Jahr und einen Tag, dann gehöre ich dir für immer.«

»Meredith, schlägst du mir da grade einen Countdown vor? Du hast wirklich Sinn für Theatralik …«

Trotz seiner Verärgerung scheint er über meinen Vorschlag nachzudenken, auch wenn ihm dieser nicht zu gefallen scheint. Gegen das Fenster gelehnt, kehrt er mir zunächst den Rücken zu, dreht sich dann jedoch ruckartig um.

»Meredith, sei realistisch. Das ist viel zu lange, das halt ich nicht aus.«

Innerlich stimme ich ihm zu. Antoine hat einen anderen Vorschlag.

»Warum nicht 80 Tage? Wie bei Phileas Fogg in Jules Vernes' Roman?«

Ich sehe, wie ein Hoffnungsschimmer in seinen Augen aufblitzt. Also überschlage ich das Ganze: Es wären weniger als drei Monate. Ich betrachte ihn und ziehe voll Bedauern die Mundwinkel runter.

»Ich fürchte, das wäre zu kurz, Liebling.«

Er ist enttäuscht.

»Wie viel Zeit brauchst du denn, um Gottes willen?«, stößt er hervor.

Es bricht mir das Herz, ihn in so einem Zustand zu sehen. Ich flüstere: »Sechs Monate.« Er senkt den Kopf, um zu überlegen, aber auch, damit ich nicht erkennen kann, ob er meiner Bitte nachgeben wird. Er lässt sich Zeit, bevor er antwortet, atmet tief ein.

»Gut, Meredith. Okay, ich gebe dir sechs Monate, um deine Entdeckungsreise durchzuführen und dann zu mir zurückzukehren. Aber ich warne dich: Ich halte es keinen EINZIGEN Tag länger aus!«

Ich mag es, wenn er den harten Mann spielt. Ich gehe auf ihn zu und umarme ihn und ignoriere dabei seine mürrische Miene.

»Noch etwas«, fügt er hinzu.

»Sag's mir …«

»Während dieser Zeit möchte ich dich mindestens einmal sehen.«

»Versprochen.«

Er stößt einen herzerweichenden Seufzer aus.

»Meredith, bist du dir wirklich sicher, dass du das alles willst?«

Ich spüre, wie die Wärme seines Körpers sich gefährlich verlockend auf meiner Haut ausbreitet, und fürchte, meine Entschlossenheit könnte ins Wanken geraten. Sanft schiebe ich ihn von mir.

»Ganz sicher.«

Ich tue so, als würde ich den Schleier von Traurigkeit, der sich über seine Augen legt, nicht wahrnehmen.

»Hast du jetzt besser verstanden, warum ich das alles versuchen will?«

Er betrachtet mich mit unendlicher Zärtlichkeit.

»Ja.«

Ich weiß, welche Überwindung es ihn kostet, mir diese Art

von Segen zu erteilen. Es ist sein Abschiedsgeschenk, damit ich beruhigt meiner Wege ziehen kann. In diesem Augenblick liebe ich ihn umso mehr.

Schnell. Bevor ich meine Meinung ändere, muss ich mich jetzt schnell von ihm verabschieden.

Er nimmt mich ein letztes Mal in die Arme. Als ich mich umwende, um mich von ihm zu lösen, sind unsere Hände immer noch ineinander verschlungen, aber wir reißen uns jetzt endgültig voneinander los.

Mit zitternden Knien greife ich nach meinem Mantel und eile aus dem Zimmer. Auf der Türschwelle drehe ich mich um, um ihm einen letzten Blick zuzuwerfen. Nicht unbedingt eine gute Idee. Hastig ergreife ich die Flucht.

Auf der Straße klappern meine Absätze auf dem Kopfsteinpflaster. Das Geräusch untermalt rhythmisch die vielen Gedanken, die mir durch den Kopf schwirren und mir einhämmern: *Du bist verrückt. Völlig verrückt.*

Einem letzten Impuls folgend blicke ich zum zweiten Stockwerk hoch. Er ist da, halb verborgen hinter dem schweren Vorhang. Ich könnte schwören, dass eine Träne in seinem Augenwinkel glitzert. Ich fühle mich innerlich zerrissen und schleiche mich wie eine Diebin davon, mit einer seltsamen Beute – einer unvollendeten Liebesgeschichte, die nach Ablauf von sechs Monaten noch wertvoller … oder völlig wertlos sein wird.

Es regnet. Nein, es sind meine Tränen.

In meiner Manteltasche vibriert es. Eine SMS. Von ihm. Zum ersten Mal seit unserem Abschied vor fünfzehn Minuten atme ich wieder durch und lese:

»Geh und lebe – und komm zu mir zurück.«

Formulieren kann er. Doch seine Talente beschränken sich

keineswegs darauf. Ich befinde mich nun im Exil, so wie in dem Film *Geh und lebe* von Radu Mihaileanu.

Das Besondere daran ist aber, dass es meine Entscheidung war, dass ich es so wollte …

»Als ich das bittre Brot des Bannes aß.« Danke, Shakespeare. Ich hatte nicht mit diesem Geschmack von Stahl im Mund gerechnet. Und von rostigem Metall! Man sollte Kaugummis mit dieser Geschmacksnote herstellen. Ich habe diesen Sturm selbst heraufbeschworen, aber im Augenblick bin ich nicht bereit dafür. In dieser Situation kommt mir nur ein Name in den Sinn: Rose.

Ich wähle ihre Nummer. Als sie meine Stimme hört – ich bin kurz davor zu weinen –, bedarf es keiner weiteren Erklärungen.

»Komm sofort her!«, befiehlt sie.

Ich lasse mich nicht zweimal bitten, sondern springe ins nächstbeste Taxi und fahre zu meiner Klempnerin für gebrochene Herzen.

SZENE 4

Rose

Als Meredith vor der Tür steht, wirkt sie völlig aufgelöst. Ich nehme sie in die Arme und drücke sie an mein Herz. Gegen zwei Airbags voller Zärtlichkeit.

»Mein Gott, meine Süße, wie siehst du denn aus? Komm schnell rein, du bist ja völlig durchgefroren.«

»Danke, Rose, ist lieb von dir …«

»Psst, sei leise, Késia schläft nebenan.«

Meine kleine Prinzessin soll nicht gestört werden. Denn das würde wieder drei Geschichten und zwei Abzählreime bedeuten – vorher schläft sie nicht ein.

Meredith kommt wie selbstverständlich herein, zieht ihre High Heels aus, um es bequem zu haben, und kuschelt sich auf das Sofa. Sie kennt sich hier aus.

»Warum plärrrrst du?«

»Psst, Roméo. Sei still!«

Roméo ist mein Kakadu. Ein rosafarbener Prachtkerl, den ich zum fünfzehnten Geburtstag geschenkt bekommen habe. Zwanzig Jahre in Liebe und Einvernehmen verbinden uns jetzt. Roméo ist das zweite Königskind hier im Haus. Ich liebe ihn sehr, zumal er kein gewöhnlicher Papagei ist. Seine kognitiven Fähigkeiten sind überdurchschnittlich, deshalb wird er regelmäßig von einem Team von Wissenschaftlern begutachtet, die ihn allen möglichen

Tests unterziehen. Ich lasse es zu, solange es ihn zu amüsieren scheint. Da er besonders empfänglich für Gefühle ist, versteht er auf Anhieb, dass mit meiner Freundin etwas nicht stimmt. Mit drei Flügelschlägen flattert er zu ihr.

»Na, wie geht's, meine Süße?«, krächzt er.

Meredith schenkt dem rosafarbenen Vogel mit den grauen Flügeln ein klägliches Lächeln. Er zeigt sich von seiner besten Seite, indem er seinen Erdbeer-Tagada-Kamm, wie ihn meine Tochter nennt, aufplustert. Mit einer Hand streichelt Meredith über sein Gefieder und versucht mit der anderen, die Mascaraspuren auf ihren Wangen wegzuwischen.

Ich seufze, halb aus Mitleid, halb aus Ärger, denn trotz der großen Zuneigung, die ich für Meredith empfinde, verstehe ich sie nicht: Sie hat diesen absurden Plan, Antoine zu verlassen, um sich auf diese seltsame Reise zu sich selbst zu begeben. Ich habe ihr das nicht gesagt, um sie nicht zu kränken, aber ich bleibe skeptisch …

Wenn jeder so lange warten würde, bis er bereit für die große Liebe und ein gemeinsames Leben ist, gäbe es auf dem Planeten Erde nicht mehr viele Paare. Ehrlich gesagt … glaube ich vor allem, dass sie Muffensausen bekommen hat. Antoine schien es ernst zu meinen. Ich frage mich sogar, ob er nicht im Begriff war, ihr einen Antrag zu machen! Aber Meredith ist noch nicht reif genug, um den großen Sprung ins Eheleben zu wagen. Nein, wirklich nicht.

Wir haben stundenlang über diese Geschichte diskutiert, bis uns der Kopf schwirrte. Und ich, mit meinem gesunden Menschenverstand, kann nicht begreifen, warum sie diese Beziehung nicht *einfach genießt*, ganz ohne Rückversicherung. Einem Mann wie Antoine begegnet man nicht alle Tage! Wenn ich daran denke, dass ich die beiden einander vorgestellt habe.

Ich habe versucht, Meredith zur Vernunft zu bringen, sie vor den Risiken gewarnt. Keine Chance! Meredith ist davon überzeugt, dass ihr hirnrissiger Plan wohlbegründet ist. Nur diese *Love Tour* und ihre ausgiebige innere Erkundungsreise würden die Geheimnisse einer wahren Liebe enthüllen, die, wie im Märchen oder in einem Hollywoodfilm, Bestand haben und ein glückliches Ende finden würde. Ich aber kann mich des Eindrucks nicht erwehren, dass es sich dabei vor allem um eine Flucht nach vorne handelt.

Doch wenn ich sie so zusammengekauert auf dem Sofa sehe, ein erbarmungswürdiges Häufchen Elend, habe ich Mitleid mit ihr. Ich werde noch etwas abwarten und sie dann fragen, was passiert ist …

»Was willst du denn trinken, Liebes? Kaffee oder Tee mit viel Rum?«

Etwas Humor ist stets heilsam. Mein Großvater Victorin aus Martinique hat mir das immer gepredigt.

Merediths Stimmung bessert sich allmählich.

»Tee mit Rum, bitte.«

Immerhin ist sie noch nicht ganz neben der Spur, das lässt hoffen.

Ich begebe mich in die Küche, um das beruhigende, wenn auch etwas ungewöhnliche Getränk zuzubereiten.

Ich kenne Meredith seit fünf Jahren. Sie ist nicht nur eine Freundin, sondern auch eine Schwester für mich. Und zurzeit auch meine Bühnenkollegin. Wir sind sozusagen unzertrennlich. Damals, als sie beim Schauspielunterricht in der Rue Frochot aufkreuzte, wirkte sie ziemlich abgebrannt, aber auch irgendwie unwiderstehlich und zog damit jeden in ihren Bann. Natürlich vor allem die Männer. Ich glaube, einer nach dem anderen hat sich damals in sie verliebt. Auch ich fand sie, wie alle anderen, umwerfend. Nicht hübsch im herkömmlichen Sinne, sondern auf eine ergreifende Art und Weise, *auch wenn sie sich selbst dessen nicht unbedingt bewusst war.* Ihre kastanienbraunen Haare mit den weizenblonden Reflexen fallen ihr kaskadenartig auf die Schultern, wobei ihr fransiger Schnitt einen ungestylten Eindruck vermittelt. Ihr Mund sieht aus, als habe ihn Rodin gemeißelt. Und dann sind da noch ihre kleine Stupsnase mit den unauffälligen Sommersprossen und ihre smaragdgrünen Augen … Zum Glück bewahren ihre winzigen Brüste und ihre abgeknabberten Fingernägel sie davor, mit ihrer Schönheit allzu sehr zu provozieren. Damals hatte ich zwei Optionen: sie zu hassen oder sie zu meiner besten Freundin zu machen. Ich habe mich für die zweite Option entschieden.

Der Teekessel pfeift, und ich höre, wie das Wasser darin sprudelt. Ich nehme zwei Teebeutel und gieße in jeden Becher einen guten Schluck Rum. Damit könnte man Tote erwecken!

Meredith steht in der Tür.

»Kann ich dir helfen?«

»Nein, kuschel dich schnell wieder unter deine Decke, ich bin gleich da.«

Ich blicke ihr nach und lächle innerlich. Niemand kennt die seltsamen Widersprüchlichkeiten dieser kleinen Frau besser als ich. Mal ist sie die Katze, mal die Pantherin … Zärtlich und heftig. Schüchtern und kess. Alles zusammen und dann wieder genau das Gegenteil. Eine seltsame Mischung, die niemanden unberührt lässt. Am merkwürdigsten sind die unverkennbaren Überreste ihrer bürgerlicher Erziehung, die sie mit rebellischen Eigenschaften und einem hitzigen Charakter, der jedoch durch ihre eingebildeten Minderwertigkeitskomplexe gedämpft wird, in Einklang zu bringen versucht.

Ich erinnere mich an ihre ersten Auftritte auf der Bühne. Vor jedem Textabschnitt, den sie vor der Gruppe rezitieren musste, grub sie ihre künstlichen Fingernägel in meinen Vorderarm, denn sie hatte panische Angst. Ihr Lampenfieber macht ihr schwer zu schaffen, und dennoch war und ist die Bühne ihr Rettungsanker! Später erfuhr ich, dass sie in einem Anflug von Rebellion ihrem Heimatort und ihrer Familie den Rücken gekehrt hatte. Ihre Eltern stellten sich gegen ihre Schauspielpläne, die sich schlecht mit ihrer Vorstellung *eines ordnungsgemäßen Lebens* vereinbaren ließen. Studium, Karriere, Heirat, Kinder … die sogenannte Normalität – was für ein übles Wort! Doch immerhin, sie hatte es versucht. Um ihren Eltern zu gefallen, hatte sie drei Jahre lang an der Universität von Lille Wirtschafts- und Sozialwissenschaften studiert. Sie hatte sich in eine Uniform gezwängt, die ihr nicht passte, und nicht sofort bemerkt, dass sie darin verkümmerte und sich Jahr für Jahr selbst verriet. Das Ganze endete in einer schlimmen Depression. Einer echten Depression, bei der man nicht mehr aufstehen möchte und bei der eine Runde um die Häuser bereits einer olympischen Disziplin gleichkommt. Eine Folge der übermäßigen Anpassung, des Gefallenwollens. Nachdem sie über einige Monate ihr Leben wie ein Schatten in einer Atmosphäre der familiären Kritik und der Selbstzerstörung gefristet hatte, war der Tod ihrer geliebten Großmutter der heilsame Auslöser für ihre Rebellion. Die alte Dame, ihre engste Vertraute, war die Einzige, die schon früh das Talent ihrer Enkelin entdeckt hatte. Unermüdlich ermunterte sie Meredith, es mit der Schauspielerei zu versuchen. Doch schließlich musste ihre Omi sie für immer verlassen. Ich bin davon überzeugt, dass dieses Ereignis Meredith ermutigt hat, sich endgültig von ihrem Elternhaus zu lösen und es zu wagen, das Leben zu führen, von dem sie immer geträumt hatte: das Leben einer Gauklerin.

Ich kehre mit den beiden dampfenden Bechern ins Wohnzimmer zurück und stelle sie auf den Couchtisch. Dann werfe ich Meredith einen eindringlichen Blick zu und fordere sie auf:

»Nun erzähl!«

Meredith

Meine Rose. Als sie mir vorhin die Tür geöffnet hat, überrollte mich eine Welle der Dankbarkeit. In wenigen Jahren ist sie für mich Mutter, Schwester und Freundin zugleich geworden. Sie ist wie eine »Vielzweckfamilie« für mich, eine Familie für alle Fälle. Ich weiß auch nicht, woran es liegt, aber Rose gehört zu den wenigen Menschen, bei deren bloßem Anblick man gute Laune bekommt. Sie ist ein ein Meter achtzig langer Sonnenstrahl; nicht zu übersehen.

Als sie mir jetzt so liebenswürdig und geduldig zuhört, während ich ihr von meinem Galadinner berichte, fällt mein Blick auf ihr faszinierendes krauses Haar, das wie ein Glorienschein ihren Kopf umrahmt.

Wie schön sie ist! Ihre Mutter hat sie zu Ehren der Sängerin Calypso Rose so getauft. Sie verehrte sie sehr und konnte von ihren Liedern nicht genug bekommen; ließ sich von der Heiterkeit dieser »Cesária Évora der Karibik« und ihrem fröhlichen Gesang anstecken.

Als ich ihr von meinem Gespräch mit Antoine berichte, füllen sich meine Augen mit Tränen, und ich sehe, wie sie die ihren zusammenkneift und die haselnussfarbenen Pupillen vor Verärgerung funkeln.

»Siehst du nicht, in welche Verfassung dich das versetzt? Dein Vorhaben schlägt mir schlichtweg aufs Gemüt. Man könnte meinen, es mache dir Spaß, dir das Leben zu verderben …«

Ihre Kreolen bewegen sich im Rhythmus ihrer Entrüstung. Ich bin gerührt, dass sie sich solche Sorgen um mich macht.

»Das ist es nicht, Rose … Glaube mir, ich habe das von allen Seiten beleuchtet. Auch wenn es sehr hart werden wird, sehe ich in dieser Reise die einzige Lösung, um den Rückzug anzutreten, um zu verstehen, weshalb ich mich so blockiere, und um herauszufinden, ob unsere Liebe eine Chance hat …«

Sie murrt, wenig überzeugt. Und ich trinke einen Schluck von dem heißen Tee.

»Pass auf«, warnt mich meine innere Stimme. »Es reicht, dass du dir wegen der Liebe die Flügel verbrennst, da muss nicht noch mehr dazukommen.«

Eine Tür wird geöffnet, und eine Kinderstimme flüstert:

»Mama! Was ist los?«

Rose stößt ein paar Flüche auf Kreolisch aus. Késia ist aufgewacht! Ich war wohl zu laut. Die Kleine ist so süß in ihrem Nachthemd mit dem aufgedruckten Einhorn. Sie hat ihr Lieblingsstofftier, einen Hasen, fest an sich gedrückt. Ihm fehlt ein Ohr, und sein Fell ist kaum noch vorhanden. Im Lauf von fünf Jahren hat er in Késias Armen allerhand mitgemacht.

»Warum schläfst du nicht? Morgen in der Schule fallen dir die Augen zu. Also marsch, zurück ins Bett.«

Rose packt ihr verirrtes Schäfchen mit einem geschickten Griff und nimmt die Kleine huckepack. Der Kontrast zwischen Rose und ihrer Tochter ist frappierend. Késia wirkt in den großen Armen ihrer Mama wie eine kleine Krabbe. Eine Krabbe mit milchweißer Haut, langen kastanienbraunen Haaren, die glatt wie Savannengras sind, und großen blauen Augen. Nichts lässt darauf schließen, dass sie Rose' Tochter ist. Wie oft schon hat sich meine Freundin geärgert, weil man sie für die Babysitterin hielt! Die Gesetze der Genetik bleiben ein Geheimnis … Das kleine Mädchen scheint ganz seinem Vater nachzuschlagen, einem attraktiven schwedischen Steward. Während eines Aufenthalts in Paris hat er Rose verführt. Sobald er aber von ihrer Schwangerschaft erfuhr, machte er sich aus dem Staub. Késia schlingt ihre mageren Beinchen um die breiten Hüften ihrer Mutter und klammert sich an sie wie eine Napfschnecke an ihr kräftiges Gehäuse.

»Mama, spiel mit mir Reiten«, bettelt die Kleine.

»Nicht um diese Zeit, mein Herzblatt.«

»Los, los! Bitte!«

Rose trottet in Richtung Schlafzimmer.

»Hü, hott«, spornt die Kleine sie begeistert an. So ist der Weg in die Heia viel lustiger.

Meine Freundin lässt ihr donnerndes Lachen hören, das ich so mag, und entblößt ungeniert ihre Zahnlücke. Gutmütig macht sie die Spiele ihrer Tochter mit. Ich weiß, dass sie ihr kaum etwas abschlagen kann. Roméo mischt sich ein und fängt an, das Pferdewiehern nachzuahmen. Jedes Mal staune ich von Neuem über seine Talente als Imitator. Er flattert auf Rose' freie Schulter und pickt mit dem Schnabel gegen ihren Hals, während er weiterwiehert wie ein Pferd. Ein regelrechter Wanderzirkus! Um für Ruhe zu sorgen, tut Rose so, als wäre sie verärgert, und verscheucht ihn mit einer Handbewegung.

»Komm schon, es reicht. Es ist halb eins. Das ist ja das reinste Tollhaus!«

»Kann ich irgendwie helfen?«

»Nein, du rührst dich nicht von der Stelle. Und du – du kehrst in deinen Käfig zurück! Und du machst jetzt, dass du zurück ins Bett kommst. Aber dalli!«

Wenn sie wie ein Hauptfeldwebel klingt, stehen alle stramm. Als alleinerziehende Mutter muss sie alle Rollen übernehmen. Sie ist die Verwöhnmama, aber auch die feuerspeiende Drachenmama … Sie bietet eine ganze Palette von Nuancen.

Während Rose damit beschäftigt ist, Késia wieder ins Bett zu bringen, bin ich mit Roméo allein. Er ist etwas beleidigt, weil er kurz zuvor zurechtgewiesen wurde. Jetzt schmollt er und wirft mir einen finsteren Blick zu. Ich verstehe ihn.

»Ja, mein Guter, das Leben ist nicht immer ein Honigschlecken.«

»Kein Honiiiglecken«, wiederholt er und betont dabei die zweite Silbe.

Als Rose wiederauftaucht, gönne ich mir gerade eine Zigarette auf dem winzigen Balkon. Sie ruft mich zur Ordnung.

»Los, geh schnell wieder rein, du holst dir noch den Tod. Wann willst du endlich mit dem Rauchen aufhören?«

Ich denke: »Wenn ich richtig glücklich bin«, und schlucke die Antwort hinunter.

Da sie nur zwei Zimmer hat und in einem davon ihre Tochter schläft, zieht sie schnell die Schlafcouch aus.

»Es wird ein wenig eng werden«, sagt sie, ist aber keineswegs verlegen deswegen.

Statt eines Nachthemds leiht sie mir eines ihrer T-Shirts, die viel zu weit für mich sind und mir bis zum Knie reichen. Ich putze mir die Zähne, um den Rauchgeschmack zu vertreiben, und schlüpfe unter die Bettdecke. Die Strumpfhose behalte ich an, denn ich zittere vor Kälte. Aber nicht nur deswegen.

Wir reden noch eine Weile.

»Schluss jetzt, morgen ist auch noch ein Tag.«

»Aber …«

Rose knipst das Licht aus und wünscht mir eine gute Nacht. Ich weiß, dass es für mich vor allem eine lange Nacht sein wird.

SZENE 5

»Countdown«: J-182

Um 7.30 Uhr geht der Wecker. In einer Stunde muss die Kleine in der Schule sein. Um mich nicht zu wecken, bemüht sich Rose, so leise wie möglich zu sein, und flüstert. Ganz anders Késia. Wie jedes fünfjährige Kind, das etwas auf sich hält, tut sie sich keinen Zwang an und spricht recht laut. Sie fühlt sich immer noch von dem Übernachtungsgast in ihrem Wohnzimmer gestört.

»Waruuuum hat Merediiith da geschlafen?«

Ich bin immer wieder von Neuem fasziniert, welch hohe Töne die Kleine ausstoßen kann, und vor allem von ihrer Fähigkeit, die Worte wie Hammerschläge auf dem Schädel von armen, an Schlaflosigkeit leidenden Menschen landen zu lassen.

»Psst! Leise, mein Herz. Meredith hat großen Kummer und sucht hier etwas Trost.«

»Und wann geht sie wieder nach Hause?«

»Késia«, mahnt Rose verärgert, etwas peinlich berührt.

Sie zieht ihre Tochter mit in die Küche, um ihr eine heiße Schokolade und das morgendliche Honigbrot zuzubereiten.

Das riecht gut. Mir läuft das Wasser im Mund zusammen … Aber ich finde nicht die Kraft, aufzustehen. Im Halbschlaf drehe ich mich im Bett noch einmal um und gebe dabei ein paar knurrende Laute von mir. Dann vergrabe ich den Kopf unter dem Kopfkissen.

Ich will mich nicht mehr bewegen, nie mehr diesen wärmenden Schutzkokon verlassen. Und auch den törichten Entschluss, mich von Antoine fernzuhalten, vergessen … Welcher Teufel reitet mich denn da?

Rose und Késia sind jetzt fast fertig, um sich auf den Weg zur Schule zu machen.

»Késia, zieh den Mantel an! Beeil dich, sonst kommen wir zu spät.«

Das kleine Mädchen kommt ihrer Aufforderung träge nach. Rose hilft ihr ungeduldig dabei, ihre Daunenjacke zuzumachen. Dabei fällt ihr Blick auf die leuchtenden Sneakers mit den baumelnden Schnürsenkeln.

»O nein, Késia, du überspannst den Bogen. Du weißt genau, dass du in der Schule keine Schuhe mit LED-Sohlen tragen darfst. Warum hast du nicht deine rosa Scratch-Sneaker angezogen?«

Ich lächle insgeheim: Das ist raffiniert. Ihr Auftritt macht so viel mehr her – mit den leuchtenden Sohlen!

Rose wirft einen Blick auf die Armbanduhr und knurrt.

»Auf jeden Fall bleibt keine Zeit mehr, die Schuhe zu wechseln. Die Lehrerin wird dich ausschimpfen.«

Késia tut so, als sei sie zerknirscht, aber an ihren funkelnden Augen erkenne ich, dass sie sich freut, die Partie gewonnen zu haben. Sie hat im Augenblick nichts anderes als ihren Spaß im Kopf. Die Kids verstehen es einfach, das Leben zu genießen.

»Ich gehe dann also«, verkündet mir Rose. »Bleib, so lange du willst, ja? Ich habe heute Morgen einen Termin und komm gegen Mittag wieder zurück.«

»Danke, du bist ein Schatz, aber ich glaube, ich gehe jetzt nach Hause.«

»Ganz wie du meinst. Wir telefonieren?«

»Rose?«

»Ja?«

»Danke für alles.«

Nachdem die beiden das Haus verlassen haben, entschließe ich mich, meine Lethargie zu überwinden und aufzustehen. Ich begebe mich in die Küche und hoffe, etwas zu finden, um mir einen Überlebenskaffee zubereiten zu können. Roméo, der alles andere als eingeschüchtert wirkt, setzt sich in Bewegung, um mir zu folgen. Doch sobald ich mich umdrehe, erstarrt er. Einen Moment lang spiele ich mit ihm eine Art Spiel ... Ich lächle beeindruckt, beuge mich zu ihm hinunter, kratze ihn am Hals und streichle seinen schönen Kopf. Er belohnt mich mit einem großartigen Gurren, und ich bemerke, dass seine Pupillen sich vor Freude weiten. Ich glaube, er mag mich.

Ich durchsuche alle Schränke. Endlich finde ich die Kaffeekanne und das kostbare Kaffeepulver. Während ich vor der Maschine stehe und beobachte, wie der belebende Kaffee durch den Filter in die Kanne fließt, höre ich von nebenan ein seltsames Geräusch. Und wer taucht da in der Küche auf? Roméo, der auf seinen Rollerblades auf mich zurast.

»He, kleiner Clown. Bist du sicher, dass dir deine Herrin das erlaubt?«

Der Papagei fährt um den kleinen Küchentisch herum und krächzt dazu lautstark einen Song von Rihanna. Dieser Vogel ist völlig meschugge ...

Um ihn zu beruhigen, hebe ich einen Kiefernzapfen vom Boden auf und halte ihm diesen hin. Er lässt sich nicht zweimal bitten und hüpft von seinen Rollerblades, um an dem Pflanzenspielzeug zu knabbern.

Wir geben nun gemeinsam Kaugeräusche von uns.

Es ist der Beginn eines geheimen Einverständnisses.

Ich lasse mich von dem dampfenden Kaffee verführen und stelle mich dann schnell unter die heiße Dusche. Eine Verschnaufpause.

Dampfender Atem entströmt meinem Mund. Der Januar erweist sich als echter Wintermonat! Es drängt mich, nach Hause zurückzukehren, aber mir fehlt der Mut. Ich würde ja doch nur den ganzen Tag zwischen meinen vier Wänden herumtigern und an ihn denken. Nein danke! Schnelles Gehen hat mir von jeher gutgetan, denn es vertreibt meine Müdigkeit und verscheucht die immer wiederkehrenden Gedanken aus meinem Kopf. Da ich im 19. Arrondissement in der Avenue de Lumière wohne, beschließe ich, einen Abstecher in den Parc des Buttes-Chaumont zu machen. Wie oft habe ich diesen Landschaftsgarten schon durchstreift, seitdem ich vor fünf Jahren nach Paris gekommen bin? Er hat die ganze Palette meiner Stimmungen miterlebt … Ich kenne ihn in- und auswendig, jeden Winkel, jeden Höhenunterschied, die Aussichtspunkte, Grotten, Wasserfälle und den künstlich angelegten See …

Fast täglich unternehme ich einen Abstecher dorthin, *um die Bäume zu begrüßen*, denn zwischen ihnen und mir hat sich im Lauf der Zeit eine Art von stillschweigender Komplizenschaft gebildet. Ihre Ausgewogenheit und ihre stumme Kraft verleihen mir Energie und helfen mir, meine Mitte wiederzufinden.

Inmitten dieser Vielfalt exotischer Pflanzen und zahlreicher Vogelarten – Möwen, Wasservögel, Stockenten – fällt es schwer zu glauben, dass man in Paris ist.

An diesem Morgen hat sich dichter Nebel über den verlassenen Park gebreitet. Lediglich ein paar Jogger drehen ihre Runden.

Der Himmel, schwer wie eines Deckels Last,
Sinkt auf die Seele voll verhaltenem Weinen,
Bleiern und dumpf hält er das All umfasst,
Trüber als Nacht will uns der Tag erscheinen.

Ich kenne das Gedicht *Spleen* von Charles Baudelaire auswendig. Bei solchem Wetter wie heute rezitiere ich es beinah unwillkürlich. Und es setzt sich in meiner Tagesstimmung fest. Selbst meine Freunde, die Bäume, haben heute kapituliert und halten resigniert die Köpfe gesenkt, unfähig, mich zu trösten.

Bald nähere ich mich der *Passerelle*, einer der Attraktionen des Parks. Dann gehe ich weiter zur nächsten Brücke, die aus einem einzigen Steinbogen besteht und den See um zweiundzwanzig Meter überragt. Man nennt sie die Selbstmörderbrücke. Mich schaudert vor Kälte, ich fröstle. Dieser Aussichtspunkt mit der Brücke, der hohen Felswand, die von einem Tempel überragt wird, und den hohen düsteren Bäumen, die sich im Wind hin- und herwiegen, erinnert mich an die dramatische Stimmung eines Gemäldes von Delacroix, überhaupt an die gesamte Epoche der Romantik im 19. Jahrhundert.

Schweren Schritts überquere ich die Brücke. Erneut geht mir das Gedicht von Baudelaire durch den Kopf. Auf halbem Weg bleibe ich stehen und stütze mich auf die Brüstung. Es ist schön hier. Und trist. Ich durchwühle meine Handtasche nach einer Schachtel Zigaretten. Dann halte ich einen Zipfel meines Mantels hoch, um, geschützt vor dem eisigen Wind, zu versuchen, die Zigarette anzuzünden. Sechs Monate lang werde ich ihn nicht sehen. Oder noch schlimmer. Plötzlich wird mir bewusst, welches Risiko ich eingehe – das Risiko, ihn unwiederbringlich zu verlieren. Habe ich in meiner Impulsivität und meiner Schwäche für Romantik diese Gefahr bedacht?

Überwältigt von Gefühlen, Kälte und Schlafmangel vergieße ich bittere Tränen, während ich meine Zigarette rauche. Sie erlischt. Gedankenverloren hole ich mein Feuerzeug heraus, das in einer silbernen Hülle steckt, ausgerechnet ein Geschenk von Antoine, um sie wieder anzuzünden. Doch es entgleitet mir. Ich stoße einen gellenden Schrei aus, während das Feuerzeug auf den Abgrund zudriftet. Unwillkürlich beuge ich mich über das Brückengeländer, um es aufzufangen, und strecke die Hand danach aus.

Voller Schrecken spüre ich, wie jemand von hinten meine Taille umfasst. Dieses Mal verrät mein Schrei Überraschung und Entsetzen.

Ich werde zur Seite geschleudert und zu Boden geworfen. Dann nehme ich eine dunkle Gestalt wahr, die sich über mich beugt. Ein Mann. Korpulent. Ich mache eine abwehrende Bewegung.

Mein Gott, was will dieser Kerl von mir? Ich liege hier in einem verlassenen Park auf dem Boden, der Gnade eines Perversen ausgeliefert. Ich habe Todesangst …

Der Mann überragt mich und greift brüsk in meine Richtung.

Instinktiv schütze ich mein Gesicht und will ihm gerade einen Tritt gegen seine untere Körperhälfte verpassen, als ich im letzten Augenblick bemerke, dass er die Hand ausstreckt, um mir zu helfen, mich wieder aufzurappeln.

Ich gewinne meine Fassung zurück und nehme weitere beruhigende Hinweise wahr – die Mütze, das Abzeichen … Der Mann ist ein Parkwächter!

Er hilft mir hoch. Damit halte ich das Ganze für erledigt. Doch er hält mich fest, als wolle er mich erdrücken. Verdammt! Vielleicht verstehe ich das falsch …

»Das sollten Sie nicht tun«, murmelt er mir vertraulich ins Ohr.

Was, um Gottes willen?, frage ich mich, gleichermaßen beunruhigt und verärgert. Ich versuche, mich aus der aufgezwungenen Umarmung zu befreien.

»Monsieur, bitte hören Sie auf, Sie tun mir weh.«

Endlich lässt er mich los und betrachtet mich mit ernster Miene, meine durch Tränen und Schlaflosigkeit verquollenen Augen. Besorgt und gerührt umfasst er meinen Oberarm und zieht mich gewaltsam mit sich.

»Kommen Sie, folgen Sie mir.«

»Aber … was …«

»Nein, nein, nein, sträuben Sie sich nicht. Sie können doch nicht hierbleiben. Sie werden in meiner Hütte etwas Warmes trinken und mir berichten, was Ihnen zugestoßen ist. In solchen Fällen ist das Gespräch sehr wichtig …«

»Das ist sehr liebenswürdig, aber mit mir ist alles in Ordnung, Monsieur, ich …«

Er wendet sich mir zu. Sein Blick drückt aus, dass Widerspruch sinnlos ist.

»Keine Diskussion. Es ist keine Schande, in gewissen Augenblicken des Lebens Hilfe zu benötigen …«

»Aber ich brauche keine Hilfe!«

Der Mann lächelt voller Mitgefühl.

»Das sagen immer diejenigen, die am meisten Hilfe benötigen. Ich kenne mich da aus …«

Plötzlich fällt es mir wie Schuppen von den Augen. Es handelt sich hier um ein Missverständnis: Er sieht mich auf der Selbstmörderbrücke, die Augen von Tränen verquollen, ein einsamer Schatten im Nebel, wie ich mich weit über das Brückengeländer beuge, bei dem sinnlosen Versuch, das Feuerzeug aufzufangen …

»Ich glaube, hier liegt ein Irrtum vor«, stammle ich. »Ich hatte niemals die Absicht, mich …«

»Lassen wir das, bitte«, unterbricht er mich bestimmt.

Da ich es müde bin zu streiten, lasse ich mich zu seiner Hütte führen. Auf dem Umweg über einen hügeligen Weg entdecke ich seine Wächterhütte, ein Backsteinhäuschen, hübsch verziert mit Fayencen.

Im Inneren bietet er mir einen Platz an und fordert mich auf, mich zu setzen. Währenddessen bereitet er, fast heiter und beschwingt von dem, was er als einen Rettungsakt ansieht, einen Kaffee zu.

Ich lasse meinen Blick durch den Raum schweifen. An den Wänden sind Briefe und Postkarten aller Art befestigt. Ich stehe auf, um mir alles näher anzusehen.

Überall lese ich Worte des Danks, wie zum Beispiel: Sie haben mir das Leben gerettet! – Ich werde Sie nie vergessen – Sie waren für mich das Licht in der Dunkelheit …

Nun wird mir alles klar: Dieser Mann ist eine Art heiliger Bernhard für verlorene Seelen. Unwillkürlich bringt mich die groteske Situation zum Lächeln.

Er reicht mir eine Tasse brühend heißen Kaffees, die ich gern annehme.

Ich mustere diesen Helden des Alltags, der im Schatten über das Schicksal verzweifelter Menschen wacht, mit mildem Blick. Der städtische Angestellte, der Spielverderber vom Dienst, der Verhinderer von Picknicks im Park kaschiert hinter der amtlichen Funktion seine Rolle als Wohltäter der Menschheit.

Ich spiele mit und beichte ihm meinen Herzenskummer. Er hört zu, nickt jedes Mal am Ende eines Satzes, um mich zu ermuntern, fortzufahren. Nur selten habe ich jemanden mit so viel

Empathie getroffen. Nach einer halben Stunde stelle ich überrascht fest, wie gut es mir getan hat, dass jemand mir zuhörte.

Ich erfahre, dass er Jean-Claude heißt und seit fünfzehn Jahren im Park arbeitet. Bisher hatte ich ihn allerdings noch nie bemerkt.

Ich will mich nun verabschieden.

»Keine Dummheiten mehr, versprochen?«, fordert er mich liebevoll besorgt auf.

Ich schenke ihm ein freundliches Lächeln.

»Ehrenwort.«

»Vielleicht lassen Sie von sich hören, ja? Ich würde gerne sicher sein, dass es Ihnen gut geht!«

Dann gibt er mir seine Telefonnummer. Gerade als ich hinausgehen will, ruft er mir nach:

»Noch einen Moment!«

Er greift nach meinem Ärmel und drückt mir etwas in die Hand.

»Sie sehen es sich später an, ja?«, fügt er mit einem Augenzwinkern hinzu.

Ich verstaue das verschnürte Päckchen in meiner Handtasche und verlasse den Zufluchtsort. Auf dem Weg klingen seine Worte in meinen Ohren nach: »Machen Sie es gut!«

Mit einem Handzeichen verabschiede ich mich endgültig von dem Mann, dem ich den Beinamen *Wächter der Hoffnung* gebe.

SZENE 6

Rose

Gerade habe ich Késia in der Schule abgeliefert. Jeden Morgen erleben wir denselben Wettlauf gegen die Zeit. In diesem Alter darf man sie noch in ihre Klasse begleiten. In den Fluren herrscht Gedränge, und es geht zu wie in einem Ameisenhaufen. Die Eltern hetzen sich, um ihre Kleinen in aller Eile abzugeben. Lehrer, Lehrerinnen und die Angestellten von ATSEM versuchen, für Ruhe zu sorgen. Vergebliche Mühe! Die Kinder schreien, sie weinen … Es vollziehen sich herzzerreißende Abschiedsszenen: Mütter, die sich nicht trennen können und ihr Kind nur ungern zurücklassen. Sie bedecken es mit tausend schuldbewussten Küssen, machen sich furchtbare Sorgen um eine Triefnase und einen losen Schnürsenkel. Bis kurz vor dem Klassenzimmer verbergen sie ihre Tränen hinter einem vorgetäuschten Lächeln, doch dann kommt es zu den kleinen täglichen Dramen, wenn wieder einmal eine der armen, völlig überforderten berufstätigen Mütter aufgrund ihrer Doppelbelastung mit dem falschen Fuß aufgestanden ist. Da sie in Gedanken schon bei einer wichtigen Kundenpräsentation ist, begeht sie einen fatalen Fehler: Sie vergisst das Kuscheltier. Nun schauen alle sie mitleidig und bestürzt an. Doch es nutzt nichts. Sie muss im Eiltempo nochmals nach Hause laufen und wird sich dabei den gesamten Weg über Vorwürfe wegen ihrer Dummheit machen. Schuldgefühle sind uns

Müttern nur allzu vertraut: Ich selbst bekam wegen der Schuhe mit den Leuchtsohlen, die natürlich verboten sind, eine Zurechtweisung von der Lehrerin. Innerhalb von fünf Minuten bin ich um fünf Jahre gealtert und habe zudem eins aufs Dach bekommen.

Als ich die Schule hinter mir lasse, bin ich sehr gereizt und beschließe, erst einmal einen Kaffee trinken zu gehen. Nach dieser kurzen Nacht, in der Merediths Sorgen mich wach gehalten haben, glaube ich, einen verdient zu haben.

Ich denke über die Geschichte von Meredith und Antoine nach. Als ich sie vor acht Monaten einander vorgestellt habe, hätte ich nicht gedacht, dass sie sich auf Anhieb ineinander verlieben würden. Auf den ersten Blick scheinen sie nicht zueinander zu passen. Sie ist exzentrisch und überempfindlich. Er besonnen und selbstbewusst. Amor ist ein verdammtes Schlitzohr! Ich weiß nicht, was ich von Merediths bizarrer Vorstellung halten soll, Antoine diese »Beziehungszwangspause« aufzubrummen. Ich mag sie sehr, aber ich mag auch Antoine und will auf keinen Fall, dass er leidet. Er ist ein wunderbarer Mann. Und was noch mehr zählt: Ich verdanke ihm viel. Dank seiner Hilfe habe ich vor vier Jahren mit meiner Tochter, die damals noch ein Baby war, diese Wohnung bekommen. Er hat sich als mein Partner ausgegeben und für mich gebürgt. Das werde ich ihm nie vergessen. Als »Farbige«, »alleinerziehende Mutter« und »Theaterschaffende« eine Wohnung zu finden, ist eine dreifache Herausforderung und fast nicht zu meistern. Noch bevor ich es gewagt hatte, mit Antoine über mein Problem zu reden, musste ich allerhand Hindernisse überwinden. Anfangs wollte ich ihn weder nerven noch seine hohe Stellung in einer der größten Rundfunkanstalten Frankreichs ausnutzen, auch wenn viele andere keine Hemmungen gehabt hätten, auf die eine oder andere Art von ihm zu profitieren. Ich gehöre aber nicht dazu.

Ich habe Antoine auf eine sehr ungewöhnliche Weise kennengelernt. Eines Tages habe ich ihm schlichtweg das Leben gerettet. Wir standen rein zufällig auf derselben Vernissage beim Empfang nebeneinander. Antoine legte sich etwas zu sehr ins Zeug, als er vor einer kleinen Gruppe interessierter Zuhörer – die meisten waren Bewerber bei seinem Rundfunksender – eine Anekdote zum Besten gab. Er kam dabei nämlich auf die unselige Idee, sich eine Olive in die Nase zu ziehen. Dies hätte ihm zum Verhängnis werden können, wenn ich nicht beim Roten Kreuz einen Erste-Hilfe-Kurs gemacht und dabei das Heimlich-Manöver gelernt hätte. Es war ein Wunder, dass ich zur Stelle war! Antoine, der von Haus aus großzügig ist, hätte sich damit begnügen können, mir herzlich zu danken. Aber er bestand auf ein Wiedersehen, um eine angemessene Möglichkeit zu finden, mir seine Dankbarkeit auszudrücken. Nachdem er erfahren hatte, dass ich Schauspielerin bin, hat er mich mit den Redakteuren bekannt gemacht, die bei seinem Rundfunksender für das Stimmen-Casting und die Tonaufnahmen von Theaterstücken verantwortlich sind. Er war für mich als junge Schauspielerin ein Geschenk des Himmels, denn bis dahin war es für mich jedes Mal ein Balanceakt, den Monat zu überleben. Unter uns: Es ging nie um eine amouröse Beziehung, denn Antoine ist keinesfalls mein Typ und ich genauso wenig seiner. Doch wir blieben in Verbindung und trafen uns immer mal wieder.

Bis zu meinem berühmten Geburtstagsessen, zu dem ich einige Freunde und Bekannte eingeladen hatte. Es war das erste Mal, dass Antoine und Meredith sich getroffen haben. Die beiden verschlangen sich den ganzen Abend über mit Blicken. Ehrlich gesagt habe ich nie allzu sehr an die berühmte Liebe auf den ersten

Blick geglaubt. Doch bei den beiden ging alles rasend schnell. Was für ein seltsames und seltenes Phänomen die gegenseitige Liebe doch ist! Die Chemie stimmte, die Sternenkonstellationen auch, eine einmalige Synchronizität … Ich konnte dabei zusehen, wie sich ihre Gefühle so schnell entwickelten wie Mondblumen, voller Begehren und ohne Eifersucht. Ich freute mich von Herzen mit ihnen. Waren sie nicht der lebende Beweis, dass echte Liebe tatsächlich möglich ist?

Und ich? Wie steht's bei mir mit der Liebe? Eine schwierige Frage. Manchmal habe ich noch die Hoffnung, dass mir der Himmel eines Tages doch noch meinen Wunsch erfüllt und ich meinen Seelenverwandten finde. Doch bisher waren meine Liebeserfahrungen eher chaotisch. Werde ich mich je davon erholen, dass der Vater meiner Tochter mich noch vor ihrer Geburt hat fallen lassen? Solche Wunden verheilen nicht so schnell. Und obwohl ich nach außen hin immer den Anschein der großen starken Frau aufrechterhalte, wurde mein Vertrauen in mich selbst und das andere Geschlecht tief erschüttert.

Für eine kurze Zeit hatte ich erwogen, für immer und ewig auf die Liebe zu verzichten. Diese Quelle von so viel Leid und Enttäuschung versiegen zu lassen. Wie erholsam das wäre! Lässt man sich auf die Liebe ein, läuft man Gefahr zu leiden, hat aber auch die Chance, glücklich zu werden. Doch nachdem ich das Für und Wider abgewogen hatte, habe ich die Suche wiederaufgenommen. Die Suche nach dem Seelenverwandten ist schwierig und ungewiss. Manchmal erdrückt mich die Einsamkeit, und Zweifel befallen mich. Vielleicht bleibe ich ja allein? Wie eine Ratte! Vielleicht schaffe ich es einfach nicht, den Richtigen zu finden? Und vielleicht wird sich kein Mann jemals für mich interessieren! Ist die gegenseitige Liebe nicht ein Mythos, frei erfunden, eine

Schimäre, ein hübsches Märchen? Wie groß ist denn die Wahrscheinlichkeit, eine Liebe zu erleben, die wirklich auf Gegenseitigkeit beruht? So groß wie die, im Lotto zu gewinnen?

Ich verscheuche diese unangenehmen Gedanken und wähle eine ruhige Ecke im Café, in der Nähe des Fensters, um die Passanten zu beobachten. Manchmal, wenn ich genug Zeit habe, versuche ich, mir vorzustellen, wie sie ihr Leben so gestalten. Der Kellner bringt mir einen doppelten Espresso und ein Croissant. Dabei höre ich die Worte meiner Mutter: »Fünf Minuten im Mund, zwei Stunden im Magen und den Rest des Lebens auf dem Hintern, mein Kind!«

Ich wurde mit einem runden, ausladenden Hintern geboren, womit ich mich nur schlecht abfinde ... Doch was soll's? Genüsslich beiße ich in das Objekt meiner verbotenen Naschhaftigkeit und koste den feinen Buttergeschmack bis zum letzten Bissen.

Aber darüber darf ich die wirklich wichtigen Dinge nicht vergessen. Ich nehme mein Smartphone in die Hand und werfe einen Blick auf meine App für verzweifelte liebeskranke Frauen. Was ist denn heute Morgen so im Angebot?

Jede Menge Männer in meinem Postfach, insgesamt zwölf. Ich bin mir bewusst, dass die Naschhaftigkeit einer meiner größten Fehler ist. Schon immer waren meine Augen größer als mein Magen. Und das wird sich jetzt wohl auch nicht ändern.

Von den zwölf haben sechs ein Fake-Profil. Sie sind einfach zu schön, um echt zu sein. Ich bin davon überzeugt, dass keiner von ihnen mir antworten wird.

Erhaltene »Flammen«: 2

»Flammen« sind kleine Zeichen, die man von Personen erhält, denen man gefällt: Die erste ist von einem sehr seriös wirkenden Mann im dunkelgrauen Anzug mit einer blasslila Streifenkrawatte,

55 Jahre (wohl eher 67). Er stammt aus einem Nest irgendwo in der Pampa, das es vielleicht gar nicht gibt. Und dann ist da noch ein zweiter Kerl mit stechendem Blick, der in die Kategorie »unter ferner liefen« fällt.

Der Tag fängt ja gut an.

Erhaltene Nachrichten: 3

Ich klicke auf das Briefumschlag-Icon und lese:

Schönerlatino: Wie geh's den so?

Überwältigende Anmache. Und was für eine Orthografie! Ich stehe kurz davor, in Liebe zu entbrennen. Vier kurze Worte und das war's? Also weiter.

Gentleman75: Siehst nicht übel aus auf dem Foto. Treffen wir uns auf einen Drink?

Ich bin perplex. Was für ein Gentleman! Gelöscht.

Ontheroadagain: Hallo, ich heiße Franck. Dein Profil gefällt mir. Wie du siehst, bin ich ein entspannter Typ mit viel Humor ☺ Du bist Künstlerin? Ich bin auch Künstler, in meiner Freizeit. Ich spiele Jim Morrison auf der Gitarre wie kein Zweiter ☺ Vielleicht führe ich es dir eines Tages vor. LOL. Also, wir können gerne miteinander chatten, if you want?

Schnelle Analyse. Dieser mehrsprachige Gentleman ist doch gar nicht so schlecht? Zwei Fehler in fünf Zeilen? Ist in der heutigen Zeit gar nicht so übel. Er wohnt knapp zwanzig Metrostationen von mir entfernt. Und spielt Gitarre. Es spricht vieles für ihn. Ich bestätige und werfe die Angel nach ihm aus. Mal sehen, ob er anbeißt …

SZENE 7

Meredith

Die Liebenswürdigkeit von Jean-Claude, meinem Wächter der Hoffnung, hat mich wieder aufgebaut. Als ich den Parc des Buttes-Chaumont hinter mir ließ, beschloss ich, keine Tränen mehr über mein Schicksal zu vergießen und mich wieder auf das Wesentliche meiner Mission zu konzentrieren, die ich insgeheim Mission Amor nenne. Mir geht dabei eine Frage von höchster Relevanz durch den Kopf: Ist es möglich, sich auf die große Liebe vorzubereiten? Wie kann man ihr die bestmöglichen Überlebenschancen einräumen? Diese Mission mag seltsam erscheinen, aber sie kann mein Leben verändern – davon bin ich überzeugt. Vor allem das Leben, das ich mit Antoine plane! Ist es möglich, unserer schönen Liebesgeschichte das übliche traurige Ende zu ersparen, das so viele Paare erleben? Viele finden sich schon fast von vornherein damit ab, früher oder später die Statistik nach oben zu treiben – fast 45 Prozent der Ehen enden mit Scheidung. Und dabei bleiben all die Ehen unberücksichtigt, die noch bestehen, auch wenn die Liebe längst erloschen ist … Nein, das alles will ich Antoine und mir ersparen. Uns passiert das nicht!

Da kommen mir die Worte meiner geliebten Großmutter wieder in den Sinn: Glücklich sein bedeutet, dem gewachsen zu sein, was man wirklich will. Göttliche Didine. Diesen Spitznamen habe ich ihr an dem Tag gegeben, an dem sie mir zum ersten

Mal eine köstliche Orangina zu trinken gab. Ich war damals noch ein Dreikäsehoch.

Aber ich habe das Gefühl, dass das heutzutage nicht ausreicht. Dass man auch auf anderen Ebenen aktiv werden kann. Vielleicht ist es ja doch mit etwas Arbeit und Mühe möglich, seine *Amourability* zu verbessern?

Der Begriff fliegt mir wie ein Geistesblitz zu. Während ich mit Riesenschritten die Rue de Crimée entlanggehe, und zwar in Richtung meines Lieblingslokals Le Pavillon des Canaux, bin ich von der Idee, die mir gerade in den Sinn gekommen ist, begeistert.

Amourability, die Fähigkeit zu lieben. Die Passanten halten mich wohl für übergeschnappt, denn ich strahle übers ganze Gesicht. In Paris ist es verdächtig, einfach so zu lächeln, vor allem, wenn man alleine ist, doch das ist mir egal. Ich denke an die Fähigkeit, glücklich zu sein. Wir besitzen sie alle, haben aber manchmal Probleme damit, sie zu nutzen. Mathematisch gesehen ergibt das für die Fähigkeit, glücklich zu sein, folgenden Quotienten:

Die Fähigkeit, aus den schönen Dingen des Lebens das Beste zu machen	÷	Die Fähigkeit, sich von den Widrigkeiten und Enttäuschungen des Lebens nicht unterkriegen zu lassen

Unwillkürlich muss ich bei dieser Vorstellung grinsen, da ich in Mathe immer eine Niete war. Wie oft fühlen wir uns hilflos und unbeholfen, nur weil uns die Fähigkeit zu lieben fehlt? Aber wer hat sie uns schon beigebracht? Ich stelle mir die Amourability wie einen weichen Teig vor, den man formen kann, ja, vielleicht sogar meißeln … Nichts ist unveränderlich. Der Teig ist geschmeidig, wenn man sich bemüht, ihn in Form zu bringen. Ich muss über all das nachdenken …

Ich befinde mich inzwischen am Quai de la Loire, direkt vor dem Pavillon des Canaux. Dieses Gebäude gegenüber dem Kanal de l'Ourcq, das in einen Coffee-Shop umgebaut wurde, wirkt, kaum dass ich es betreten habe, beruhigend auf mich. Es vermittelt mir das Gefühl, »zu Hause zu sein«. Das mag ich.

Die Fassade ist mir sofort ins Auge gefallen, als ich in meiner Anfangszeit in Paris das Viertel erkundete, um eine gemütliche Wohnung zu finden. Später erfuhr ich dann, dass das Haus von Alëxone und SupaKitch, zwei Größen der französischen Street-Art, verschönert worden ist. Sinny & Ooko, eine Kreativagentur, hatte die Idee, bei der Renovierung der Räume die ursprüngliche Einrichtung zu erhalten. Einfach genial!

Ich gehe durch das *Coffice* im Erdgeschoss, eine Mischung aus Café und Office, in dem eine betriebsame Stimmung herrscht. Studenten und andere Gäste sitzen über ihren Laptop gebeugt. Ich durchquere einen der kleinen, gemütlichen Räume, werfe einen Blick in das Schlafzimmer, das allen zugänglich ist – jemand scheint hier gerade eine Siesta zu halten –, und steuere schließlich auf das Objekt meiner Begierde zu: die Badewanne.

Ich seufze vor Wohlbehagen und bette den Kopf auf das weiche Kissen mit Blumenmuster. In diesem Raum gefällt mir einfach alles: die Badewanne in leuchtendem Türkisblau mit der passenden Trittleiter, die weißen Fayence-Fliesen an der Wand und deren rautenförmig verlaufende, maulwurfgraue Kreuzlinien sowie die Ablage aus hellem Holz, die auch als Tisch dienen kann …

Ich höre, dass die Kellnerin, von der ich weiß, dass sie Silvia heißt, sich nähert.

»Alles okay bei dir? Was darf ich dir bringen?«

»Einen großen Milchkaffee, bitte.«

Als ich vorhin das Haus betreten hatte, fiel mein Blick auf das Kuchenbüfett mit den verlockenden Naschereien: Kuchen, Muffins und Beignets.

»Und einen Muffin, bitte.«

»Mit Schokolade?«, fragt sie und lächelt wissend.

Sie kennt meinen Geschmack.

Als sie gerade hinausgehen will, rufe ich ihr nach:

»Könntest du mir bitte einen Bogen weißes Papier bringen? Ich habe mein Notizbuch vergessen …«

»Im DIN-A4-Format?«

»Ja, danke.«

Während ich warte, rekle ich mich in der Badewanne und lasse den Arm über den Rand der Wanne baumeln. Dabei sehe ich das Gemälde *Der Tod des Marat* von Jacques-Louis David vor meinem inneren Auge. Der französische Revolutionär wurde am 13. Juli 1793 von Charlotte Corday in der Badewanne ermordet.

Einen Augenblick lang überlege ich, ob ich, die armselige Revolutionärin der Liebe, gerade im Begriff bin, meine Beziehung mit Antoine zu beenden. Auf der Stelle verbanne ich diese unangenehme Vorstellung, um mich wieder konstruktiveren Gedanken zu widmen.

Das Leben ist ein Risiko. Und mir ist klar, dass ich, indem ich dieses Experiment durchführe, ein Risiko eingehe! Wenn ich es aber nicht versuche, würde ich einen Teil von mir verleugnen. Also …

Kurze Zeit später serviert mir Silvia meinen Milchkaffee. Aus dem Milchschaum hat sie ein Herz geformt. Solche kleinen Aufmerksamkeiten sind typisch für dieses Café. Ich gebe einen kleinen dankbaren Seufzer von mir. Vielleicht liegt das Glück ja in solchen winzigen Details verborgen?

Ich male in hübschen Buchstaben das Wort Amourability auf das DIN-A4-Blatt, um mir selbst ein Thema vorzugeben. Dann fange ich an zu überlegen. Was ist, langfristig gesehen, das Geheimnis der schönsten Liebesgeschichten? Zwischen zwei Schlucken Milchkaffee und einem Bissen von dem Muffin notiere ich mir kunterbunt, was mir dazu einfällt. Das weiße Blatt weist nun einige Flecken auf, aber wen kümmert's? Ich grüble über meine Wortfetzen und sehe nach, ob sich Überthemen abzeichnen. Ja, tatsächlich! Ich fange gerade an, das Ganze zu ordnen, als mein Handy klingelt. Es ist meine Mutter.

O nein, nicht sie, nicht jetzt, ich bin nicht in der Stimmung …

»Mireille?«, meldet sich eine leicht schrille Stimme, die eine gewisse Gereiztheit verrät.

»Mama, ich hatte dich doch gebeten, mich nicht mehr so zu nennen.«

»So lautet doch dein Taufname! Ich verstehe nicht, was dir daran nicht gefällt.«

O mein Gott, warum nur habe ich den Anruf angenommen?

»Seit drei Tagen versuche ich, dich zu erreichen. Hörst du denn deine Mailbox nicht ab?«

»Entschuldige, aber ich hatte ein aufreibendes Wochenende …«

»Mein armer Schatz, natürlich ist dein Leben nicht einfach, nachdem du diesen Weg gewählt hast.«

Warum nur habe ich den unangenehmen Eindruck, dass sie sich freut, mir beim geringsten Anlass zu beweisen, wie berechtigt ihre Warnungen vor dem Schauspielerberuf waren?

»Mama, ich weiß«, erwiderte ich resigniert. »Hör zu, das ist jetzt nicht der richtige Moment zum Reden. Ich bin unterwegs, und ich kann dich schlecht hören. Was ist los?«

»Morgen ist der Geburtstag deines Vaters, und ich wollte mich vergewissern, dass du ihn nicht vergessen hast …«

»Habe ich nicht.«

»Versuch zumindest, ihm ’ne SMS zu schicken, da du ja keine Zeit hast. Zum Glück hat deine Schwester einen hübschen Empfang organisiert, aber trotzdem …«

Aha, darum geht’s also. Meine vollkommene Schwester. Obwohl sie mit drei Kindern zeitlich völlig überlastet ist, hat sie alles vorbereitet und sicherlich auch an die Geschenke gedacht. Meine Schwester zieht immer alle Register, um den Beifall unserer Eltern zu erheischen: eine Eigenschaft, die mir immer gefehlt hat.

»Auch dein Bruder kommt mit den Kindern, die gesamte Familie wird versammelt sein. Sogar Tante Lily. Sie ist gerade für ein paar Wochen in Frankreich …«

Gerne hätte ich Tante Lily wiedergesehen. Seit zwanzig Jahren lebt sie in New York, nachdem sie sich unsterblich in einen Amerikaner verliebt hatte. Als ich direkt nach dem Abitur ein Jahr in New York verbracht habe, war sie unglaublich nett zu mir. Ich hatte mir ein Sabbatical gegönnt, um dem familiären Druck wegen des Studiums zu entfliehen, und mich mit kleinen Jobs über Wasser gehalten. Vor allem trieb ich mich so oft wie möglich in Theatersälen herum und vertiefte dabei meine Leidenschaft für Stand-up-Comedy. Ich kehrte, den Kopf voller Träume, aus dem vielsprachigen Land zurück, in dem ich mein Englisch verbessert hatte. Doch die Euphorie war von kurzer Dauer: Denn meine Eltern wollten nichts von meiner Berufung als Schauspielerin wissen. Schließlich rang ich mich schweren Herzens und entgegen meinen eigenen Vorstellungen dazu durch, mich an der Uni einzuschreiben, dem Familienfrieden zuliebe. Und insgeheim auch, damit meine Eltern endlich auch mal ein bisschen stolz auf mich wären.

Geistesabwesend lausche ich den Schilderungen meiner Mutter über die Geburtstagsvorbereitungen für meinen Vater, seine

Freude darüber, die ganze Familie mal wieder um sich zu haben. Warum nur habe ich manchmal den Eindruck, in meiner eigenen Familie eine Fremde zu sein?

»Ich rufe euch auf jeden Fall an«, verkünde ich seufzend.

»Mireille?«

»Ja?«

Ich komme nicht noch einmal auf den Vornamen zurück, mit dem sie mich anredet – es ist vergebliche Liebesmüh.

»Du passt aber auf dich auf?«

Der Teufel soll dich holen, Mama. Trotz unserer Differenzen versucht sie, unsere Beziehung zu retten. Ich schätze ihre Bemühung, die Vorstellung von einer heilen Welt aufrechtzuerhalten.

»Aber ja, mach dir keine Sorgen.«

»Auch eine dicke Umarmung von deinem Vater.«

Ich bedanke mich, weiß aber hundertprozentig, dass sie das nur der Form halber sagt. Mein Vater hat mir nie verziehen, dass ich wegen eines Berufs, den er für total ausgeflippt und zum Scheitern verurteilt hält, weggezogen bin. Seine Missbilligung ist mir stets gegenwärtig.

Dann beenden wir das Gespräch.

Jedes Mal, wenn ich an meine Familie denke, fühle ich mich bedrückt. Automatisch berühre ich das Tattoo auf meinem Nacken, das ich mir nach meiner Ankunft in Paris als Zeichen der Rebellion stechen ließ. Ich wollte eine feste Verankerung als Symbol für meinen Neustart und meine Befreiung von der Familie. Nie mehr nachgeben, nie mehr rückwärts gehen. Nie mehr mir selbst untreu werden.

Ich habe mir von einem Meister seines Fachs eine grafische Feder stechen lassen, deren äußeres Ende sich in einen Schwarm auffliegender Wildvögel verwandelt. Ich muss wohl kaum erklären, warum ich mir dieses Bild der Freiheit in die Haut eingraviert habe!

Auch mein selbst gewählter neuer Vorname ist ein Ausdruck meiner Veränderung.

Als ich an die Beziehung meiner Eltern denke, verspüre ich sofort wieder Lust, mich an die Arbeit zu machen und mir weiter den Kopf über den Begriff der Amourability zu zerbrechen. Aus mysteriösen Gründen, die sich meinem Verständnis entziehen, sind meine Eltern immer noch zusammen, obwohl ihre Beziehung eindeutig von ehelicher Langeweile geprägt ist, auch wenn sie versuchen, allen das glückliche Paar vorzugaukeln. Sie sind der Beweis dafür, dass es möglich ist, zusammenzuleben, auch wenn man sich innerlich längst getrennt hat! Die Folge davon ist jedoch, dass sie beide nach und nach erlöschen wie Kerzen.

Mein schlimmster Albtraum: eines Tages für Antoine ebenso durchschaubar, berechenbar und langweilig zu sein.

Aber das muss nicht so kommen – nicht, wenn ich mich ins Zeug lege, um es zu verhindern, denke ich insgeheim, um mich zu motivieren. Dann widme ich mich wieder meinen Notizen und setze meine Recherchen fort.

Ich mache kreisförmige Skizzen und suche nach Punkten, an denen ich arbeiten muss, um meine Amourability zu verbessern. Schnell zeichnen sich drei Themenschwerpunkte ab:

Das, was sich »Zwischen mir & mir«, »Zwischen mir & dem anderen« und »Zwischen mir & der Welt« abspielt.

Ich bin ganz aufgeregt wegen dieser Erkenntnis! Als ich jede Kategorie einzeln beschreibe, erscheint mir plötzlich alles viel klarer.

»ZWISCHEN MIR & MIR«

Es scheint offensichtlich zu sein, dass ich mich erst in meiner eigenen Haut wohlfühlen muss, um fähig zu sein, einen

Partner zu lieben. Ich muss Sorge tragen für mich selbst, auf der körperlichen wie auf der mentalen, geistigen Ebene. Mehr Selbstvertrauen entwickeln. Mir Anlass geben, stolz auf mich zu sein … Mich meinen Ängsten stellen und mich um meine alten Wunden kümmern … Ich notiere für später: Ich will mir eine To-do-Liste machen.

Ziemlich zufrieden fahre ich mit meiner Arbeit fort und trinke meinen Kaffee aus, der inzwischen lauwarm geworden ist. Ich bestelle einen Tee, denn jetzt brauche ich Treibstoff!

»ZWISCHEN MIR & DEM ANDEREN«

Der andere ist ein anderer. Das ist eine Binsenweisheit, vielleicht. Besteht nicht die Herausforderung für ein Paar darin, eine gute Kommunikation aufzubauen und sich trotz der Unterschiede zu respektieren? Die Andersartigkeit. Diesen Begriff unterstreiche ich dreimal. Habe ich mir wirklich die Zeit genommen, um die Persönlichkeit und die Bedürfnisse von Antoine zu ergründen? Ich denke an all das, was man sich nicht offen auszusprechen wagt, an all die Missverständnisse und unausgesprochenen Enttäuschungen, die dadurch entstehen, und ihre unvermeidlichen Auswirkungen auf die Liebesbeziehung.

Und ich? Bin ich mir im Klaren darüber, was ich von der Beziehung mit Antoine erwarte? Sind unsere Erwartungen vereinbar? Wie kann man sie miteinander in Einklang bringen und Harmonie finden und dabei den anderen mit genau dem richtigen Abstand lieben …

Ich mache hier ein paar Auslassungspunkte und wende mich meinem dritten Schwerpunkt zu:

»ZWISCHEN MIR & UND DER WELT«

Vermutlich wirken sich Selbstbezogenheit, emotionale Abhängigkeit und das Gefühl von Freiheitsbeschränkung tödlich auf die Liebe aus … Im Gegensatz dazu scheinen mir Offenheit gegenüber der Welt, Emanzipation und Selbstverwirklichung wesentlich zu sein, um einer Liebesbeziehung die Luft zum Atmen zu lassen! Ich denke an meine eigene nicht gerade glanzvolle Karriere und an meinen Ehrgeiz, der gerade etwas auf der Stelle tritt. Es wird Zeit, die Ärmel hochzukrempeln!

Etwas ermüdet von der Vorstellung, derart viele Anstrengungen auf mich nehmen zu müssen, gähne ich und entspanne mich. Mich beherrscht im Augenblick nur ein Gedanke: nach Hause zu gehen. Ich wühle in meiner Handtasche, suche mein Portemonnaie und ertaste das kleine Geschenk des Parkwächters. Ich hatte es ganz vergessen. Das Päckchen, das mit gelbem Seidenpapier und einem Bastbändel umwickelt ist. Es enthält einen Kieselstein, der mit großer Kunstfertigkeit bemalt wurde. Ihn ziert eine weiße Blume, umgeben von zarten Mustern. Unter dem Kieselstein befindet sich ein Blatt Papier, auf dem steht:

Diese Blume ist eine Galanthus nivalis, abgeleitet aus dem griechischen gala, was »Milch« bedeutet, und anthos, »Blume«. Ich schenke dir diese »Milchblume«, damit sie dir Hoffnung und Zärtlichkeit spendet. Das Schneeglöckchen symbolisiert die Hoffnung. Als Adam und Eva aus dem irdischen Paradies vertrieben wurden, verzweifelte Eva, da sie glaubte, der Winter würde nie zu Ende gehen. Da erschien ein Engel und verwandelte einen Teil der Schneeflocken in Blumen. Eine hübsche Geste, um zu zeigen, dass der Winter bald vorbei sein würde und dem Frühling weichen müsste.

Vergiss also nicht: Das Leben hat noch nicht sein letztes Wort gesprochen …
Vertrauen und Glaube. Gib niemals auf: Ohne es zu wissen, steht man häufig kurz vor einem Wunder.
Herzliche Grüße
Jean-Claude

So viel Freundlichkeit rührt mich. Als ich mich widerwillig aus meiner schützenden Wanne erhebe, klingelt das Handy.

Eine SMS von Alice, meiner Agentin. Obwohl sie immer davon spricht, wie wichtig gute Kommunikation ist, benimmt sie sich selber meistens wie der Elefant im Porzellanladen.

Dringend! Wir müssen die Tournee besprechen. Du und Rose, seid morgen pünktlich um 14 Uhr in der Agentur.

Ich verlasse den Pavillon des Canaux, den Kieselstein des Wächters fest umklammert, damit sich seine wohltuende Energie auf mich überträgt.

SZENE 8

Rose

Ich eile aus der Metrostation Sentier. Ich bin keineswegs zu früh dran für das Treffen mit Alice, unserer Agentin. Auf der Straße bleibe ich nie unbemerkt, mit meinen ein Meter achtzig, meinem wilden Afro und dem falschen Pelz, der mein Gesicht einrahmt, was harmonisch wirkt, trotz meiner Nase, die ich für etwas zu platt halte.

Das hilft aber nicht. Ich werde von einer Gruppe von Männern, die vor einem Bistro herumlungern und mit Glimmstängeln in der Hand den Bürgersteig besetzen, angemacht. Sie rufen mir zu: »He, du Hübsche! Willst du meine Handynummer?«

»He, Mademoiselle, nicht so eilig! Komm her, ich will dir was sagen ...«

Als sie glauben, ich sei außer Hörweite, werden ihre Kommentare anzüglicher.

»Hast du diesen Arsch gesehen? Hmm ... Da würde ich gerne mal meinen Kopf reinstecken. Und nicht nur den.«

Dabei lachen die widerlichen Kerle dreckig.

Ich gehe weiter, ohne sie eines Blickes zu würdigen, sonst wüsste ich gar nicht, wo ich aufhören soll. Ich seufze tief: Ich habe kein Problem damit, Aufmerksamkeit zu erregen. Genauso wenig damit, Männer zu finden, die auf ein schnelles Abenteuer aus sind. Doch einen Mann zu treffen, der sich wirklich für mich als Person interessiert, das ist etwas ganz anderes … Sie wissen nicht, was sie sich entgehen lassen. Ich fluche vor mich hin, mit so viel Selbstvertrauen wie möglich. Wenn ich an das tolle Rose-All-inclusive-Paket denke, an all das Liebespotenzial, das noch nicht genutzt wurde, sage ich mir: »Was für eine Vergeudung!« Wie ist es möglich, dass noch kein einziger Mann den Wunsch hatte, mich zur Frau zu nehmen? Einen, der mich nicht auf den ersten Blick als Frau abstempelt, die er gerne vögeln würde. »Gut zum Vögeln.« Was für sie wie ein Kompliment klingen mag, ist im Grunde genommen fast eine Beleidigung. Wie kann man eine Frau auf Hintern und Brüste reduzieren?

Ich glaube, keiner der Männer, denen ich bisher begegnet bin, war sich wirklich bewusst, wie glücklich ich sie machen könnte. Oder habe ich es ihnen nicht deutlich genug gezeigt? Die Optionen »viel Zärtlichkeit«, »harmonisches Leben« und »stets ein offenes Ohr« sind wohl nicht richtig in ihr Bewusstsein vorgedrungen.

Ich stehe jetzt vor dem Haus Nummer 21 in der Rue des Petits-Carreaux und läute an der Wechselsprechanlage. Durch das Rauschen des Lautsprechers höre ich die Stimme von Alice: »Ich mache auf.« Die Agentur befindet sich im ersten Stock.

An der Mauer ist eine etwas verblasste vergoldete Tafel angebracht mit dem Firmennamen Cast'Elite. Ich stoße die Tür auf, die Alice angelehnt gelassen hatte, und steuere über einen langen Flur, der so schmal ist wie eine Speiseröhre, direkt auf ihr Büro zu. Hinter einer Glaswand ist Alice zu sehen. Sie scheint am Telefon eine hitzige Diskussion zu führen. Alice ist mittleren Alters. Sie trägt das Haar locker aufgesteckt und hat sich einen blauen Kuli in den Knoten gesteckt, der sich im Rhythmus ihres Gebrülls auf und ab bewegt.

Man kann dieser kleinen Agentur mit ihrer improvisierten

Einrichtung viel vorwerfen, muss aber anerkennen, dass Alice sich voll für ihre Künstler einsetzt und bei den Theaterdirektoren und anderen potenziellen Arbeitgebern wie eine Furie für ihre Verträge kämpft.

Ihre Finger mit den aufreizenden langen Nägeln geben mir zu verstehen, dass ich näher kommen und mich setzen solle. Um mich zu beschäftigen, lasse ich leicht gelangweilt den Blick über die Wände gleiten. Meredith wünsche ich wegen ihrer Verspätung zum Teufel.

An der Wand hängen Fotos von Schauspielerinnen und Schauspielern. Ich finde sie alle auf ihre Art gelungen. Jeder hat auf seine Weise versucht, auf sich aufmerksam zu machen. Einige mit einem verführerischen Lächeln, das häufig übertrieben wirkt. Andere, indem sie die Intensität ihres Blicks übertreiben oder ihn mit einem undurchdringlichen Ausdruck verschleiern … Am Anfang stellt man sich noch voller Euphorie vor, dass man selbst auch einmal als »Nachwuchstalent« diese Wand schmücken wird, und sieht sich am Beginn einer vielversprechenden Karriere, die bei Schauspielern jedoch sehr ungewiss ist.

Meine eigenen Hoffnungen darauf sind bereits geschwunden. Mit fünfunddreißig Jahren bin ich kein »Nachwuchstalent« mehr, nicht einmal mehr eine »Jungschauspielerin«. Aber was bin ich dann? An manchen Tagen weiß ich es selbst nicht.

Alice beendet ihr Gespräch und wirkt leicht verärgert, als sie auf mich zugeht. Ich stehe auf, überrage sie um einen Kopf.

Dieses Persönchen, zierlich und zart besaitet, an 365 Tagen des Jahres braun gebrannt, scheint sich nur von Körnern und Keimen zu ernähren, denn sie ist superschlank. Heute trägt sie einen engen Rock – davon kann ich mit meinem ausladenden Hintern nur träumen – und eine elegante Bluse, die am Hals etwas offen steht. Sie trägt zehn Zentimeter hohe Pumps, um ihre Größe von ein Meter fünfundfünfzig vergessen zu lassen, und bewegt sich auf ihnen wie eine Seiltänzerin. Alice kommt auf mich zu, haucht mir mit ihren schmalen Lippen einen flüchtigen Kuss auf die Wange und ist offensichtlich wenig geneigt, sich mit weiteren Höflichkeitsbekundungen aufzuhalten, die sie nur nerven und ihrer Ansicht nach nichts bringen.

Zwanzig Minuten später erscheint Meredith im Türrahmen, hochrot und nach Luft schnappend.

»Ich komme zu spät, tut mir leid«, sagt sie atemlos.

Alice durchbohrt sie mit Blicken, genau wie ich, und fordert sie auf, Platz zu nehmen.

»Folglich …«, beginnt Alice.

Sie beginnt alle ihre Redebeiträge so, eine Gewohnheit, die zunächst einmal ungewöhnlich erscheint, denn eigentlich sollte ja »folglich« eine Schlussfolgerung einleiten. Aber bei ihr ist es der Auftakt für eine Unterhaltung.

»Folglich, Mädels«, fährt sie fort, »ich habe mehrere Termine für euch ergattert.«

Für uns! Das heißt für Les Greluches!

Erregung ergreift mich. Ich kann es nicht erwarten, wieder auf der Bühne zu stehen.

»In Paris?«, fragt Meredith spontan, mit einem Funken Hoffnung.

Alice wirft ihr einen betont freundlichen Blick zu, der unverkennbar eine gefährliche Nuance von Mitleid enthält.

»Nein, in der Provinz. Was hast du denn erwartet? Einen Auftritt im Theater Le Point Virgule?«

Alice kneift angesichts dieser schneidenden Bemerkung zufrieden die Augen zusammen. Meredith vergräbt sich sofort wieder in ihrem Sessel. Alice hüstelt, um die leichte Verstimmung zu verscheuchen, und fährt fort:

»Folglich: Eure ersten Auftritte sind in Marseille. Abfahrt in zehn Tagen. Zwei Wochen Proben, anderthalb Monate Aufführungen: Donnerstag, Freitag, Samstag, jeweils um 19.30 Uhr. Und am Sonntag eine Matinée um 16 Uhr.

»Wo?«

»Im Theater de l'Acrostiche, meine Süßen.«

»Gibt es das tatsächlich?«, bemerke ich unwillkürlich spöttisch.

Alice bleibt die Antwort schuldig.

»... und wie sieht's mit der Gage aus?«, wage ich schüchtern zu fragen.

»Der Direktor bietet euch ein Fixum an plus einen Prozentsatz von den Einnahmen.«

Unsere Blicke machen deutlich, dass wir eine klarere Antwort erwarten. Alice seufzt – ein schlechtes Zeichen.

Als sie die genauen Zahlen nennt, sehe ich, dass Meredith ebenso niedergeschlagen ist wie ich. Der Ruhm ist wohl nicht in greifbarer Nähe. Unsere Agentin zuckt mit den Schultern. Bei all den Künstlern, die sie wider jeglichen gesunden Menschenverstand in ihrem Katalog aufführt, ist sie solche Reaktionen gewöhnt und gerät deswegen nicht mehr aus der Fassung.

»Bah. Drei Abende pro Woche und dazu den Sonntag – das lässt euch genug Zeit, noch einen kleinen Nebenjob zu suchen, oder?«

Diese Pseudo-Vertraulichkeit geht mir auf den Wecker. Ich lächle, ziehe aber insgeheim eine Grimasse und träume von dem Tag, an dem ich sie, ihre Hochsteckfrisur und ihre zweitklassigen Pläne zum Teufel schicken kann.

»Freut euch lieber: Ich habe auch noch Auftritte in der Gegend von Lille für euch ergattert. Kommst du nicht dorther, Meredith?«

»Ja.«

Meredith verbirgt ihre Freude.

»Ist das nicht großartig? Und wem verdankt ihr das?«

»Daaaanke Aliiiiiiice«, erwidern wir im Chor, ohne dass unsere Herzen wirklich dabei sind.

Meines ist umso mehr bedrückt, da ich seit fünf Minuten an meine Tochter Késia denken muss. Ich kann sie unmöglich auf die Tournee mitnehmen! Um nichts auf der Welt möchte ich ihren Schulbesuch durcheinanderbringen, auch nicht ihren Tagesablauf, der wie ein Notenblatt rhythmisch geordnet ist. Sie hat in Paris ihr soziales Umfeld, ihre Freundinnen, ihre Lehrerin, die sie vergöttert … Ob meine Mutter bereit ist, sie für mehrere Wochen zu betreuen? Und wie wird meine Tochter auf meine längere Abwesenheit reagieren? Eine Woge der Beunruhigung und der Schuldgefühle überrollt mich. Habe ich das Recht, weiterhin meiner Leidenschaft nachzugehen, die uns kaum den Lebensunterhalt ermöglicht? Oder soll ich alles aufgeben und mir irgendeine Festanstellung suchen, um für meine Tochter einen sicheren Rahmen zu schaffen?

Ich horche in mich hinein und suche nach einer Antwort, die sich »richtig« anfühlt. Und nein, nein. Ganz entschieden nein. Im Augenblick kann ich mich nicht dafür entscheiden. Wenn ich auf meine Theaterlaufbahn verzichten würde, wäre das wie ein langsamer Tod. Auf der Bühne zu stehen hält mich am Leben. Es ist mein größter Traum. Und seitdem ich Mutter bin, ist die Bühne mein persönlicher Rückzugsort. Als Schauspielerin aufzutreten, erfüllt mich mit Leben. Nichts gibt mir mehr Energie! Ich muss mich noch mehr anstrengen, doch ich werde es schaffen, das schwöre ich mir.

SZENE 9

Antoine

Heute muss ich die Vorbereitung für unsere nächste Produktion »Sendebereit« organisieren. Obwohl ich der Produzent von Rundfunksendungen bin, ist der eigentliche Finanzier dabei mein Arbeitgeber: eine der größten Rundfunkanstalten Frankreichs.

Ich bin eine Art Dirigent mit einem Orchester aus Kolumnisten, Journalisten, Moderatoren und freischaffenden Künstlern … Ich muss schnell die richtigen Entscheidungen im Hinblick auf Ideen, Gäste und Themen treffen. Doch ich mag diese täglichen Adrenalinstöße.

Nachdem ich an dem großen Empfangsschild meiner Rundfunkanstalt angelangt bin, schlängele ich mich seitwärts an der Warteschlange eines neugierigen Publikums vorbei. Die Menschen sind gekommen, um bei einer Aufnahme des Senders zuzuschauen. Der Sicherheitsdienst kontrolliert streng, auch ich muss mich ausweisen. Ich gehe durch die Sicherheitsschleuse – alle Eingangshallen der großen Unternehmen ähneln inzwischen den Zugängen auf den Flughäfen mit ihren Sicherheitskontrollen. Dann lege ich meinen Ausweis vor und betätige das Drehkreuz. Die Damen am Empfang grüßen mich mit einem routinierten Lächeln. Überall laufen auf Bildschirmen in endloser Wiederholung Bilder der aktuellen Sendungen. An der Wand hängen riesige Porträts von Fernsehstars. Ich drücke den

Fahrstuhlknopf. Zwei junge Frauen steigen aus und werfen mir einen vielsagenden Blick zu – sind sie interessiert? Mache ich also immer noch Eindruck? Seit Meredith in meinem Leben ist, habe ich das vergessen. Der Aufzug ist leer. Ich nutze die Gelegenheit, mich im Spiegel zu betrachten: Nach fast vier schlaflosen Nächten ist mein Gesicht wachsbleich, mein brauner Dreitagebart wirkt nicht mehr sexy, mein Mund ist trocken, und meine Lippen sind infolge von übermäßigem Alkoholgenuss rissig. Ich wollte mit diesen Lippen die geliebte Person überzeugen, bei mir zu bleiben, aber es ist mir nicht gelungen.

Als ich den Aufzug verlasse, ist meine Stimmung kratziger als meine Bartstoppeln.

Meine Assistentin empfängt mich mit einem Kaffee. Mein hingemurmeltes Danke ist mit dem normalen Hörorgan kaum wahrzunehmen. Man könnte wohl fast von Ultraschall sprechen. Sie hält sich zurück, denkt wohl, es sei am besten, dem nichts hinzuzufügen. Ich begebe mich zum Besprechungszimmer, wo mich meine Teammitglieder zur Redaktionssitzung erwarten, um über die Themen der nächsten Sendung zu entscheiden. Vor mir bewegen sich die Köpfe meiner Mitarbeiter hin und her, und doch werden sie für mich immer wieder von Merediths Gesicht überdeckt. Ein beharrliches Bild. Ich versuche, mir die Vorschläge aufmerksam anzuhören, tue so, als interessierten sie mich, bin aber Lichtjahre von allem hier entfernt. Neulich abends habe ich ihr gegenüber einiges einstecken müssen. Ich habe den starken Mann gespielt, der ohne Weiteres durchhalten kann. Habe ich bisher nicht immer diese Rolle gespielt? Ein guter Bluff, sage ich mir. Bravo, Antoine: Du hast es sogar so weit getrieben, ihr einen Countdown anzubieten. Als ob du fähig wärst, das alles aufs Spiel zu setzen – was für eine amüsante Maskerade! In Wahrheit ist es nicht mehr als ein krampfhaftes, gezwungenes Lachen. Der Herr ist arm dran. Er hat sich wie Tom Hanks in *Big* aufgeführt. Der war im Film ein Junge in einem Erwachsenenkörper. Vorher fühlte ich mich stark wie ein Fels und hatte das Gefühl, dass nichts mir wirklich etwas anhaben konnte. Vor allem die Frauen nicht. Aber das stimmt nicht, denn ich werde weich. Vielleicht werde ich alt?

»Antoine? Antoine!«

Ich zittere.

»Ja?«, erwidere ich zerstreut.

»Hörst du, was wir sagen?«

»Jaja, natürlich …«

»Und wie denkst du darüber?«

»Worü …«

»Nun: Soll man an Schutzengel glauben?«

»Ah ja …«

Meine Hirnzellen beginnen im Eiltempo zu arbeiten. Innerhalb von dreißig Sekunden denke ich über das Thema nach und zeige ein vages Lächeln. Ich bemerke, wie ein Mitarbeiter meine Assistentin anstupst und ihr erleichtert zuflüstert: »Ich glaube, die Idee gefällt ihm.«

Ja, die Idee gefällt mir gut! Aber nicht nur wegen der Bedürfnisse der Sendung. Das Wort Schutzengel hat in meinem Kopf eine seltsame Saite zum Schwingen gebracht. Als ich hier eintraf, war ich noch völlig verzweifelt, aber dieses Wort erfüllt mich wieder mit etwas Hoffnung. Ich zog schicksalsergeben und sehr schwarzseherisch in den Kampf, um Meredith nicht zu verlieren. Aber wie wäre es, wenn ich diese auferlegte Zwangspause als Herausforderung ansehen würde? Denn ich bin ja ein Mann, der Herausforderungen liebt, ich mag diesen Nervenkitzel. Und was hat das mit dem Schutzengel zu tun? Nun … der Schutzengel, überlege ich, könnte der Hauptdarsteller sein in dem Film meiner Rückeroberung …

SZENE 10

Rose

Meine Mutter ist schon ein komischer Vogel, aber ich muss sie bitten, während meiner Abwesenheit auf Késia aufzupassen. Ich habe keine Wahl. Zum Glück wohnen wir nur ein paar Häuserblocks auseinander, was von großem Vorteil ist, da so der Schulrhythmus meiner Tochter mühelos eingehalten werden kann. Mir liegt sehr viel an meiner Mutter. Der Apfel fällt nicht weit vom Stamm. Freundlich gesinnte Menschen würden über sie sagen: »Man muss sie kennen …« Eine höfliche Untertreibung, um zu sagen, dass sie eine vollkommen unorthodoxe Persönlichkeit ist. Und zwar von Kopf bis Fuß. Von ihrem exzentrischen Look bis zu ihrer Lebensweise. Im Übrigen sind die Männer einer nach dem anderen an der schroffen Grobheit ihres Charakters gescheitert, als wären sie gegen ein verborgenes Riff gestoßen. Wie das Licht lockt sie die flatterhaften Schmetterlinge an und hat dabei, frivol wie sie ist, mehr als ein Ass im Ärmel. Aber wenn sie erst mal in der Falle sitzen, schrauben sie ihre Wünsche an sie ganz schnell herunter. Sie versteht es, ihnen den Kopf zu verdrehen, aber zum Glück geht sie immerhin nicht so weit, ihnen diesen zu zerschmettern. Auch wenn sie Anhängerin anzüglicher Szenarien ist, ist sie doch kein männermordender Vamp. Wobei …

Obwohl meine Mutter naturblond ist, färbt sie seit vielen Jahren ihre Haare rabenschwarz, was ihre Augen, die an die einer schwarzen Katze erinnern, noch auffälliger macht. Der Kontrast zwischen uns beiden ist frappierend. Niemand würde vermuten, dass wir Mutter und Tochter sind. Genauso verhält es sich mit mir und meiner Tochter. Anscheinend wiederholt sich die Geschichte. Meine Mutter hatte sich vom Charme meines biologischen Vaters, der von den Antillen stammt, einlullen lassen. Auch er hat sich aus dem Staub gemacht.

Ich läute noch einmal. Sie braucht etwas länger, um zu öffnen. Als sie endlich im Türrahmen erscheint, drücke ich Késias kleine Hand noch etwas fester. Seit zehn Tagen fürchte ich mich vor diesem Augenblick. Die Stunde des Abschieds rückt näher. Wie erwartet, bin ich am Boden zerstört, weil ich meine Tochter zurücklassen muss. Habe ich Schuldgefühle, weil ich eine schlechte Mutter bin? Mache ich mir Sorgen über die Auswirkungen meiner Abwesenheit auf das seelische Gleichgewicht meines Kindes und auf seine künftige Entwicklung? Ganz offensichtlich. Aber was soll ich tun? Ich kann sie unmöglich mit auf die Tournee nehmen. Wie immer bin ich hin- und hergerissen zwischen meiner Mutterrolle und meinem Weg als Künstlerin. Es erscheint mir undenkbar, Erfüllung finden zu können, ohne das eine mit dem anderen zu vereinbaren. Das ist der Grund, weshalb ich kämpfe, um als Schauspielerin Erfolg zu haben. Ich hoffe, dass Késia eines Tages stolz auf mich sein wird …

Meine Mutter begrüßt mich mit einem schmatzenden Kuss, der mich in eine nach Patchouli riechende Wolke einhüllt, vermischt mit dem betörenden Duft der Damaszener-Rose. Aus ihrer verschlossenen Miene schließe ich, dass sie gegen meine Tournee ist. Zum Glück ist sie total vernarrt in meine Tochter, mit der sie eine erstaunliche Komplizenschaft verbindet. Hat Késia sie bei der Geburt mit einem Liebeszauber verhext? Ich kann es nicht sagen. Aber fest steht, dass ihre Großmutter sie wie eine Prinzessin behandelt, was sie bei mir nie gemacht hat. Ich bekam von ihr mehr Ohrfeigen als Küsse, habe ihr aber verziehen. Meine Persönlichkeit machte ihr bestimmt zu schaffen. War es meine Wut, keinen Vater zu haben, mit der ich sie unbewusst zur Weißglut trieb?

Dass mein Vater sie verließ, als ich noch nicht einmal ein Jahr alt war, hat sie mehr verletzt, als sie sich eingestehen wollte. Sie hat mir die ganze Kindheit hindurch eingebläut: »Kind, lass dich um Gottes willen nie mit einem Chabin oder einem Bamileken ein. Vertrau deiner Mutter. Entweder sind sie Schürzenjäger, Trunkenbolde oder Gangster.«

Sie war nicht gerade für ihre politisch korrekte Wortwahl bekannt.

Als ich erwachsen war, hielt ich mich an ihre Ratschläge. Ich hatte mich in einen Weißen verliebt, der als Steward bei einer großen Fluggesellschaft arbeitete, zumindest angeblich. Kurz nachdem ich ihn über meine Schwangerschaft informiert hatte, verließ er mich. Das war wohl mein Familienkarma.

Ich danke Antoine de Saint-Exupéry für seine Worte: Man sieht nur mit dem Herzen gut. Ich hatte dem Liebesgeflüster von Késias Vater vertraut und dabei vergessen, auf meinen sechsten Sinn zu hören. Leider schaltet man allzu oft seine Intuition samt ihrer magischen Antennen ab, was meistens ein Fehler ist …

Meine Mutter kneift Késia mit grober Zärtlichkeit in die Wangen und überschüttet sie mit Küssen.

»Omi, hör auf. Du verschmierst überall deine Spucke.«

Késia steuert, ohne sich aufhalten lassen, auf ihre Spielzeugkiste zu, drückt dabei ihren ramponierten Lieblingshasen in die Halsbeuge und lutscht am Daumen. Sie kann es nicht ausstehen, wenn ich ihr Stofftier wasche. Das scheint wohl die beruhigenden Duftstoffe herauszuspülen. Folglich zögere ich immer den Moment hinaus, bis ich ihn mir schnappe und in die Waschmaschine stopfe. Daraufhin zieht sie zwei Tage lang eine beleidigte Schnute.

Seit zwei Jahren gehört meine Mutter einer karmischen Bewegung an, die bioenergetisch und epigenetisch ausgerichtet ist.

Ein verdammt weiter und schwieriger Weg, wenn man protestantische Wurzeln hat. Ihre Wohnung ist hauptsächlich vom Buddhismus inspiriert. Hier ein Mandala-Wandteppich mit einem Elefanten, dort ein ZEN-Meditationskissen. In einer Nische des Wohnzimmers hält sie hinter einem Paravent ihre Beratungssitzungen ab, denn sie ist ein Medium.

Meine Tochter ist von dieser unkonventionellen Welt ganz offensichtlich fasziniert. Und all die ungewöhnlichen Gegenstände, von denen das Haus überquillt, bieten jede Menge Stoff für ihre Fantasie. Ein hervorragender Ort für die Inspiration und das Erfinden von Geschichten.

Roméo musste heute jedoch zu Hause bleiben. Was ihn betrifft, so hat sich meine Mutter sehr unmissverständlich ausgedrückt: »Deine Tochter ja, aber dein Vogel – nie und nimmer!«

Ich muss Roméo also mit auf die Reise nehmen. Das kann ja heiter werden …

Ich unterhalte mich eine Weile mit meiner Mutter über dieses und jenes und zögere den gefürchteten Augenblick des Abschieds hinaus. Aber irgendwann muss es so weit sein … Ich stehe auf und glätte automatisch meinen langen Rock. Késia wirft mir einen Blick zu und versteht. Sie springt hoch und umklammert verzweifelt meine Beine. Ich spüre, wie sie sich vor Schluchzen schüttelt. Meine Tochter weint bittere Tränen. Ich darf nicht weinen, jetzt nicht. Später. Ich drücke sie fest an mich. Unter uns nennen wir das spaßhaft »Wildes Knuddeln«. Dann knie ich mich zu ihr nieder, um auf Augenhöhe mit ihr zu sein, und trockne mit den Händen so gut es geht ihre Tränen.

»Ich will nicht, dass du gehst, Mama.«

»Mein Herzblatt! Weine nicht! Ich besuche dich so oft wie möglich.«

Das tröstet sie kein bisschen. Kinder kennen nur eine Zeit – den Augenblick.

»Wer ist denn mein mutiges großes Mädchen?«, sage ich mit kläglichem Lächeln.

»Ich nicht«, erwidert sie.

Wie kann ich mich nur aus der Affäre ziehen?

Ich nehme ihre Nasenspitze zwischen Zeige- und Mittelfinger.

»O, wem gehört denn diese Nasenspitze? Hmm. Sie sieht … entzückend aus.«

Wie bei einem Zaubertrick klemme ich die Nasenspitze zwischen zwei Fingern ein, und tue im Spaß so, als ob ich sie knacken wollte. Meine Tochter lacht trotz der Tränen.

»Mama! Lass meine Nase los!«

Ich lasse die kleine Stupsnase wieder los. Aber ihr Kummer hält an und ist sehr groß. Sie verzieht sofort wieder das Gesicht. Also versuche ich etwas anderes.

»O, schau mal!«

Mein Zeigefinger deutet auf eine eingebildete Erscheinung. Völlig überrascht folgt Késias Blick meinem Finger und vergisst zu weinen.

»Sag, was hast du da im Ohr? Was ist … O, schau, Késia!«

Ich zieh ihr Lieblingsbonbon aus ihrem Ohr. Ihr kleines Gesicht hellt sich auf. Dem ersten lasse ich ein zweites folgen, dann ein drittes, ein viertes. Ich ziehe die Bonbons aus ihren Taschen, ihrem Bauch und sogar aus ihrer Socke. Sie lacht freiheraus, steckt sich ein Bonbon in den Mund und kaut genussvoll. Jetzt ist der richtige Moment, mich zu verziehen.

Ich gehe schnellen Schrittes die Straße entlang. Sehr schnell. Ich will schneller sein als meine Tränen.

SZENE 11

Meredith

Countdown: J-172

Ich habe mich mit Rose unter der großen Uhr am Gare de Lyon verabredet. Wo steckt sie bloß? Am Ende verpassen wir noch den Zug. Seit einer halben Stunde stehe ich mir die Beine in den Bauch, bin dem kalten Wind ausgesetzt und schon ganz starr vor Kälte. Wenn man an einem Bahnhof herumsteht, wird man ständig angebettelt. Bereits dreimal wurde ich um Almosen gebeten. Von einem echten alten Stadtstreicher mit seinem ausgemergelten Labrador im Schlepptau, von einer Mutter mit einem Baby im Arm, die mich verzweifelt anflehte, und von einem jungen Mann, dünn wie ein Streichholz und mit verlorenem Blick. Ich drücke die dritte Zigarette aus und rufe meine Freundin zum x-ten Mal an.

Endlich entdecke ich ihre hohe Gestalt, die durch die Menge auf mich zustrebt. Mein Gott, hoffentlich ist es ihr gelungen, Roméo unterzubringen! Mit ihrem exzentrischen Aussehen, ihrem Paradiesvogel und der Unmenge von Gepäck, das sie hinter sich herzieht, als habe sie einen Umzug vor, erregen wir mit Sicherheit Aufsehen. Als sie vor mir steht, fallen wir uns in die Arme. Wie froh bin ich, dass sie da ist!

»Wie ich sehe, hast du dich für leichtes Gepäck entschieden …«

Sie wirft mir einen gespielt finsteren Blick zu.

»Los, beeilen wir uns, sonst verpassen wir noch den Zug. Und ich habe keine Lust, mir noch weitere zwei Stunden hier einen abzufrieren.«

Wir versuchen, uns zwischen den Fahrgästen durchzuschlängeln, gebrauchen die Ellenbogen, treten manchmal versehentlich Leuten auf die Füße oder rempeln jemanden mit dem Koffer an. Über die Schulter hauchen wir dann ein »Entschuldigung« und setzen unseren Weg fort.

Schließlich stehen wir vor Waggon 12. Auf Anraten des Tierarztes hat Rose Roméo ein leichtes Beruhigungsmittel verabreicht, doch anscheinend erzielt das Medikament nicht die erwünschte Wirkung. Kaum hat er den Schaffner in Uniform vor dem Waggon entdeckt, stimmt der Papagei die Marseillaise an.

»Allons enfants de la patriiiiiehu!«

Vielleicht hat ihn die Uniform an die Wiederholung der Fernsehsendung vom 14. Juli erinnert? Jedenfalls gefällt das dem Beamten der SNCF gar nicht, und er fordert Rose auf, die Mitnahmegenehmigung für den Vogel vorzuzeigen. Sie bemüht sich, die entsprechenden Papiere zu finden, und durchwühlt eine der sechs Taschen, die sie hinter sich herschleppt. Unter dem missbilligenden Blick des Schaffners und den erbosten Mienen der übrigen Fahrgäste, deren Weiterkommen wir blockieren, suchen wir gemeinsam.

Endlich haben wir die Papiere gefunden und können einsteigen. Anschließend benötigen wir ungefähr zehn Minuten, um das Gepäck zu verstauen, dann können wir endlich aufatmen.

Wir lächeln, machen uns jedoch nichts vor. Wir wissen, dass jede von uns ihre Gründe hat, Paris schweren Herzens zu verlassen. Wir plaudern eine Weile über belanglose Dinge, um es uns leichter zu machen. Doch dann holen uns unsere Gedanken ein. Ich weiß, dass die von Rose sich um Késia drehen. Meine dagegen eilen im Direktflug zu Antoine. Seit unserer berühmten letzten

Begegnung habe ich nichts von ihm gehört, und ich fange wirklich an, an meinem Entschluss zu zweifeln. Ich würde ihm liebend gern schreiben, aber ich habe das Gefühl, dass nicht ich als Erste schreiben sollte. Im Übrigen hatte ich in den letzten Tagen genug Zeit, um über den Sinn des Ausdrucks In-jemanden-verliebt-sein nachzudenken. Vielleicht fallen den Verliebten dabei die vielen Male ein, die sie ihre Hand blutig gebissen haben, um nicht aus Leibeskräften den Namen des Auserwählten herauszuschreien. Vielleicht sehen andere in der Liebe eine Bisswunde, die Tollwut verursacht; Wut darüber, bis zum Wahnsinn zu lieben? Zumindest aber denken sie, dass dieser Ausdruck schlichtweg als Beschreibung für den kleinen Fisch dient, der angebissen hat und sich nun nicht mehr vom Haken lösen lässt. Die verschiedenen Versionen drehen sich in meinem Kopf im Kreis und variieren von einer Stunde zur nächsten. So werfe ich schätzungsweise tausendfünfhundertundsiebzigmal pro Tag einen zwanghaften Blick auf mein Smartphone, um zu prüfen, ob er mir nicht zufällig geschrieben hat. Aber nein, natürlich nicht.

Es geht mir schlecht. Ich leide. Ich knabbere wieder an meinen Nägeln.

»Wo ist der nächste Halt?«

»In Valence. In gut einer Stunde, sofern du deine Zigarettenpause planst.«

Ich seufze. Rose kann meine Gedanken lesen.

Wenn man verliebt ist, kommt das Warten auf ein Zeichen des geliebten Menschen einer leichten Folter gleich. Aus Minuten werden Stunden. Schließlich zählt man die Sekunden. Die Zeit ist nicht mehr dieselbe. Jeder Körperpartikel ist besetzt vom Verlangen nach dem anderen. Man gehört sich nicht mehr selbst. Heute leide ich mehr denn je an meiner offenen Wunde – an der Sehnsucht nach dem Mann, der mir so sehr fehlt. Vielleicht dieses

Mal aufgrund der realen geografischen Entfernung. Diese verzehrende Sehnsucht wirkt sich negativ auf meine Haut aus, raubt mir den Verstand. Ich bemerke, dass Rose mich aus dem Augenwinkel mustert. Mir ist klar, dass sie weiß, was gespielt wird. Diese Gemütszustände sind ihr zur Genüge vertraut, sie kennt meine schlechten Stimmungen bestens. Ich brauche keine großen Anstalten zu machen, damit sie die erbärmliche Miene der im Stillen leidenden verliebten Frau erkennt, die versucht, sich der Realität zu entziehen, um sich der Melancholie hinzugeben. Ein Zustand, in den wir uns begeben, wenn der andere zur Besessenheit wird. Und wie sehr hängt man an diesem Gemütszustand! Da ist nichts zu machen! Man kann sich aus dieser beklagenswerten Erstarrung nicht lösen. Stattdessen trägt man noch selber Stunde um Stunde zu diesem Frust sowie der anhaltenden bangen Erwartung bei.

Meine Nerven knirschen schon wie rostige Türangeln. Alles irritiert mich. Vor allem dieser verdammte Papagei, der pausenlos irgendwelche sinnlosen Abscheulichkeiten krächzt. Es ist die Hölle. Unsere Nachbarn sind auch schon völlig genervt. Umso besser. Wenn es einem schlecht geht, freut man sich voller Boshaftigkeit darüber, dass es anderen genauso geht. Lediglich das kleine Mädchen hinter uns gluckst vor Vergnügen, wenn Roméo seine Show abzieht. Sie stellt sich auf die Sitzbank, um ihn in seinem Käfig zu betrachten. Dieses ganze Durcheinander bereitet mir Kopfschmerzen. Ich durchsuche gerade meine Tasche nach Paracetamol, als mein Handy vibriert. Eine Nachricht! Plötzlich erfasst mich eine unbändige Hoffnung. Könnte das er sein? Ich erlebe einen magischen Moment des Überschwangs, spüre, wie meine zittrigen Finger den Pin-Code eintippen, der das Handy entsperrt. Mit klopfendem Herzen klicke ich auf das Icon der Mailbox. Doch ich erlebe eine Enttäuschung und fühle mich, als wäre ich in die tiefste Tiefe gefallen. Alles, was ich sehe, ist die Reklame für eine Klamottenmarke.

Der Teufel soll sie holen! Ich verdamme sie bis in die dreizehnte Generation!

Ja, ich bin aufs Äußerste gereizt. Und das qualvolle Warten bringt mich dazu, zu fluchen wie Jacques de Molay, der letzte Großmeister des Templer-Ordens auf dem Scheiterhaufen.

»Komm, trink einen Kaffee«, schlägt Rose vor, »das bringt dich auf andere Gedanken.«

Ich zucke mit den Schultern, würde am liebsten sagen: Was soll das nützen …

»Was machen wir denn mit Roméo?«

»Da hab ich eine Idee.«

Sie setzt ihren Charme ein und fragt die Nachbarn – die Eltern des kleinen Mädchens –, ob sie so freundlich wären, auf den Vogel aufzupassen, damit wir kurz in den Speisewagen gehen könnten. Sie sind gerne bereit, denn der Papagei sei eine hübsche Abwechslung für ihre Tochter.

Wir schlagen den Weg zum Speisewagen ein. Dabei werden wir mal gegen die Wände im Gang, mal gegen die sitzenden Fahrgäste gestoßen. Einige schlafen mit offenem Mund. Um mich zu amüsieren, schiebe ich ihnen imaginäre Fliegen in den Mund.

Mein armes Kind! Der Liebeskummer wirkt sich merkwürdig auf dich aus.

Als wir schließlich an der Theke des Speisewagens angelangt sind, stehen zehn Personen in der Schlange vor uns. What else?

Rose meckert lautstark. Ich nicht. Ob ich nun hier warte oder sonst irgendwo … Ich will mich in Geduld üben. Denn meine Ankunft ist nicht in drei Stunden … sondern in fünf Monaten, zwanzig Tagen und sechs Stunden.

Marseille

SZENE 12

Meredith

Countdown: J-169

Ich befinde mich in der Nähe der Place Bargemon und will am Pavillon M vorbeigehen, da wird mein Blick von ein paar imposanten Bronzeskulpturen gefesselt: Die verschiedenen Figuren ähneln Touristen, die einen Koffer oder eine große Reisetasche mit sich schleppen. Das allein ist noch nichts Besonderes. Das Erstaunliche daran ist, dass es sich um unvollendete Körper handelt, die im wahrsten Sinne des Wortes »durchlöchert« sind und den physikalischen Gesetzen trotzen: Durch welche Magie ist es dem Künstler gelungen, sie aufrecht stehend zu gestalten? Ein Schild verrät mir den Namen des Bildhauers: Bruno Catalono. Das Kunstwerk trägt den Namen *Les Voyageurs*, die Reisenden.

Ich blicke völlig fasziniert auf die Skulpturen und bleibe stehen, um sie in Ruhe zu betrachten. Auch ich befinde mich auf einem Weg, dem in eine einsame Träumerei. Etwas an dieser Arbeit geht mir unter die Haut. Vielleicht, weil ich mich, genau wie die Skulpturen, auf eine seltsame Reise begeben und einen Teil von mir zurückgelassen habe?

Ich bin völlig gebannt von ihrer Wirkung. Dem Künstler ist es gelungen, Leere zu materialisieren, und zwar außerordentlich gut. Als ob er es geschafft hätte, eine derart verschwommene Empfindung wie Angst oder Mangel für das Auge sichtbar zu machen … Gefühle, die seit Tagen mein Inneres beherrschen, ohne dass ich es in Worte fassen könnte. Im Übrigen ist es seltsam, welche Wirkung diese innere Leere haben kann. Die Leere gilt als nichts. Sie dürfte also keine Schmerzen verursachen, es sei denn, sie beginnt tatsächlich viel Raum einzunehmen. Warum nur hat man das Gefühl, dass sie einen wie in einem Schraubstock einengen kann? Es ist das Paradoxon der Leere. Der Leere, die uns mit Verzweiflung erfüllt oder zumindest mit einer düsteren schwarzen Enttäuschung.

Schwarz ist genau die Farbe für das, was ich empfinde, seitdem ich Antoine »allein gelassen« habe. Und es ist auch die Farbe der düsteren Beklommenheit, weil ich keinerlei Nachricht von ihm erhalten habe … Tausendmal pro Stunde versuche ich, vernünftig zu sein: »Lass ihm die Zeit, das Ganze zu verarbeiten. Denk daran, welch tiefe Wunde du ihm zugefügt hast. Er liebt dich, klar wird er wieder auf dich zukommen und dir bald schreiben …« Nichts davon funktioniert. Im Zug lese ich nochmals den genialen Text von Roland Barthes, *Fragmente einer Sprache der Liebe*, über das Warten: »Bin ich verliebt? Ja, da ich warte. Der andere wartet nie. Manchmal möchte ich so tun, als warte ich nicht; ich versuche, mich anderweitig zu beschäftigen, zu spät zu kommen. Aber bei diesem Spiel verliere ich immer: Was auch immer ich tu, ich habe das Gefühl, nichts zu tun, genau, nämlich das Gefühl, genauer gesagt, zu früh dran zu sein. Die fatale Identität des Verliebten ist nichts anderes als: Ich bin derjenige, der wartet.«

Antoine kennt den Text, der es mir ermöglicht, das Offensichtliche zu überprüfen, sicherlich auch: Ich bin verliebt.

Zwei Arten von Menschen fantasieren: sehr alte Leute und die Verliebten in der Krise des Zweifels.

An dieser Stelle tauchen immer wieder dieselben Fragen auf.

Denkt er an mich? Wenn er mich lieben würde, würde er mich doch anrufen, oder?

Sein Schweigen schmerzt, als ob er mir das Herz herausreißen würde. Sein Schweigen klingt genauso hohl wie die Leere der Statuen. Lediglich Worte können die besorgte Seele des Menschen, der liebt, beruhigen.

Die Liebe schleudert einen hin und her. Sie spült einen durch. Die Liebe stellt einen auf den Kopf. Das laugt aus!

Und alles nur wegen dieser verrückten Idee der Love Tour. Eine Reise, für die ich mich auf den Weg gemacht habe, mit unbekanntem Ziel. Wie eine Candide der Liebe, die nicht genau weiß, was sie sucht, und die sich fragt, wohin diese Reise sie führen wird … In den letzten Monaten war Antoine in solchem Maße Teil meines Lebens geworden, dass mir diese körperliche Entfernung von ihm den Eindruck vermittelt, mich von einem Teil von mir getrennt zu haben. Ich hätte mir nicht vorstellen können, dass die Trennung so schmerzlich sein würde. Dabei habe ich sie selbst gewollt. Wo liegt der Fehler? Ich hielt mich für eine Frau voller Widersprüche und entdecke sogar einen Hauch Masochismus in mir.

Mehr denn je erkenne ich die Gefahren von 1 + 1 = 1. Der Mythos der Verschmelzung. Mit dem anderen verschmelzen, bis dieser vollkommen zu einem Teil des eigenen Selbst geworden ist. Aber ich erkenne, wo der Schuh drückt:

Wenn der andere sich entfernt oder einen verlässt oder, noch schlimmer, stirbt, ist die Gefahr, völlig aus dem Gleichgewicht zu geraten, enorm. Wenn man den anderen zu seiner »besseren Hälfte« erklärt, bedeutet das dann nicht, dass man sich für immer und ewig von ihm abhängig erklärt, in ihm eine lebenswichtige Krücke sieht und sich unwiederbringlich schwächt? Wenn man zu 50 Prozent von jemandem abhängig wird, um leben zu können, bedeutet das nicht, im Herzen verkrüppelt zu werden und der Seele die Flügel zu rauben?

Der andere bleibt für immer ein anderer. Niemand ist auf dieser Welt, um uns zu »vervollständigen«. Vollständig zu werden ist ein Weg, der allein begangen werden muss. Leider spüre ich im Augenblick, dass mir noch kleine Teile meines Selbst fehlen, da sie verstreut sind. Teile wie bei diesen Figuren … Unvollendet, genau das trifft auf mich zu. Was soll ich anstellen, um mich endlich »vollständig« zu fühlen? Welchen Kitt benötige ich für meine existenziellen Risse?

Ich denke an die am Pavillon des Canaux begonnene Arbeit, und mehr denn je verspüre ich das Bedürfnis, diesen persönlichen Weg weiterzugehen. Ich erhebe mich ruckartig von der Bank, wobei ich einige gefiederte Gefährten aufscheuche. Jetzt bräuchte ich ein Heft, um meine Gedanken aufzuschreiben! Ich setze meinen Spaziergang fort, und in meinem Kopf arbeitet wieder alles in voller Geschwindigkeit. Eine Fülle von Bildern taucht vor mir auf, vor allem Szenen auf einer Bühne.

Meine Gedanken verdichten sich immer mehr zu einer imaginären Szene: Ich stehe allein vor einem riesigen Zuschauerraum, der bis auf den letzten Platz besetzt ist. Ich habe unerträgliches Lampenfieber, während ich einen komischen Text über alle kleinen Miseren, die uns Amor auferlegt, rezitiere.

Ich lächle in meinem imaginären Auftritt, stelle mir meine Bühnenfigur vor, warum nicht gar eine Mamzelle Juju, eine Juliette der Moderne, die sich gerade von ihrem Romeo befreit und sich selbst zur Forscherin der Liebe ernannt hat, bereit, alle Stürme zu vertreiben, um deren Mechanismen besser zu begreifen, und die den Zuhörern nach und nach von ihren Entdeckungsreisen berichtet …

»Ah, Amor hat sich wohlweislich gehütet, uns zu sagen, dass sein Weg, der von Rosen der Liebe übersät ist, auch mit Dornen gespickt ist.«

Der Scheinwerfer ruht auf Mamz'elle Juju, völlig desillusioniert, mit übertriebenem Make-up, mit Mascaraspuren unter den Augen, verschmiertem Lippenstift, aufgesteckten Zöpfen, einem gebauschten Rock aus schwarzem Tüll, Netzstrümpfen, roten Absätzen wie jene von Dorothy im Zauberer von Oz. Magische Absätze, Siebenmeilenstiefel, um die Gebiete des Landes der Liebe zu erforschen, die Landkarte der Zärtlichkeit.

Mamzelle Juju lästert über Amor:

»Sie haben uns ganz schön reingelegt mit den niedlichen kleinen Darstellungen eines sympathischen Puttchens mit hübschen roten Wangen, die rund sind wie Liebesäpfel …

Ich will euch mal was sagen … Amor … ist lediglich ein alter, kurzsichtiger Mann, der keine Ahnung von der Liebe hat, der verbogene Pfeile abschießt, die häufiger im Hintern landen als im Herzen!«

** Gelächter des Publikums **

Das Lachen hallt in meinem Kopf wider, als ob ich dort wäre. Ich denke über diese Ideen nach, die sich herauskristallisieren, während ich durch die Straßen von Marseille eile. Soll ich mein eigenes Schauspiel schreiben? Eine One-Woman-Show? Habe ich nicht schon immer davon geträumt? Natürlich wäre ein Soloauftritt eine riesige Herausforderung, und das bei meinem Lampenfieber! Das ist auch der Grund, weshalb ich bisher lieber zu zweit aufgetreten bin. Mit Rose als Bühnenpartnerin ist alles so viel einfacher. Aber verstecke ich mich nicht einfach hinter ihr? Mein größter Wunsch: eines Tages zur Familie der bedeutenden Komiker zu gehören. Coluche, Foresti, Elamaleh und viele andere … Ich weiß, meine Ambitionen sind kühn, aber Oma Didine sagte mir immer: »Hab keine bescheidenen Ambitionen, denn sie sind genauso schwierig zu erreichen wie die hochgesteckten.« Ich nehme mir vor, endlich mit dem Schreiben anzufangen. Zumal Rose mir immer prophezeite, sie spüre, dass ich in mir die Seele einer One-Woman-Show trage. Ich denke auf der Stelle wieder an Antoine. Ihn zu lieben quält mich, inspiriert mich aber auch. Wenn ich einem jungen Mann begegne, der sich nach mir umdreht, denke ich amüsiert: Wie bezeichnet man eine männliche Muse?

SZENE 13

Meredith

Ich schlendere gern durch Buchhandlungen. Jede einzelne von ihnen erinnert mich an die Höhle von Ali Baba. Am liebsten würde ich alle Bücher aufkaufen. Doch heute steuere ich direkt auf das Regal mit den Papierwaren zu, da ich einen ganz bestimmten Artikel suche.

»Guten Tag. Haben Sie Organisationsordner?«

Die Verkäuferin versteht nicht genau, was ich eigentlich will.

»Wissen Sie, Ordner mit Registerkarten.«

»Ah ja! Natürlich. Wie viele Registerkarten?«

»Drei wären ideal.«

»Ah, solche haben wir leider nicht. Wir haben nur welche mit fünf.«

Ich denke an die drei Achsen meiner Überlegungen hinsichtlich der Amourability. Was soll ich mit den beiden zusätzlichen Karten anstellen? Die Verkäuferin wartet.

»Können Sie ihn mir bitte zeigen?«

Sie begibt sich auf die Suche, und ich mache mir Gedanken über die beiden freien Registerkarten. Auf der einen könnte ich nach und nach meine Entscheidungen und Verpflichtungen eintragen und auf der anderen meine Ergebnisse und kleinen Erfolge. Diese Vorstellung gefällt mir. Da kommt die Verkäuferin auch schon zurück und zeigt mir einen schwarzen, unscheinbaren Ordner, der mir jedoch nicht gefällt. Aber dann fällt mir ein, dass es leicht möglich wäre, ihm eine persönliche Note zu verleihen.

Ich begebe mich wild entschlossen zu einem Regal mit Mal- und Zeichenzubehör und suche nach den dafür erforderlichen Materialien: Papier mit inspirierenden Motiven für kreative Collagen, Minispiegel in Herzform sowie Büroklammern. Dann stöbere ich in den Schalen und Kästen auf der Suche nach Ideen. Schließlich stoße ich auf die lustige Figur eines Amor aus Pappe – genau das, was ich jetzt brauche!

Erleichtert verlasse ich die Buchhandlung und beschließe, zu unserem Appartement zurückzukehren. »Appartement« ist vielleicht etwas übertrieben. Rose und ich haben lediglich eine winzige Dreizimmerwohnung gefunden: Zwei Zimmer, so groß wie ein Taschentuch, ein Lilliputaner-Wohnzimmer, das zu Dreiviertel von Seiner Majestät Roméo I. und seinem üppigen Käfig belegt wird, eine Koch- und Essecke, die höchstens für Puppen geeignet ist, und ein Bad für Gartenzwerge.

Seit fünf Tagen wohnen wir jetzt dort. Ich bin genervt von der tropfenden Dusche und der defekten Heizung. Resigniert nehme ich die ersten Anzeichen von einem gepfefferten Schnupfen wahr. Jeden Winter reiben sich die Mikroben ihre Hände schon im Voraus, denn ich bin eine gute Wirtin, und sie wissen, dass sie mit mir das große Los gezogen haben! Mein Hals-, Nasen- und Ohrenbereich garantiert ihnen einen Wohnsitz auf Lebenszeit, mit einem erneuerbaren Mietvertrag. Mein Rachen ist ein Traum von einem Vermieter und nimmt es nicht so genau mit Schnupfen, Husten und Angina … Er nimmt einfach alles auf und bietet größten Komfort: garantierte Feuchtigkeit, eine ideale Temperatur für Paracetamol, eine luxuriöse Mundhöhle … Auch meine

Mandeln sind großzügig: Sie empfangen Neuankömmlinge mit aufnahmebereiten Gaumenzäpfchen. Die Viren wissen genau, wo sie im Warmen überwintern können.

Und wenn es nicht die echten Viren sind, die mir Streiche spielen, dann übernehmen die falschen Viren diese Aufgabe: Ich habe eine unangenehme Tendenz zur Hypochondrie. Bei mir gibt es keinen Waffenstillstand. Wenn mich der Rachen in Frieden lässt, sorgt ein anderes Organ für Unruhe – mein Gehirn, der Sitz der Gefühle. Beim ersten Anflug von Lampenfieber leide ich an eingebildeten Halsschmerzen. Jeder Schauspieler hat Eukalyptuspastillen in seiner Tasche oder Wundertropfen aus Krötenspeichel, die man zu einem horrenden Preis in Bioläden kaufen kann und die das Versagen der Stimme verhindern sollen. Für Künstler, die live auftreten, wäre Letzteres eine Naturkatastrophe, die einem Erdbeben der Stärke 8 oder 9 auf der Richterskala gleichkäme.

Ich lege mir eine große Kleenex-Schachtel zurecht und fange an, die äußere Hülle des Ordners zu dekorieren. Es wird mir doch kein Schnupfen diesen angenehmen Augenblick verderben? Ich gestalte mit dem gemusterten Seidenpapier harmonische Collagen und füge etwas Alufolie hinzu, um einen Lichtschimmer vorzugaukeln. Die Amor-Pappfigur gibt dem Ganzen den letzten Schliff. Ein schöner Effekt. Dann klebe ich ein hübsches, auf alt getrimmtes Etikett darauf. Nun muss ich den Hefter nur noch betiteln. Ich lutsche ein Halsbonbon und schaue mich auf der Suche nach Inspiration um. Da fällt mein Blick auf das Etikett des Heftes, das ich anfangs entfernt hatte. Darauf steht auf Englisch »Refillable organizer«, also Organisationshefter. Das ist es, ich hab's! Ich nehme den schwarzen spitzen Filzstift und schreibe in meiner schönsten Schrift »Love Organizer« auf den Ordner.

Gerade setze ich an, den letzten Buchstaben zu schreiben, da ertönt das Signal für eine Nachricht. Als ich diese kleine, heiß ersehnte rote Ziffer auf dem Handy blinken sehe, weiß ich, dass eine SMS eingetroffen ist. Liderflattern, Herzflattern. Ein stummes Gebet, dass es endlich er sein möge!

Ich erlebe ein Wechselbad der Gefühle. Wie sehr habe ich doch diese Worte herbeigesehnt.

Wie geht es meinem aufsteigenden Stern?
Mein Himmel ist rabenschwarz, da du nicht da bist ...
A.

Ich wirble wie eine russische Tänzerin durchs Zimmer, bis ich mich vor Glück rücklings auf mein kleines Bett fallen lasse. Dann presse ich das Handy fest an mich und fühle mich wie fünfzehn. Ich verspüre ein unbändiges Verlangen, seine Stimme zu hören, und stürze ins Wohnzimmer.

»Sag mal, dir scheint es besser zu gehen?!«, bemerkt Rose im Vorbeigehen. »Wie lässt sich deine plötzlich so heitere Miene erklären?«

Sie durchbohrt mich mit ihren Freundinnen-Augen.

»Ah, du hast eine Nachricht erhalten.«

»Nachricht, Nachricht«, wiederholt der Papagei munter und verursacht seltsame Geräusche mit seinem Schnabel. Es hört sich an wie Zungenschnalzen, unterlegt von Pfeifgeräuschen. Dabei hüpft er auf seiner Stange von einem Bein aufs andere.

Rose sieht mir zu, wie ich schnell in meine große wollene Weste schlüpfe.

»Wohin gehst du in diesem Aufzug? Zieh dich warm an, draußen ist es sehr kalt.«

»Ja, Mama.«

Ich hauche ihr mit der Hand einen Kuss zu und rase die Treppe hinunter, schaffe die acht Stockwerke in weniger als zwei Minuten, getragen von Antoines SMS-Nachricht.

Ich habe keine Lust, ihn von der Wohnung aus anzurufen! Ich brauche jetzt eine vertraute, intime Umgebung, eine kleine verborgene Nische, wo mich niemand sieht und hört. Nur er und ich. Nur wir beide, ganz allein auf der Welt. Ich kenne eine solche Stelle. Ich stürze los, biege in die erste Straße links ein und gelange direkt in eine hübsche Sackgasse am Waldrand, die ich vor Kurzem entdeckt habe. Es herrscht regelrechte Polarkälte. Das ist mir aber egal. Ich presse mich an die Ziegelsteinmauer und hülle mich so gut wie möglich in die Wollweste. Dabei ärgere ich mich ein wenig, dass ich nicht auf Rose gehört und einen Mantel übergezogen habe. Ich nehme eine Zigarette aus der Schachtel und ziehe genüsslich daran. Dieser Moment wird perfekt, sofern es mir gelingt zu telefonieren, ohne dass mir ein Finger abfriert.

Antoines Nummer ist unter meinen »Favoriten« gespeichert. Ich tippe sie ein. Die Klingeltöne dauern so lange wie meine Herzschläge rasen. Endlich meldet er sich.

Aber er ist eine SIE. Eine SIE?

SZENE 14

Antoine

Es läutet, mindestens achtzehnmal, unüberhörbar. Das Markenzeichen meiner guten Freundin Annabelle – und ihrer legendären Ungeduld.

Ich stehe, mit meiner Rasur beschäftigt, gerade im Bad. Als ich zur Tür eile, verheddert sich mein Fuß im Teppich. Zum Glück fange ich mich im letzten Moment ab. Ich stoße leise einen Fluch aus.

»Ich komme«, brülle ich und ärgere mich schon jetzt, dass ich mich auf diesen Abend mit ihr, auf den ich keinerlei Lust verspüre, eingelassen habe.

Mein einziger Wunsch ist: zu Hause zu bleiben, so zu tun, als sähe ich mir einen Film an, bei dem aber alle zwanzig Sekunden unterschwellig Merediths Gesicht eingeblendet wird. Nachdem ich mir vierzehn Tage qualvolles Schweigen aufgebrummt hatte, habe ich ihr endlich eine SMS geschrieben. Um ganz korrekt zu sein: Diese Nicht-Kommunikation wurde mir aufgedrängt. Annabelle, meine einzige weibliche Freundin, die ganz außer sich ist, über die mir von meiner Partnerin auferlegte Trennungsprüfung, drängt mich ständig, meine »Würde als gekränkter Mann« wiederzufinden. Ich soll aus Protest so lange wie möglich Funkstille zwischen uns herrschen lassen! Aber ein weiterer Tag hätte das Fass, das bereits voll mit meinem Frust und der Sehnsucht nach Meredith war, zum Überlaufen gebracht.

Annabelle war schon immer eine emanzipierte Frau, die in jeder Beziehung ganz zu sich steht. Ihre grauen Augen, eingerahmt von vielen kleinen Lachfalten, sind von einmaliger Lebendigkeit. Ihre Haare sind von einem intensivem Blond, und ihre Physiognomie mit den natürlichen Rundungen steht im Widerspruch zu ihrem widerborstigen, unnachgiebigen Naturell.

Sie bekennt sich lautstark zu ihrer lesbischen Neigung, für sie die am höchsten entwickelte Stufe der amourösen Entwicklung. Eine Frau ist, ihrer Meinung nach, geschaffen, um eine andere Frau zu lieben, da sie ihre Wünsche, ihr Verlangen und ihr Wesen tausendmal besser verstehen kann als ein Mann. Für Annabelle ist das traditionelle Modell Mann-Frau veraltet und beschränkt, zumal die Rolle des Mannes bei der Zeugung eines Kindes inzwischen fast zu einer Nebensache geworden ist. Funktionieren denn die Samenbanken nicht hervorragend? Annabelle gehört zu den Menschen, die gerne die alten, konventionellen Denkweisen revolutionieren würden.

Ich verkneife mir auf diesem Terrain jegliche Argumente.

Wir hatten uns an der Uni kennengelernt, und sie hat mich dann »adoptiert«. Für einen Mann sei ich nicht allzu bescheuert, bemerkte sie häufig scherzhaft. Das war in Ordnung für mich. Hinter ihrer manchmal unwirschen Art verbirgt sich ein Mitgefühl, das sehr selten ist und sich weniger in Worten als in Taten offenbart.

Ihre direkte, unverstellte Art gefällt mir gut. Mit Annabelle verliert man keine Zeit mit sozialem Schnickschnack, mit irgendwelchen Heucheleien und oberflächlichen Unterhaltungen. Bei nur wenigen Menschen kann ich die Maske derart fallen lassen. Wie erholsam es doch ist, man selbst sein zu können!

Ich öffne die Tür, und Annabelle stürzt herein.

»Aber du bist ja noch gar nicht fertig«, brüllt sie, als sie bemerkt, dass mein Gesicht noch halb mit Rasierschaum bedeckt ist.

Ich murmele genervt vor mich hin.

»Hör zu, ich weiß noch nicht einmal, ob ich mitkomme, ich …«

Sie macht eine Geste, als wolle sie sich die Ohren zustopfen, um mir nicht zuhören zu müssen.

Ich verschwinde im Bad, um mich fertig zu rasieren. Sie folgt mir ungeniert.

»Und – was gibt's Neues?«

»Nichts Besonderes …«

Sie sieht, wie mein Blick zu meinem Laptop wandert und dann zum Spiegel zurückkehrt.

»Und die … deren Namen man nicht nennt …«, neckt sie mich. »Keine Nachricht von ihr?«

Sie studiert gründlich meinen Gesichtsausdruck. Ich habe das Gefühl, an einen Lügendetektor angeschlossen zu sein.

»Nein, nein, keine …«

Ich räuspere mich.

»Du bist so seltsam, du verschweigst mir doch was. Los, red schon!«

»Nein, ich versichere dir …«

Sie denkt nach und wechselt die Strategie. Sie geht auf den Spiegel zu und zeichnet einen Kopf im Stile der Comic-Reihe *Toto*. Ich grinse, beende meine Rasur und sehe, wie sie sich amüsiert. Sie zeichnet noch einen zweiten Kopf daneben, eine *Toto*-Tochter mit langen Haaren. Zwischen die beiden malt sie ein Fragezeichen. Sie gibt sich nicht geschlagen und will unbedingt wissen, was mit mir und Meredith los ist.

»Du bist wirklich unmöglich!«, werfe ich ihr vor.

Sie lacht sich schief. Ich kann absolut nichts vor ihr verbergen.

»Okay … Ich habe ihr gerade 'ne SMS geschickt.«

»Das ist nicht dein Ernst!«

Ich nicke und stehe dazu.

»Und das hat sich für mich gut angefühlt«, erwidere ich trotzig.

Sie betrachtet mich höchst missbilligend und schüttelt den Kopf.

»Du lernst wohl nie dazu, was die Frauen angeht …«

Sie mustert mich wie einen pathologischen Fall, beschließt als gute Freundin aber trotzdem, mir zu Hilfe zu kommen.

»Los, zeig schon her …«

Sie liest die SMS und kraust die Stirn.

»Ah ja … das ist nicht gut, Antoine! Viel zu viel verliebtes Getue.«

Ich hatte mich bereits gezwungen, einige Tage abzuwarten, bis ich Meredith eine SMS schickte. Was sollte ich noch mehr tun?

Sollte ich denn meine Gefühle verbergen?

Ich spüre, wie sich Ärger in mir aufbaut.

»Antoine. Alles, was ich dir sage, ist nicht dazu gedacht, dich zu nerven, sondern dich zu schützen. Toine, mach dir noch mal Gedanken über das Gesetz der Anziehungskraft. Beim Begehren geht es auch um Anspannung! Wenn du ihr alles auf dem Silbertablett servierst, bist du nicht mehr be-geh-rens-wert«, beharrt sie und betont dabei jede Silbe.

Ich kreuze die Arme vor der Brust und verharre in missbilligendem Schweigen. Ich habe keine Lust, sie zu verstehen. Ich leide, verdammt noch mal! Ich sehne mich nach Meredith. Will eine Nachricht von ihr. Will sie hören. Sie berühren. Diese Trennung bereitet mir einen Herzenskummer, wie ich ihn nie zuvor erlebt habe.

Annabelle versucht, mir die kontraproduktiven Wirkungen darzulegen, die die Offenbarung meiner Gefühle nach sich zieht.

Dabei bereitet sie sich, als wäre sie bei sich zu Hause, einen Martini zu.

»Hast du *Jurassic Park* gesehen?«

Ich erkenne den Zusammenhang nicht. Sie greift nach einer Olive und stopft sie mir in den Mund.

»Erinnerst du dich an die Ziege, die als Köder für den großen bösen Dinosaurier angepflockt wird?«

»Ja – und?«

»Nun, die Ziege bist du. Den Dinosaurier reizt diese Ziege, die man ihm als Köder anbietet, überhaupt nicht, verstehst du? Er würde sie viel lieber jagen und mag es gar nicht, dass das Spiel von vornherein gewonnen ist. Verstehst du?«

»Ja, endlich, verzeih, aber ich bin nicht mehr in dem Alter, in dem ich in der Liebe Katz und Maus spielen will.«

»Da irrst du dich. Meiner Meinung nach sollte man nie vergessen, ein hübsches Stück Käse auszulegen, um dem Spiel zwischen Mann und Frau mehr Würze zu verleihen.

»Annabelle, du machst mich wahnsinnig. Ich ...«

Mein Telefon beginnt, *Back to Black* zu spielen. Ich zucke zusammen. Merediths Gesicht erscheint in einer Pop-up-Blase. Ich strecke die Hand nach dem Telefon aus. Annabelle hält mich zurück. Ich verkrampfe mich. Doch bevor ich mir über irgendetwas klar werden kann, nimmt sie den Hörer ab.

Sie haucht mit einer wollüstigen, sinnlichen Stimme ihr Hallo ins Telefon, sodass ich ihr am liebsten den Hals umdrehen würde.

»Antoine? Ah, tut mir leid, er kann gerade nicht sprechen ... Er steht unter der Dusche ... Wir sind gerade auf dem Sprung. Wer ich bin? Wer sind Sie denn?«

Ich würde ihr am liebsten die Augen auskratzen, und sie bemerkt es. Daraufhin rudert sie etwas zurück.

»Ah, guten Tag, Meredith! Ich bin Annabelle, erinnern Sie sich an mich? Wir haben uns einmal auf der Vernissage einer Freundin getroffen.«

Allmählich füllt sich meine Lunge wieder mit Sauerstoff: Meredith sollte jetzt zumindest klar geworden sein, dass es sich nicht um eine neue Eroberung von mir handelt, sondern um die Freundin, von der ich ihr bereits erzählt hatte.

»Natürlich richte ich ihm aus, dass Sie angerufen haben. Auf Wiedersehen, Meredith …«

Annabelle beendet das Gespräch und hält meinem Blick stand, überzeugt davon, dass sie zu meinem Besten gehandelt hat.

»Du wirst mir später dafür danken.«

SZENE 15

Meredith

Was für ein Schock, als ich neulich abends statt Antoines Stimme die Stimme einer Frau hörte. Als ich begriff, dass es Annabelle, seine lesbische Freundin, war, beruhigte ich mich etwas. Aber die Eifersucht hat mich fast erdrückt! Dem Himmel sei Dank, dass Antoine nachts zurückrief und all meine Ängste zerstreute. Es ist schon seltsam: Diese Art von fast schmerzhafter Freude, die ich spürte, als ich seine Stimme hörte, ist auch geprägt davon, dass er mir fehlt.

Ich lächle und denke genussvoll an den Augenblick vertrauter, lebhafter Unterhaltung zurück, als ich im Laufschritt durch die Straßen von Marseille eile: Ich habe in einem kleinen Restaurant mit Fisch- und Meeresfrüchtespezialitäten ein Vorstellungsgespräch. Le poisson calu. Das Lokal wird ausschließlich von Einheimischen besucht, was sehr verheißungsvoll klingt.

Die Begegnung mit der Besitzerin entspricht meinen Erwartungen. Sie ist eine Art brünetter Brigitte Bardot. In ihrem bananenförmigen Haarknoten stecken drei rote Plastikblumen. Ihre glänzenden rosafarbenen Lippen sind etwas zu voll, um natürlich zu sein. Zwei Haarsträhnen umrahmen ihr Gesicht. Um die Augen herum wurde ein schwarzer Kajalstrich gezogen, was ihr den Blick eines Feuerschluckers verleiht. Ihre Kleidung ist nicht gerade ein

Musterbeispiel an Zurückhaltung! Ein langes schwarzes Kleid bemüht sich, ihren Körper mit den üppigen Formen zu umhüllen, und kontrastiert dabei mit den seltsamen Strumpfhosen mit horizontalen vielfarbigen Streifen.

Ihr fester Händedruck zerquetscht mir fast die Finger. Sie führt mich zu einem ungedeckten Holztisch am anderen Ende des Saals. Als sie Platz nimmt und die langen Beine in den gestreiften, regenbogenfarbenen Strumpfhosen übereinanderschlägt, entdecke ich ein unglaubliches Detail: ihre wahnwitzigen Plateauschuhe mit durchsichtigen Absätzen. Im Inneren jedes Absatzes zappelt ein bedauernswertes Geschöpf aufgeregt herum. Es sind kleine Fischlein! Der Ton, den sie mir gegenüber anschlägt, missfällt mir auf Anhieb. Überheblich. Autoritär. Sie mustert mich von Kopf bis Fuß und versucht, meine Qualitäten als Kellnerin abzuschätzen. Ich war einige Jahre in der Gastronomie tätig, da ich die Erfahrung gemacht hatte, dass ich mich von der Kunst nicht ernähren konnte. Madame K., wie ich sie auf Anhieb nannte – wegen des Kajals um ihre Augen und ihres Vornamens Katia –, beendet ihre Sätze in der Regel mit einem »Ist das klar?« – was mich wahnsinnig macht! Da ich während des Gesprächs die Augen gesenkt halte, hält sie mich sicherlich für lammfromm. Doch in Wahrheit kann ich den Blick nicht von den winzigen eingesperrten Fischen abwenden!

Ohne mich allzu sehr ins Zeug zu legen, gelingt es mir, sie davon zu überzeugen, mir den Job zu geben. Zumindest probeweise. Sie erhebt sich. Ich ebenfalls. Ich danke ihr. Sie erwidert: »Überschlagen wir uns nicht!« Ich erwidere: »Keine Sorge.« »Hier lang«, fordert sie mich auf. Sie stößt die Türflügel zur Küche auf, da sie mich dem Koch vorstellen möchte, ihrem Mann. Als er sich fröhlich umdreht, wischt er sich die Hände ab und drückt mir herzlich die Hand.

»Willkommen an Bord.«

Er heißt Jacques, aber alle nennen ihn Jacquot. Er meint, ich könne ihn auch so nennen. Madame K. runzelt die Stirn. Er tut so, als bemerke er es nicht, scheint ihre Art gewohnt zu sein und lächelt mich freimütig an. Was für ein sympathischer Mann! Der Kontrast zwischen den Ehepartnern ist frappierend – wie heiß und kalt. Er ist recht klein, lebhaft, spontan und freundlich. Sie ist von imposanter Statur und steckt in ihrer Rolle als arrogante Matrone fest. Was nur findet er an ihr? Ich bedenke die beiden mit einem Lächeln, das etwas übereifrig ist. Es scheint ihnen zu gefallen. Manchmal ist es von Vorteil, eine Schauspielerin zu sein. Ich mache mich jetzt mit Sack und Pack aus dem Staub. Für heute reicht es mir. Der Ort bereitet mir bereits Übelkeit – und nicht nur wegen des Geruchs von Bratfett.

Als ich wieder im Freien bin, atme ich tief durch und zünde mir kurz danach eine Zigarette an, die ich im Weitergehen rauche. Ich mache mir deswegen Vorwürfe, doch ich finde eine schlechte Ausrede: Jemand anders ist schuld daran – Madame K.! Ich werde dann mit dem Rauchen aufhören, wenn mir die Menschen nicht mehr auf die Nerven gehen! Ich rufe Rose an.

»Und, wie ist es gelaufen?«

»Sie haben mich genommen.«

»Du sprudelst ja über vor Freude.«

»Was soll ich sonst sagen?«

Sie amüsiert sich über meinen *Droopy-Dog*-Humor. Das mag ich so an ihr, sie lacht über jede Kleinigkeit.

»Kommst du zum Essen heim?«

»Nein, ich habe Lust, noch etwas zu bummeln. Treffen wir uns um 14.30 Uhr im Theater zur Probe?«

»Ja, okay, meine Süße, sei pünktlich …«

Ich ziehe noch dreimal an meiner Zigarette, drücke sie dann aus und kaufe mir ein Panini. Das Papier klebt mir an den Fingern, aber das Sandwich wirkt wie eine Wärmflasche. Ich beschließe weiterzuschlendern.

An einer Abbiegung bleibe ich einen Moment lang vor dem Schaufenster einer Kunstgalerie stehen. Der Blickfang ist ein quadratisches Gemälde von etwa ein Meter fünfzig, das einen Tanz zeigt, der von drei heiteren korpulenten Frauen aufgeführt wird. Es ist eine schwache Nachahmung von Boteros Stil. Die grellen Farben tun mir weh, aber das Thema spricht mich an. Das Bild erinnert mich an das Gemälde *Die drei Grazien* von Raffael, das ich als Kind einmal bei einem Kulturwochenende mit meinen Eltern zufällig im Museum Condé in Chantilly entdeckte.

Diese drei Frauen, die hier ziemlich abstoßend wirken, erinnern mich an etwas Seltsames. Mitten auf der Straße hole ich meinen Love Organizer heraus und gehe in die Hocke, um einen Gedanken in eine meiner drei Rubriken einzutragen, in die Registerkarte »Zwischen mir & mir«. Vertrauen und Selbstachtung, genau, das ist es. Ich stelle mir noch ein anderes Bild mit meinen drei falschen Grazien vor: Madame Angst, Madame Komplexe und Madame Überzeugung. Drei Teile von mir, mit denen ich in Einklang kommen muss, wenn ich mit meiner Amourability vorankommen möchte.

Jede dieser Damen nimmt viel zu viel Platz in meinem Kopf ein.

Ich habe inzwischen auf dem Trottoir Platz genommen. Anscheinend erwecke ich Mitleid, denn jemand reicht mir einen Fünfeuroschein.

»Sie sollten hier nicht bleiben«, sagt die freundliche alte Dame. »Holen Sie sich einen Kaffee!«

Ihr starker Marseillaiser Akzent amüsiert mich. Eine reizende

Omi. Ich versuche, ihr zu erklären, dass sie mir kein Geld geben soll, dass ich nicht auf der Straße lebe, aber die alte Dame ist bereits geflüchtet wie ein kleiner weißer Hase. Vielleicht hat sie sogar recht? Ich betrete das nächste Bistro, mache es mir in der Wärme gemütlich und hänge weiter meiner kreativen Träumerei nach.

Ich denke an die erste der drei Damen, Madame Angst, während der Ober mir einen doppelten Espresso bringt. Ich beschließe, mir selbst die Pistole auf die Brust zu setzen: Nun, Mireille-Meredith? Was sind deine Ängste? Was hindert dich daran, deine Geschichte mit Antoine voll auszuleben? Gewissenhaft notiere ich in meinem Love Organizer die Liste meiner Ängste unter der Rubrik »Zwischen mir & dir«. Ich nenne sie meine Flip-Liste.

Ich habe Angst, dass er genug von mir hat. Ich habe Angst, ihm nicht gewachsen zu sein … Ich habe Angst, mittelmäßig zu sein … Ich habe Angst, dass ich ihn nicht glücklich machen kann … Ich habe Angst, dass er mich verlassen könnte …

Ich schreibe noch weitere zehn Ängste auf und betrachte die Liste. Ich blinzle. Ich hätte nicht gedacht, dass ich so viel Material zusammenbekommen würde. Ich beschließe, meine Ängste nach ihrer Intensität einzustufen und jeder Angst eine bestimmte Anzahl von Sternen hinzuzufügen. Je mehr Sterne ich anbringe, desto größer ist meine Angst. Kurze Zeit später habe ich meine drei größten Ängste identifiziert:

Die Angst, dass meine Liebe mit der Zeit schwächer wird. Es gibt nichts Schlimmeres als den langsamen Todeskampf einer schönen Liebesbeziehung.

Die Angst, beruflich zu scheitern und folglich Antoines Liebe nicht mehr »würdig zu sein«.

Die Angst, in der Realität »mein wahres Ich« preisgeben zu

müssen, das sicherlich enttäuschend ist, sodass er sich von mir abwendet und mich verlässt. Das ewige Impostor-Syndrom. Ein negatives Szenario, das unaufhörlich in meinem Kopf kreist: Im Augenblick liebt er mich – es ist mir gelungen, ihn zu beeindrucken, aber das liegt sicherlich daran, dass er meine Fehler und alles, was bei mir nicht funktioniert, noch nicht entdeckt hat. Wird er mich immer noch lieben, wenn er erst mal meine Schattenseiten kennt?

Es ist seltsam. Es fröstelt mich, wenn ich meine Ängste schwarz auf weiß niederschreibe, gleichzeitig erleichtert es mich aber auch! Als wenn die Tatsache, dass ich sie anerkenne, ihnen ihre Macht nehmen würde. Das ist wie bei einem Feind, der endlich aus dem Schatten tritt. Ich erkenne, dass es keinen Sinn hat, meine Ängste zu verdrängen, denn dann treten sie nur noch stärker in Erscheinung. In gewisser Weise ein Bumerang-Effekt. Es ist besser, die Ängste einzukreisen, sie besser kennenzulernen. Darin liegt vielleicht die Lösung.

Und wenn ich lernen würde, mich manchmal in Ruhe zurückzuziehen und zu beobachten, wie die grauen Wolken vorbeiziehen?

So wie man Wolken vorbeiziehen sieht, die dann in der Ferne verschwinden? Ich glaube, die Angst kann man nicht vertreiben, sie zieht vorbei wie eine Wolke. Man muss sich ihrer Bewegung anpassen und darf sich nicht gegen sie stemmen, man muss mit dem Wind gehen und nicht gegen ihn. Die Angst ist wie der Schmerz: Je mehr man sich hineinsteigert, desto unerträglicher wird er. Vielleicht kann man die Wirkung abmildern, wenn man die Ängste als Teil des dazugehörigen Transformationsprozesses ansieht.

Ich werfe einen Blick auf meine Armbanduhr: Es ist 14.10 Uhr. Meine Überlegungen haben mich dermaßen gefesselt, dass ich fast meine Probe vergessen hätte. Schnell, zum Theater! Ich bezahle und verlasse das Café im Eilschritt, den Love Organizer eng an mich gepresst. Ich bin fest entschlossen: Ich werde nichts dem Zufall überlassen, um meiner Liebesgeschichte alle Chancen einzuräumen, lebendig zu bleiben. Wenn Menschen vor einem großen Steingebilde stehen, sehen einige darin vielleicht nur einen Stein, andere wiederum eine Kathedrale. Ich habe Lust, zur zweiten Kategorie zu gehören.

SZENE 16

Antoine

Ich warte vor dem Palais de la Découverte, dem Wissenschaftsmuseum im Grand Palais, auf Annabelle. Es war ihre Idee, mit mir eine Ausstellung über die Verführungskünste in der Tierwelt zu besuchen. Anscheinend sind Tiere darin begabter als wir. Ich halte nicht viel davon. Umso mehr, weil ich vor allem von dem Gedanken besessen bin, dass Meredith am Ende dieses albernen Countdowns zu mir zurückkehrt! Tag für Tag mache ich mir Gedanken, wie ich meine Strategie der Rückeroberung weiter verbessern könnte. Darin unterscheidet sich meine Sichtweise von Annabelles Standpunkt. Ich halte es auch nicht für eine gute Idee, Meredith ohne eine Nachricht oder ein Zeichen meiner Aufmerksamkeit zu lassen und sie dadurch in einen dauerhaften Frustzustand zu versetzen. Annabelle hingegen lobt das Gefühl des Mangels in den höchsten Tönen und sieht darin geradezu ein Elixier, um das Gefühl des Verliebtseins lebendig zu halten. Ich bin jedoch der festen Überzeugung, dass Mangel eher die Reaktion eines aggressiven Nagetiers als die Wirkung eines Zaubertranks hervorruft! Wie immer sagt mir mein Verstand, dass die Lösung in der Mitte liegt. Es ist wichtig, begehrenswert zu sein, um Begierde zu erwecken. Diese List sollte jedoch in kleinen Dosen angewendet werden. Ich fange an, Meredith und ihre Widersprüche zu verstehen: Einerseits gibt sie gerne die stolze, unabhängige Frau, die niemanden braucht; andererseits weiß ich nur zu gut, wie groß ihr Bedürfnis nach Liebe, Aufmerksamkeit und Bestätigung ist. Und niemand kann mich davon abhalten, ihr das alles zukommen zu lassen.

Ich habe im Übrigen Annabelle gegenüber verschwiegen, dass ich neulich abends, nach unserem Theaterbesuch, schwach geworden bin und Meredith um ein Uhr morgens angerufen habe. Mein Gott, wie gut hat mir ihre etwas schläfrige, leicht heisere Stimme getan! Und unsere Gefühle – rein, klar und glühend. Seither stehen wir wieder täglich in Verbindung. Meine Migräne, die meinen Kopf seit Wochen wie in einen Schraubstock eingeklemmt hatte, ist verschwunden. Wie durch Zauberei … Meredith ist meine Zauberin.

Wie reizend du gestern am Telefon warst …, habe ich ihr sofort am nächsten Morgen geschrieben. Entschuldige, dass ich deinen Schlaf verkürzt habe, aber ich kann absolut nicht versprechen, es nicht wieder zu tun.

Ich stelle mir vor, wie sie bei diesen Worten lächelt. Ein warmer Strom fließt durch meine Adern.

Und erst ihre Antwort! Den ganzen Tag ging ich wie auf Wolken.

Präsenz der Abwesenheit. Ich ein Teil davon. Du überall. Du bist in jedem Augenblick mit mir zusammen.

Ich kann kaum ausdrücken, wie sehr diese Nachrichten mich beruhigt und mit tiefer Freude erfüllt haben!

Ich nehme es Annabelle nicht übel. Ich weiß, dass sie mich beschützen und nur das Beste für mich will. Ich höre ihren Ratschlägen zu und denke über sie nach, mehr nicht. Im Übrigen hat sie nicht in allem unrecht. Ich liebe Meredith so sehr, dass ich dazu neige, sie zu ersticken und mich in ihr Leben und ihre Entscheidungen einzumischen. Eine alte Angewohnheit von mir, alles kontrollieren zu wollen. Ist es nicht vermutlich genau das, was sie in die Flucht treibt? War ich nicht im Begriff, sie in eine Art goldenen Käfig zu sperren, dessen Schlüssel nur ich besitze? Es stimmt, ich wollte sie ganz für mich. Fast gefiel es mir, dass sie keine allzu großen Erfolge als Schauspielerin hat, das gebe ich zu. Sie scheint mir bereits, so wie sie jetzt ist, unwiderstehlich zu sein. Die Schönheit in unvollendeter Form. Was würde geschehen, wenn sie auch noch ein Star wäre? Sie würde mir entgleiten, so viel ist sicher … Ich sehe bereits die Fieslinge vor mir, wie sie sie umschmeicheln, sie wie die Geier umkreisen, ihr Avancen machen … Wären sie am Ende erfolgreicher als ich?

In einem Punkt gebe ich Annabelle recht: Ich muss mich so verhalten, dass ich bei Meredith unbedingt noch etwas Zweifel am Leben erhalte, um für sie die Möglichkeit offenzulassen, dass ich nicht zu ihr zurückkehren könnte. Ich muss mich anscheinend in meinem Elan etwas bremsen und Zurückhaltung üben, um zu vermeiden, in ihren Augen nicht mehr attraktiv zu sein! Diese Zurückhaltung ist für mich mit einer großen Anstrengung verbunden, vor allem, da ich täglich heftiges Verlangen nach ihr verspüre.

Annabelle trifft ein. Sie ist beeindruckend in ihrem weiten, modischen roten Mantel mit der eleganten Metallschnalle, die als Verschluss dient. Sie begrüßt mich mit vier Küssen. Annabelle ist in allem sehr großzügig. Dank unserer VIP-Tickets können wir eintreten, ohne in der Schlange warten zu müssen. Arm in Arm gehen wir weiter und genießen diesen Augenblick gemeinsam.

Wir kommen in den ersten Saal, der uns sofort gefangen nimmt. Ein majestätischer Vogel, den ich nicht sofort zuordnen kann, eine Art Pfau, präsentiert sein prachtvolles Gefieder fächerförmig. Im Hintergrund zeigt ein an der Wand angebrachter

Fernseher ein Video mit Menschenaffen, die gerade kopulieren. Vögel aller Art sind in ihrem schönsten Federschmuck zu sehen, wie sie, bereit zur Paarung, eindrucksvoll umherstolzieren. Sie benehmen sich wie Höflinge im Spiegelsaal von Versailles und sind ebenso prächtig herausgeputzt wie diese. Giraffen vollführen mit ihren langen Hälsen ein Ballett der besonderen Art. Plötzlich fällt mir das Chanson von Claude Nougaro ein:

Umarmt euch das erste Mal
Damit eure Seelen miteinander verschmelzen …

Mit der rauchigen Stimme des Sängers im Ohr bewundere ich lächelnd den Liebestanz der Stichlinge in einem riesigen Aquarium.

Tanzt auf mir
Tanzt auf mir
Am Abend eurer Verlobung

»Hast du das gesehen? Es ist unglaublich! Die männlichen Fische haben einen roten Leib und regenbogenfarbene Augen.«

Annabelle wendet sich mir zu und lächelt schelmisch.

»Genau wie du«, lacht sie.

»Sehr lustig.«

»Spaß beiseite, was weißt du von deiner Esmeralda?«

Soll ich es ihr sagen oder nicht?

»Also gut … Ich werde von Rose, ihrer Bühnenpartnerin, auf dem Laufenden gehalten.«

»Ah! Eine Westentaschen-Mata-Hari, na prima.«

Ich gebe ihr zu verstehen, dass sie bitte den Mund halten soll.

»Ja, es ist ein Geheimnis zwischen Rose und mir. Vor ihrer Abreise hat sie mir versprochen, mich zu informieren, ohne es

Meredith zu sagen. Ich bin keineswegs begeistert von dem, was sie mir berichtet hat: Ihre Wohnung scheint alles andere als luxuriös zu sein … Die Dusche funktioniert nicht, die Heizung ist veraltet. Das bricht mir das Herz …«

»Ich verstehe …«

»Ich möchte ihnen helfen, aber ohne, dass sie es merken, verstehst du?«

»Du hast recht. Deiner Meredith wäre das gar nicht recht …«

»Ich weiß. Ihr verdammter Stolz, zu zeigen, wozu sie fähig ist. Wenn ich ihr finanziell unter die Arme greifen würde, wäre sie sehr ungehalten. Damit würde ich nur ihre Vorstellung von sich selbst bestärken, sie sei unfähig, es allein zu schaffen. Aber ich kann es nicht ertragen, dass es ihr an so vielem fehlt – was auch immer es ist.«

»Es müsste eine Möglichkeit geben, sie indirekt zu unterstützen.«

»Ich suche …«

Annabelle spürt, dass ich besorgt bin, und versucht, mich zu beruhigen.

»Mach dir keine Sorgen, wir lassen uns was einfallen.«

Ich fühle mich etwas erleichtert. Sie wird mir helfen. Auf einmal fühle ich mich weniger einsam.

Die Ausstellung zeigt sehr großzügige Sexszenen, was eine gewisse Wirkung auf mich ausübt. Die Enthaltsamkeit, die mir Meredith auferlegt, ist nicht nur eine der größten Herausforderungen, die ich als Mann je erlebt habe, sondern auch eine der schwierigsten.

Doch werde ich deswegen meine Bedürfnisse nicht mit der Nächstbesten befriedigen! Seit ich Meredith kenne, interessiert mich Sex seiner selbst willen nicht mehr. Ich versuche also, mein Verlangen auf andere Weise zu unterdrücken und aus meinen

Gedanken zu verbannen, als dem vulgären Eros nachzugeben. Die Liebe, die ich für sie empfinde, geht weit darüber hinaus. Unsere Haut reagiert stark aufeinander. Ihre Haut entführt mich in bisher unerforschte Gebiete. Mit Meredith gelange ich auf die andere Seite des Ufers, dorthin, wo das Land der Seelenverwandten beginnt. Die körperlichen Empfindungen wachsen über sich selbst hinaus und schaffen eine Begegnung auf einer völlig anderen Ebene. Wie könnte ich nach dieser Erfahrung noch Lust auf rein körperliche Begegnungen verspüren, die ebenso flach wie enttäuschend sind?

Wir beenden unseren Besuch mit dem Ausstellungsraum zum Leben der Zwergschimpansen und der Menschenaffen aus dem Kongo, deren rege und freizügige Sexualität mich beeindruckt und in deren matriarchalisch geprägten Gemeinschaft erstaunlich wenig Aggressivität zu beobachten ist. Wie schön für sie!

SZENE 17

Meredith

Außer Atem komme ich zu spät im Café des Theaters de l'Acrostiche an. Rose bombardiert mich mit Blicken.

»Tut mir leid, ich habe nicht auf die Uhr geschaut.«

Henri Bosc, der Chef des Theaters, kommt auf mich zu und schüttelt mir die Hand. Auch er wirkt verstimmt. Er ist ein spröder, nervöser Typ, den man besser nicht warten lassen sollte. Die Besichtigung wird rasch über die Bühne gehen. Wir gehen durch die Bar, die im »Vintage«-Stil dekoriert ist, mit einer kleinen, als Bibliothek gestalteten Ecke und ausgestattet mit einer bunten Mischung von Möbeln aus China und einem riesigen Kronleuchter in Form einer Kugel aus Gänsefedern. In der Ecke steht die Replik einer Straßenlaterne. Der Kellner, der hinter dem Tresen beschäftigt ist, grüßt uns distanziert und blasiert. Das ganze Jahr über tauchen hier solch lächerliche Zauberlehrlinge auf wie wir. Henri Bosc führt uns dann in den Theatersaal. Der ist aber eine Enttäuschung. Es gibt bestenfalls fünfzig Plätze! An den Wänden hängen Plakate von Theateraufführungen. Ich steige aufs Podium und streiche automatisch über die großen roten Vorhänge, die mir sofort ein heimeliges Gefühl verleihen, wie immer, wenn ich auf eine Bühne trete. Dann gehe ich ein paar Schritte, um den Innenraum abzumessen, und seufze tief auf, denn er ist sehr bescheiden. Ich begrabe auf der Stelle all meine Träume von Ruhm.

»Sie haben zwei Stunden für die Proben. Danach kommt unsere Mittwochs-Gruppe, die ebenfalls die Bühne braucht. In Ordnung?«

Wir antworten einstimmig mit Ja. Dann machen wir uns sofort an die Arbeit. Zuerst ein paar Aufwärmübungen. Gestikulation, Grimassen mit dem Mund, um die Gesichtsmuskeln zu lockern …

»Bist du bereit?«

Meredith und Rose überlassen nun das Feld den Greluches. Auch wenn die Bühne klein ist, so gehört sie doch uns. Ich lasse mich von dem Jubel des Textes und des Spiels mitreißen.

SZENE 18

Antoine

Seit dem frühen Morgen herrscht in meinem Büro ein Kommen und Gehen. Man könnte meinen, das gesamte Personal würde sich die Klinke in die Hand geben. Es geht zu wie am Nationalfeiertag. Annabelle und ich haben neulich nach der Ausstellung noch ein Café aufgesucht, um zu überlegen, wie ich Meredith finanziell unterstützen könnte, ohne dass sie es merken würde. Nach einem wilden Brainstorming haben wir etwas völlig Verrücktes ausgeheckt, aber es gefiel mir. Ich gab also im Intranet meines Rundfunksenders eine etwas ungewöhnliche Anzeige auf:

Im Rahmen einer etwas ungewöhnlichen Selbsthilfeaktion kaufe ich alle Rubbellose mit Gewinn auf, die in Ihrem Besitz sind, und zahle Ihnen das Doppelte der angegebenen Gewinnsumme aus. Besten Dank im Voraus für Ihre Mithilfe.

Ich rechnete mit ein bis zwei Meldungen, doch ich sollte mich irren: Dutzende von Mitarbeitern haben sich beteiligt, waren neugierig, was ich mit den Gewinnlosen vorhatte. Ich erhielt alle möglichen Lose: von Solitaire über Astro, Black Jack und Pactole bis hin zu Bingo. Ein bunter Reigen von Rubbellosen häufte sich in dem runden Glasbehälter an, den ich bereitgestellt hatte. Ich jubelte innerlich, und es war mir egal, dass meine Überraschung mich eine Stange Geld kostete.

Nach und nach zahlte ich die Teilnehmer meiner Aktionsgemeinschaft aus. Es ist unglaublich, wie sehr die Vorstellung, helfen zu können, die Menschen fasziniert! Unwillkürlich habe ich heute bereits einer ganzen Menge von Leuten zugelächelt. Im Lauf des Tages türmten sich immer mehr Gewinnlose auf. Keine großen Gewinne, unter uns gesagt, aber genug, um fast zweihundert Euro zusammenzubekommen. Und da war noch ein wunderbarer Fang. Andrea, Praktikant beim Pressedienst, ein großer Junge, blond und schlank, der aus Florenz nach Paris gekommen war, um hier zu studieren. Er zockt nie, aber seine Freundin hatte ihn anlässlich seines Geburtstags dazu überredet, sich ein Los zu kaufen. Fünfhundert Euro, was für ein Gewinn! Schnell kaufe ich sein Los auf: Es ermöglicht mir, Meredith eine beträchtliche Summe zukommen zu lassen, ohne dass sie Verdacht schöpft. Ich betrachte meine Ausbeute und bin zufrieden, auch wenn meine Aufgabe erst zur Hälfte erledigt ist: Schließlich wurden die Gewinnlose ja bereits aufgerubbelt!

Damit mein Vorhaben ein Totalerfolg wird, muss eine Lösung gefunden werden, die es ermöglicht, die Rubbellose wieder an der richtigen Stelle abzudecken. Und das muss so gut gemacht sein, dass Meredith nichts davon merkt.

Ich lasse die Namen aus meinem Adressbuch in Gedanken an mir vorbeidefilieren, denn es gilt: jetzt oder nie. Da springt mir ein Name ins Auge: Angélique. Eine Ex-Freundin von mir. Wir hatten ein paar Monate lang eine etwas anrüchige Liaison, bevor diese wegen ihrer krankhaften Eifersucht explodierte. Ich zögere noch, sie anzurufen. Nervös spiele ich an dem Newton-Pendel herum, das auf meinem Schreibtisch steht, um mich beim Nachdenken zu unterstützen. Dieses Mädchen ist die Königin unter den Grafikerinnen. Seit zehn Jahren arbeitet sie in einer der größten Agenturen für Medienmarketing und kennt alle Kniffe dieses Berufs. Ich erinnere mich auch an ihre große Leidenschaft für den Siebdruck. Einerseits bin ich sicher, dass sie mir helfen könnte, aber andererseits … Wenn sie erfährt, dass ich sie wegen der schönen Augen einer anderen Frau um ihre Hilfe bitte, dann gnade mir Gott.

Einen Moment lang wäge ich das Für und Wider ab. Ich betrachte die Spiellose in meinen Händen und sehe dazwischen immer wieder Merediths Gesicht vor meinem inneren Auge auftauchen. Dann greife ich nach meinem Handy.

»Angélique? Ja, es ist wirklich lange her …«

Zwei Stunden später stehe ich vor Angéliques Wohnungstür in einem ruhigen Vorort südlich von Paris. Eine gute Idee, hier zu leben … Allerdings musste ich einen einstündigen Stau überstehen, um herzukommen. Damit muss man in Paris zur Stoßzeit rechnen. Es ist jetzt 19.30 Uhr.

Ich läute, und sie öffnet sofort. Sie ist sehr schön. Ich glaube, das hatte ich ganz vergessen! Ich schlucke schwer und drücke auf den inneren Knopf in meiner linken Gehirnhälfte, den für den Notfall. Gestartet wird das »Erste-Hilfe-Mantra«, das in einer Endlosschleife die beruhigende Litanei wiederholt: Tu es für Meredith. Tu es für Meredith. Tu es für Meredith … Ich muss mich auf mein Ziel konzentrieren.

Angélique hat ohne jeden Zweifel das Haar eines Engels! Doch widerlegt ihr Blick sehr schnell die Reinheit ihrer Absichten. Ich vergrabe die Hände in meinen Hosentaschen, wie ein geistig zurückgebliebener Jugendlicher, der seine Aufregung verbergen möchte.

»Mach es dir bequem, bitte.«

Sie geht auf mich zu und hilft mir aus der Jacke, die sie achtlos auf ihr blaues Sofa im skandinavischen Design wirft.

Ich blicke mich um und bin begeistert. Wie hat sie es geschafft, dieses außergewöhnliche Loft aufzutreiben, mit dieser unglaublichen Glaswand, die dem Ganzen das Flair eines Künstlerateliers verleiht?

»Angélique, ich danke dir, dass du so schnell auf meine seltsame Bitte reagiert hast.«

»Sie ist bei Gott nicht alltäglich«, ruft sie aus und lässt bewusst ein leises sinnliches Lachen aus ihrer Kehle aufsteigen.

Ich tu so, als bemerke ich nicht, wie sie ihre Beine übereinanderschlägt und dann wieder nebeneinanderstellt. War es wirklich eine so gute Idee, hierherzukommen? Ich ärgere mich, weil ich leicht erröte, und besinne mich mühsam wieder auf meine Aufgabe.

»Es geht … um einen Freund. Er steckt in großen finanziellen Schwierigkeiten, und ich würde ihm gern anonym helfen, verstehst du?«

Ich schäme mich etwas, weil ich gelogen habe. Aber wenn ich ihr gestehe, dass der Freund eine andere Frau ist, bin ich erledigt.

»Nun, dein Freund hat Glück gehabt. Er muss wirklich ein sehr guter Freund sein … Ich wusste nicht, dass du so … altruistisch bist.«

Ich räuspere mich. Um schnell vom Thema abzulenken, hole ich den kleinen durchsichtigen Beutel heraus, in den ich die Lose gesteckt habe. Sie greift danach, um sie näher zu betrachten. Ich ziehe ein weiteres Bündel aus meiner Tasche und reiche es ihr.

»Ich habe erledigt, was du mir aufgetragen hast: Ich war bei deinem Drucker und habe die Flasche mit der Lösung gekauft.«

»Perfekt. Zeig her!«

Sie schüttelt die Flasche mechanisch und lächelt mich an wie eine Magierin, die gleich etwas Wunderbares zaubern wird. Und ja, sie wird für mich so etwas wie eine Zauberin sein, wenn es ihr gelingt, meine Überraschung für Meredith zu verwirklichen. Es liegt mir so sehr am Herzen.

»Komm mit, das Material für den Siebdruck liegt oben.« Sie geht auf der Treppe voraus.

Oben angelangt, öffnet sie die Tür zu einem winzig kleinen Zimmer, das aber sehr übersichtlich eingerichtet ist. An der Wand hat sie alle möglichen Siebdrucke aufgehängt. Sie hat wirklich Talent. Sie schaltet einen Leuchttisch ein, um die Gewinnlose aus der Nähe zu begutachten und den nötigen Arbeitsaufwand abzuschätzen. Dann hebt sie den Blick zu mir.

»Ich brauche etwas Zeit. Möchtest du eine Runde spazieren gehen?«

»Mach dir keine Gedanken, ich habe ein paar Akten dabei, die überfällig sind …«

»Mach es dir im Wohnzimmer gemütlich. Du kannst in Ruhe arbeiten. Und genehmige dir einen Drink.«

Ich danke ihr herzlich und verschwinde, um sie ihrer Arbeit zu überlassen.

Als sie mich nach anderthalb Stunden nach oben ruft, sehe ich, dass die Lose neben dem Siebdrucktisch zum Trocknen ausgelegt sind. Das Ergebnis ist umwerfend.

»Danke, Angélique. Ich bin dir wirklich sehr dankbar …«

Sie lächelt, offensichtlich froh, dass sie mir hatte helfen können.

»Ich hoffe, das hilft deinem Freund.«

Ich erwidere ihr Lächeln, fühle mich aber wegen meiner Lüge leicht unbehaglich. Doch es ist eine fromme Lüge, denn Angélique kann in einem Moment eine reizende Person sein und sich im nächsten in eine hysterische Schreckschraube verwandeln, wenn sie eifersüchtig wird. Was für ein Elend! Ohne diesen krankhaften Zug wären wir vermutlich noch zusammen.

»Bleibst du zum Essen?«

»Das ist sehr nett von dir, aber nicht heute Abend. Ich bin todmüde und muss morgen sehr früh anfangen …«

Sie wirkt enttäuscht.

»Wir werden das sehr bald nachholen, großes Ehrenwort«, höre ich mich sagen.

Antoine! Keine falschen Versprechungen, es gibt bei ihr kein Hintertürchen.

Sie begleitet mich bis zur Eingangstür, dabei klappern ihre High Heels auf dem Parkettboden. Ich presse mein Bündel »restaurierter« Lose fest an mich. Als ich mich von ihr verabschieden will, bin ich plötzlich sehr verlegen. Soll ich sie auf die Wange küssen? Sie nimmt mir die Entscheidung ab, beugt sich vor und küsst mich mitten auf den Mund, ohne dass ich schnell genug kapiere, was mit mir geschieht. Ihre Lippen glühen, und ich verfluche mich, weil ich das sehr angenehm finde.

In einem Impuls geistiger Klarheit stoße ich sie zurück.

»Angélique, nein … Ich will nicht … Ich …«

Sie legt mir den Zeigefinger auf den Mund, um mich zum Schweigen zu bringen. Sie will es nicht hören. Sie berührt noch einmal flüchtig meine Lippen, zieht sich dann zurück und wirft mir einen verheißungsvollen Blick zu.

Ich stehe wie ein Trottel auf der Türschwelle und suche nach Gründen. Ich finde einen und umfasse mein kostbares Bündel. So ist es nun einmal, denke ich, um mich zu trösten. Im Krieg und in der Liebe … Habe ich nicht das erreicht, was ich wollte? Ich rede mir ein, dass das das Wichtigste ist und der Rest Nebensache … Und ich hoffe, dass mich das schlechte Gewissen nicht allzu sehr plagt!

SZENE 19

Meredith

Countdown: J-154

Heute Abend ist Premiere. Ich bin schon lange vor Beginn der Aufführung im Theater und rede mir ein, dass mein Berufsethos das so erfordert, während es jedoch in Wahrheit an meinem riesigen Lampenfieber liegt. Ich muss mir die Illusion vorgaukeln, alles kontrollieren zu können, selbst die verdammte Woge von Emotionen, die mich bereits jetzt, zwei Stunden vor dem Beginn, überrollt.

Das Lampenfieber ist ein Höllenhund, der sich an ihren Eingeweiden gütlich tut.

Mein Magen ist wie zugeschnürt. Ich habe keinen Hunger. Seit heute Morgen konnte ich kaum einen Bissen zu mir nehmen. Eine sadistische Aufseherin wirbelt meine Eingeweide durcheinander, um Gallensaft herauszupressen. Ich werde mich wohl übergeben. Henri Bosc begrüßt mich.

»Na, wie sieht's aus mit dem Lampenfieber, schlimm?«, scherzt er freundlich.

Im Augenblick habe ich einen Kopf wie Buster Keaton. Meine Stimmung schwankt. Ich sehe aus wie ein Foto der Zwanzigerjahre.

»Soll man Ihnen ein Sandwich bringen?«

Uff, der Mann hat Humor! Vielleicht sollte ich ihn fragen, ob er für mich einspringen möchte?

Ich widerstehe der Versuchung, ihn zum Teufel zu schicken – der Künstler vor dem Auftritt kann nicht anders, als dünnhäutig zu sein –, und zwinge mich, freundlich zu antworten: »Danke, nein. Ich komme schon zurecht.«

»Ich lasse Sie jetzt in Ruhe, damit Sie sich umkleiden können.«

Uff, endlich bin ich allein mit meinem Stress.

Allein mit dem Schminkspiegel und seinen LED-Lampen, die mich schon immer zum Träumen gebracht haben. Für einige Kinder waren das Weihnachtsgirlanden oder die Zauberwelt der Vergnügungsparks. Für mich war es die Atmosphäre der Künstlergarderoben …

Ich hole meinen Schminkkoffer heraus und beginne mit meiner Verwandlung. Das Lampenfieber lässt während des Schminkens nach. Als ob ich in eine andere Haut schlüpfte! Ich denke an Antoine. Amüsant ist die Parallele zwischen den Vorbereitungen des Künstlers vor seinem Auftritt und denen der Verführung. In beiden Fällen geht es darum, sich zur Geltung zu bringen, sich von seiner Schokoladenseite zu zeigen. Auf der Bühne vergisst man seine Wunden, Beulen und sonstigen Schrammen.

Ich betrachte mein Spiegelbild und frage mich selbst: Habe ich Antoine von Anfang an mein wahres Gesicht gezeigt? In welchen Teil von mir hat er sich verliebt? Würde er mich genauso lieben, wenn er meine Schattenseiten besser kennen würde? Ich denke wieder an die drei seltsamen Damen … Was würden Madame Komplexe und Madame Überzeugung sagen, an die ich noch gar nicht gedacht hatte? Ich hole meinen Love Organizer heraus. Schließlich habe ich noch fünf Minuten Zeit. Madame Komplexe erscheint mir recht füllig. Man sieht, dass sie gut genährt ist. Ich lasse in Gedanken meine Kindheit vorüberziehen, und alles kommt an die Oberfläche. Meine Mittelmäßigkeit, der Eindruck, meine Eltern ständig zu enttäuschen, während es meiner Schwester ständig gelang, sie zu erfreuen. Und da wäre Madame Überzeugung, die sich mit Madame Komplexe zusammentut, um ein infernalisches Tandem zu bilden. Madame Überzeugung erzählt mir immer dieselben Geschichten, die mir wehtun, an denen ich aber eisern festhalte. Sie haften mir am Leib und geben mir die Gewissheit, dass ich immer dasselbe hässliche Entlein sein werde, das niemanden mit seinen Schwanenfedern, die im Übrigen schlecht am Rücken angeklebt sind, täuschen kann … Der leicht konsternierte Blick meiner Eltern verfolgt mich überall! In ihm erkenne ich die Prophezeiung meines Scheiterns.

Genau in diesem Moment taucht Madame Angst auf. Sie stimmt in die Kritiken von Madame Komplexe und Madame Überzeugung mit ein, und alle predigen mir im Chor: Wer könnte eine so mittelmäßige Schauspielerin wie dich lieben?

Im Spiegel wirkt mein Gesicht geisterhaft blass. Meine Augen sind feucht, wie bei einem Jammerlappen. Das ist dumm. Das sieht nach nichts aus … Aber Antoine mag sie. Der Gedanke an ihn weckt in mir den Wunsch, mich aufzurütteln. Er würde nicht wollen, dass ich in Selbstmitleid zerfließe. Er wirkt immer so stark auf mich. Er ist ein Kämpfer. Ich habe die Nase voll von meinem Calimero-Getue. Diese verdammte Neigung, das unglückliche Opfer zu spielen. Was bringt das denn? Nichts. Und überhaupt – die Zeichentrickfigur Calimero ist heutzutage doch längst überholt! Ich nehme mir vor, eine Art und Weise zu finden, meine drei gemeinen Damen zu transformieren, sie umzuformen. Ich möchte, dass sie wieder das werden, was sie immer hätten bleiben sollen: die drei Grazien.

In diesem Augenblick steckt Rose die Nase herein. Sie wirkt entspannt. Ich beneide sie um ihr fröhliches Naturell. Sie gibt mir einen Kuss auf den Hals.

»Alles klar, meine Schöne?«, plappert sie munter drauflos.

Wie gerne würde ich mich genauso amüsieren wie sie, mich ganz der Freude des Spiels und der Szene hingeben.

»Du hast mal wieder Lampenfieber, ich kenne dich doch, Mistinguett!«

Ich senke den Blick.

»Ich hab da etwas, das deine Stimmung ruckartig verbessern wird.«

Sie fördert ein Päckchen zutage, und ich betaste es, um zu erraten, was darin sein könnte. Plötzlich fühle ich mich wie ein aufgeregtes junges Mädchen.

»Was ist das?«

»Mach es einfach auf, dann weißt du es.«

Ich öffne die Verpackung, zerreiße sie dabei zur Hälfte. Sie enthält ungefähr zwanzig Rubbellose.

»O. Wer schickt mir das?«, überlege ich und entfalte schnell das beigefügte A4-Blatt.

Auf dem weißen Papier steht nur ein Satz.

Ich wünsche Dir so viel Glück im Spiel,
Wie ich Glück in der Liebe habe, weil ich Dich habe …
Antoine

Ich schmelze dahin. Ein wahrer Schokoladenkuchen, der innen noch ganz warm ist. Antoine, du verwöhnst meine Seele, ich bin überglücklich.

Ich greife nach einem Los, um es aufzurubbeln. Rose hat sich über mich gebeugt und drängt mich wie ein aufgeregter Teenager.

Die ersten drei sind Nieten. Und während mir wieder die alte Litanei »Bei meinem Glück gewinne ich nie« durch den Kopf geht, rubble ich ein Los auf. Gewinn. Zwanzig Euro. Ich juble.

Es folgt eine unglaubliche Gewinnerserie, bis zum Höhepunkt: fünfhundert Euro!? Ich reibe mir die Augen, kann es nicht fassen.

»Das kann doch nicht wahr sein«, stottere ich und wende mich Rose zu.

»Das ist genial! Du siehst, seit du Antoine kennst, wendet sich das Schicksal.«

»Glaubst du? Damit können wir die Dusche und die Heizung reparieren lassen«, rufe ich begeistert. »Aber vor allem werde ich dich zu einem Festschmaus einladen, den du nie mehr vergessen wirst.«

Ich presse die Lose fest in meine Hände, vor allem aber die kleine Notiz von Antoine, die für mich mehr wert ist als alles Gold der Welt.

SZENE 20

Rose

Schläfrig blinzle ich und versuche, die Ziffern auf meinem Radiowecker zu erkennen. Ungläubig reibe ich mir die Augen – 12.20 Uhr! Ich glaube, dass ich zwölf Stunden durchgeschlafen habe, und habe das Gefühl, ein Zug sei über mich gerollt. Ich taste unter meinen Körper, um sicherzugehen, dass nicht irgendein Spaßvogel während der Nacht Leim verschmiert hat – meine Glieder scheinen buchstäblich an der Matratze zu kleben. Lediglich die Aussicht auf einen heißen Kaffee kann mich dazu bewegen, mich aus dem Bett zu quälen. Mein Gott, wie ich es hasse, einen schalen Geschmack im Mund zu haben. Gestern nach der Premiere mussten Meredith und ich unbedingt noch einen Drink zu uns nehmen. Dann noch einen … und noch einen … Unsere Erleichterung diente uns als Vorwand. Merediths Lampenfieber hatte sich, nachdem sie die Bühne betreten hatte, in nichts aufgelöst. Wie immer hatten wir unglaublichen Spaß daran, zusammenzuspielen, waren aber bitter enttäuscht über die wenigen Besucher. Insgesamt zwölf Personen, darunter fünf mit Freikarten. Was für eine Misere! Doch unser Elan war ungebrochen, und wir spielten genauso, als stünden wir auf der Bühne des Olympia. Die Zuschauer hatten zwar amüsiert gelacht, doch klang ihr Lachen für unsere Ohren nicht lauter als das Gebimmel eines kleinen Glöckchens. Zwölf Zuschauer. Es gibt keine Wunder.

Endlich schaffe ich es aus dem Bett. Kaum berührt mein großer Zeh den Boden, da klingelt mein Handy. Ich bin schon im Begriff, den lästigen Anrufer wegzudrücken, als ich das Gesicht meiner Tochter auf dem Display erblicke. Schnell! Ich muss mich zusammenreißen.

»Mama!«

»Mein Liebling, mein Herzblatt! Wie geht es dir, meine Süße?«

Ich tu so, als wäre ich seit Stunden wach, dabei kommt mir meine Schauspielerei zu Hilfe. Késia ist genauso überschwänglich wie ich, sie will unbedingt mit mir reden. Beim Klang ihrer Stimme wird mir sofort warm ums Herz. Es tut so gut, sie zu sehen. Hinter ihr erkenne ich das Gesicht meiner Mutter.

»Mama! Du fehlst mir.«

Mir wird eng ums Herz.

»Du fehlst mir auch sehr, mein Liebling. Du weißt, Mama arbeitet hart, um bald wieder bei dir zu sein.«

»Nach wie vielen Heias?«, fragt sie, plötzlich beunruhigt.

Ich rechne schnell im Kopf, wie viele Aufführungen ich noch machen muss, um das Geld für das Bahnticket zusammenzu bekommen.

»Wie viele Finger hast du?«

»Zehn«, erwidert sie stolz.

»Also: noch zehnmal Heia machen, mein Herz.«

Sie gluckst vor Freude.

»Und ich bringe dir eine Überraschung mit.«

»Was für eine?«, fragt sie, und ihre Augen funkeln vor Aufregung.

»Du wirst schon sehen … Frechdachs. Wenn ich es dir sage, ist es keine Überraschung mehr.«

»Und wie geht's Roméo?«

Ich bewege das Handy so, dass sie den Papagei sehen kann.

»Sehr gut, aber du fehlst ihm auch, nicht wahr, Roméo?«

Ich streichle ihn unter dem Schnabel. Als er Késia erkennt, richtet sich sein Kamm zu einem schönen rosa Rad hoch. Er mag es, sich für meine Prinzessin in Pose zu setzen.

»Rooohhh. Rohhhhh. Du bist hüüüübsch!«

Késia klatscht vor Entzücken in die Hände.

Wir plaudern noch eine Weile. Allzu schnell geht die Zeit vorbei, und wir müssen das Gespräch beenden.

»Mama, ich schicke dir einen Riesensack Küsse.«

Sie lässt den Worten die Geste folgen, und ich sehe nur noch zwei üppige runde, rosige Gebilde auf dem Display. Wie gerne würde ich sie ebenfalls mit Küssen überschütten. Ich vermisse die Berührung ihrer Haut. Halt die Tränen zurück, sage ich mir. Ich beiße die Zähne zusammen und zwinge mich zur Heiterkeit. Da sie erst fünf ist, gelingt es mir noch, sie zu täuschen.

»Bis bald, mein Herz, und hör auf Omi, ja?«

Sie lacht über meinen Versuch, autoritär zu sein. Heißt es nicht: Die Absicht zählt?

Nach dem Gespräch lasse ich mich in unserem winzigen Wohnzimmer auf einen Stuhl fallen. Aber dann denke ich an meine Késia und richte mich wieder auf. Ich habe nicht das Recht, mich gehen zu lassen. Ihretwegen werde ich kämpfen, und ich werde es schaffen. Großes Ehrenwort!

SZENE 21

Meredith

Countdown: J-143

Das Wochenende ist allzu schnell verstrichen. Endlich ist Montag, beim Theater immer ein Ruhetag. Ich eile zum Le Poisson calu, auch wenn ich nicht begierig darauf bin, Madame K. mit ihren Launen zu ertragen. Kaum bin ich dort angelangt, überfällt sie mich und wirft mir vor, ich sei drei Minuten zu spät. In der Küche geht es bereits hoch her. Ich renne hin und her, decke die Tische, spüle die Gläser, packe die Einkäufe in der Küche aus. Madame K. hat es sich in einer ruhigen Ecke bequem gemacht und setzt die kleinen Neonfische in ihre durchsichtigen Absätze ein. Ich beobachte aus dem Augenwinkel die raffinierte Vorrichtung an den Absätzen, die sie herauszieht und mit Wasser füllt. Dann setzt sie mit einem Kescher die zappelnden Opfer hinein – wobei sie den Anblick ihrer winzigen Gefangenen offensichtlich genießt – und rückt ohne jegliche Skrupel die Absätze wieder zurecht.

Das Ganze widert mich an, aber ich lasse es mir nicht anmerken.

Gegen Mittag hört man Gebrüll aus dem Büro. Bei den Chefs scheinen die Fetzen zu fliegen. Ich mache mir Sorgen um Jacquot. Seine Frau sitzt ihm ständig im Nacken, und ich verstehe nicht, wie er das nur ertragen kann. Ist das Liebe? Hinzunehmen, vom anderen beherrscht zu werden?

Die ersten Gäste treffen ein, und die Chefin führt sich auf wie eine Furie. Ich gleiche ihre schlechte Laune aus, indem ich zu allen so freundlich bin wie möglich. Innerlich gelangweilt nehme ich die Bestellungen der wenig einfallsreichen Gerichte entgegen und denke mir andere, etwas originellere, aus. Während ich fast mechanisch die zu stark gegrillten Fische und trockenen Brandades serviere, gebe ich mich meinen exotischen Träumen hin.

In Gedanken sehe ich ein außergewöhnliches Restaurant vor mir, mit einer auffallenden Vorderfront in roten, schwarzen und goldenen Farben, nach dem Vorbild der englischen Pubs. *Le Cupidon noir* steht in goldenen Lettern über der Eingangstür, Zum schwarzen Amor. Im Innenraum sind an den Wänden anregende Liebeszitate großer Meister zu lesen. In der Mitte des Raums steht ein Brunnen mit Vintage-Zierleisten, über dem ein atemberaubender schwarzer Amor prangt, den ein Bildhauer eigens angefertigt hat. Das Wasser ist rosa gefärbt.

Dieser Ort, den man als Paar oder mit Freunden besuchen könnte, wäre ideal, um sich Gedanken über den »schwarzen Amor«, die dunkle Seite unserer Liebe, zu machen, die selbst die schönsten Liebesbeziehungen gefährden kann. Durch Eifersucht, Vorwürfe, Groll, Kleinlichkeit und Nachlässigkeit … Statt einer Speisekarte gäbe es für jeden Gast, auf den Tischen ausgelegt, einen vorbereiteten Fragebogen in eleganter Schrift. Das Fragebogenresultat würde das Profil des schwarzen Amor eines jeden Gastes bestimmen. Daraus könnten dann Vorschläge für die entsprechenden Gerichte abgeleitet werden.

Ich sehe mich schon jetzt, wie ich Gerichte mit vielversprechenden Namen serviere:

~ SPEISEKARTE ~

Eine Eifersüchtige für fünfzehn Personen

Salat des Tages, mit Peperoniöl angemacht. Mit drei auf einen roten Apfel gesteckten, funkensprühenden Stäbchen, knisternd wie Vorwürfe. – Der Apfel der Versuchung – kunstvoll als Totenkopf geformt.

Ein Nussknacker für zwei Personen

Risotto mit Jakobsmuscheln und Garnelen, dazu Salat. Serviert mit erntefrischen Nüssen und einem kunstvoll in Holz und Edelstahl gefassten Nussknacker. Um die Nerven zu beruhigen, sind die Nüsse selbst zu knacken.

Firlefanz für acht Personen

Ein Funny Cake mit einer dicken Sahnehaube, dazu als besonderen Service gegen Aufpreis: Tortenwerfen. Ein hohes rundes Gefäß, gefüllt mit tausend bunten Bonbons, ein babylonischer Turm für Naschkatzen, serviert mit einem Stößel zum diskreten Zerkleinern.

Kopfzerbrechen für dreizehn Personen

Schmortopf mit Lammhaxe und Kohl für all jene, die sich gerne den Kopf zerbrechen und sich das Leben schwer machen, zubereitet auf dreierlei Arten: durch Haarspalterei, Überempfindlichkeit und Schimpferei. In einem Kohlkopf serviert.

Eine Glue-en-gelée für sechs Personen

Seelenverwandte Eier in Aspik, ein kräftigender Roquefort und ein exotisches Chutney. Junges Gemüse aus dem Gefrierfach, dünne Scheiben von geräucherter Entenbrust, die über den Tellerrand hinausgehen. Dazu einen Sauerstoff-Drink in einem Reagenzglas, gefüllt mit einer fluoreszierenden Flüssigkeit, die beim Einatmen in Dampf übergeht. Die Farbe wählbar auf einer Skala von Blutegel-Rot, Lähmend-Blau oder Saugglocken-Violett.

Sich seines schwarzen Amor bewusst zu werden, scheint mir ein notwendiger Schritt zu sein. Wie kann man diesen Teil in uns, der leidet, besänftigen? Sicherlich nicht, indem man ihn verurteilt, sondern indem man ihn mit Nachsicht und Mitgefühl betrachtet.

Und wie wäre wohl das Profil meines eigenen schwarzen Amor? Ich finde mich etwas skurril. Ich habe den Eindruck, erst das eine und dann wieder das genaue Gegenteil davon zu sein. An einem Tag kann ich eifersüchtig und egoistisch sein, und am nächsten kratze und beiße ich, um meine Ruhe zu haben. Ich bin dann sogar bereit, meine Unabhängigkeit fanatisch zu verteidigen … Für einen Partner ist es sicherlich nicht einfach, dieses Wechselbad von Abhängigkeitsgefühlen und Fluchttendenzen zu ertragen. Deshalb ist es auch nicht verwunderlich, dass meine bisherigen Beziehungen jeweils nicht länger als ein Jahr hielten. Für mich ist das Jahresdatum fast wie eine Schallmauer … Wenn diese Turbulenzen einmal überstanden sind, ist dann die Liebe wie ein ruhiger, azurblauer See ohne Gewitterwolken?

In meiner Tasche vibriert das Handy, als ob es die Frage beantworten wollte. Ich taste mit zitternden Händen danach. Was für eine Freude. Er ist es.

Ich hoffe, dein Job als Kellnerin läuft gut. Können sie das Glück überhaupt schätzen, dich als Aushilfskellnerin bekommen zu haben, meine Alleskönnerin? Wenn ich etwas bestellen würde, dann nur deinen Mund, und ich glaube, dass ich ein sehr fügsamer Gast wäre …

Hat mein Liebling vor, mich heißzumachen? Ich lese seine SMS immer und immer wieder und spüre, wie völlig gegensätzliche Gefühle in mir toben. Immer diese Warm-kalt-Frotzelei. Einerseits fühle ich mich wie im siebten Himmel, weil er an mich denkt. Andrerseits fühle ich mich unwohl: Ich liebe es, sein Verlangen zu spüren, aber ich mag nicht, wie er es ausdrückt … Vielleicht tragen wir Frauen immer die Angst in uns, dass die Männer uns nur »deswegen« lieben … Heute Abend beschließe ich, die SMS ausschließlich positiv zu deuten: Ich fehle ihm. Er sehnt sich nach mir. Er ist nicht schon längst dabei, mich zu vergessen. Was will ich mehr?

SZENE 22

Rose

»Ich kann dir sagen, sie war ganz aus dem Häuschen … Nein, sie hat nichts gesehen … Wenn ich es dir sage! Ja, natürlich lassen wir sofort die Dusche und die Heizung reparieren … Moment! Ich höre etwas. Sie ist es, ich mach jetzt Schluss! Bye.«

Ich werfe mein Smartphone auf das Bett und wende mich meinem Laptop zu, um beschäftigt zu wirken. Als Meredith die Zimmertür aufstößt, starre ich wie gebannt auf den Bildschirm, konzentriert, als wolle ich gerade das Wort Rhododendron buchstabieren …

»Hallo! Hattest du einen guten Tag?«, begrüße ich sie arglos.

»Aufregend, danke. Die Chefs hatten sich schon wieder in der Wolle, und ich stinke nach Bratfett … Sonst ist alles okay … Noch etwas: Als ich die Treppe hochkam, begegnete ich dem Nachbarn, Monsieur Brabant-Shnock. Er beklagte sich, dass wir neulich nachts beim Heimkommen zu viel Krach gemacht hätten … Und im Übrigen freue ich mich, dich zu sehen.«

Endlich lächelt sie, setzt sich auf die Bettkante und gibt mir einen Kuss auf die Wange.

»Und du? Was treibst du so?«

Ich zeige auf den Bildschirm. Findaguy.com, Online-Männer-Partnervermittlung.

»Ah, wie ich sehe, ist Madame auf der Jagd.«

»Ich habe versucht, damit aufzuhören, aber der Keuschheitsgürtel ist nicht gerade nach meinem Geschmack …«

»Bist du sicher? Vielleicht mit einem zierlichen Vorhängeschloss? Du könntest einen neuen Trend kreieren.«

»Sehr lustig.«

»Und deinen Croquou hast du sausen lassen?«

Croquou, wie Casse-Croute, also Schnellimbiss … Diesen Spitznamen habe ich meinem letzten Flirt in Paris gegeben. Ich bin nicht sehr stolz darauf, ihn so zu nennen, zumal er ein wirklich reizender Junge ist. Und genau da liegt das Problem: Er war einfach zu nett. Das Leben ist nicht fair. Ich fühle mich nicht zu netten Männern hingezogen. Ich mag sie viel lieber, wenn sie dominant sind. Die alte weibliche Wunschvorstellung von Bad Boys, die endlich infrage gestellt werden sollte. Wie viele Misserfolge sind wohl noch nötig, damit ich mich traue, meine Auswahlkriterien zu verändern? Leider nehme ich mir selten die Zeit zu prüfen, auf was ich mich einlasse, bevor ich mich blindlings in eine Affäre stürze, die dann schnell wieder vorbei ist. Erst später – zu spät – wird mir bewusst, dass ich mich in Typen verknallt habe, die nichts zu geben haben. Das ist bei dem Sahneschnittchen eindeutig nicht der Fall gewesen. Ich erinnere mich an unseren letzten Abend in Paris. Seine Aufmerksamkeit, das erlebt man selten. Seine Feinfühligkeit. Seine Art, mir jeden Wunsch von den Augen abzulesen, daran bin ich gar nicht gewöhnt … Doch als er neulich versuchte, mich anzurufen, habe ich den Anruf weggedrückt.

»Zeigst du mir deine Tagesausbeute?«

Ich klicke auf meinen Posteingang, um die eingegangenen Nachrichten der potenziellen Liebhaber aufzurufen.

Sie studiert die Liste der Pseudonyme und prustet los.

»Wow, du bist ja heute ganz schön erfolgreich … Sag mir nicht, dass du diesen Zieraffen ausgesucht hast!«

»Na und? Immerhin hat er ein hübsches Gesicht, oder?«

»Rose, gebrauch deinen Verstand! Der Kerl hat 300 600 Follower. Das stinkt nach Serial Lover! Das habe ich dir doch schon erklärt.«

»Ist ja gut, ist ja gut …«

Ich meckere nur der Form halber, gebe aber zu, dass Meredith nicht unrecht hat. Als ich seine Lieblingssportarten las, habe ich bereits die Augen verdreht: Laufen, Sliphüpfen, Pole Dance und Schwimmen …

»Hast du übrigens sein Profil etwas weiter unten gelesen?«

»Nein, ich war noch nicht so weit …«

Ich kneife ungläubig die Augen zusammen.

Eine deutliche Vorliebe für FRAUEN MIT ÜPPIGEN FORMEN und, ich muss es zugeben, ein Liebhaber von Domina-Praktiken … Gibt es wirklich *Fifty Shades of Grey*?

»Du hast recht, er ist nicht ganz sauber … Ich streiche ihn von der Liste.«

Meine Freundin ist damit einverstanden und widmet sich weiter akribisch der Überprüfung meines Posteingangs.

»Apple Cherry«, liest sie. »Es wird ja immer besser … Warum nicht gleich Robby Bubble, wo wir schon dabei sind?«

Ich amüsier mich köstlich. Sie kommt immer mehr auf Touren, aber ich weiß, dass ihr einfach an mir liegt und sie nicht will, dass ich mich mit dem erstbesten Trottel treffe.

Sie prüft die Profile ganz genau und sortiert die Pflaumen aus.

»Ein gerahmtes Foto, ein Mann mit hoher Stirn: Dein Apple-Cherry-Mann wird wohl genauso kahl sein wie der Sessel in deinem Wohnzimmer, ist dir das klar?«

»Ich weiß, ich weiß … Aber er sieht freundlich aus, oder?«

»Ja, das stimmt: #seriös #Nichtraucher #Antialkoholiker #häuslich #Leseratte. Glaubst du ernsthaft, dass der zu dir passt? Der Arme, ich räume ihm keine großen Chancen ein.«

Ich werfe ihr das Kissen an den Kopf, damit sie mich mit ihrem Spott verschont.

»Du gehst mir auf die Nerven! Zumindest macht er einen anständigen Eindruck …«

Ich lösche Apple Cherry aus meinem Posteingang. Meredith deutet ein triumphierendes Lächeln an. Dann lässt sie die übrigen Aspiranten vorbeidefilieren.

»Wie bitte? Du hast Dunutella gematched? Das kann nicht dein Ernst sein? Ich wusste nicht, dass du scharf auf Teenager bist! Der ist höchstens zweiundzwanzig. Pass auf, wenn du ihn in die Nase kneifst, fließt Milch heraus. Und Funny Zebra? Er hätte sich besser No Way nennen sollen … Dieser Kerl hat wirklich die Visage eines Kubrick-Helden. Der geht gar nicht!«

»Bist du nicht ein bisschen zu hart mit deinem Urteil?«

»Glaube mir, ich hab ein Auge dafür.«

Ich bin voller Hoffnung, als ich ihr meinen Favoriten zeige: Quentin.

»Schau! Hat er nicht ein hübsches Gesicht?«

Meredith betrachtet ihn von allen Seiten und studiert sein Profil. Sie liest laut vor:

»Braune Haare … offenbar ehrlich, was seine Körpermaße angeht. Erfindet keine Sixpacks und gibt sich nicht als Muskelprotz aus. Besitzt auch Humor. Reißt einen nicht unbedingt vom Hocker, ist aber zumindest korrekt. Der bringt dir vielleicht sogar das Frühstück ans Bett. Lass dir Anleitung und Rückgabeschein geben, dann kannst du es mit ihm probieren«, ruft sie.

»Ah, endlich etwas Zustimmung. Und zudem ist Quentins Name ein Zeichen, oder?«

Meredith kraust erstaunt die Stirn.

»Quentin bedeutet ›der Fünfte‹.«

»Ja, und?«

»Nun, ich bin am 5. Mai geboren. Die Zahl fünf täuscht mich nie.«

Meredith stimmt mir freundlich zu.

»Aber sicher, meine Rose, aber sicher. Also, nix wie los!«

Da ich jetzt ihren Segen habe, schicke ich meinem Märchenprinz-Bewerber eine SMS und schlage ihm ein Date vor.

SZENE 23

Meredith

Ich schließe die Tür von Rose' Zimmer, ein Lächeln auf den Lippen. Sie verdient es wahrlich, ihr Glück zu finden. Ich hoffe, dass dieser Quentin ihr gewachsen ist …

Rose' epische Abenteuer bei ihrer – wohl eher zufälligen – Suche nach der Liebe in den sozialen Medien bringt mich wieder zu meiner eigenen Geschichte zurück: Ich will so weit wachsen, dass ich meiner Liebesbeziehung mit Antoine würdig bin. Ich will wachsen, indem ich an Reife gewinne. Ich will wachsen, indem ich den Weg zu meiner Erfüllung entdecke. Ich will wachsen, indem ich mich von den noch schwelenden Leidenschaften der Vergangenheit löse.

All diese Wachstumsformen sollen den Eid besiegeln, den ich mir geschworen habe, nämlich um jeden Preis meine Amourability zu verbessern, meine Fähigkeit, besser zu lieben. Und in erster Linie, mich selbst mehr zu lieben! Neulich abends war ich fasziniert von einem Werk von Fabrice Midal, einem Philosophen, Schriftsteller und Meditationslehrer. Sein Buch *Liebe dich selbst und die anderen werden dich gern haben** deutet den Narzissmus-Mythos auf eine völlig andere, positive Weise. Dieser Begriff, der übermäßige Selbstbewunderung oder Aufmerksamkeit bedeutet, ist

* Flammarion/Versilis, 2018.

gemeinhin negativ besetzt. Fabrice Midal zeigt uns jedoch einen positiven Narzissmus – den heilsamen und wohltuenden Impuls, sich sich selbst zuzuwenden, in sich hineinzuhorchen, um sich besser kennenzulernen, sich ohne Vorbehalte zu lieben und sowohl die eigenen Unvollkommenheiten als auch die positiven Eigenschaften mit Nachsicht anzunehmen und sich die Dankbarkeit, die man verdient, zuzugestehen. Ich verstehe nun, wie schrecklich es ist, ständig gegen sich selbst anzukämpfen, Tag für Tag sein eigener schlimmster Feind zu sein. Ich habe heute feierlich beschlossen, die weiße Fahne zu hissen und mit mir selbst Frieden zu schließen.

Da ich die Idee amüsant fand, habe ich folgenden Friedensvertrag mit mir verfasst:

Liebes Ich,
an diesem Tag des Jahrs 2018 erkläre ich feierlich, den infernalischen Krieg meiner allzu festgelegten Überzeugungen, all diese festgefahrenen und zerstörerischen Vorstellungen, die sich in meinem limbischen System eingenistet haben und verantwortlich sind für eine von Zweifeln überfrachtete Psyche, die von Angst zerrissen und von Schuldgefühlen geplagt ist, aufzugeben …
Ja, ich, Meredith, habe begriffen.
Ja, ich, Meredith, öffne die Pforten der Aussöhnung.
Noch nie habe ich deutlicher als hier und heute Abend begriffen, wie schön, großartig und wesentlich die Selbstliebe ist.
Ich verpflichte mich von jetzt an:
Mir meine körperlichen und seelischen Unvollkommenheiten großzügiger zu vergeben.
Die Fehler und das Versagen meiner Vergangenheit zu lieben.
Meine Verletzlichkeit und meine Momente der Schwäche genauso

anzunehmen, als müsste ich mich um eine angeschossene Taube kümmern.
Ich bin bei meiner Ehre bereit, meine Verpflichtungen einzuhalten und mich unter allen Umständen zu respektieren, rücksichtsvoll mit mir umzugehen, die reflexhaften Anwandlungen von Selbstquälerei zu beenden und systematisch herauszufinden, was das Beste für mich sein könnte.

Ich lese den Text nochmals durch und setze meine Unterschrift in Schönschrift darunter. Zufrieden mit mir selbst beschließe ich, mir auch meine eigene symbolische Fahne zu gestalten. Die Fahne meiner inneren Freiheit. Deshalb zeichne ich eine kleine Totemfigur, wobei ich mich vom Stil des amerikanischen Graffiti-Künstlers Keith Haring inspirieren lasse: ein Totem des neuen, komplexfreien Ichs, mit mehreren Armen und Beinen, das aufgrund der neuen Selbstsicherheit das zehnfache Potenzial besitzt. Meine Totemfigur ist magentafarben und wird eingerahmt von einem dicken schwarzen Strich. Sie befindet sich links von meiner Fahne und nimmt ein Drittel des Platzes ein, wobei ich die goldene Regel einhalte – ein Drittel, zwei Drittel –, was eine visuelle Harmonie erzeugt.

Auf der rechten Seite füge ich rote, blaue und gelbe Streifen hinzu. Die Farbe Rot symbolisiert Dynamik und die erforderliche Leidenschaft, um das Beste in mir offenzulegen. Die Farbe Blau symbolisiert die Förderung meines Strebens nach Ausgeglichenheit, Mäßigung und Harmonie, und die Farbe Gelb soll weiterhin meine Selbstachtung und mein Selbstvertrauen stärken und dafür sorgen, dass ich im richtigen Schwung bleibe und die positive Dynamik, dem Licht entgegen, aufrechterhalte.

Ich betrachte meine Schöpfung und bin recht zufrieden mit mir. Natürlich kann meine Flagge nicht mit Jasper Johns Meisterwerk *Flag* mithalten, aber sie drückt zumindest etwas aus.

Ich stelle mir amüsiert vor, wie ich dieses Fähnchen über meinem Bewusstsein errichte. Von nun an gibt es ein neues Gebiet, das allein mir gehört, wo ich mein Selbstvertrauen wachsen lassen kann; ich habe vor, ein regelrechtes Eldorado daraus zu machen.

Ich vibriere vor Begeisterung. Aber vielleicht ist es ja auch das Handy in meiner Tasche …

Antoine. Eine neue SMS. Ich überfliege sie so hastig, wie eine dreijährige Göre ihr Weihnachtsgeschenk aufreißt.

Meine Liebste. Abendküsse auf deinen ganzen Körper, auf deinen Hals und besonders innig auf deine verbotenen Zonen …

Ich bin desillusioniert. Obwohl ich eigentlich entzückt, beruhigt und elektrisiert sein sollte, dass er mich derart begehrt, schockieren mich seine Worte! Sie bringen wieder Ängste an die Oberfläche, die ich für überwunden hielt. Ich weigere mich, lediglich ein Objekt der Begierde zu sein. Dabei war ich noch vor wenigen Augenblicken so zuversichtlich! Offensichtlich gibt es in meinem neuen Eldorado noch ein paar Gesetzlose, die vertrieben werden müssen.

Mein Staatsfeind Nummer eins: die Angst, dass Antoine lediglich in mein Äußeres verliebt ist, in einen sehr kleinen Teil von mir. Und dass seine Liebe Selbsttäuschung ist, er eine Art Super-Geliebte in mir sieht. Kurzum: dass ich ihn enttäuschen könnte, wenn er schließlich begreift, wer ich wirklich bin. Im Augenblick nichts Großartiges … Plötzlich tun mir die Augen weh, und mein Hals ist wie zugeschnürt. Ist das wieder eine Teufelei meiner falschen drei Grazien?

Ich glaube, ich benötige dringend ein Date mit der schlimmsten von den dreien, mit Madame Angst. Ich muss mich endlich trauen, mit ihr zu reden, um eine Erklärung zu erhalten.

Ich hüpfe aufs Bett, rolle mich auf den Bauch und hole meinen Love Organizer heraus, um ihn auf den aktuellen Stand zu bringen. Ich habe es satt, von meiner Angst, Antoine nicht gewachsen zu sein, tyrannisiert zu werden. Es wird Zeit, dass das aufhört. Madame Angst erscheint mir schon in Wunsch- und Trugbildern wie eine gräuliche Staubwolke im Wilden Westen (Eldorado verpflichtet) oder eine strahlende Heiligenfigur (das ist die ultimative Vorstellung). Sie wendet mir den Rücken zu, und ich sehe, wie ihre zwei langen Zöpfe auf die Schultern fallen.

Sie trägt einen Trägerrock mit einem Blumenmuster in Weiß und Rosa auf Schwarz über einem langärmeligen weißen T-Shirt. Madame Angst ist ein Mädchen? Sie hüpft auf einem Bein, spielt Himmel und Hölle, ist zwei Hüpfer vor dem letzten Feld. Ich lächle. Doch in dem Augenblick, in dem sie in das Himmelfeld hineinhüpft, stolpert sie, verdreht sich den Knöchel und rollt über den Boden. Sie stößt einen Schmerzensschrei aus, der mich erzittern lässt. Ich renne zu ihr und beuge mich über sie, bereit, ihr aufzuhelfen, erstarre aber unter ihrem finsteren Blick. Sie wirkt wie ein kleines Mädchen, das einen gruseligen Horrorfilm gesehen hat.

»Du bist schuld, dass ich hingefallen bin. Es ist deine Schuld, dass ich nicht bis zum Himmelfeld gekommen bin.«

Ich gebe ihrem Hüpfer die Schuld, und ein unangenehmes Gefühl quält mich. Ich verstehe, dass ihr Himmelfeld meinem Planeten Glück entspricht. … Ganz offensichtlich.

»Was redest du da?«, stammle ich.

Sie weint noch mehr, und ich fühle mich elend. Warum muss immer wieder jemand auf den verdammten Knopf der Schuldgefühle drücken? Sie wischt ihre Nase am Ärmel ab, wobei ihre Tränen halbwegs getrocknet werden.

»Endlich tauchst du bei mir auf! Weißt du, wie lange du mich schon vernachlässigst und mich in einer Ecke verkommen lässt?«

»Aber nein, ich versichere dir …«

»Sei still! Ich weiß, warum du bei mir auftauchst … Du flippst aus, weil du Angst hast, dass dein Liebhaber dich nicht wirklich liebt, nicht wahr?«

»Möglich …«

»Die Wahrheit ist, dass du davon überzeugt bist, nicht interessant genug zu sein, um es zu verdienen, die Frau seines Lebens zu werden. Richtig oder falsch?«

Ich senke verwirrt den Kopf.

»Antworte!«

Meine Angst ist ganz schön fordernd.

»Gut, nehmen wir an, du hast recht. Was schlägst du also vor?«

»Seit wann quält dich die Angst, den Erwartungen der Person, die du liebst, nicht entsprechen zu können?«

Ich fange an zu zittern, erinnere mich an jene berühmte Szene: Ich stehe vor meinen Eltern, die außer sich sind über die Bemerkungen des Schuldirektors und über mein katastrophales Zeugnis. »Sie arbeitet nicht mit. Gibt sich keinerlei Mühe. Die Noten sind bedenklich.«

An jenem Tag wurde ich mit der Bezeichnung »enttäuschend« gebrandmarkt. Die Jahre darauf waren geprägt durch Erfahrungen derselben Art. Bis ich es völlig in mein Denken, Handeln und Fühlen integriert hatte.

Das Mädchen schnäuzt sich lautstark, um mir Zeit zu lassen, es zu verinnerlichen.

»Aha, du hast es kapiert. Deine heutigen Ängste gehen nicht auf die Erlebnisse in deiner Vergangenheit zurück. Deine Angst, Antoine sei nicht stolz auf dich, er wäre am Ende deiner überdrüssig und würde dich verlassen, all das ist eine Art psychisches Gummiband, das dich in die Vergangenheit zurückführt. In Wahrheit erlebst du die Ängste und unangenehmen Empfindungen der

Gegenwart. Capiche? Ich will dir sagen, was du tun musst: Du wirst etwas Höhlenforschung in deiner Vergangenheit betreiben …

»Wie bitte?«

»Ja, Höhlenforschung. Du musst in die Höhle deiner Erinnerungen hinabsteigen. Das ist wie in der Höhlenforschung: Du seilst dich an und steigst hinunter, um in die Nischen des Unbewussten und der Erinnerung zu gelangen. Dann versuchst du, den Ursprung dieser Ängste zu entdecken.«

»Ah ja? Und du glaubst vielleicht, dass ich das mein Leben lang getan habe und es für mich ›kinderleicht‹ wäre?«

»Mit dieser Reaktion habe ich gerechnet«, erwidert sie spöttisch. »Es ist nicht so schwierig: Statt Löcher in die Luft zu starren, träume von etwas Nützlichem: Versetz dich in Halbschlaf, kannst du das? Lenke jetzt deine Gedanken auf Kindheitserinnerungen, bei denen du dich nicht sicher gefühlt hast, bei denen du verletzt wurdest …«

»Ich verstehe … und dann?«

»Du schreibst alles, was dir in Erinnerung kommt, in dein Superheft.«

Sie deutet auf meinen Love Organizer.

»Und glaubst du nicht, dass damit all diese Erinnerungen wieder ans Tageslicht gelangen und plötzlich eine Büchse der Pandora öffnen?«

»Du wirst es sehen …«

»Und wenn ich mich danach noch schlechter fühle?«

»Was tust du, wenn du dir ein Bein brichst?«

»Nun, dann gehe ich zum Arzt.«

»Siehst du, du kennst ja die Antwort.«

Sie geht mir auf die Nerven.

Sie springt aus dem Sessel hoch und betrachtet mich mit einem leicht geringschätzigen Blick, der mich reizt.

»Auf jeden Fall habe ich keine Wunder erwartet! Es wird noch eine Weile dauern, bis ich dich loslassen kann. Mein armes Kind, wir werden noch einige Jahre zusammenkleben.«

Ich spüre, wie wilde Wut in mir hochsteigt und ich Lust habe, dieser Hexe zu zeigen, wo sie hingehört.

»He, es reicht. Du könntest trotzdem anständig mit mir reden.«

»Ah, endlich willst du respektiert werden. Das ist ein guter Anfang …«

Und die kleine Hexe zieht sich zurück.

Ich entdecke dabei etwas Neues: Die Aufwallung eines heiligen Zorns erweist sich als deutlich nützlicher, als in Traurigkeit und Niedergeschlagenheit herumzudümpeln. Im »gerechten Zorn« ist gesunde Energie enthalten, wenn diese für positive Zwecke eingesetzt wird, das heißt: reagieren, um Veränderung zu wagen.

Ich werde nicht zulassen, dass meine Vergangenheit meine Gegenwart vergiftet. Schon heute kann ich beschließen, ihr nicht mehr diese Macht einzuräumen.

Ich muss auch damit aufhören, mir negative Geschichten zu erzählen! Und ich muss die berühmte Prophezeiung des Scheiterns, die mir so viele Jahre den Blick vernebelt hat, verbannen … Und die mich schließlich hinter diese Ängste flüchten ließ, um nicht mein Schicksal selbst in die Hand nehmen zu müssen. Bin ich deshalb nicht auf meine Kosten gekommen?

Gibt es eine Unabwendbarkeit des Scheiterns? Natürlich nicht. Die Wunden der Vergangenheit sind lediglich Wolfsfallen, die unter dem Laub verborgen sind. Manchmal hat man vergessen, dass es sie gibt. Man tappt hinein und verletzt sich den Knöchel aufs Schmerzlichste. Meine Wolfsfalle erwischt mich jedes Mal, wenn ich mich für ein mittelmäßiges Mädchen halte, das nie den Durchbruch schaffen wird, und jedes Mal, wenn ich meine

Eltern in ihrer Meinung bestärke, dass mich ein Schicksal als hässliches kleines Entlein erwartet … Aber in Wahrheit kann man die Fallen außer Kraft setzen.

Mit einem Stock – dem Stock, den ich ab jetzt schwingen werde – schicke ich diese negative Vorstellung zum Teufel und ersetze sie durch eine viel positivere: Ich werde es wagen, den Pfad meiner Träume – der Träume, die mir entsprechen – zu gehen. Ich blättere alle Seiten meines Love Organizer durch, die ich vollgeschrieben habe, meinen Friedensvertrag mit mir selbst und die Fahne meiner inneren Freiheit. Ich bin ziemlich stolz, denn ich habe gute Arbeit geleistet.

SZENE 24

Rose

Ich stehe Monsieur fünf gegenüber. Alias Quentin. Ein Rendezvous nach Einbruch der Nacht vor der Abtei Saint-Victor. Er hatte mich informiert, dass er einen schwarzen Hut tragen würde. Daran könnte ich ihn erkennen. Als ich mich am Treffpunkt einfinde, werde ich nicht enttäuscht: eine Atmosphäre wie in einem B-Movie. Er lässt seinen Borsalino auf dem Kopf, während er mich auf die Wangen küsst. Ein Borsalino ist heute eine seltene Kopfbedeckung – doch leider drückt der Hutrand gegen mein Auge.

»Macht nichts«, lüge ich und wische die Träne automatisch mit dem Finger weg.

Der Abend beginnt ja gut. Er fasst mich spontan unter dem Arm, um mich irgendwohin zu führen. Das ärgert mich. Als ich ihm die Frage stelle, wohin es gehe, setzt er eine geheimnisvolle Miene auf und flüstert: »Wirst schon sehen.« Unter anderen Umständen hätte es mich amüsiert, aber im Augenblick erweckt es eine Besorgnis in mir, auf die ich gerne verzichten würde. Da er für mich ein wildfremder Mensch ist, bin ich durch so viel Geheimnistuerei nicht gerade beruhigt … Aber wie üblich quäle ich mir ein Lächeln ab, um mich durchzulavieren.

»Du lächelst ständig, das habe ich gern.«

Ich erspare mir die Erklärung, dass ich genau in diesem Augenblick berechne, mit welcher Wahrscheinlichkeit es sich bei ihm um einen Serienkiller handeln könnte, bevor ich denke: Was bin ich nur für eine Idiotin! Ich erinnere mich an den Rat meiner Mutter: »Mein Kind, wenn du dich mit einem Mann in einer heiklen Situation befindest, dann geh sehr schnell, und nerve ihn mit deinem Geplapper, das könnte dir aus der Patsche helfen.«

Ich befolge ihren Rat auf der Stelle, gehe im Laufschritt weiter und mache ihn mit allen Banalitäten, die mir einfallen, praktisch mundtot.

»Hm, du bist sehr … redselig.«

Ich habe ihn also genervt. Ich erkenne es an seinen verstohlenen, leicht beunruhigten Blicken. Er hat jetzt Angst, auf eine Verrückte gestoßen zu sein. Zum Glück löst sich das Unbehagen auf, während wir auf unser Ziel zusteuern. Eine Pizzeria? Für ein erstes Treffen? Soll das ein Witz sein? Ich versuche, meine Enttäuschung zu verbergen, als wir das Lokal betreten.

Mit einer leicht autoritären Geste gibt er mir zu verstehen, ich solle warten. Dann geht er auf den Geschäftsführer zu und flüstert ihm etwas zu. Ich finde seine Verhaltensweise immer merkwürdiger und bin im Begriff, mich aus dem Staub zu machen. Von Weitem höre ich, wie der Mann neben der Theke fragt: »Haben Sie den Code?«

Und meine Fünf flüstert ihm etwas ins Ohr. Er dreht sich nach mir um, und ich zucke zusammen. Seine kurze und markante Kopfbewegung sagt mir unmissverständlich: Komm her, Puppe. Ich spiele die Coole, aber in Wirklichkeit bekomme ich es mit der Angst zu tun. Warum sollte ich mich von einem Typen mit einer solch finsteren Miene angezogen fühlen? Seine dichten Augenbrauen verstärken den allzu funkelnden Blick; sein dichter Bart ist genauso scharf wie eine Rasierklinge … Männlichkeit oder Machismo?

Ein brutaler Kerl oder einfach ein ungehobelter Mensch? Warum nur jagt mir das Angst ein und zieht mich gleichzeitig an? Zum Glück kann er nicht sehen, wie ich meinen Plüschtalisman, den mir meine Tochter mitgegeben hat, als ich mich von ihr verabschiedete, in meiner Tasche streichle …

Wir gehen bis ans Ende eines kleinen Flurs, wo eine Bücherwand den Blick auf einen verdeckt dahinterliegenden Treppenaufgang freigibt. Aus dem Augenwinkel beobachtet er meine Reaktion, und aus seinem zufriedenen Blick schließe ich, dass er einer von der Sorte ist, die nach dem Liebesspiel fragen: »Na, war ich gut?«

Wir gelangen in das obere Stockwerk und betreten einen seltsamen Ort, eine Art Bistro, auf alt gemacht, mit dem Charme der Kneipen von einst, mit Sitzbänken aus Kunstleder, Stühlen aus rustikalem Holz und vergilbten Fotos, die an die Zeit der Prohibition erinnern, an den Wänden.

»Ist das ein illegales Restau…«

»Psst!«, ruft er unwirsch, als hätte ich zu laut gesprochen. Dann lacht er, freut sich über seinen Scherz. »Ja, es heißt Il Clandestino. Gefällt's dir?«, fragt er mit verführerischer Stimme.

Mein Blick schweift durch den Raum und wandert von dem alten Klavier zu dem Borsalino. Ich muss zugeben, dieses Ambiente fasziniert mich. Eine freundliche Dame weist uns einen Platz zu, Al Capone zu meiner Rechten, Quentin-Fünf mir gegenüber … Ich beobachte, wie sein Blick auf meinen Busen gerichtet ist, und stelle verlegen fest, dass beim Ausziehen meines Mantels wohl ein Knopf von meiner Bluse abgerissen ist.

»Sehr charmant«, flüstert er.

Innerlich verdrehe ich die Augen.

»Bist du schon lange auf Singlebörsen aktiv?«

Ich versuche, der Frage auszuweichen.

»Hm, ab und zu, würde ich sagen … Und du?«

»Ja, ich will dich nicht anlügen, ich hatte schon einige Dates über diese Plattform … Aber du, ich habe den Eindruck, dass du wirklich, wirklich …«

Er ringt nach den richtigen Worten, aber die sind wohl unterwegs verloren gegangen, denn er findet sie nicht. Um abzulenken, streichelt er schließlich über meinen Unterarm. Dann begrapscht er mich am ganzen Körper, um mir einen Vorgeschmack auf sein sinnliches Potenzial zu geben. Ich schwanke zwischen Losprusten und unsanftem Wegdrücken seines Arms. Doch ich beherrsche mich: Wenn ich den Abend nicht allein verbringen möchte, muss ich meinen Teil dazu beitragen. Ich löse mich daher ganz sanft aus seinem Griff. Dann geben wir unsere Bestellung auf. Heute Abend geht es um die Sünde der Völlerei. Und an der Art, wie er mich mit Blicken verschlingt, erkenne ich schon jetzt, was er als Dessert im Sinn hat …

SZENE 25

Meredith

Countdown: J-132

Ich beobachte, wie Rose um neun Uhr morgens aufkreuzt, völlig aufgelöst und mit verdrießlicher Miene. Am besten lasse ich sie in Ruhe. Ohne mich eines Blickes zu würdigen, wirft sie ihre Handtasche auf einen Stuhl, schlägt ostentativ die Tür zu und schließt sich in ihrem Zimmer ein. Offensichtlich hat sie einen tollen Abend erlebt. Meine Laune ist auch nicht unbedingt besser. Im Anschluss an Antoines SMS, die ich gestern im Lauf des Tages erhalten hatte, habe ich eine schlaflose Nacht verbracht. In seinen Mails benutzt er weiterhin ausschließlich ein ziemlich deutliches Erotikvokabular. Ich weiß nicht mehr weiter …

Heute habe ich den Palais de Tokyo mit seinen Ölgemälden besucht, dabei aber die ganze Zeit von einem ganz anderen Saft in deinem Mund geträumt …

Ja, ich fühle mich fast ein wenig … beschmutzt! Ich weiß, dass er mir nicht das Gefühl vermitteln möchte, eine Dame des leichten Gewerbes zu sein, doch empfinde ich diese Art von Liebesbezeugungen als Belästigung. Vielleicht bin ich nicht aufgeschlossen genug? Ist Schamgefühl im 21. Jahrhundert vielleicht unangebracht? Diese lächerlichen Fragen haben mir den Schlaf geraubt und mich bis zum Morgengrauen wach gehalten. Dabei habe ich alles versucht. Den Gute-Nacht-Tee, der zu Recht den Spitznamen

»Omapisse« trägt, aber sein Versprechen, den Schlaf zu fördern, nicht einlöst. Und Passionsblumen-Globuli, die genauso wirkungsvoll sind, wie Holz mit einem Kochlöffel zu spalten, oder der betäubende Duft eines Kopfkissens, der erregte Gemüter nicht besänftigen kann … Ich habe alles, wirklich alles versucht! Des Kämpfens müde, habe ich eine Methode entwickelt, um das Beste aus der Schlaflosigkeit zu machen: die Schlaflosigkeitsgymnastik, ein bewusstes abwechselndes Zusammenziehen und Entspannen des Hinterns, und zwar in Rückenlage. Dabei werden die Bewegungen der Gesäßbacken gezählt. Das ist genauso albern wie Schäfchen zählen. Aber dadurch ist es mir gelungen, die Schlaflosigkeit etwas erträglicher zu gestalten: Ich kann dadurch zwar die Augenringe nicht vermeiden, aber zumindest werde ich wohlgeformte kleine Pobacken haben …

Während des Vormittags versuche ich, mich in die Arbeit zu stürzen, um auf andere Gedanken zu kommen, vor allem aber, um mit meinem geheimen Theaterprojekt voranzukommen: ein Ausweg, ein Gral, die ersten Sporen meines persönlichen Stolzes, die ich mir verdienen möchte … Den Blick auf meinen Laptop gerichtet, beginne ich, an den Texten meiner ersten One-Woman-Show zu feilen, die ich vorläufig »Projekt Amor« nenne.

Meine Konzentration ist wie ein flüchtiger Luftzug. Ich runzle immer dann die Stirn, wenn es hilfreich ist, werde aber immer wieder durch nervtötende kleine störende Geräusche abgelenkt. Toc, toc, toc. Kratz, kratz, kratz … Ich blicke auf und bemerke Roméos seltsames Verhalten. Er hüpft wie ein Verrückter im Zimmer hin und her, die Pupillen geweitet, und sucht hektisch nach Brotkrümeln und Resten von Kiefernzapfen. Die trägt er dann als Zeichen der Zuneigung bis zur Tür seiner Herrin, die zu leiden scheint. Dort hämmert er mit dem Schnabel immer wieder gegen den

Türrahmen und wiederholt wie in Trance »Boboroseboborose …« Schließlich verstehe ich, dass er das morgendliche Unwohlsein meiner Freundin nicht erträgt. Er ist eben ein hypersensibler Papagei. Ich verlasse meinen Arbeitsplatz und geh zu ihm, nehme ihn auf den Arm und streichle ihn behutsam, um ihn zu beruhigen.

»Du brauchst dich nicht so aufzuregen, mein Lieber. Dein Frauchen ist bald wieder auf dem Damm … Sie braucht einfach etwas Schlaf …«

Meine Stimme beruhigt ihn. Er scheint meine Liebkosungen überaus zu genießen. Nach wenigen Augenblicken ruht er in meiner Armbeuge und zittert vor Behagen. In diesem Augenblick kommt Rose aus ihrem Zimmer …

»Bist du schon wach?«, stottere ich und schäme mich, dass ich in flagranti dabei ertappt werde, wie ich den Papagei mit Streicheleinheiten verwöhne.

Sie wirft Roméo einen finsteren Blick zu.

»Selbst er wird mir untreu.«

»Aha, wer ist dir denn untreu?«

»Rooooh. Niemand ist mir untreu, aber … ich habe die Nase voll von diesen Typen, wenn du es genau wissen willst.«

Sie glaubt, sie müsse das lautstark untermalen, indem sie die Tür des Küchenschranks heftig zuknallt, nur für den Fall, dass jemand ihre schlechte Laune noch nicht bemerkt haben sollte.

»Willst du mir erzählen, was los ist?«, murmle ich beiläufig.

Ich kenne sie gut, weiß, dass man sie nicht drängen darf.

Rose zuckt mit den Schultern, als wolle sie sagen: »Wozu?« Zwei Tassen Kaffee später spüre ich, dass sie gerne reden möchte. Der Bericht von ihrem gestrigen Abend brennt ihr auf den Lippen. Roméo, der inzwischen beruhigt ist, schmettert wieder seine Arien. Vor diesem klangvollen Hintergrund berichtet mir Rose von ihrem »Abenteuer mit Quentin-dem-Fünften«.

»Als der Ober mit dem Kartenlesegerät zum Bezahlen an den Tisch kommt, zückt Quentin seine Kreditkarte. ›Ah, er ist also ein Gentleman!‹, denke ich und erwäge bereits, ihm 30 Pluspunkte zuzusprechen, als er völlig ungeniert die fatalen Worte ausspricht: ›Wir machen fifty-fifty.‹ Meine romantischen Illusionen stürzen in den tiefsten Brunnen. Und dazu noch der mitfühlende Blick des Obers. Es war so demütigend …«

Ich beobachte Rose' schwarz-gelbe Iriden und kann mir auch das Nichtgesagte gut vorstellen. Das ganze Ausmaß ihrer verletzten Selbstachtung, ihre Sensibilität als Frau, die durch das demütigende Verhalten verschiedener Männer verletzt wurde. Ihre Augen verraten ihren Zorn. Was soll sie nur tun, um mit Rücksichtnahme und Achtung behandelt zu werden?

»Und was hast du getan?«

»Nun, was denkst du wohl … Ich habe meinen Teil der Rechnung bezahlt, das war's.«

»Hm … ich verstehe. Und danach?«

»Das Schlimmste ist, dass ich den Part der begeisterten jungen Frau, die einen traumhaften Abend mit einem siebzigjährigen, bis zum Hals verklemmten alten Sack verbringt, weitergespielt habe.«

»Armes Ding! Und dann?«

»Auf das, was danach kam, bin ich nicht stolz … Ich habe mir gesagt, nachdem ich all das ertragen hatte, könnte ich jetzt genauso gut den Rest hinter mich bringen. Also folgte das klassische Programm: Knutschen im Eingang des Gebäudes, in dem er wohnt, ausgiebiges Fummeln im Aufzug und Kleider-vom-Leib-Reißen in der Wohnung …«

Rose steht auf, um sich eine dritte Tasse Kaffee einzuschenken. Sie gestikuliert mit den Händen, um mir die Szenen vorzuführen.

»Und – wie war das Ende?«

»Nun, eher schlecht … Heiße Lippen, tastende Hände … Und danach ging's immer weiter nach unten. Direkt hinter der Wohnungstür riss er mir die Kleider vom Leib, nahm mich hoch und trug mich ins Schlafzimmer. In dieser Phase fand ich das noch lustig. Im Schlafzimmer warf er mich dann aufs Bett und …

»Und …?«

Seit fünf Minuten macht sich Rose an einer Küchenrolle zu schaffen und zerreißt eins der Blätter in Fetzen, um ihre Nerven zu beruhigen. Dann spielt sie mit den kleinen Papierkügelchen, kann ihre Desillusion einfach nicht verkraften.

»Nun, das Ganze artete dann zu einem Bad-Sex-Monopoly aus«, erklärt Rose.

»Sie haben auf die falsche Karte gesetzt, übergehen Sie das Vorspiel, greifen Sie nicht nach den Sternen, Sie landen direkt im Feld Gefängnis … mit den Pelz-Handschellen von Monsieur als Bonus!!!«

Sehr tragikomisch.

»Nein? Er hat dich nicht mit Handschellen gefesselt?«

Doch sie bestätigt es mit einer melodramatischen Miene, die mich vielleicht unter anderen Umständen zum Lachen gebracht hätte.

»Und das ist noch nicht alles. Die Handschellen, das hätte ja vielleicht noch amüsant sein können. Weniger lustig fand ich, dass er meine Beine für Kirschen hielt, die er mir um die Ohren hängen konnte. Und danach erlebte er seinen ›Kirschenorgasmus‹ in beschleunigter Form ganz allein, ließ mich schlichtweg im Regen stehen. Wo Unbehagen herrscht, kann sich keine Lust entfalten.«

»O mein Gott, mein armes Herz … Aber warum hast du ihn nicht gebremst?«

»Ich weiß nicht … Im Eifer des Gefechts fällt es mir immer schwer, mich durchzusetzen. Das Schlimmste war, dass er sofort danach wie ein sterbender Schwan auf mir zusammensackte. Ich hatte … o nein, ich trau mich nicht, es zu sagen … feuchte Haare von seinem Schweiß! Kannst du dir das vorstellen? Danach spielte sich alles nach dem üblichen Schema ab: Er rollte zur Seite, war sichtlich mit sich und seiner Leistung zufrieden. Wie ist es nur möglich, dass bestimmte Männer immer noch meinen, dass diese Art von mechanischem Sex uns in Ekstase versetzen kann?«

Bescheuert …

Ich denke an Antoine, der mich, dem Himmel sei Dank, noch nie so behandelt hat. Auch wenn er mich mit seinen neuesten Nachrichten zu diesem Thema nervt, muss ich mir eingestehen, dass er bei Weitem der beste Liebhaber ist, den ich je hatte, und auch der erste, der auf meine Wünsche einging. Wenn man ein guter Liebhaber sein will, sollte man dann nicht zunächst versuchen, für den anderen liebenswert zu sein? Mit Antoine habe ich auch meine ersten richtigen multiplen Orgasmen erlebt. Bevor ich ihn kannte, war ich immer recht zurückhaltend gewesen. Ich wagte es nicht, mich völlig hinzugeben. Einige meiner Liebhaber hatten mich, während wir Sex hatten, durch ihre ungeheure Orgasmuserwartung gehemmt. Die schlimmsten Aussagen waren: »Los, mach schon!«, oder: »Ich warte, beeil dich!« Wenn ich allein bin, habe ich nie Probleme damit, mich selbst zum Höhepunkt zu bringen. Aber wenn ich mit einem Mann zusammen bin, erweist sich meine Angst, nicht zum Orgasmus zu kommen oder dafür zu lange zu brauchen, manchmal als nervtötend.

Selbst in dieser intimen Situation, wo es nur Platz für Zärtlichkeit und Wollust geben sollte, taucht Erfolgsdruck auf, sowohl für den Mann als auch für die Frau. Mithalten können, Leistung erbringen … Das reicht manchmal aus, um alles kaputt zu machen.

Es kommt dann zu Blockaden, Störungen und anderen Schwierigkeiten … Und all das, weil wir versuchen, Liebe zu MACHEN statt Liebe zu SEIN.«

»Ich begreife nicht, dass man heutzutage noch nicht weiter ist. Warum haben die Männer kein Interesse daran, der Frau ein Gefühl von Nähe und Aufmerksamkeit zu vermitteln? Und vor allem eine Atmosphäre der intimen Komplizenschaft zu zaubern, in der man voll und ganz auf seine Gefühle und Wünsche hören kann und keine anderen Ergebnisse anstrebt als die, zu geben und zu teilen?«

»Und wie sollte dieses Wunder deiner Meinung nach geschehen?«, fragt Rose.

»Indem man es sich zum Beispiel selber verbietet, Leistung erbringen zu wollen. Warum gesteht man sich nicht zu, mehr Wert auf die Sinnlichkeit als auf die Sexualität als solche zu legen? Es wäre gut, keinen Zweifel mehr über die Tatsachen in diesem Bereich aufkommen zu lassen: den Mann daran zu erinnern, dass die Mehrheit der Frauen über die Klitoris stimuliert wird und sie mindestens zwanzig Minuten ununterbrochener Stimulation braucht, um zum Orgasmus zu gelangen.«

Rose muss über meine Tirade lachen, die ihr das ein oder andere Erlebnis in Erinnerung bringt.

»Es ist schon ein paar Jahre her, da hatte ich einen Typen, der sich ärgerte, als ich Lust bekam, mich während des Aktes selbst zu streicheln. Er griff meine Hände und hielt sie über meinem Kopf fest.«

Wir prusteten beide los.

»Wie auch immer: Sicherlich bereitet es einigen Männern Unbehagen, dass die Lust der Frau ›technisch‹ autonom sein kann und ihm so in gewisser Weise entgeht. Damit eine Frau zum Orgasmus kommt, muss ihre Lust auf ganz andere Weise stimuliert werden als durch das männliche Glied, das wie das Schwert Excalibur geschwungen wird.«

Ich verlasse mich auf den Einsatz meiner fünf Sinne, um dem Liebesspiel eine andere Dimension zu geben. Rose stimmt mir in diesem Punkt völlig zu. Die Kraft von Worten, die Einfühlung bei der Berührung, die visuelle Ästhetik, die klangvolle Atmosphäre und die Körperessenzen … All diese Elemente können dem Liebesakt mehr Subtilität und Tiefe verleihen.

»Leider ist die weibliche Erotik geheimnisvoller als ein Tempelbau der Inkas, und ich behaupte, dass es nur wenige wirklich berufene Forscher auf diesem Gebiet gibt.«

Erneut verfinstert sich Rose' Miene. Sie hat die Nase voll von den verkorksten Erfahrungen, von ihren sentimentalen blutlosen Langweilern, wie sie sie bezeichnet. Sie weiß, dass all diese One-Night-Stands lediglich Ablenkungsmanöver sind, um die Leere zu übertünchen, die nie endende Erwartung zu erfüllen und die unerträgliche Wahrheit, dass die Liebe in ihrem Leben fehlt, zu verdrängen. Und ihr fehlt der Mut, sich dieser Leere zu stellen. Sie »füllt« sie daher lieber, und sei es mit solch austauschbaren Typen wie Quentin-dem-Fünften.

»Ich gewinne immer mehr den Eindruck, dass es nie jemanden geben wird, der zu mir passt.«

»Sei still, Rose! Natürlich gibt es jemanden, der auf dich wartet, gar nicht weit entfernt, davon bin ich überzeugt …«

»Das sagst du so, aber … Ich sehe es sehr deutlich … Die Jahre vergehen … und immer noch nichts! Bestimmt werde ich allein bleiben …«

Roméo scheint ihr nicht zuzustimmen und vergräbt den Schnabel am Hals seines Frauchens, will gestreichelt werden.

»Da siehst du es. Da ist schon mal jemand, der dich will.«

Rose schnäuzt sich geräuschvoll. Plötzlich klopft es an der Tür.

Ich gehe hin und öffne sie. Davor steht ein Mann mit einem riesigen Blumenstrauß, verpackt in glänzendes weiß-rosa Metallicpapier.

»Rose, ich glaube, das ist für dich.«

Ich bedanke mich bei dem Lieferanten und gebe den Strauß Rose. Sie reißt ungläubig die Augen auf.

Es ist ein riesiger Strauß von … Croissants. Ja, Croissants mit Butter, auf Metallstielen, umgeben von Blattwerk und einigen Streuseln, die Blumen darstellen.

»Aber … Wer schickt mir denn so was?«

Sie beeilt sich, die Karte zu lesen.

Ich schicke dir genauso viele Croissants, wie ich Vormittage ohne dich verbracht habe, seit deiner Abreise. Denn warum sollte ich dir Rosen schenken, wenn ich bereits die schönste von ihnen vor mir habe?

»Ein Verehrer? Hast du ein Glück!«

»Das ist … Croquou.«

»Der Nette aus Paris?«

»Ja, genau …«

»Na so was! Worauf will er hinaus? Seine Anmache ist sehr kreativ …«

Rose wirkt nachdenklich.

»Schade, dass er mir nicht gefällt.«

»Wirklich nicht?«

»Nun, er kann wohl gut küssen, aber …«

»Aha, siehst du, ist doch gar nicht so übel.«

»Vergiss ihn. Er interessiert mich nicht.«

Trotzdem greift sie nach einem Croissant und beißt kräftig hinein. Ein Lächeln umspielt ihre Lippen. Ist es das Vergnügen an der weichen Butter oder das wohlige Gefühl, sich begehrt zu fühlen?

SZENE 26

Antoine

Ich stehe mit Meredith auf. Ich esse mit Meredith. Und ich gehe mit Meredith schlafen. Meine beste Freundin Annabelle bezeichnet das als den Loverman Blues, was sie sehr komisch findet. In Wahrheit ist es jedoch weniger amüsant, als es scheint, vor allem, wenn sich das Objekt der Begierde über tausend Kilometer entfernt befindet. Seit mehr als zwei Monaten habe ich die Frau meines Lebens nicht gesehen, und ich empfinde ihre Abwesenheit als zunehmend grausam. Hinzu kommt, dass ihre Nachrichten seit ein paar Tagen etwas distanziert klingen. Ich stelle eine gewisse Zurückhaltung fest, die ich mir nicht erklären kann. Meine Nachrichten sind hingegen so eindringlich, dass sie merken muss, dass mein Verlangen nach ihr durch die Entfernung keineswegs geringer geworden ist! An bestimmten Tagen nagt der Zweifel an mir: Könnte es sein, dass sie sich immer mehr von mir löst? Diese Vorstellung ist mir unerträglich. Wie ein etwas gestörter Automat erledige ich meine täglichen Verrichtungen. Ich stehe auf, stelle die Kaffeemaschine an, greife wahllos nach einem Hemd. Meine Morgengrüße klingen wie Abschiedsgrüße, so sehr bin ich mit meinen Gedanken woanders. Ganz einfach bei ihr.

Im Aufzug betrachte ich prüfend mein Gesicht. Kann man es jemandem ansehen, wenn er verliebt ist? Ich weiß es nicht, aber ich glaube, das fühlt man. Ich habe den Eindruck, dass man dann einen verführerischen Duft verströmt, der auf das andere Geschlecht anziehend wirkt. Ich bilde mir das nicht ein: Nie zuvor bin ich bei den Mitarbeiterinnen des Senders auf eine so große Resonanz gestoßen. Was finden sie jetzt an mir, was sie zuvor nicht empfunden haben? Vielleicht ist es dieser Ausdruck, als würde ich über den Wolken schweben und unwiderstehlich unzugänglich sein. Oder ist es meine Neigung, auf eine Frage, die man mir stellt, ausweichend zu antworten, oder meine Ausstrahlung, die ihnen signalisiert, dass ich nicht mehr frei bin – was es für sie wiederum viel aufregender macht?

Seit ich Meredith kenne, riecht meine Haut anders, und mein Körper verströmt anregende, aphrodisische Düfte.

Ich amüsiere mich über das Getue dieser neuen Verführerinnen. Ich sehe, wie sie mich umgarnen, während ich versuche zu arbeiten. Sie berühren mich flüchtig, lachen lauter als sonst, bleiben länger am Arbeitsplatz, um Akten aufzuarbeiten, deren Dringlichkeit zweifelhafter ist als ihr Bedürfnis nach Liebesspielen. Ich ertappe sie dabei, wie sie sich scharfe Blicke zuwerfen und untereinander ihr Jagdrevier verteidigen. Gegen meinen Willen lässt mich ihr Treiben nicht unberührt, und die körperliche Anziehungskraft meiner Verehrerinnen reizt meine Augen und Sinne, die seit einigen Wochen einer harten Prüfung ausgesetzt sind. Wie leicht wäre es gewesen, eine dieser Verführerinnen mit nach Hause zu nehmen, einen Augenblick in ihren Armen den höllischen, von Meredith auferlegten Countdown zu vergessen und mich einem kurzfristigen, berauschenden Taumel hinzugeben, nur für den Moment. Aber nein! Ich bleibe einer einzigen Frau treu, bin nur für sie da. Ihr zuliebe erforsche ich den Sinn des Begriffs »stoisch«.

Ich verscheuche meine fantastischen Wunschvorstellungen mit

einer brüsken Bewegung und begebe mich sofort wieder hinter Schloss und Riegel. Dabei ernenne ich Meredith zur Vollzugsbeamtin über mein Herz.

SZENE 27

Meredith

Countdown: J-115

Wie ich es seit ein paar Wochen jeden Sonntag gewöhnt bin, begebe ich mich zum Theater de l'Acrostiche. Aber dieses Mal ist Endspurt angesagt, unsere Theaterzeit hier nähert sich dem Ende. Unser Stück wird nur noch drei Tage gespielt! Danach fahren Rose und ich nach einem kurzen Aufenthalt in Paris weiter nach Lille, wo wir die Greluches-Tournee fortsetzen. Ich muss gestehen, dass ich nicht gerade unglücklich bin, dass die Aufführungen in Marseille zu Ende gehen. Jede Erfahrung birgt etwas Positives in sich, aber leider sind in diesem Fall die Ergebnisse in keiner Weise zufriedenstellend: Man kann nicht gerade behaupten, dass es dem Theater gelungen wäre, massenweise Zuschauer anzulocken. Doch ist das nicht unsere Schuld – Rose und ich geben bei jeder Aufführung unser Bestes. Da aber das Werbebudget leider gleich null ist und unser Bekanntheitsgrad ebenfalls, sind wir von Anfang an doppelt gestraft.

Henri Bosc, der Chef, kommt hinter die Bühne.

»Heute Abend haben wir nur wenige Zuschauer. Ihr müsst euch noch mehr anstrengen, Mädels, um Stimmung zu schaffen. Ich verlasse mich ganz auf euch.«

Er hat gut reden. Wir sind Schauspielerinnen, keine Zauberinnen.

Vor dem mit LEDs angestrahlten Spiegel konzentriere ich mich auf mein Bühnen-Make-up, um mich nicht ärgern zu müssen, in diesem schäbigen Saal aufzutreten. Je länger ich mich schminke, desto mehr verwandle ich mich. Ich bemühe mich, den schwarzen Eyeliner korrekt auf meinem Lid aufzutragen, was mich wieder ruhig werden lässt. Hinter mir trainiert Rose ihre Stimme und gibt seltsame Gurgellaute von sich, die mich amüsieren. So wie ich mich auf mein Ritual beruhigender Gesten konzentrieren muss, um wieder meine Mitte zu finden, so benötigt Rose Bewegung, um in Stimmung zu kommen. Jetzt geht sie in der Garderobe auf und ab und macht Hula-Hoop-Bewegungen mit dem Becken oder abenteuerliche Streckübungen.

»Mädels, ihr seid jetzt dran. Fertig?«

Im Allgemeinen empfinde ich genau in diesem Augenblick das schlimmste Herzrasen. Das Lampenfieber und ich wagen uns vor in den Backstage-Halbschatten hinter der Bühne. Ich recke den Hals, um festzustellen, wie viele Zuschauer anwesend sind. Heute Abend werden wir den Lauf der Geschichte allerdings noch nicht ändern! Rose und ich tauschen einen komplizenhaften Blick und einen unauffälligen, flüchtigen Händedruck. Es geht los!

Die Greluches werden die Bude rocken, auch wenn es nur fünfzehn Zuschauer sind. Irgendwann wählen wir auf gut Glück einen der Zuschauer aus und bitten ihn für einen Sketch auf die Bühne. Die Menschen mögen diese Art des Wechselspiels. Als der Punktstrahler die Gesichter beleuchtet und ich hinuntergehen soll, um einen Zuschauer auszuwählen, gleitet mein Blick über die Anwesenden: Zum zweiten Mal innerhalb einer knappen Stunde habe ich Herzrasen, denn in der dritten Reihe entdecke ich Antoine.

Eine Woge der unterschiedlichsten Gefühle überrollt mich. Einen Augenblick lang verliere ich die Fassung. Rose hat wohl gespürt, was in mir vorgeht, und eilt mir zu Hilfe. Sie erkennt Antoine, erstarrt und fährt dann mit der Aufführung fort. The show must go on. Wir wählen einen hochgewachsenen Herrn, der einem kanadischen Holzfäller gleicht. Als er auf der Bühne steht, biegt er sich vor Lachen. Er ist offensichtlich hocherfreut, mitzuwirken. Das wäre also geschafft. Ich versuche, den Blick zu vergessen, den Antoine auf mich gerichtet hatte, und meiner Rolle um jeden Preis treu zu bleiben. Ich will mich bis zum Ende der Vorstellung professionell verhalten. Aber es ist ungeheuer schwierig und verwirrend. Nachdem endlich die letzte Textzeile in der Aufführung gesprochen wurde, fällt eine große Last von mir, und ich verabschiede mich erleichtert vom Publikum.

Als ich von der Bühne hinter die Kulisse eile, sieht das fast aus wie eine Flucht. Eilig schließe ich die Garderobentür, um bei Rose Dampf abzulassen.

»Verdammt! Hast du Antoine gesehen? Was zum Teufel tut er hier? Hast du es gewusst?«

Sie schwört mir, dass sie keine Ahnung hatte, und scheint genauso verwirrt zu sein wie ich.

»Und? Freust du dich? Ist es eine schöne Überraschung?«

Ihr Lächeln erstarrt, als sie meine verdrießliche Miene sieht.

»Meredith, ich verstehe dich nicht. Seit Wochen liegst du mir mit deinem Antoine in den Ohren, wie sehr er dir fehlt. Und jetzt, wo er hier ist, reagierst du, als handle es sich um einen Pestkranken.«

»Das ist es nicht, aber …«

Es klopft an die Tür. Mein Herz schlägt höher. Ich bin davon überzeugt, dass es Antoine ist. Rose will mit stummer Geste wissen, ob sie öffnen kann. Antoine steht auf der Schwelle und hält einen kleinen Strauß schwarzer und weißer Rosen in der Hand. Er hat sich wohl daran erinnert, dass ich die roten nicht ausstehen kann. Mein Blick wandert über sein Antlitz. Er sieht gut aus. Sehr elegant, aber nicht zu viel des Guten. Eine gut sitzende Jeans, ein schwarzes Jackett mit schmalen Anthrazitstreifen, die kaum sichtbar sind, eine Anzugweste über einem schlichten weißen Hemd. Und als Krönung des Ganzen trägt er glänzend polierte schwarze Schuhe. Er ist zum Anbeißen. Antoine blickt mich an, ohne mit der Wimper zu zucken, ein Blick, der viel über die letzten Stunden aussagt. Es ist der intensive und erwartungsvolle Blick eines Mannes, der zu viel gegrübelt und zu viel erwartet hat.

Doch ich gehe nicht auf ihn zu. Ich lächle nicht. Ich spüre erneut einen Zornesausbruch, wie vorhin im Saal. Rose scheint mitzukriegen, dass sich ein Sturm zusammenbraut.

»Ich lass euch jetzt allein, ja? Bis später …«

Ich bin ihr dankbar für ihr Feingefühl. Sie zieht sich zurück, und ich kehre Antoine den Rücken zu.

»Was für ein Empfang!«

Der sarkastische und gequälte Ton seiner Stimme lässt mich zu Eis erstarren. Aber das Gefühl ist stärker als ich: Ich bin sauer auf ihn.

Ich spüre, wie er sich mit einem Schritt nähert.

»Meredith? Was ist los?«

»…«

»Rede, um Gottes willen! Freust du dich nicht, mich zu sehen?«

An seinem Tonfall erkenne ich eine gewisse Hilflosigkeit und nehme es mir übel, ihn so zu behandeln – aber ich kann nicht anders.

Ich verharre in meiner Schweigsamkeit, bis er mich herumdreht, damit ich ihn anschauen muss. Ich habe Tränen in den

Augen. Ich versuche, nicht an die Sanftheit seiner warmen Hände auf meinen Schultern zu denken, wende das Gesicht ab und biete ihm somit lediglich eine zerzauste Frisur. Ich stoße ihn zurück, flüchte in eine Ecke des Raums und schütte ihm mein Herz aus.

»Antoine, warum bist du gekommen?« Das Tremolo in meiner Stimme ist nicht zu überhören. »Ich will nicht, dass du ohne Ankündigung einfach so auftauchst, um mich an einem solchen Abend zu überraschen …«

»An was für einem Abend, Meredith?«, empört er sich schließlich.

Mir platzt der Kragen.

»An so einem erbärmlichen Abend, Antoine. Ein Abend, an dem nur ein paar Hanseln im Zuschauerraum sitzen. Ein Abend, an dem du mich mal wieder nur als zweitrangige Schauspielerin erlebst. Kannst du das verstehen?«

Er wirkt betroffen und lässt zu, dass sich Schweigen zwischen uns ausbreitet.

»Meredith, ich pfeife darauf. Glaubst du, das sei wichtig für mich? Sind wir noch nicht weiter?«

»Aha«, schleudere ich ihm entgegen, ganz außer mir. »Du hast es immer noch nicht geschnallt. Ich muss wissen, dass du stolz auf mich bist, ich muss Erfolg haben und beweisen, wozu ich fähig bin.«

Er geht auf mich zu, versucht, mich zu beruhigen. Ich weiche einen Schritt zurück. Er furcht die Stirn angesichts dieser erneuten abweisenden Geste.

»Meredith, ich bin bereits stolz auf dich. Du bist die Einzige, die das nicht merkt.«

»Ja, danke, ich weiß«, erwidere ich spröde.

Ich brauche ihn nicht, um mich an meine mangelnde Selbstachtung zu erinnern.

»Also ist das das Einzige, was dir durch den Kopf geht, nachdem ich durch ganz Frankreich gefahren bin, um dich zu sehen und dir zu applaudieren?«

»…«

»Nun gut … Ich verstehe, dass das Verlangen nicht auf beiden Seiten gleich stark ist …«

Ich platze innerlich.

»Sprechen wir doch über dein Verlangen. Du bist gekommen, weil bei dir Notstand herrscht, nicht wahr? Das habe ich deinen letzten Nachrichten entnommen. Aber die Wahrheit ist, dass nicht ich dir fehle, Antoine, dir fehlt schlichtweg der Sex.«

Mir kommen fast die Tränen, und ich denke an seine erotischen Anspielungen in letzter Zeit.

Er applaudiert spöttisch.

»Bravo, bravo, Meredith, das hat man mir noch nie gesagt. Natürlich, so ist es. Du entdeckst, dass ich ein menschliches Wesen bin. Und ja, verdammt noch mal, ich begehre dich. Ich habe Verlangen nach dir, und ja, die große Entfernung macht mich verrückt, wenn du es genau wissen willst. Und nein, ich habe es nicht nur auf deinen Hintern abgesehen. Und ich habe es satt, dass du ständig an meiner Liebe zweifelst.«

Er regt sich immer mehr auf und explodiert schließlich.

»Scheiße … ich weiß gar nicht, warum ich versuche, mich zu rechtfertigen.«

Antoine reißt die Garderobentür auf, stürzt hinaus und knallt sie geräuschvoll zu.

Ich bin allein mit meinem Wahnsinn. Die Stille erdrückt mich. Ich beschließe, hinter ihm herzurennen, mit meinem Greluches-Make-up, der rosafarbenen Boa, dem bauschigen Unterrock und den bunten Strumpfhosen.

SZENE 28

Antoine

Wie von Furien gejagt renne ich aus dem Theater, remple dabei einen jungen Mann an, sodass er sein Bier verschüttet. Als ich wutentbrannt auf die Straße stürze, hagelt es Proteste von allen Seiten. Ich stecke meine Fäuste so tief in die Taschen hinein, dass ich mich wundere, dass sie nicht zerreißen. Nieselregen gefriert an meinen Wangen, und Feuchtigkeit dringt durch die winzigsten Öffnungen. Ich stülpe den Kragen hoch, zum Schutz gegen die Kälte. Um meine Nerven zu beruhigen, kicke ich eine am Boden liegende zertretene Zigarettenschachtel vor mir her und eile weiter durch die Straßen, berausche mich an meiner eigenen Wut. Was bin ich doch für ein Idiot! Wie konnte ich nur auf die dämliche Idee kommen, sie spontan zu besuchen? Ich hätte wissen müssen, dass sie das nicht ausstehen kann. Eine kalte Dusche. Ich bin sauer auf mich, bin sauer auf sie. Warum sieht sie nicht, dass sie drauf und dran ist, mit ihren verdammten Komplexen alles zu verderben? Dabei hätte dieser Augenblick des Wiedersehens magisch sein können … Und was hat sie daraus gemacht, was? Meredith hat mir jede Freude geraubt. Ihre Vorwürfe haben mich wie Messer durchbohrt.

Mein Handy vibriert in der Tasche. Sie ist es. Das ist mir egal. Ich habe keine Lust, mit ihr zu reden, und lasse sie auflaufen. Was hat sie mir da gerade angetan?! Ein großes Loch klafft an der

Stelle, wo sich mein Herz befindet. Es hat eine Art Sogwirkung, die alle meine guten Gefühle aufsaugt.

Was für ein Scheißwetter! Aber solche Tage gibt es eben. Zynisch bitte ich die Person, die sich gerade irgendwo auf dem Planeten einen Spaß daraus macht, Nadeln in meine Voodoo-Puppe zu stecken, damit aufzuhören.

Das Handy meldet sich erneut, doch ich ignoriere es. Meredith ist beharrlich, doch ich halte mich zurück. Vor Wut hat sich in meinem Hals ein Gefühl angestaut, das sich wie ein dicker Knoten anfühlt. Ich stelle sie mir vor, wie sie völlig aufgelöst versucht, mich zu erreichen. In meinen Fingerspitzen kribbelt es, und ich muss mich dazu zwingen, nicht zu antworten. Stattdessen schiebe ich das Handy noch etwas tiefer in die Innentasche meines Mantels. Da ist es tief genug vergraben. Ich richte einen stummen Nachruf an meine Beziehung und habe nur noch den einen Wunsch: zu fliehen. Weit weg. Also schnell zum Hotel, den Koffer packen und auf zum Bahnhof. Mit etwas Glück erwische ich noch den letzten Zug des Tages.

SZENE 29

Meredith

Ich eile durch die Straßen auf der Suche nach Antoine. Ich habe den Chef gefragt, ob er gesehen habe, auf welcher Seite er das Theater verlassen hat.

»Auf der linken«, antwortete er. »Und sagen Sie ihm, er soll sich für den Radau, den er gemacht hat, entschuldigen.« Das ist genau der richtige Augenblick dafür, denke ich. Der Nieselregen trübt mir die Sicht, sofern es nicht meine Mascara ist, die gerade zerfließt. Nicht nur die Augen tun mir weh … Nebelschwaden, für diese Gegend ungewöhnlich, lassen die Menschen wie gespenstische Gestalten erscheinen. Man wirft mir seltsame Blicke zu und geht mir aus dem Weg. Sicherlich jage ich den Menschen mit meinem verstörten, irren Blick und meinem verrückten Greluches-Kostüm Angst ein. Ich laufe die Straßen des Viertels auf und ab, vergeblich. Kein Antoine zu sehen. Natürlich versuche ich, ihn auf dem Handy zu erreichen, aber er reagiert nicht. Meine verzweifelten Anrufe gehen ins Leere. Mein Herz ist ein Scherbenhaufen. Er hat genug von mir. Ich habe alles verdorben. Sein Schweigen verrät mir, wie sehr ich ihn verletzt haben muss. Ich setze mich auf die Kante des Trottoirs und vergieße bittere Tränen.

Das Handy klingelt. Ich springe hoch. Aber es ist nicht Antoine, sondern Rose.

»Wo bist du?«, ruft sie ins Handy. »Ich mache mir furchtbare Sorgen.«

»Er ist weg«, schluchze ich fix und fertig ins Handy.

»Natürlich ist er weg«, erwidert sie, ruhig und unerbittlich. »Das wundert mich nicht, bei dem Empfang, den du ihm bereitet hast.«

»Es … es war stärker als ich«, wimmere ich verzweifelt.

»Ich weiß, mein Herz, ich weiß. Sag mir, wo du bist, ich komme sofort …«

Kurz darauf taucht Rose auf. Sie hatte die glorreiche Idee, einen Schirm und einen Mantel für mich mitzubringen. Gesegnet sei sie! Ich falle ihr in die Arme.

»Was soll ich jetzt tun?«

»Lass mich überlegen … Ich wäre nach einem solchen Streit bereits auf dem Weg in mein Hotel, glaubst du nicht?«

Ich stimme ihr zu.

»… und in meinem Zorn würde ich auf der Stelle den Koffer packen. Immer noch einverstanden?«

Ich weiß jetzt, worauf sie hinauswill, und habe einen Geistesblitz:

»Der Bahnhof! Er wird auf dem Weg zum Bahnhof sein!«

Rose holt ihr Smartphone heraus, um nach den Abfahrtszeiten der Züge zu schauen.

»Der letzte fährt um 19.04 Uhr … Das lässt uns …«

Wir rufen wie aus einem Mund:

»… zwanzig Minuten.«

Bei den Greluches kommt Panik auf. Wir rasen wie die Verrückten los, schnappen uns ein Taxi, erzählen dem Taxifahrer unsere Geschichte vom romantischen Wiedersehen und machen ihm klar, dass dieses unbedingt ein Happy End haben müsse. Er hält uns für zwei Verrückte, wird aber hellwach, als Rose ihm einen Fünfzigeuroschein reicht.

»Wir müssen noch vor 19 Uhr am Bahnhof sein.«

Er begreift das Wesentliche, drückt auf das Gas, und wir werden heftig in die Rücklehne gepresst.

Vor dem Eingang zu den Bahngleisen lädt er uns nicht ab, sondern schmeißt uns regelrecht aus dem Taxi. Wir rennen zu den Tafeln mit den Abfahrtszeiten. Gleis 4! Ich drehe mich nach Rose um und lese in ihrem Blick: Los, beeil dich, ich liebe dich, du Wahnsinnige. Das ist zumindest eindeutig. Mir wird warm ums Herz vor Liebe für sie. Ich deute einen Handkuss an und rase zum Bahnsteig. Ja, er ist da, ich erkenne ihn auf fünfzig Meter. Aus vollem Hals rufe ich seinen Namen, aber nur in Filmen kann man sich trotz einer solchen Geräuschkulisse auf diese Entfernung verständigen. Ich sprinte jetzt zu ihm wie Usain Bolt und falle ihm von hinten um den Hals. Ich glaube, ich habe ihm einen Schrecken eingejagt. Als er sich umdreht und mich sieht, weicht er unwillkürlich zurück. Seine Hände bleiben untätig. Antoine umarmt mich nicht. Nun bin ich diejenige, die Angst hat. Nach einem Augenblick, der mir wie eine Ewigkeit erscheint, macht er einen Schritt auf mich zu und streckt die Hand aus, um mich um die Taille zu fassen. Einen Moment lang schauen wir uns an und fragen uns wohl, ob wir uns zuerst aussprechen sollten, um unseren Streit zu beenden. Doch die Anziehung zwischen uns ist so stark, dass wir uns in die Arme fallen und uns leidenschaftlich küssen. Völlig weltvergessen entbrennen wir an Ort und Stelle füreinander. Es ist eine großartige Szene, die gut in einen jener Filme passen würde, die für Jugendliche unter sechzehn Jahren verboten sind. Eine Hingabe, die nicht nach jedermanns Geschmack ist. Eine ältere Frau spielt sich als Moralapostelin auf und meckert:

»Dafür gibt es Hotels.«

Glückliche Menschen befinden sich wie in einem Kokon: Die boshafte Bemerkung gleitet an uns ab.

»Sie haben recht, Madame, entschuldigen Sie uns.«

Ich habe das Gesicht an Antoines Hals gepresst und unterdrücke das Lachen. Die Dame wirkt überrascht, ja fast enttäuscht, dass man ihre Bemerkung nicht ernst nimmt.

Meine Großmutter Didine erzählte mir oft: »Gehst du an einem Paar vorbei, das sich küsst, hast du wenig Chancen, ein Küsschen abzubekommen. Gehst du jedoch zu nah an einem Paar vorbei, das streitet, dann hast du große Chancen, einen Schlag abzubekommen.«

Das ist die unerbittliche Wirklichkeit. Wie kann man dieser Dame böse sein? Vielleicht hatte sie nie die Chance, sich so zu fühlen wie ich mich im Augenblick: überglücklich, mich geliebt zu wissen.

Aber schon bald habe ich die Dame vergessen, denn Antoine drängt mich aus dem Gewimmel des Bahnhofs an einen etwas intimeren Ort …

SZENE 30

Antoine

Meredith. Sie bringt mich noch um den Verstand … Aber wie soll ich ihr widerstehen? Nach der stürmischen Auseinandersetzung bekam das abendliche Wiedersehen eine ganz neue Nuance und eine bis dahin nicht erlebte Intensität. Ich sehe sie vor mir, vor dem Concierge, den ich um die Chipkarte für mein Zimmer bat. Ich spürte ihre heiße Hand in meiner, aufgeregt vor Liebe, genauso wie die meine, ja, fast fiebrig. Ich sehe sie im Aufzug, ungeduldig über die ewig andauernde Fahrt bis zum sechsten Stock. Wir sind getrennt durch ein Paar, englische Touristen, die sich zwischen uns wortreich unterhalten. Doch ihre Worte sind weniger ausdrucksvoll als unser Schweigen. Ich sehe sie immer noch vor mir, an die mit Toile-de-Jouy tapezierte Wand gelehnt, das Becken vorgewölbt, eine Schulter lässig ohne Träger. Ihr gesamter Körper erwartungsvoll, voller Sehnsucht nach mir.

Ich drehe mich um und stoße gegen eine Zwischenwand. Der Zug, der sehr schnell fährt, um die Verspätung aufzuholen, macht einen Mordsradau, aber immer noch weniger als mein Kopf! Gestern Abend schwankte ich auch. Ein Schiff, trunken vor Freude. Eine Kreuzfahrt der Sinne. Ich habe ihr gegeben, was sie wollte, was sie immer schon von mir erwartet hatte: die Liebe in einem subtilen Wechsel zwischen Gewalt und Sanftheit. Die

Liebe, die mit sanften Worten beginnt und sich an wilden entzündet. Dieser Augenblick, in dem sie sich gerne anbietet, in dem das Kräfteverhältnis keine Rolle mehr spielt und sie während der Vertraulichkeit die Wachsamkeit fallen lässt und es sogar wagt, sich der Lust sanft zu unterwerfen.

Ich liebe an ihr diese Augenblicke des Nachgebens, in denen sie endlich zulässt, dass ich sie liebe. Ich erinnere mich an unseren Streit und erzittere von Neuem. Warum etwas kompliziert machen, was so einfach sein könnte? Meredith, meine Liebste, du hast bei Gott die Gabe, überall das Haar in der Suppe zu sehen. Beinahe hätte sie mit ihren Vorstellungen von ihrem zukünftigen Erfolg und dem ganzen Blablabla, dass sie sich unserer Liebe nicht gewachsen fühlt, alles kaputtgemacht. Alles Quatsch! Als ob sie als Hauptdarstellerin auftreten müsste, damit ich sie noch mehr liebe! Wenn sie doch nur begreifen würde, dass ich in jeder Phase ihres Lebens an ihrer Seite sein möchte, ohne Erwartungen, und zwar sofort? Bei ihr zu sein, auch wenn es ihr noch nicht gelungen ist, in ihrer Karriere den Platz zu erreichen, den sie anstrebt. Bei ihr zu sein, auch bei den Schwierigkeiten, auf die sie in dieser gnadenlosen Künstlerwelt mit Sicherheit stoßen wird. Aber niemand ist starrsinniger als Meredith …

Trotz allem muss ich damit aufhören, die Lage aus meinem Blickwinkel zu sehen, wenn ich eine Chance haben möchte, ihre Sicht zu verstehen. Es ist eine Tatsache: Sie ist nicht stolz auf sich. Vergeblich kann ich endlos wiederholen, dass sie jeden Grund der Welt habe, es zu sein. Sie allein muss und soll davon überzeugt sein … Ich kann den Weg nicht an ihrer Stelle gehen. Meredith jongliert wie eine Seiltänzerin auf dem unsicheren Seil ihres Lebens, sucht ihr Gleichgewicht. Ich kann nichts anderes tun, als mich zurückzuhalten, bereit zu sein, ihr die Hand zu reichen, wenn sie stolpert …

Ein schrilles Geräusch lässt mich zusammenzucken. Ein weiterer Zug rast in entgegengesetzter Richtung an uns vorbei. Die Scheiben zittern. Das ist die Wirkung, die Meredith in meinem Leben ausübt: Sie raubt mir den Atem.

Eine Frau tritt aus der Toilette. Sie hat sich gerade die Lippen nachgemalt. Ein grelles Himbeerrot. Sie betrachtet mich eindringlich. Unter anderen Umständen hätte ich vielleicht eine Reaktion gezeigt. Aber heute hat mich Meredith total eingenommen. So ist es eben.

Ich setze meinen Weg zum Speisewagen fort. Ich brauche einen Imbiss, der mich wiederaufbaut. Ich fühle mich erschöpft. Sehr erfüllt und gleichzeitig leer. Ist das möglich? Unwillkürlich gerate ich ins Grübeln. Meredith, warum nur lässt du mich dich nicht einfach lieben? Ich spüre so viel Widerstand in ihr, sich voll und ganz auf unsere Beziehung einzulassen. Sie lässt Dornen wachsen, um jeden daran zu hindern, in ihr Innerstes vorzudringen. Dieser innere Konflikt ist immer gegenwärtig, er ist verantwortlich für das unaufhörliche Hin und Her zwischen ihrem Wunsch nach einer Paarbeziehung und ihrer unbändigen Lust, zu fliehen, um frei zu sein.

Aber würde ich sie so innig lieben, wenn sie leichter zu zähmen wäre? Ich stelle mir diese Frage nicht mehr. Ich liebe sie, und basta.

Als ich beim Speisewagen angelangt bin, hat sich bereits eine Schlange gebildet. Ich bin nicht der Einzige, der die Langeweile mit Futtern totschlagen will.

Ich bestelle ein Sandwich und einen doppelten Espresso. Neben einer Mutter und ihrem Kind ist ein Hocker frei. Die kleinen schrillen Schreie des Kindes stören mich nicht in meiner Träumerei. Ich trinke die ersten Schlucke des Espressos und denke an den gestrigen Abend mit Meredith zurück. Wir hatten uns ins

Hotelzimmer zurückgezogen, wollten nicht ausgehen, schließlich hatten wir ja nur wenig Zeit für uns. Obwohl wir beide keinen Hunger hatten, bestellte ich uns etwas beim Room Service.

Gleich nach dem Essen schliefen wir ein letztes Mal miteinander, es war ein bittersüßes Gefühl. Wir hatten Mühe zu atmen, und unsere Körper standen in Flammen. Ich rang nach einem Wort, um dieses Gefühl zu beschreiben: Wollust. Meredith entführte mich in ungeahnte Höhen von Wollust und Sinnlichkeit. Und wie sollte ich ihre Gefühle deuten – in diesem intensiven Augenblick, in dem wir uns anscheinend endlich ganz gehörten, als ihr Mund nach Tränen schmeckte und ich ihr tränennasses Gesicht gegen meines gepresst spürte? Sie versuchte in keinster Weise, ihre Traurigkeit angesichts unserer bevorstehenden erneuten Trennung zu kaschieren, und hat mich zutiefst erschüttert. Ich hatte Lust, ihre Tränen voll in mich aufzusaugen, diese Tränen, die vielleicht die Zuneigung offenbarten, die sie für mich empfand, die sie aber nicht in Worte fassen konnte …

Ah, wann kommt der Tag, an dem sie diese Worte hervorsprudeln wird … Aber ich bleibe geduldig. Ich werde warten, bis die Zeit gekommen ist.

Nach diesen magischen, atemberaubenden Stunden bin ich immer noch durch und durch von ihr erfüllt … sodass ich Lust bekomme, ihr eine SMS zu schreiben, während ich in der Schlange vor dem Speisewagen stehe.

Phase 1: glücklich. Phase 2: erfüllt. Phase 3: ekstatisch. Phase 4: meredithisiert.

Ich hoffe, dass sie schließlich begreift, wie ungeheuer glücklich sie mich machen kann, vorausgesetzt, sie gibt unserer Liebe eine Chance.

Ich habe durch diese Reise etwas Entscheidendes für mich gelernt: Meredith wird sich erst dann wohlfühlen, wenn sie sich in ihrer beruflichen Laufbahn sicher fühlt. Sie hat das Bedürfnis, sich selbst zu verwirklichen, in ihrer Karriere voranzukommen, um mir gegenüber Stolz zu empfinden. Welch einen großen Fehler habe ich begangen, dass ich sie in einem Augenblick der Schwäche sehen wollte, als sie vor einem Publikum auftrat, so dünn gesät wie die Flora im Dünenmeer auf dem Wüstenplaneten Tatooine. Sie muss unbedingt Vertrauen in ihr Talent haben, um ihre Zukunft als Schauspielerin gelassener zu sehen. Eines ist mir klar: Sie darf nicht noch einmal eine derartige Enttäuschung erleben, dafür muss ich sorgen.

Ich weiß, dass sie demnächst im Theater des Guillemets in Lille auftreten wird. In zwei Wochen findet ihr erster Auftritt statt. Ich habe also vierzehn Tage Zeit, um dafür zu sorgen, dass der Saal voll ist! Ich muss ihr beweisen, dass das Verb »lieben« nicht nur einen Zustand beschreibt, sondern hauptsächlich eine aktive Handlung … Auch wenn es sich von selbst versteht, dass sie es nie erfahren darf.

Lille

SZENE 31

Meredith

Countdown: J-106

In dem Zug nach Lille, der Stadt, in der ich aufgewachsen bin, schreibe ich ununterbrochen. Seit meinem allzu kurzen Wiedersehen mit Antoine bin ich voll fieberhafter Inspiration. Die Liebesnacht, von mir wochenlang in Gedanken ausgemalt, hatte sich wunderbar erfüllt. Wie in einem Traum. Dies erinnerte mich an meine vor Kurzem geführte Unterhaltung mit Rose über die Liebeskunst und inspirierte mich zu einem lustigen Sketch für meine One-Woman-Show. Ich fand es amüsant, beim Liebesspiel die Diskrepanz zwischen Wunschvorstellung und Wirklichkeit aufzuzeigen. Ich habe einige Seiten vollgeschrieben, um den Sketch zu gestalten.

> (Scheinwerfer auf Mamzelle Juju, unsere Juliette der Moderne, große Erforscherin der Liebe)
> Der große Abend ist heute, der Abend, an dem DAS Date stattfindet. Der Abend, der die Achterbahn der Kapriolen verspricht, bei der man auf dem Kopf steht und sprachlos ist über die Fülle der Gefühle. Atemlosigkeit und Gänsehaut sind garantiert. Bereits seit einer Woche träumen Sie davon, Sie denken am Morgen, am Tag und in der Nacht daran. Sechsunddreißigmal pro Tag findet die Generalprobe statt … So, als ob er persönlich anwesend wäre.

(Mamzelle Juju spielt die geträumte Szene mit ihrem Herzensmann.)

Natürlich haben Sie an alles gedacht, damit der Moment magisch wird.

(Mamzelle Juju vollführt große Gesten mit den Armen, wie ein Gaukler, um das Wort darzustellen.)

Sie sehen sich bereits in dem idealen Halbdunkel, den Körper effektvoll beleuchtet durch die Strahlenkraft einer Kerze, deren Duft Sinnlichkeit entwickelt, ja, so soll es sein. Der Verkäufer hat es Ihnen versichert. Sie haben auch DIE perfekte Musik ausgewählt, um den Augenblick magisch zu gestalten. Und wenn Sie mit einem manikürten Finger auf Ihr Smartphone tippen, erklingt die perfekte Musik, eine Melodie zum Schwelgen, die reinste »Striptease-Musik«: Die Stimme von Etta James, rau und verführerisch, singt »I just want to make love to you«.

(Die Techniker spielen die Musik ein, während Mamzelle Juju auf die Bühne tritt und den Beginn eines heißen Striptease andeutet. Doch dann hält sie mit ihren lasziven Bewegungen inne, und ihr Körper nimmt wieder eine bedauerlich normale Haltung ein. Dann drückt sie auf den riesigen virtuellen »Realitäts«-Knopf, der per Video auf den Bildschirm hinter ihr projiziert wird.)

In Wirklichkeit sieht alles ganz anders aus. Haben Sie es bemerkt? Sie zünden die Kerze an, die Ihnen dieser Scharlatan eines Verkäufers angedreht hat. Der Docht entzündet sich schlecht, und Sie brauchen drei Versuche, bis sie endlich brennt. Der Kerzenrauch riecht sehr scharf, während Ihr Schatz mit hängenden Armen in einer plötzlich bedrückenden Stille ewig warten muss. Um Ihnen eine Freude zu machen, fühlt er sich verpflichtet, »großartig«

zu sagen. Doch in Wahrheit – seien wir ehrlich – stinkt das Ganze. Sie vergessen dieses Detail und beginnen sich auszuziehen.

(Mamzelle Juju führt die Karikatur eines verpfuschten Striptease vor, wie er sich im »realen Leben« vollzieht.)

Sie versuchen, mit sinnlichen Gesten ihre Strümpfe auszuziehen, aber Sie verheddern sich und taumeln. In dem Augenblick, in dem Sie Ihre Strumpfhose lasziv herunterstreifen wollen wie Kim Basinger in *Basic Instinct*, erinnern Sie sich an Ihre Cellulite. Und da …

(Mamzelle Juju vollführt eine komische weibliche Verrenkung und versucht, eine günstige Position zu finden. Per Knopfdruck erfolgt wieder ein Wechsel von »Realität« zu »Wunschvorstellung«.)

Sie lieben sich wie die Götter. Sie sind eine märchenhafte Göttin und genießen es, sich in den verliebten Augen Ihres Geliebten zu verlieren, die voller Bewunderung leuchten, während Sie ihm mit Ihren sanft wiegenden Bewegungen den Verstand rauben.

(Realität an)

Monsieur hätte Ihnen fast eine Muskelzerrung beschert. Er scheint vergessen zu haben, dass Sie seit drei Jahren kein Fitnessstudio mehr aufgesucht haben. Und während Sie jetzt sehnsuchtsvoll eine Flut lieber Worte erwarten, flüstert er Ihnen unter Gebrauch der Zunge Worte ins Ohr, die wenig damenhaft sind und sich in einer Speichellache verlieren.

(Mamzelle Juju übertreibt ihre Zungenbewegungen, um das Publikum in Stimmung zu bringen.)

(Wunschvorstellung an)

Mit einem überirdischen Elan erreichen Sie beide den

Höhepunkt, und die Wollust geht über die Schönheit Ihrer ineinander verschlungenen Körper hinaus …

(Mamzelle Juju führt dem Publikum die Perfektion des erträumten Augenblicks vor, durch einen Tanz aus übertriebenen Gesten und Bewegungen.)

(Realität an)

(Mamzelle Juju deutet den Bruch an, indem sie brüsk die Körperhaltung ändert.)

An dieser Stelle beendet Monsieur in zwei Sekunden alles mit einem Röcheln, er hört sich an wie eine menschliche Bestie. Unpassenderweise erinnert Sie das an eine Tierdokumentation. Den Blick zur Decke gerichtet, fragen Sie sich, ob Ihr Tag der Tage kommen wird …

(Wunschvorstellung an)

Lachend eilen Sie unter die Dusche, die lediglich durch die tänzelnde Flamme einer Duftkerze erhellt wird. Unter dem Duschstrahl treiben Sie wilde Liebesspiele.

(Realität an)

Einer von Ihnen beiden ist eindeutig zu viel unter der Dusche. Sie fühlen sich wie in einer Sardinenbüchse. Sie versuchen, sich abwechselnd den Duschkopf zu übergeben, und lächeln etwas verkrampft: Wie kann man sich eingestehen … dass man buchstäblich zu Eis erstarrt? Sie verfluchen den Erfinder Ihres Duschkopfes. Warum hat er nicht an einen zweiten Strahl gedacht, damit jeder das heiße Wasser nutzen kann? Natürlich landet der Strahl unvermeidlich im Auge. Ihre Mascara zerfließt unerbittlich. Sie fühlen sich jetzt wie das Opfer in einem schlechten Thriller. Oder wie ein pudelnasser Cockerspaniel. Als Sie sich abtrocknen, spüren Sie bereits ein leichtes Halsweh. Fazit: Eine schlimme Grippe hat Sie erwischt. Und – sind Sie zufrieden?«

Der Zug fährt im Bahnhof ein. Jetzt schon? Ich habe nichts mitgekriegt. Schnell packe ich meine Sachen und bin bereit auszusteigen. Lille. Die Wiege meiner Kindheit. Willkommen bei der Rückkehr in die Vergangenheit.

SZENE 32

Meredith

Countdown: J-95

Als ich meinen Eltern berichtete, dass ich mich zwei Monate in Lille aufhalten würde, haben sie sich gefreut … wenn auch etwas halbherzig. Für einen kurzen Moment bemerkte ich etwas Besorgnis, als sie fragten, wo ich wohnen würde.

»Keine Sorge«, erwiderte ich leicht spöttisch. »Rose und ich haben eine kleine Pension gefunden. Ich werde euch nicht stören.«

Ihre unüberhörbare Erleichterung versetzte mir einen kurzen Stich, aber ich bin es ja nicht anders gewöhnt. Sie wohnen nur einen Katzensprung entfernt von dem Theater, in dem wir auftreten. Es wäre praktischer und billiger, bei ihnen zu wohnen, aber ein so enges Zusammenleben wäre unerträglich für mich.

Meine Eltern wohnen in der Rue Jean-Sans-Peur, die wirklich so heißt! Es handelt sich dabei um Johann I. von Burgund, Herzog von Burgund und Brabant, Graf von Flandern, von Artois, Hainaut und Charolais, Herr von Mâcon, Chalon und anderen Orten … in aller Bescheidenheit. Andere Zeiten, andere Sitten: Dieser Herr ließ 1407 Herzog Ludwig I. von Orléans ermorden und wurde seinerseits im Jahr 1419 umgebracht. Die Brutalität der damaligen Zeit!

Aber ist unsere Zeit nicht genauso brutal – wenn auch nicht so offensichtlich?

Auf jeden Fall habe ich in dieser Straße meine Unbeschwertheit und die Unschuld meines Herzens verloren und meine kindliche Seele eingebüßt.

Es war an einem Novembertag. Zwischen meinen Eltern, die sich allein zu Hause wähnten, entbrannte ein stürmischer Streit. Aufgrund von unglücklichen, unmissverständlichen Äußerungen meines Vaters erfuhr ich – ohne es zu wollen –, dass ich ein unerwünschtes Kind war. Ein »Unfall«.

Meine Eltern, die zu viel Geld in ihr Geschäft investiert hatten und zu dem Zeitpunkt schon zwei Kinder zu versorgen hatten, betrachteten meine Geburt als eine zusätzliche Last, auf die sie gerne verzichtet hätten. »Das Geld wächst nicht auf den Bäumen«, wiederholte mein Vater häufig vorwurfsvoll, so als ob ich für die wirtschaftlichen Schwierigkeiten der Familie verantwortlich sei. Diese waren jedoch bedingt durch die sehr schlechte Konjunktur des Landes! Um aus dem finanziellen Tief herauszukommen, mussten meine Eltern Überstunden machen. Ein drittes Kind erschwerte ihre gesamte Planung und bremste ihre ehrgeizigen Vorhaben.

Zu allem Unglück brauchte ich als Säugling ein ganzes Jahr, um endlich durchschlafen zu können. Ein weiterer unverzeihlicher Fehler, der mir auf Anhieb ein Etikett anheftete: Ich galt als ein schwieriges und widerspenstiges Kind. Ich war einfach das Kind, das zu viel war! In der Folge erkannte ich schnell, dass es am besten war, nicht aufzufallen! Heute ist mir klar, dass dieses Verhalten meiner Eltern in mir einen schrecklichen Zweifel hinterließ: War ich es überhaupt wert, geliebt zu werden?

Mein Selbstvertrauen war unwiederbringlich erschüttert.

Meine Eltern, die durch die Anforderungen ihres Berufs ständig unter Stress standen, hatten für mich nur wenig Zärtlichkeit übrig. Und meine Situation verbesserte sich nicht, als ich mich sehr bald auch noch als eine schulische Niete erwies.

Trotzdem versuchte ich, mein Bestes zu geben! Aber das reichte nie aus. Um mich zu beweisen, musste ich mich unendlich abmühen und, wie Sisyphus, immer wieder neuen Anlauf nehmen. Es waren Versuche, die stets mit Misserfolgen endeten. Die Schule interessierte mich nicht. Ich langweilte mich schlichtweg. Hatte ich etwa mein Hirn mit Teflon beschichtet, weil es die Erkenntnisse nicht aufnahm? Auf jeden Fall hatte ich den Eindruck, eine Gans zu sein, die man zu stopfen versuchte. Vergeblich. Wie konnte ich das fest an mir klebende Etikett der Mittelmäßigkeit loswerden?

Jedes Mal, wenn ich in die Gegend von Lille kam, quälten mich unweigerlich diese negativen Gedanken, und ich fühlte mich durch die vielen Wunden und Demütigungen in meiner Kindheit hin- und hergerissen. Ich hatte dann nur einen Wunsch: in der Nähe der einzigen Person zu sein, die mir immer zur Seite gestanden hatte. Das war meine Großmutter Didine, wie ich sie nannte, die jetzt auf dem Friedhof im Süden von Lille beerdigt ist.

Auch heute kaufe ich, wie damals, auf dem Weg dorthin einen kleinen Strauß Wildblumen – die einzigen, die sie mochte, denn sie hasste die Künstlichkeit kultivierter Blumen. Durch den großen Bogen des Haupteingangs betrete ich den Friedhof. Während ich über einen der zahlreichen Rundwege zu ihrem Grab gehe, unterdrücke ich ein unangenehmes Frösteln. Derjenige, der diesen Friedhof entworfen hat, plante die Wege in Form eines Spinnennetzes – ein architektonischer Schabernack, der dauerhaft die Atmosphäre einer Halloween-Party vermittelt. Friedhöfe haben mich von jeher schaudern lassen, aber dieser hier übertrifft sie alle. Hier fällt es sogar dem Frühling schwer, sich durchzusetzen. Doch die Pflanzen versuchen, mit ihren grünen Armen diese kalte Ansammlung von Steinen und Marmor zu erwärmen.

Ich komme an einer Nachbildung des trauernden Engels der Kathedrale von Amiens vorbei, der sich auf einen Totenkopf stützt. Nun weiß ich: Das Grab meiner Großmutter kann nicht mehr weit sein.

Als ich an ihrem Grabstein stehe, werde ich plötzlich von Gefühlen überwältigt.

»Didine! Du fehlst mir so sehr.«

Ich lege meinen Strauß auf das Grab und bemerke das Unkraut zwischen den Steinplatten. Ich reiße es aus und sehe mir einen Augenblick lang seine schwarzen Wurzeln an. Sie lassen mich an meine eigenen Wurzeln denken, an meine Eltern und an ihr Verhalten mir gegenüber. Die Wurzeln meiner Unsicherheit, meines geringen Selbstwertgefühls. Und ich denke an all die Jahre, in denen ich mich vergeblich bemüht habe, von ihnen geliebt zu werden. Jede meiner Annäherungen, um eine Geste der Zuneigung zu erhaschen, wurde von meiner Mutter abgewehrt. So als würde meine Zärtlichkeit einen Hautausschlag bei ihr auslösen! O, sie stellte es geschickt an, schob freundlich vor, keine Zeit zu haben, und fand immer einen Grund, um mir auszuweichen. Aber Kinder bekommen das mit.

Mein Vater hatte sich zudem in den Kopf gesetzt, ich wäre ein Faulpelz. Also betrachtete er es als seine Aufgabe, streng mit mir zu sein, um das zu korrigieren, was er für meine natürliche Neigung zur Faulheit hielt, und zu versuchen, mich aus meiner Mittelmäßigkeit herauszuholen. Sehr schnell verwandelte er sich in einen Überbringer schlechter Nachrichten, die ständig an meiner Eigenliebe nagten. Angeblich natürlich nur zu meinem Besten gewöhnte er sich an, mich herabzusetzen, kleine scharfe Spitzen auszuteilen und mich zu verspotten. Er erzog mich mit eiserner Hand, ohne Samthandschuh. Es waren geheime Gewaltakte, ganz ohne blaue Flecken und Prellungen, die meine Seele jedoch so sehr verletzten, dass sie meine Selbstliebe für immer zerstörten. Schnell gelangte das kleine Mädchen, das ich damals war, zu dem Schluss, dass es nur mit Schmerz enden konnte, wenn es den Eltern gefühlsmäßig zu nahekam. Ich habe es folglich sorgfältig vermieden, mich zu sehr an sie zu binden. Mein Herz ging auf Abstand, wurde misstrauisch. Die Liebe wirkte auf mich wie ein Topf kochenden Wassers, vor dem ich automatisch zurückwich: gefährlich, nicht zu nahe kommen.

Daraus entstand in mir ein innerer Konflikt, vor allem in Bezug auf meine Liebesbeziehungen: Im Grunde hatte ich ein großes Verlangen und Bedürfnis danach, geliebt, bestärkt und liebevoll umsorgt zu werden, obwohl ich sehr häufig Lust verspürte, mich aus dem Staub zu machen. Der Fall Antoine ist typisch dafür: Aufgrund meiner Vergangenheit, die ich nur schlecht bewältigt habe, werde ich vielleicht alle Chancen verpassen, um heute, in der Gegenwart, glücklich zu werden.

Die Vergangenheit … Ich erinnere mich noch, wie ich, um der häuslichen Atmosphäre zu entfliehen, stundenlang auf dem Bett lümmelte, Musik hörte und mich Träumereien hingab. Wie viele Filme wurden in meinem Kopf gedreht. Es waren – schon damals – Liebesgeschichten oder Komödien.

Mein Blick fällt auf das Kreuz, das das Grab meiner Oma überragt. Meine arme Mamie Didine. Ich stelle mir vor, wie du da unten eingesperrt bist, und mir wird eng ums Herz. Diese Kälte, Dunkelheit und Enge! Du hättest das gehasst.

Mamie Didine – du allein warst mein Lebenselixier, du warst so lebendig, so einzigartig. Sollte es mir eines Tages gelingen, all diesen alten Verletzungen ein Schnippchen zu schlagen, dann habe ich das dir zu verdanken. An dem Tag, an dem mir das gelingt, öffne ich dir zu Ehren eine Magnumflasche Grenadine. Ich versichere dir, sie wird in Strömen fließen.

Ich nehme einen Augenblick Platz auf dem Grab, hole meinen Love Organizer heraus und wähle die Registerkarte »Zwischen mir & mir – Die Suche nach Madame Überzeugung«. Ich denke an mein emotionales Erbe. Die Überzeugung, zu wenig wert zu sein, nicht wirklich etwas zu gelten, übermannt mich … Regnet es, oder was ist los?

Mit dem Ärmel wische ich mir wütend übers Gesicht. Man kann doch auf einem Friedhof nicht heulen.

Ah, die vielen Augenblicke der Missbilligung, die ich in den Gesichtern meiner Eltern entdeckte, und die Scham, die mich dann erfüllte.

Wie sehr sehnte ich mich danach, dass sie mir ihr Vertrauen schenken, mich ermuntern würden. Wie sehr hätten mir diese Zeichen ihres Vertrauens Sicherheit verliehen und mein Gefühlsleben gestärkt.

Ich denke an Antoine. An den Countdown, den ich ihm auferlegt habe. Es fällt mir immer noch schwer, es zu glauben, aber ich denke, dass er mich liebt. Dieses Mal ist es wirklich wahr! Also – lasse ich wegen dieser alten Geschichten alles in Luft aufgehen? Eine dumpfe Wut kommt wieder hoch.

Es ist Madame Überzeugung, sie hat ihre Mauern der Angst errichtet, die Barrikaden, hinter denen ich mich verschanze. Den Glauben, dass Liebe gefährlich ist; dass sie für mich nicht funktionieren kann und alle Versuche zum Misserfolg führen werden, verdanke ich ihr. Ist das etwa ein unabwendbares Schicksal?

Ich richte den Blick auf das kleine Foto von Mamie Didine, die plötzlich den Anschein erweckt, als wolle sie zu mir sprechen.

»Ist es das, was du willst? Weiterhin alles sabotieren? Dir dein Glück verscherzen?«

»Mamie Didine, es ist zu viel Unsicherheit in mir.«

Sie kraust die Stirn als Zeichen der Missbilligung.

»Du machst es dir zu leicht. Ich will das nicht hören. Gegen die Unsicherheit kann man was tun.«

»Ich weiß nicht, was ich machen soll, ich habe es schon so oft versucht …«

»Wie wär's, wenn du anfängst, mit dem Selbstmitleid aufzuhören? Trockne deine Tränen. Ich habe eine Idee, wie du es anstellen kannst, dass die Vergangenheit nicht mehr deine Gegenwart sabotiert … Du wirst dir einen Friedhof der schmerzhaften Erinnerungen anlegen.«

»Wie bitte?!«

»Ja, in einer Nische deines Kopfs wirst du diesen symbolhaften Ort einrichten, wo du die Wunden der Vergangenheit begraben wirst …«

»Ich verstehe nicht …«

»Weißt du, es geht einfach darum, Frieden mit der Vergangenheit zu schließen, deine Wunden von einst zu verbinden, damit sie in Frieden ruhen können und nicht wie Zombies in deinem gegenwärtigen Leben wiederauftauchen. Du musst darauf achten, dass du sie aufsuchst, um ihnen besondere Augenblicke der Aufmerksamkeit zu widmen.«

»Warum?«

»Was sie heilen wird, sind diese Augenblicke, in denen du dir die Zeit nimmst, um ihnen aufrichtige und ehrliche Beachtung zu schenken. Somit bist du wieder mit dem kleinen verletzten Mädchen konfrontiert, das du einmal warst, und sagst ihm endlich Worte des Trostes und der Beruhigung.«

»Aber was soll ich ihm denn sagen, Mamie Didine?«

»Dass es nicht seine Schuld ist und dass er es wirklich verdient, geliebt zu werden. In Gedanken kannst du ihn sogar in die Arme nehmen und ihn mit Küssen bedecken, die dir damals so gefehlt haben. Sag ihm, er habe das Recht, nicht perfekt zu sein – zumal niemand das ist –, und dass die Schönheit eines jeden menschlichen Wesens eine Mischung aus Stärken und Schwächen ist.«

»Ist das alles?«

Meine Großmutter nickt und lächelt mir verschwörerisch zu.

»Vertrau ihm«, sagt sie zum Schluss und spielt auf Antoine an. »Ich fühle, dass diesem Mann dein Glück wirklich am Herzen liegt.«

Ihre Worte berühren mich. Ein leichter kühler Wind kommt auf, und mir wird kalt am Hals. Es wird Zeit zu gehen.

»Danke, Mamie Didine. Du fehlst mir so sehr ...«

»Du weißt genau, dass ich immer bei dir bin ...«

»Ja ...«

Ich hauche einen Kuss auf meine Fingerspitzen und berühre damit das Foto meiner Großmutter. Ich hätte schwören können, dass sie mir hinterherblickte, als ich mich entfernte.

Ich komme am Friedhofswärter vorbei und grüße ihn. Nun bin ich viel ruhiger und will mich nach Kräften bemühen, mit der stummen Wut, die wegen der Erlebnisse mit meinen Eltern seit der Kindheit in mir schlummert, ins Reine zu kommen. Ich werde alles Menschenmögliche tun, damit sie nicht meine Gegenwart verdirbt und vor allem nicht meine Liebesbeziehung mit Antoine. Ich will um keinen Preis der Welt, dass diese auf dem Friedhof der toten Liebe endet.

Meine Ängste und Zweifel sind wie Gewichte aus Blei. Ich muss meinen Stein der Weisen finden, der sie in Gold verwandelt und die Qualitäten meiner Fehler und die Stärken meiner Schwächen enthüllt ...

SZENE 33

Rose

Genau in dem Augenblick, als Meredith zur Tür hereinkommt, bin ich dabei, Roméo einen neuen Trick beizubringen. Er ist jetzt fähig, Formen und Farben der Gegenstände zu erkennen und sie an den richtigen Ort zu platzieren. Ich klatsche meinem wunderbaren Papagei lautstark Beifall, erinnere mich zugleich an den Brief des Instituts Peterson, den ich sorgfältig aufbewahrt und irgendwo unter meinen Papieren verstaut habe, ohne ihn zu beantworten. Man hatte mich darin gebeten, Roméo vorübergehend dem Institut zu überlassen, um seine unglaublichen Fähigkeiten zu studieren. Ich wollte nichts davon wissen, da ich dadurch einige Monate von ihm getrennt sein würde. Dazu hatte ich weder Lust noch den Mut. Ich beobachte, wie mein Papagei die Übung mit verblüffender Schnelligkeit ausführt. Dennoch quälen mich leichte Schuldgefühle: Habe ich wirklich das Recht, ihn ganz egoistisch für mich allein zu behalten, obwohl er zum Fortschritt der Wissenschaft beitragen könnte? Ein Umfeld wie das Institut Peterson würde es ihm gewiss ermöglichen, noch weit beachtlichere Fortschritte zu erzielen, da er dort von richtigen Experten umgeben wäre.

Ich nehme mir vor, noch einmal darüber nachzudenken …

Meredith sieht nach ihrer Rückkehr vom Friedhof wieder besser aus.

»War es gut? Nicht zu schwierig, so eine Pilgerreise?«

»Ging schon … Es hat mir gutgetan, doch gleichzeitig fehlt sie mir so sehr …«

»Ich verstehe.«

»Ich gehe jetzt einkaufen. Was willst du heute Abend essen?«

Meredith schaut in den Kühlschrank und macht eine Bestandsaufnahme der wenigen noch vorhandenen Lebensmittel. Dann sucht sie noch ein wenig in der Nähe des kleinen Esstisches und entdeckt die gerade von mir ausgedruckte Mail.

»Croquou hat sich also wieder gemeldet. Er klammert sich ja regelrecht an dich. Seine Mail ist hinreißend.«

»Ja, das stimmt. Aber du kennst ja das Problem: Ich mag nette Männer einfach nicht.«

»Trotz allem tut es immer gut, wenn jemand in dich verliebt ist, oder?«

»Sicher, aber ich kenne mich da nicht so gut aus. Seltsamerweise regt mich das mehr auf als irgendwas anderes …«

»Ja, das ist wirklich seltsam«, scherzt sie und reißt die letzte Packung Chips auf.

Ich stehe auf und nehme die Mail des verliebten Mannes in die Hand.

»Ja, es ärgert mich, denn es ist wie eine Vergeudung. Irgendwie nehme ich es ihm übel, dass er nicht der Richtige ist.«

»Ah, weil du schon weißt, wer der Richtige ist? Du Glückliche.«

Ich werfe ein Kissen nach Meredith, um sie mit ihren Spötteleien zum Schweigen zu bringen.

»Das Einzige, was ich sagen kann, ist, dass ich mich nicht für Croquou interessiere, basta! Ich kann es nicht erklären … Er interessiert mich nicht die Bohne.«

»Hm, natürlich. Deshalb bist du so beeindruckt von seiner Mail, ist ja logisch.«

Mein Gott, wie sehr geht mir Meredith auf den Wecker, wenn sie den Sherlock Holmes der Gefühle spielt, alles erraten will und sich für schlauer hält als den Rest der Welt. Zum Glück klingelt gerade ihr Handy und bereitet dieser ärgerlichen Unterhaltung ein Ende. Es scheint ihre Mutter zu sein. Ich beobachte, wie sich ihr Ausdruck augenblicklich verändert und ihre Gesichtszüge eine gewisse Härte zeigen. Ich nutze die Gelegenheit, um Croquous Mail in mein Kunstlederheft einzuordnen. Ich bekomme nicht viele Liebesbriefe und muss deshalb jeden aufheben.

»Ja, Mama, hm, ich weiß nicht … Das ist sehr nett, aber ich weiß noch nicht … Warte kurz, ich werde sie fragen …«

Meredith legt die Hand aufs Mikro des Handys und flüstert mir verzweifelt zu.

»Rose!«

»Was ist los?«

»Meine Eltern wollen uns am Sonntag zum Essen einladen, die ganze Familie wird anwesend sein. Kommst du mit? Du lässt mich doch nicht im Stich, ja?«

Auch das noch … ein Familienessen als sonntägliche Entspannung. Ich wäre lieber ins Kino gegangen. Meredith verzieht das Gesicht flehentlich. Ehrlich gesagt, ich bin nicht unbedingt scharf darauf, ihre Familie kennenzulernen, nach allem, was sie mir von ihr berichtet hat. Sie macht eine bittende Geste mit den Händen. Kann ich es ihr abschlagen? Also nicke ich halbherzig und sehe es sozusagen als die gute Tat der besten Freundin.

Meredith haucht mir stumme Küsse entgegen und sagt ihrer Mutter zu.

»Danke, Rose. Ich werde mich revanchieren.«

»Ich rechne fest damit. Das bedeutet drei Tage Abspülen!

»Zwei?«

»Du kannst wohl das Feilschen nicht lassen. Drei. Du kannst mein Angebot annehmen, oder wir lassen das Ganze.«

»Gut, einverstanden …«

SZENE 34

Antoine

Ich habe mir die Gedanken immer wieder durch den Kopf gehen lassen, bis zur Implosion, bis zur Schlaflosigkeit. Und immer komme ich zu der einen Schlussfolgerung: Meredith kann erst dann zu mir zurückkehren, wenn sie selbstsicherer geworden ist, was eigentlich nur möglich ist, wenn sie Erfolg hat. Noch nie bin ich so ausgiebig durch Paris gewandert. Anscheinend hat dies meine Kreativität gefördert. Bei einem Kaffee in der Nähe des Strawinsky-Brunnens, einen Katzensprung vom Centre Pompidou entfernt, habe ich meinen Plan geschmiedet. Ich weiß, dass Meredith bei ihrer Tournee als Nächstes in Lille auftreten wird, der Stadt, in der sie aufgewachsen ist. Ich entschließe mich, es so zu arrangieren, dass der Theatersaal voll sein würde. Ein sehr ehrgeiziger Plan. Ich kann nicht anders, als in großen Dimensionen zu denken, und hoffe, es liegt nicht an Meredith, dass ich dem Größenwahn verfalle! Fünf Vorstellungen pro Woche in sechs Wochen. Das entspricht dreißig Aufführungen, multipliziert mit sechzig Personen. So sieht es in Zahlen aus. Doch ich bin fasziniert von dem leichten Irrsinn meiner Strategie. Eine Unvernunft, die sich nicht vertreiben lässt. Der Rationalist, der ich bin, versucht jedoch, seine Handlungen zu rechtfertigen: Stand ich in dieser Phase unserer Beziehung nicht schon kurz davor, ihr als Pfand meiner Liebe einen prächtigen Verlobungsring anzubieten?

Und ist das Vorhaben, den Saal mit Zuschauern zu füllen, ohne dass sie etwas davon weiß, nicht noch bei Weitem großartiger? Meine Gewissheit, die richtige Wahl getroffen zu haben, verfestigt sich immer mehr! Im Augenblick braucht Meredith keinen Ring, sondern die Anerkennung des Publikums, um in ihrer Karriere voranzukommen. Eine hinterlistige kleine innere Stimme spielt den Advocatus Diaboli.

Ja, aber was ist denn ein unechter Erfolg wert, der vollkommen durch dich arrangiert wurde? Wenn sie es je erfahren sollte, wird sie es dir nicht verzeihen.

Mein Solarplexus verkrampft sich erneut. Das Risiko ist wirklich sehr groß. Ich spiele mit hohem Einsatz. Aber wenn ich nichts unternehme, fürchte ich, alles zu verlieren. Und das würde ich mir nie verzeihen …

Ich lege Trinkgeld auf den Tisch und eile zur Métro, habe es eilig, mich ans Werk zu machen. Während die Stationen an mir vorbeiziehen, feile ich meinen Plan weiter aus. Ich muss subtil vorgehen. Nie und nimmer darf sie vermuten, dass dieser plötzliche Zuschauerstrom etwas mit mir zu tun haben könnte …

SZENE 35

Meredith

Seit Beginn der Mahlzeit habe ich ein gekünsteltes Lächeln aufgesetzt. Ein angemessenes Lächeln, das mir jedes Mal, wenn ich nach Hause komme, als Schutzwall dient. Schließlich bin ich bei meinen Eltern. Nach außen hin scheint alles gut zu sein. Ich antworte höflich, sage Danke, helfe, den Tisch zu decken. Nach außen hin ist alles wunderbar, so wie dieser gedeckte Tisch mit dem runden, 32,86 Euro teuren Bukett, das Gisèle, die Floristin des Viertels, geliefert hat. Oder wie das Sonntagsgeschirr, die silbernen Messerbänkchen, die Serviettenringe und die höfliche Konversation … die Zurschaustellung der künstlichen Harmonie, um den Eindruck des familiären Zusammenhalts zu wahren. Aber in meinem Inneren sieht es bereits weit weniger perfekt aus. Mir dreht sich der Magen um, und mein Solarplexus ist weich wie Butter. Es ist jedes Mal dasselbe Szenario. Bevor ich zu meinen Eltern gehe, mache ich mir viele Gedanken. Ich sage mir, dass ich jetzt erwachsen bin, dass alles gut gehen wird, dass ich nun auf Distanz gehen und dieses Essen als selbstbewusste Frau durchstehen kann und die Erinnerungen mich nicht mehr verletzen können. Doch kaum befinde ich mich im Kreise meiner Familie und insbesondere meiner Eltern, befällt mich erneut dasselbe Unbehagen wie immer. Ich reagiere automatisch. Keine meiner Gesten ist mehr natürlich. Oft frage ich mich, ob sie merken, was in mir vorgeht.

Die Familie ist vollzählig versammelt.

Meine Schwester Bénédicte und Édouard, der ideale Schwiegersohn, und die drei Kinder Zoé, Tom und Valentine. Die ideale Familie. Liebend gern würde ich am Lack kratzen.

Auch mein Bruder ist mit von der Partie: Jean-Philippe, seine Frau Abigél und ihre beiden Kinder Manon und Jules.

»Sehr delikat, Madame.«

Das ist köstlich, denke ich. Rose! Meine geliebte Rose. Ich weiß wirklich zu schätzen, dass sie sich Mühe gibt, sich anzupassen und so liebenswürdig wie möglich zu sein. Ich sehe sehr wohl, dass sie an dem Braten würgt, den meine Mutter prinzipiell zu lange auf dem Herd lässt, sowie an den ewig gleichen Pellkartoffeln, denen es nicht geschadet hätte, wenn sie etwas gründlicher geschält worden wären … Aber ich rede Unsinn. Es liegt am Ambiente.

Die allzu gut erzogenen Kinder stehen auf, um spielen zu gehen, und hinterlassen zum großen Leidwesen meiner Mutter ein Chaos um uns herum. Ich jedoch bin froh, endlich wieder »lebendige« Menschen um mich zu haben und keine Wachspuppen.

»Rose, haben Sie Kinder?«, erkundigt sich mein Bruder.

»Ja, eine Tochter. Sie heißt Késia.«

»Wie charmant!«

Ich glaube, ich träume. Es kann doch wohl nicht wahr sein, dass mein Bruder meiner besten Freundin im Beisein seiner Frau schöne Augen macht? Die eindringlichen Blicke? Und das kaum verhüllte Flirten? Ich werfe meiner Schwägerin einen Blick zu und fühle mich für sie nicht wohl in meiner Haut. Im hinteren Zimmer herrscht inzwischen ein Heidenlärm: Die Kinder haben sich inzwischen von Velociraptoren in Zombies verwandelt, die sich an Menschenfleisch gütlich tun … Als gute Seele erhebt sich meine Schwägerin, um für Ordnung zu sorgen. Meine Mutter räumt inzwischen den Tisch ab. Mein Vater entschuldigt sich, um auf dem Balkon eine Zigarette zu rauchen. Ich beobachte, wie sich mein Bruder ganz nah neben Rose aufs Sofa setzt, um sie ungestört näher kennenzulernen. Ich beobachte sie aus dem Augenwinkel. Ich kenne ja ihre ganz eigene Art, mit den Lidern zu flattern. Offensichtlich scheint ihr das kleine Manöver nicht zu missfallen. Mein Bruder legt sich noch mehr ins Zeug. Soll ich einschreiten? Meine Mutter ruft nach mir, damit ich ihr bei der Zubereitung des Desserts helfe. Mir bleibt nichts anderes übrig, als zuzulassen, dass sie ihren kleinen Verführungstanz fortsetzen. Immerhin ist Rose ja erwachsen …

SZENE 36

Rose

Ich hätte auf Meredith hören sollen. Ich versuche, meine durch Tränen geröteten Augen zu verbergen, indem ich meine Wollmütze tiefer in die Stirn ziehe. Ich behalte sie ganz bewusst auf, auch in dem überheizten Pub. Wieder einmal würde ich mich gern in das berühmte Mauseloch verkriechen, da ich mich derart meiner Naivität schäme. Natürlich habe ich Jean-Philippe insgeheim wiedergesehen. Etwas zu schnell wurde er zu JP. Das steht für Joli Parleur, also Schönschwätzer … Wie geschickt er doch ist, mit wenigen wohlgesetzten Worten die Verzwicktheit der Situation herunterzuspielen, während er mich mit Komplimenten überschüttet, als seien es Juwelen, und mir Versprechungen wie aus dem Märchen macht. Es ist seltsam, wie leicht man in Amors Fallen gerät und nicht einmal die simpelsten von ihnen bemerkt, wenn man verzweifelt auf der Suche nach Liebe ist. Ich sehne mich von ganzem Herzen nach Aufmerksamkeit, möchte so gern daran glauben, dass ich mich blindlings auf alle Versuchungen stürze, die sich mir bieten. Nun, alle Frauen wissen es genau – wenn man sich auf einen verheirateten Mann einlässt, hat man weniger als ein Prozent Chancen, dass daraus etwas Ernsthaftes wird. Ich gehöre natürlich zu den anderen 99 Prozent. Im Nachhinein ist es äußerst amüsant, wie anders sich Monsieur in den Tagen vor und nach dem Vollzug des Liebesakts verhalten hat.

Davor: übersprudelnde Nachrichten voller Schmeicheleien, zahlreiche kleine süße Aufmerksamkeiten, Zuvorkommenheit und schmelzende Blicke. Danach: eine Nachspeise in Form von Funkstille; ein Drumherum aus fadenscheinigen Vorwänden und Ausweichmanövern aller Art … Ein Festival der Desillusionen …

Ich hole das fünfzehnte Kleenex heraus, als sich die Tür zur Bar öffnet und ein bekanntes Gesicht erscheint: Meredith. Wie hat sie es angestellt, mich hier zu finden? Sie runzelt die Stirn, als sie mich zusammengesunken vor meinem Bier sitzen sieht, errät wohl, dass es nicht das erste ist.

»Meine Rose! Was tust du da? Ich hasse es, dich so zu sehen …«

»Wie hast du mich gefunden?«

»Das war nicht schwierig.«

»Ich will nicht darüber reden.«

»Brauchst du auch nicht. Weißt du, auch wenn es mein Bruder ist, habe ich große Lust, ihm die Fresse zu polieren …«

Ich lächle sie kläglich an, bin gerührt von ihren Bemühungen, mich wiederaufzurichten. Einen Moment lang versuche ich, mich zusammenzureißen, aber dann breche ich zusammen. Ich kann nicht mehr!

»Meredith, ich habe die Nase so voll! All diese Flops, die sich häufen. Ich habe den Eindruck, das ist die Geschichte meines Lebens …«

»Nur keine Verallgemeinerungen!«

»Aber ja. Kapierst du es denn nicht? Ich bin in einer Liebes-Sackgasse gestrandet …«

»Hübsches Bild! Du solltest an das Copyright denken.«

Ich lächle, doch Tränen kullern mir über die Wangen.

»Hör auf! Du bist blöd …«

»Ja, aber das wussten wir ja bereits …«

»NIE treffe ich auf die guten …«

»›Nie‹, ›immer‹, du musst dich davon lösen. Und sei ehrlich: Es gibt sehr nette Typen, die in dich verliebt sind, und du lässt dich nicht einmal dazu herab, ihnen eine Chance zu geben.«

»Ah ja? Und wer?«

»Nun, dein ›Croquou‹, der dir den Strauß mit den Croissants geschickt hat … Meiner Meinung nach ist er ein Goldstück.«

»Es ist trotzdem nicht meine Schuld, wenn er mir nicht gefällt.«

»Okay, Zuneigung kann man nicht erklären … Aber erkenne zumindest an, dass du mehr Erfolg hast, als du zugeben willst.«

»Ich habe nichts davon, dass ich bei denen gut ankomme, die mich nicht interessieren.«

Ich genehmige mir einen großen Schluck Bier und ziehe einen Schmollmund vor Verzweiflung. Wohin soll diese Unterhaltung führen?

»Und woran liegt es deiner Meinung nach, dass es mit der Liebe nicht so klappt, wie du es dir wünschst?«

»Ich weiß es nicht … Ich habe das Gefühl, als ob mich die Männer nicht ernst nehmen würden und sie in mir lediglich eine ›Frau für schöne Stunden‹ sehen. Eine ›Abwechslung‹ – genau das bin ich für sie.«

Aha, darum geht es also. Ich spüre, wie ein neuer Tränenerguss bevorsteht.

»Meine Rose!«

Meredith versucht, mich so gut wie möglich zu trösten.

»Du bist eine wunderbare Frau, eine großartige Freundin, eine begabte Künstlerin und eine tolle Mutter. Vielleicht suchst du einfach am falschen Ort?«

»Wie das?«

»Vielleicht hast du dich zu sehr in die Vorstellung vom idealen Mann hineingesteigert und seine Eigenschaften und damit auch deine Auswahlkriterien zu starr festgelegt … Du würdest ihn nicht einmal bemerken, wenn er direkt neben dir stünde!«

Ich zucke mit den Schultern, aber ihre Worte dringen zu mir vor.

»Und wenn du erlaubst, möchte ich noch etwas hinzufügen …«

In meiner augenblicklichen Verfassung kann Meredith weiterreden, so lange sie will. Meine Niederlage ist so vernichtend, dass ich bereit bin, mir alle Ratschläge anzuhören.

»Ich glaube, du solltest auch dein Verhalten den Männern gegenüber ein bisschen überdenken …«

»Und das heißt?«

Der Kellner bringt uns hausgemachte Chips und wirft einen Seitenblick auf mein aufgelöstes Gesicht, das ich hinter meiner Hand zu verbergen suche.

»Kennst du das Sprichwort: ›Fliehst du vor mir, folge ich dir; folgst du mir, fliehe ich vor dir‹?«

»Ja – und?«

»Nun, etwas davon ist in den Gesetzen der Anziehung zwischen Mann und Frau enthalten. Wenn du zu schnell alles gibst, verlierst du deine Anziehungskraft. Und ich kenne dich: Du hast die Neigung, ein paar Schritte zu überspringen, schnell voranzukommen, wenn alles noch in den Anfängen steckt … und ich meine damit nicht den Sex, sondern die Phase davor, die es überhaupt erst ermöglicht, dass sich das Verliebtsein entfalten kann. Erst kommt das Spiel der Verführung. Ein zu schnelles Entblättern ist da nicht anzuraten. Vielmehr geht es dabei um das Zulassen von Stille, einer kostbaren Stille wie im Theater oder in der Oper … Ein Mann braucht Zeit zum Atmen, er möchte nicht gleich zu Beginn des Spiels von einer Frau ›bestürmt‹ werden, die den Eindruck erweckt, dass er ihr schmerzlich fehlt, wenn er einmal nicht bei ihr ist.«

»Du hast seltsame Vorstellungen. Wenn man verliebt ist, vergeht man vor Sehnsucht, den anderen zu sehen. Man will ihn ständig um sich haben …«

»Ich habe nicht behauptet, es sei nicht kompliziert. Das ist es ja auch für mich, wie du weißt. Gesteht man den Herren eine Zeit des Rückzugs zu, dann erweist sich dies allerdings als recht effizient, weil sie sich über ihre Gefühle klar werden können. Willst du einen verliebten Mann, dann musst du zu der Frau seiner Wunschvorstellungen werden.«

»Willst du damit sagen, ich soll so tun, als ob ich nichts mit ihm zu tun haben will? Deine Strategie scheint mir nicht allzu überzeugend zu sein.«

»Es geht nicht darum, so zu tun als ob, sondern darum, dich in deinem leidenschaftlichen Impuls, der die Männer in die Flucht treibt, etwas zu zügeln.«

»Du hast offensichtlich deinen Love Organizer gründlich studiert.«

Meredith nimmt sich eine Handvoll Chips. Die Art, wie sie die Schale zurückstellt, reizt mich, sie zu necken.

»Kennst du dich denn mit leidenschaftlichen Impulsen aus?«

»Total«, ruft sie und spuckt ein paar Chips aus.

Dann hält sie mir ihren fettverschmierten Zeigefinger unter die Nase, um mit ihrer Rede fortzufahren.

»… Und ich sage dir, Rose, es genügt, wenn du das Zentrum deiner Aufmerksamkeit verlagerst.«

»Na gut.«

»Du musst dich ablenken und anderen Beschäftigungen nachgehen, verstehst du? Vielleicht dadurch, dass du dir ein paar heilsame Rituale einfallen lässt …«

»Meinst du damit, dass ich mich mit Chips vollstopfen und ein Bier nach dem anderen runterkippen soll?«

Meredith wirft mir einen gespielt wütenden Blick zu.

»Ich meine damit tugendhafte Rituale.«

»Gleich schlägst du mir Laufen, Meditation und Seidenmalerei vor.«

Sie verzieht das Gesicht: Ich bin offensichtlich ein hoffnungsloser Fall. Mein Blick verweilt auf einem Mann an der Theke, der sich lebhaft mit einem Freund unterhält.

»Und wenn die Therapie darin bestünde, das Übel durch das Übel auszutreiben?«, spotte ich.

»Aber nein! Wirklich nicht. Eine Männerdiät ist absolut notwendig. Mindestens drei Wochen lang Enthaltsamkeit … Auf der Karte steht ein wenig gesundes Alleinsein und eine unerlässliche Prise Abstandhalten.«

»Klingt wie im siebten Himmel?«

»Du bist unerträglich«, ruft meine Freundin und steht auf.

Bevor wir das Lokal verlassen, werfe ich mit leichtem Bedauern einen letzten Blick auf den Mann an der Theke. »Diät!«, murmle ich vor mich hin. Aber Meredith, die mich ja gut kennt, hat vielleicht eine Sache vergessen: Bei Diäten muss man immer mit dem Jo-Jo-Effekt rechnen …

SZENE 37

Meredith

Ein paar Tage später komme ich vom Einkaufen zurück und ertappe Rose dabei, wie sie ihre Sachen packt, als ob sie auf Reisen ginge.

»Was tust du da?«

Sie zuckt leicht zusammen, als ob sie nicht gehört hätte, dass ich hereingekommen bin.

»Ach, ich werde drei Tage weg sein, meine Liebe …«

»Wie bitte? Und die Proben? Darf ich dich daran erinnern, dass wir in fünf Tagen auftreten?«

»Liebes, das weiß ich sehr wohl … Es wird kein Problem geben, versprochen. Du weißt doch, dass wir im Großen und Ganzen vorbereitet sind. Nach all unseren Auftritten in Marseille sind wir doch gut eingespielt, oder?«

Ich trete näher an sie heran, um herauszufinden, was sie da ausheckt.

Ich greife nach ihrem Arm.

»Rose, was hast du vor?«

Sie versucht vergeblich, meine Hand abzuschütteln, stößt dann einen tiefen Seufzer aus.

»Meredith, es ist nichts, ich schwöre es dir. Es ist nur, dass ich …«

»Was?«

Ich sehe ihr tief in die Augen, in dem Versuch, ihr Vertrauen zu erwecken. Schließlich rückt sie mit der Sprache heraus.

»Ich brauche Geld, das ist alles. Ich halte es nicht mehr aus, meine Kleine so selten zu sehen. Außerdem habe ich ihr versprochen, dass wir das nächste Mal ins Disneyland fahren. Meredith, ich habe keinen Cent mehr auf dem Konto … Und ich kann auch nicht bis zur Auszahlung des Gehalts im nächsten Monat warten.«

»Rose … Was hast du vor?«

Rose ist Spezialistin im Schmieden abenteuerlicher Vorhaben.

»Mach dir keine Sorgen um mich. Es ist eine gute Sache, sehr sicher …«

»Oje, jetzt mache ich mir ernsthaft Sorgen.«

Ohne weitere Erklärung fährt sie damit fort, ihre Sachen zu packen. Ich reiße ihr die Tasche aus der Hand, um wieder auf das Thema zurückzukommen.

»Rose, hörst du mir überhaupt zu?«

Sie will mir die Tasche wieder aus der Hand reißen, aber ich spurte im Zickzack durchs Zimmer und halte sie außer Reichweite, bis sie bereit ist zu reden.

»Gib mir meine Sachen wieder!«

»Nicht, bevor du mir dein windiges Vorhaben verraten hast.«

»Es ist überhaupt nicht windig. Es ist sogar sehr gut bezahlt, wenn du es genau wissen willst.«

»Genau das macht mir Sorgen! Los, spuck es aus!«

Rose, die genug von der Verfolgungsjagd hat, gibt schließlich nach und wirft sich mit Schwung aufs Bett, das den Aufprall abfedert. Sie verschränkt die Arme hinter dem Kopf und blickt zur Decke, damit sie mich nicht anschauen muss.

»Ich habe eingewilligt, an klinischen Tests teilzunehmen.«

Die Information braucht etwas Zeit, um in mein Bewusstsein einzudringen.

»O Rose, nein. Das hast du doch nicht ernsthaft vor?«

»Doch, das habe ich.«

»Hast du auch die eventuellen Nebenwirkungen bedacht?«

Sie fegt meine Frage mit einer Handbewegung beiseite.

»Was denkst du denn? Das ist doch alles bereits ausgereift.«

Ich merke sehr wohl, dass sie das Ganze herunterspielt.

»Warum hast du mich nicht gefragt? Wenn wir unsere letzten Groschen zusammenlegen, dann könntest du vielleicht die Reise zu deiner Tochter nach Paris und ins Disneyland stemmen?«

Sie betrachtet mich gerührt, aber auch starrköpfig.

»Nein, nein. Du hast es gerade selbst schwer genug, über die Runden zu kommen, da werde ich dich nicht noch um Hilfe bitten. Ich schaffe das schon. Drei Tage in der Klinik, ein paar Blutentnahmen und dann zwei traumhafte Tage mit meiner Tochter.«

Ich kenne meine Rose. Nichts wird sie dazu bringen, ihre Meinung zu ändern. Sie hat aber bemerkt, wie betroffen ich bin, erhebt sich vom Bett, geht auf mich zu und nimmt mich in die Arme.

»Mach dir keine Sorgen! Das geht alles gut, glaub mir.«

Ich habe Angst um sie, als wäre sie meine große Schwester. Sie bemerkt es und sagt:

»Wie sensibel du doch bist, meine Süße. Es macht dich verrückt, nicht wahr? Nutze lieber die drei Tage, in denen ich weg bin. Wenn ich zurück bin, fragst du dich sonst: ›Verdammt, warum habe ich die Zeit nicht besser genutzt?‹«

»Das würde mich wundern …«, brumme ich. »Wann musst du dort antreten?«

»In einer Stunde.«

Ich helfe ihr schweren Herzens beim Einpacken, muss es zulassen, dass sie eine Erfahrung macht, die ich ihr lieber erspart hätte. Als sie hinausgeht, schaut sie mich kaum an, damit ich sie nicht noch einmal aufhalten kann.

»Also dann tschüss und bis bald! Futtere bitte nicht alle Schokobonbons auf, die noch übrig sind. Ich habe sie nämlich gezählt!«

Sie lacht und lässt mich stehen. Aber an ihrem heimlichen Blick von unten und dem besonderen Glanz ihrer Augen erkenne ich, dass sie sich in ihrer Haut nicht ganz wohlfühlt! Ich sinke auf dem Küchenstuhl in mich zusammen und lasse die Croissants, die ich gekauft habe, unberührt stehen. Der Appetit ist mir vergangen. Roméo scheint ein wenig Trost zu benötigen und trippelt auf mich zu.

»Hallo, mein Lieber. Fühlst du dich auch einsam?«

Bald werde auch ich Trübsal blasen, wenn ich nicht schleunigst hier herauskomme. Also packe ich meine Sachen und beschließe, in die Stadtbücherei in der Rue Edouard-Delasalle zu gehen. Den Love Organizer und das Heft aus Kunstleder, in das ich nach und nach die Ideen für meine Show schreibe, verstaue ich in einem Rucksack. Ich denke an Rose und daran, was sie alles unternimmt, um ein paar Kröten zu verdienen. Und all das, weil wir den Durchbruch nicht schaffen und unser Theaterstück nicht gut ankommt … Ich balle die Fäuste und spüre, wie sich in mir eine bisher nie gekannte Entschlossenheit aufbaut. Sie dringt durch die Adern bis zu meinen Fäusten, in denen das Blut kräftig pulsiert. Es ist mein fester Wille, die Dinge zu ändern. Und ich bin entschlossen zu kämpfen, um es zu schaffen. Es muss sein, ganz einfach! Und dafür gibt es nur eine Lösung: Ich muss die Ärmel hochkrempeln – ein Prozent Inspiration, 99 Prozent Schweiß – danke, Monsieur Edison, wir sind uns dessen bewusst. Ich greife nach meinem Rucksack, werfe ein Croissant für später hinein, dazu eine Flasche Wasser sowie meine Schachtel mit Glimmstängeln und renne die sechs Stockwerke hinunter.

Als ich auf der Straße stehe, genieße ich die noch kühle Aprilluft. Das Gehen stärkt nicht nur meine Muskeln, es sorgt auch für klare Gedanken. Ich denke an Rose und ihren Entschluss, das Versuchskaninchen bei klinischen Tests zu spielen, um der Forschung einen Dienst zu erweisen. Ich bin da zwiegespalten. Einerseits hilft es sicherlich der Wissenschaft, aber andererseits bin ich beunruhigt wegen der möglichen Risiken für meine Freundin. Spontan fällt mir ein interessanter Artikel ein, den ich vor Kurzem über die Fortschritte auf dem Gebiet der Nano- und Biotechnologie gelesen habe. Und kann es gar nicht fassen, welche Möglichkeiten sich für die Zukunft eröffnen: intelligente Pillen! Implantierbare Miniatursysteme, die fähig sind, ihre wertvollen Stoffe nach und nach in der richtigen Dosierung abzugeben. Kapseln, deren Programme aus der Entfernung durch schwache elektrische Stromstöße aktiviert werden. Kontrollierte Dosierungen, zum Beispiel von Insulin für Diabetiker … und viele weitere wichtige Lösungen bei der Behandlung chronischer Krankheiten.

In diesem Augenblick erhalte ich eine SMS von Antoine. Ich muss unwillkürlich lächeln. Seit unserer Szene im Theater de l'Acrostiche glaube ich, dass er meine Angst, nur wegen meines Körpers geliebt zu werden, verstanden hat. Von einem Extrem zum anderen. Nun wagt er nicht mehr die geringste erotische Anspielung …

Als ich gestern deine Stimme am Telefon hörte … Dein Mund hat ein Händchen für Pflanzen: Die sanften Worte, die du säst, erschaffen in mir einen Garten von unglaublicher Üppigkeit. Meine Süße, warten wir ab, ob die Rose unserer Liebe im Frühling erblüht … A.

Der liebe Antoine … Wie sehr müssen ihn meine Vorwürfe verletzt haben, seine Nachrichten seien zu anzüglich! Und wie sehr rührt es mich, dass er mir zuliebe nun poetisch-lyrische Töne anschlägt, die fast aus einer anderen Zeit zu stammen scheinen. Dieser Wunsch, mich zu bezirzen … ja, aber … für wie lange? Mir wird kalt, und es liegt nicht am Aprilwind: Die alten Ängste tauchen wieder auf, wie heftige Luftzüge, die mich frösteln lassen.

Madame Angst zündet sich an der Straßenecke eine Zigarette an und lacht höhnisch, als sie mich sieht. Und wenn ich irgendwann nicht mehr anziehend für Antoine wäre? Wird der Tag kommen, an dem er so etwas Schreckliches sagt wie: »Geh mir bloß aus dem Weg!«? Werde ich dann ausrangiert wie ein abgenutztes Spielzeug?

Ich bin der Meinung, dass man in der Nanotechnologie dringend Kapseln gegen NA (nachlassende Anziehungskraft) erfinden müsste. Zack! Diese würden dann bei der verliebten Person den Hormonspiegel des Verlangens und der Zuneigung konstant aufrechterhalten. Und zwar genau in der Menge, die erforderlich ist, um das allmähliche Nachlassen zu vermeiden, das in Monotonie und Gewohnheit mündet.

Gar nicht so übel, meine NA-Pillen. Ich sollte daraus einen Sketch für Mamzelle Juju machen, das könnte amüsant werden …

Einmal ärgere ich mich und schnauze innerlich Antoine an, weil er mir Nachrichten schreibt, die sein eindeutiges Verlangen erkennen lassen. Ein andermal entwickle ich ein düsteres Szenario von dem Tag, an dem er mich nicht mehr begehren wird … Ich bin mir nur allzu klar meiner eigenen Widersprüche bewusst.

Nun bin ich also in der Bücherei. Ich liebe diese arbeitsame und konzentrierte Atmosphäre. Die Säle sind dank der Glaswände lichtdurchflutet. Draußen ist ein schöner, mit Bäumen bepflanzter Garten zu sehen. Einen Augenblick lang verweilt mein Blick auf der Trauerweide und ihrem dichten Laubwerk, das sich sanft im Wind wiegt und mich an meine NA-Pillen denken lässt. Interessant. Leider muss ich mir etwas Realistisches einfallen lassen, damit meine Liebesgeschichte weiter andauert. An die Arbeit … Ich gehe die Gänge zwischen den mit Büchern gefüllten grauen Aluminiumregalen entlang und wähle eine ruhige Ecke im ersten Stock.

Nun hole ich wieder einmal meinen Love Organizer heraus. Mich bewegt jetzt die Frage des Begehrens und, damit zusammenhängend, die Angst, dass mein Partner sich in einem bestimmten Moment von mir abwendet. Das führt dazu, mir die zweite Registerkarte meines Organizers mit der Überschrift »Zwischen mir & dem anderen« näher anzuschauen.

Was bedeutet »die Begegnung mit dem anderen«? In erster Linie die prickelnde Aufregung. Die Unsicherheit. Die Suche nach Zweisamkeit. Das Erwachen des Verlangens. Die unwahrscheinliche Übereinstimmung zwischen zwei Menschen. Die geheime Alchemie, die so viele Gelehrte gerne ergründet hätten und so viele Schöngeister auseinanderpflücken wollten, um ihr Wesen zu begreifen. Sind wir wie Jean-Baptiste Grenouille in Patrick Süskinds Werk Das Parfum dazu fähig, beim Partner dessen einzigartigen Wohlgeruch wahrzunehmen, und zwar nicht als Duft, sondern als die Essenz der Seele, als Identitätsmerkmal? Was scheidet die Haut außer den wohlbekannten Pheromonen, den Sexuallockstoffen, insgeheim noch aus? Finden die unsichtbaren Schwingungen, die die Seele aussendet, beim anderen einen Resonanzkörper, auf den sie unwiderruflich treffen?

Das Gefühl der Verliebtheit gibt sich geheimnisvoll und ist entschlossen, nicht auf halbem Weg haltzumachen.

Nicht umsonst spricht man von den Anfangsproblemen. In welchen Zustand versetzen uns die aufkeimenden Gefühle? Wie sehr wird das Herz gequält und von einem Feuer beherrscht, das viel mehr als ein einfaches Feuer ist: Es ist reine Lava, ein Magma von Gefühlen, von Fragen und Ängsten, die mit unbändiger Lust und überschäumendem Verlangen vermischt sind.

Die Leidenschaft des Anfangs reißt auf ihrem Weg alles nieder, auch die Vernunft. Die derart erträumte Wirklichkeit sieht zu, wie sich ihre Landschaften verändern. Das verliebte Herz möchte nur noch eine einzige Welt erkunden – die des anderen. Dennoch fühlt es sich wie in einem unbekannten Land! Es weiß nicht, wohin es geht. Daher rührt das Unbehagen. Aber das Gefühl verleiht auch Stärke, und das Herz wirft sich in den Kampf. Allerdings mehr wie ein Goldsucher mit den verrücktesten Hoffnungen und weniger wie ein abgebrühter Söldner. Das verliebte Herz ist erfüllt von Arglosigkeit und einer leichten Naivität. Es möchte einfach glauben!

Wenn die Liebe blind ist, dann hauptsächlich in Bezug auf einen reinen Wunschtraum: dem von der unmöglichen Verschmelzung. Wer in der Liebe seine andere Hälfte sucht, hat Pech gehabt, denn das ist die schlimmste Utopie und auch die verheerendste. Das 1 + 1 = 1 gibt es nicht. Verschmelzung führt lediglich in die Sackgasse der Abhängigkeit. Das Haus der glücklich Liebenden hat fast keine Mauern und Fenster, die immer offen sind.

Ich blättere durch die fünf mit meinen Gedanken vollgeschriebenen Seiten meines Love Organizers und überfliege, was ich geschrieben habe, wobei ich ein Gähnen unterdrücke. Bringt mich das weiter, hilft es mir, meine Amourability zu verbessern? Ich finde, ja, das tut es, und bin der Meinung, dass diese Präambel zur Klärung der Entwicklungsstufen des Verliebtseins wichtig ist, um mehr Klarheit zu gewinnen. Doch jetzt brauche ich dringend einen starken Kaffee, um diese Arbeit fortzusetzen.

Auf der Etage gibt es einen Automaten. Als ich davorstehe, merke ich, dass mir die passenden Münzen fehlen, dabei habe ich starkes Verlangen nach einem heißen Getränk. Hinter mir steht ein Mann, der wartet. Anscheinend spürt er meine Hilflosigkeit.

»Brauchen Sie Kleingeld?«, fragt er liebenswürdig.

»O, das ist sehr nett, aber nein, danke. Ich habe nur eine Zwei-Euro-Münze, und die Maschine schluckt sie nicht.«

»Nehmen Sie es, bitte sehr.«

»Vielen Dank, wirklich, ich …«

»Gern geschehen, ist ja nicht der Rede wert.«

Ich ziehe mit meinem heißen Kaffee los. Er tut mir gut. Ich nehme meinen Platz wieder ein und sehe den Mann, der mir am Automaten geholfen hat; er sitzt ein paar Stuhlreihen von mir entfernt. Ich habe ihn vorher nicht bemerkt. Er schaut zu mir her, und ich schenke ihm ein kleines Lächeln des Dankes. Er nickt als Zeichen, dass es angekommen ist, dann versenkt er sich wieder in seine Arbeit.

Und ich mich in die meine.

Ich nehme den Faden meiner Überlegungen wieder auf. Ich stimme mit mir selbst überein: Die eigentlichen Probleme entstehen nicht in der wunderbaren Anfangszeit, in der der andere vollkommen erscheint, ausgestattet mit allen Tugenden, in der das liebestrunkene Herz die Fehler ignoriert und seine kleinen Arrangements mit der Realität trifft. Ich glaube, das eigentliche Abenteuer beginnt erst danach. Die wahre Liebe muss ihre Erfahrungen sammeln. Genauso wie das Neugeborene sein Immunsystem entwickelt, indem es mit den Kinderkrankheiten in Berührung kommt, muss die junge Liebe, um stark zu werden, nach und nach mit den Dingen konfrontiert werden, die verletzen.

Die wahre Liebe nimmt ihren Anfang nach der Phase der Enttäuschung.

Man hat sich gesucht, hat Gefallen aneinander gefunden, sich in den Himmel gehoben. Und dann hat man sich schließlich gegenseitig enttäuscht. Und das ist auch gut so.

Gibt es einen größeren Druck, als sich ewig von seiner Schokoladenseite zeigen zu müssen?

Die Enttäuschung ist die Feuerprobe. Sie geht vorüber, oder die Beziehung geht in Scherben. Kann die junge Liebe ihr standhalten?

Aber ist es nicht auch irgendwie eine Erleichterung, wenn man endlich einen Teil seiner beschämenden Fehler offenbaren und einen Ort schaffen kann, an dem man die Maske ablegt und wie ein vom Leben erschöpfter Krieger Anspruch auf ein wenig Entspannung erhebt, ganz ohne Tricks?

Immer noch benommen von den blind machenden Gefühlen des Anfangs, obwohl die Vernunft, aus langer Narkose erwacht, sich wieder regt, wundert sich jeder über das seltsame Kribbeln der echten Gefühle, welche der harten Wirklichkeit standhalten. Nun, die Realität altert schlecht. Monat für Monat und Jahr für Jahr läuft sie Gefahr, in prosaischer Nüchternheit zu versinken. Die Realität bekommt Falten der Monotonie, der Gewohnheit, des zermürbenden Grolls und der sich einschleichenden Frustrationen.

Und genau hier findet das eigentliche Spiel statt. Und zwar das, das ich durch Vorwegnahme nicht vermasseln möchte. Denn es tritt unvermeidlich ein. Der langsame Rückzug. Die schleichende Distanzierung.

Ich muss wohl einen bedrückten Eindruck machen, denn der Monsieur von vorhin wirft mir vom anderen Ende des Raums verstohlene Blicke zu. Ich lächle ihm unmerklich zu, und er vertieft sich wieder in seine Bücher. Ich frage mich, an was er arbeitet …

Ganz unverfänglich studiere ich seine Physiognomie. Er ist noch keine vierzig. Dunkelbraune Haare umrahmen sein ovales Gesicht, und die feinen Gesichtszüge stehen im Kontrast zu dem dichten Bart. Als sein Blick in meine Richtung wandert, unterbreche ich meine Musterung.

Wo war ich stehen geblieben? Meredith, lass dich nicht immer ablenken!

Ich greife wieder nach meinem schwarzen Filzstift und lasse ihn über die Seite gleiten. Ich unterstreiche den letzten Satz viermal: Die Spielregeln akzeptieren.

Marivaux hat sich vergeblich bemüht, ein wunderbares Stück über *Das Spiel von Liebe und Zufall* zu schreiben. Es scheint mir eher, dass der Erfolg beim Spiel der Liebe auf alles Mögliche zurückzuführen ist, aber nicht auf den Zufall! Ich glaube vielmehr, dass man sich in der Liebe einerseits an die Spielregeln halten muss und andererseits Ausdauer braucht.

SPIELREGELN IM SPIEL DER LIEBE: AKZEPTIEREN, DASS DER ANDERE EIN ANDERER IST.

Sind nicht die meisten Unstimmigkeiten und auf Befindlichkeiten basierenden Meinungsverschiedenheiten darauf zurückzuführen? Darauf, dass wir allzu schnell vergessen, dass der Partner nicht genauso ist wie wir, nicht immer dieselben Bedürfnisse, die gleichen Erwartungen und Verhaltensweisen hat?

Aus diesen nicht akzeptierten Unterschieden entstehen die meisten Streitigkeiten. Und allzu viele Streitigkeiten führen zum unvermeidlichen Bruch …

Worin besteht also das Geheimnis, sich diesem Teufelskreis zu entziehen?

In erster Linie in der Kommunikation. Und auch in der Flexibilität, in der Einschätzung der Bedürfnisse des Partners, der Akzeptanz, dass der Partner diese ausdrückt, auch außerhalb der Beziehung, wenn nötig. Dem anderen seinen Freiraum lassen, die Möglichkeit, er selbst zu sein.

Dann muss die Entscheidung gefällt werden. Ich unterstreiche dieses Wort in Neongelb. Denn ja: Es ist eine bewusste Entscheidung, die Liebe rechtzeitig zu pflegen. So wie mein Entschluss, alles Mögliche zu unternehmen, um die Flamme am Leben zu halten. Das verlangt genauso viel Mühen und Mut, wie im strömenden Regen joggen zu gehen. Der Regen entspricht allen Schikanen des Lebens. Es ist der Regen, der die Liebe auf die Probe stellt. Der Bonsai der Gefühle erfordert täglich viel Pflege und Aufmerksamkeit, um nicht einzugehen.

Nachdem ich dieses Stadium meiner Überlegungen erreicht habe, bin ich recht zufrieden. Doch eine Frage quält mich: Wie kann man in einer Beziehung ein stabiles und glückliches Gleichgewicht schaffen, die ewigen Hochs und Tiefs vermeiden und ein intensiveres und dauerhaftes Glück erreichen? Ich stehe auf, um in der philosophischen Abteilung der Bibliothek nach Antworten zu suchen.

Ich blättere in einigen Werken und lasse die Worte alter großer Denker auf mich wirken. Hedonismus, Eudemonismus und Gleichmut …

Ah ja, der Gleichmut interessiert mich. PHILOS. Ruhe, Gleichmut einer Seele, die Herr über sich selbst geworden ist, und zwar um den Preis der gewonnenen Weisheit, entweder durch Mäßigung bei der Suche nach Vergnügungen (Epikureismus) oder die genaue Beurteilung des Werts der Dinge (Stoizismus), vielleicht auch durch Zurückhaltung mit seinem Urteil (Pyrrhonismus und Skeptizismus) …

Ich präge mir die Definitionen ein und versuche, sie zu analysieren.

Dieses Glück, das uns ständig zu entfliehen scheint, ist unerträglich. Das geniale Konzept, das von diesen Philosophen entworfen wurde, besteht darin, eine Art von dauerhaftem Glück zu finden, statt in die Falle einer Verfolgungsjagd nach flüchtigen Vergnügungen zu tappen, was eine Verkettung von Phasen der Euphorie, gefolgt von Phasen tiefen Trübsinns nach sich zieht. Voraussetzungen sind die richtige Umgebung, keine Ausschweifungen, vernünftige Erwartungen. Vielleicht sollte man sogar die Aufwertung des anderen, einfach für das, was er ist, fördern, statt sich auf das zu fokussieren, was nicht funktioniert, und dabei in einer systematischen Vorwurfshaltung zu versinken?

»Sie interessieren sich für Philosophie?«

Der Mann steht neben mir und tut so, als ob er in einem Werk etwas nachschlagen würde. Ich hoffe, dass er kein Schwätzer ist.

»Ja, ich stelle tatsächlich ein paar Recherchen an …«

»Über die Denker der Antike?«

Ich lächle ihn höflich an.

»Nicht wirklich, aber doch – ja, wenn sie zu den Fragestellungen unserer Zeit Erkenntnisse beitragen können. Und was suchen Sie?«

»Diese Bibliothek ist mein zweites Zuhause. Ich bin Professor für Neuere Literaturwissenschaft an der Universität von Lille.«

»O, ich verstehe … Dann sind Sie hier ganz in Ihrem Element.«

»Das kann man so sagen. Wenn Sie mir Ihr Thema nennen, kann ich Ihnen vielleicht Tipps zur Sekundärliteratur geben.«

Ich zögere. Sein Blick ist offen, und ein paar Ratschläge könnten mir bestimmt nicht schaden.

»Im Rahmen einer privaten Arbeit interessiere ich mich für das Thema Liebe und die Suche nach dem Glück im Allgemeinen.«

»Interessant«, erwidert der Mann, ohne die geringste Ironie. »Stellen Sie sich vor, genau darüber habe ich eine Abhandlung geschrieben.«

»Ah ja?«

Versucht er etwa, mich zu beeindrucken? Will er mich anbaggern?

»Genau. Ich habe einen sehr persönlichen Standpunkt dazu entwickelt.«

»Tatsächlich?«

»Wenn Sie wollen, kann ich es Ihnen erklären.«

Er erkennt wohl an meinem Blick das bekannte Misstrauen jeder Frau, die an einem öffentlichen Ort von einem Fremden angesprochen wird, scheint aber nicht pikiert zu sein. Sein Lächeln ist nach wie vor genauso entwaffnend wie charmant.

»Ich weiß nicht allzu viel darüber …«

»O Gott, was bin ich doch für ein Stoffel, ich habe mich noch nicht einmal vorgestellt. Laurent, ich freue mich, Sie kennenzulernen.«

Er streckt mir die Hand hin, die ich zögernd ergreife. Was habe ich schließlich zu befürchten?

»Meredith.«

»Was für ein hübscher Vorname. Der Vorname einer Muse …«

»Ach ja?«

Der schöne Schwätzer. Ich verhalte mich jetzt wieder reserviert. Er bemerkt es und fährt so ernsthaft wie möglich fort.

»Hören Sie, es ist völlig unverbindlich. Aber es wäre mir ein Vergnügen, die Ergebnisse meiner Recherchen mit Ihnen zu teilen, da Sie an dem gleichen Thema zu arbeiten scheinen. Vielleicht bei einem Kaffee?«

»Vielleicht, ich bin mir noch nicht sicher.«

»Denken Sie bitte darüber nach, einverstanden? Ich gebe Ihnen meine Visitenkarte.«

Ich nehme die Karte und stecke sie in meine Jeanstasche. Dabei murmele ich ohne große Überzeugung ein »Auf Wiedersehen«, überzeugt davon, dass ich ihn nicht anrufen werde.

SZENE 38

Meredith

Countdown: J-83

Warum habe ich ihn angerufen? Ich weiß es nicht … Vermutlich aus Neugier, weil ich mehr über seine Abhandlung über die Liebe erfahren wollte. Und schließlich ist ein gemeinsamer Kaffee ja völlig unverbindlich …

Am Telefon äußerte Laurent seine Begeisterung daüber, dass ich das Thema mit ihm diskutieren möchte. Er meinte, es verspreche, aufregend zu werden, was immer das bedeuten soll. Mal sehen. Bald stehe ich vor der rostbraunen Vorderfront des Magnum Cafés. Offensichtlich tief in Gedanken versunken, sitzt er etwas abseits. Er hält einen Stift in der Hand und blickt konzentriert auf seine Notizen. Ich hüstle, um mich bemerkbar zu machen. Er springt hoch und begrüßt mich mit einem kräftigen Händedruck.

»Meredith! Was für eine Freude, Sie wiederzusehen. Bitte, nehmen Sie Platz!«

Langsam öffne ich die Knöpfe meines Mantels und ziehe ihn gemächlich aus, um etwas Zeit zu gewinnen, bevor ich mich der Unbehaglichkeit eines Rendezvous mit einem Fremden stelle.

Ich bestelle einen doppelten Espresso, er nimmt einen Milchkaffee mit einem Glas Wasser.

»Sie arbeiten also auch zum Thema Liebe? Ein unerschöpfliches

Thema. Ich selbst habe Jahre gebraucht, bis ich meine eigene Theorie entwickelt habe …

Er fasziniert mich.

»Ah, und welche?«

»Ich werde sie Ihnen darlegen.«

Ich bemerke seine funkelnden Augen.

»Meredith, kennen Sie die Legende vom gläsernen Herzen?«

»Hm, nein …«

»Es ist die Geschichte von Glyptos, einem verkannten Gott des Olymps, den Zeus bei der Erschaffung des Menschen damit beauftragt hatte, ein höchst robustes Herz herzustellen. Deshalb wählte Glyptos das widerstandsfähigste Material: Im Diamanten fand er, was er suchte. Also formte er aus dieser erhabenen, reinen und unzerbrechlichen Materie das Herz des Menschen …«

Ich lasse mich von seiner ernsten Stimme mitreißen.

»Und dann?«

»Eines Tages verliebte sich Zeus unsterblich in eine einfache Sterbliche. Ihr Name war Acacia, was wörtlich übersetzt jene, die unschuldig ist, bedeutet … Obwohl er ihr jahrelang voller Eifer den Hof machte, wollte die Schöne unbedingt Jungfrau bleiben und wies seine Annäherungsversuche zurück.«

Als der Kellner unseren Kaffee bringt, hält Laurent inne, um die unzähligen Blätter, die über den Tisch verstreut sind, zur Seite zu schieben.

Er sucht meinen Blick, um herauszufinden, ob ich möchte, dass er mit seiner Erzählung fortfährt. Ich zeige mich interessiert. »Zeus empfand ihre Ablehnung als unerträgliche Zurückweisung und entbrannte im Zorn. Er vergaß dabei die lobenswerten und reinen Motive der Schönen! Schließlich redete er sich ein, dass die junge Sterbliche mit ihrer Abwehr nur eine List benutzte, um noch mehr Gunstbezeugungen von ihm zu erhalten. Zeus, durch diese negativen Gedanken benebelt, schickte sich in seiner Wut an, einen nicht wiedergutzumachenden Fehler zu begehen: Er wollte das junge Mädchen vergewaltigen. Als er im Begriff war, sein Vorhaben umzusetzen, versuchte Acacia, verzweifelt und verängstigt, zu fliehen und rutschte von einem hohen Felsen ab. Zeus erlebte also am eigenen Leib, was Menschen empfinden, wenn sie davon sprechen, vor Kummer zu sterben. Acacia hatte ihm das Herz gebrochen …«

»Eine düstere Geschichte, die Sie mir da erzählen, Laurent.«

»Und sie ist noch nicht zu Ende: Wegen des schrecklichen Schmerzes, den ihm diese einfache Sterbliche zugefügt hatte, und damit sich die Menschen immer daran erinnern, wie zerbrechlich ein Herz sein kann, befahl Zeus Glyptos, für die Menschen fortan Herzen aus Glas herzustellen …«

Ich fange an zu lachen.

»Laurent! Sie haben diese Legende von A bis Z erfunden.«

Er lächelt mich verschmitzt an.

»Auf keinen Fall! Das ist die Wahrheit über die Zerbrechlichkeit unserer Herzen, der Grund, warum so viele Liebesgeschichten in tausend Stücke zerbrechen …«

Ich breche erneut in Lachen aus. Eine hübsche Geschichte!

»Nun sind Sie an der Reihe, mich aufzuklären! Was treibt Sie dazu, das Thema Liebe zu erforschen. Möchten Sie darüber sprechen?«

Sein Lächeln wirkt sehr überzeugend.

Ich berichte ihm in groben Zügen von meiner Suche, darüber, wie ich mich in eine Art weibliche Candide der Liebe verwandelt habe, die sich auf den Weg gemacht hat, um das Thema anhand einer Love Tour zu erforschen. Dabei erzähle ich aber nichts von meinem Liebsten. Laurent scheint gefesselt zu sein.

»So viel kann ich Ihnen sagen: Ich bin weit davon entfernt,

Antworten gefunden zu haben, die mir das Gefühl vermitteln, endlich bereit zu sein für die große Liebe; ihr gewachsen zu sein.«

»Du lieber Himmel! Eine Idealistin.«

»Nur kein Spott!«, erwidere ich lachend.

»O, ich mache mich nicht über Sie lustig, glauben Sie mir. Auf einem völlig anderen Gebiet bin auch ich ein großer Idealist …«

»Ach ja? Und das bedeutet?«

Er zögert.

»Los! Nachdem Sie mir die Legende von Acacia aufgetischt haben, können Sie mir alles anvertrauen«, fordere ich ihn heraus.

Er zögert noch kurz, doch meine Beharrlichkeit siegt, und er fährt mit leiser Stimme fort:

»Hm … Ich habe die Frage der Liebe gelöst, indem ich zu einem Sammler wurde: Ich habe begonnen, Flirts zu sammeln.«

»Bitte was?«

Er räuspert sich, fühlt sich anscheinend unbehaglich.

»Versprechen Sie, mich nicht zu verurteilen?«

»Versprochen.«

»Lassen Sie es mich näher erklären. Viele Jahre lang habe ich mir darüber den Kopf zerbrochen, welche Haltung in Bezug auf die Liebe die passendste wäre. Dann habe ich beschlossen, mich auf Flirts zu konzentrieren, um nicht mehr in die Lage zu geraten, aus Liebe zu leiden … Ein Flirt ist eine vorübergehende Liebe, aber deswegen nicht weniger leidenschaftlich. Sie kann von Natur aus nicht wehtun, da sie nicht auf Dauer angelegt ist! Indem ich flirte, kann ich es vermeiden, in das Stadium der gefährlichen Intimität zu geraten, und kann damit ihrer größten Lüge – dem Mythos der Zusammengehörigkeit – entgehen. ›Mein Mann‹, ›meine Frau‹. Lächerliche Hirngespinste. Hier auf Erden gehört uns nichts! So verliebe ich mich in vorübergehende

Bekanntschaften und lasse mich von den großen Gefühlen, die sie mir einflößen, mitreißen. Ich sauge die ungeheure Energie auf, die diese Flirts verströmen. Sie hinterlassen bei mir keine Spuren, aber auch keine Narben. Ich nehme also die Liebe von ihrer besten Seite. Wie der dynamische Nicolas Malebranche sagte: ›Bewegung, um weiterzukommen.‹

Im Übrigen sind es meistens platonische Flirts …«

»Meistens?«

Er lacht.

»Ja … Trotz allem bin ich auch nur ein Mensch. Wenn sich Leib und Geist vereinigen können, habe ich nichts dagegen.«

»Und das macht Sie glücklich?«

»Meiner Meinung nach bin ich es mehr als die meisten Menschen, da ich nicht versuche, jemanden zu besitzen. Ich genieße die flüchtige Begeisterung der Schönheit, die ich mit diesen netten Begegnungen erlebe. Ich bin weder traurig noch frustriert, da ich weiß, dass die Quelle physischer, intellektueller und spiritueller Schönheit unerschöpflich und die Welt davon erfüllt ist. Natürlich nur, sofern man nicht den Fehler begeht, sich auf ein einziges Objekt der Begierde festzulegen … Ich koste von allen Quellen, verzichte auf keine und erweitere somit meine Perspektiven immer mehr.«

Ich bin sprachlos.

»Interessant«, stammle ich.

Ich betrachte ihn intensiver, ein verschmitztes Funkeln im Auge.

»Und sehe ich das richtig, dass ich zu Ihren derzeitigen Flirts zähle?«

Er lehnt sich im Stuhl zurück, um sich abzustützen. Und vielleicht auch, um Abstand zu gewinnen.

»Das ist schon möglich.«

Ich versuche, seine Gedanken zu ergründen, und schaue ihm tief in die Augen. Der Blick ist das Fenster zur Seele. Noch eine Sekunde länger, und es wäre peinlich geworden.

»Und was genau erwarten Sie von Ihren Flirts, Laurent?«

Er lächelt geheimnisvoll, wie eine männliche Version der Mona Lisa.

SZENE 39

Rose

Vor zwei Stunden bin ich aus der Klinik zurückgekehrt. Meredith hat mir einen stürmischen Empfang bereitet. Ihre Zuneigung hat mein Herz erwärmt. Die letzten drei Tage habe ich in einer kalten und wirklichkeitsfremden Welt verbracht. Meredith hat mich mit Fragen bedrängt, denen ich sorgfältig ausgewichen bin, um ihr mit meinen medizinischen Tests keine Angst einzujagen. Vor ihr muss ich gut aussehen. Ich bin zufrieden. Es wird schon gut gehen. Vielleicht bin ich doch keine so schlechte Schauspielerin!

Dann habe ich mich in mein Zimmer geflüchtet, um mich hinzulegen. Ich habe auch versucht, den Schwindel, der mich bei jeder abrupten Bewegung erfasst, zu ignorieren. Ich rede mir ein, dass heute Abend bei unserer ersten Vorstellung im Theater des Guillemets alles gut laufen wird, wenn ich mir jetzt ein erholsames Nickerchen gönne. Ich habe keine Wahl: Ich muss sie in Sicherheit wiegen. Umso mehr, da ich Antoines geheimes Engagement kenne: Er möchte für einen vollen Saal sorgen. Wieso musste er mich unbedingt ins Vertrauen ziehen? Ich habe ihn vor den Gefahren dieser Schutzengel-Aktion gewarnt: Meredith wird es im höchsten Maß missfallen, wenn sie davon erfährt. Antoine zeigte so viele Zeichen der Liebe, und das auch noch im Geheimen: Ich beneide Meredith und hoffe, dass sie, was ihr zukünftiges Gefühlsleben angeht, mit Antoine die richtige Wahl getroffen hat …

Ich stoße unwillkürlich einen Seufzer aus: Dieses Geheimnis ist sehr schwer zu ertragen. Ab und zu brennt es mir auf der Zunge! Ich habe dann große Lust, Meredith zu verraten, was Antoine heimlich für sie ausheckt, um ihren Alltag zu verbessern und ihr zu helfen, Vertrauen in sich selbst zu finden, damit sie sich besser fühlt … Aber ich habe versprochen stillzuhalten. Und ich kann mein Wort nur einmal geben.

Antoine hat mir berichtet, wie er in kürzester Zeit und dank seiner Kontakte im Netz zwei Betriebsräte in Lille auftreiben konnte, die sich für die Aufführung interessierten. Jeder von ihnen war bereit, dafür zu sorgen, dass vierzig Mitarbeiter die von Antoine angebotenen Freikarten annahmen.

Heute Abend werden also achtzig Zuschauer erwartet. Ich schlucke schwer und weiß nicht: Liegt es am Lampenfieber oder am Halsweh, dass mir das Schlucken so schwerfällt?

Meredith klopft an die Tür und steckt den Kopf herein.

»Alles klar, mein Herz? Brauchst du etwas?«

Ich biete meine ganze Überzeugungskunst auf, um sie hinters Licht zu führen, lächle breit und hebe den Daumen zur Bekräftigung.

Kaum hat sie die Tür wieder hinter sich geschlossen, lasse ich meinen schweren Kopf aufs Kissen sinken und frage mich allen Ernstes, wie ich es auf die Bühne schaffen soll.

SZENE 40

Meredith

Countdown: J-79

Wie froh bin ich, dass Rose wieder bei mir ist. Sie hat mir sehr gefehlt, außerdem habe ich mir Sorgen um sie gemacht. Doch zum Glück scheint alles gut gelaufen zu sein, auch wenn sie etwas blass ist.

Ich selbst fange an, die typischen Angstsymptome vor einer Premiere zu entwickeln. Wie es sich für eine Hypochonderin gehört, bin ich fest davon überzeugt, dass ich heute Abend keine Stimme mehr haben werde. Den Seidenschal, der für die Tage mit starkem Lampenfieber vorgesehen ist, fest um den Hals gewickelt, eile ich geradewegs zum kleinen Supermarkt, um für den Fall, dass meine Stimme versagt, das Nötigste zu besorgen.

Natürlich habe ich zuvor ausgiebig auf einhundertsieben Webseiten nach den besten Rezepten für Wundermittel gesucht, die ich jedoch schon längst alle auswendig kenne. Aber eine Hypochonderin ist nie völlig beruhigt.

Mit Rücksicht auf meine Bühnenpartnerin und Seelenverwandte Rose habe ich jedoch auf meine altbewährte Heilmethode verzichtet: eine zerdrückte Knoblauchzehe mit einem Löffel Honig.

Hier stehe ich also in der kleinen Kochnische und warte darauf, dass das Wasser zu sprudeln bedingt. Ich will mir ein Gurgelwasser auf der Basis von Zitrone und grobem Salz zubereiten, das bisher noch immer seinen Zweck erfüllt hat.

Im Lauf des Tages werde ich immer mal wieder einen Löffel mit Honig, vermischt mit zwei Tropfen Teebaumöl, zu mir nehmen. Die gute Nachricht dabei ist: Sollte ich meinen Durchbruch beim Theater nicht schaffen, könnte ich zumindest auf einen Job als Kräuterkundige umsatteln. Selbst ohne Prüfungen und Diplome kenne ich mich so gut darin aus, dass ich bestimmt Erfolg hätte.

Da sich die Stunde der Stunden nähert, fange ich mit meiner kleinen Zeremonie an. Eine Reihe von beruhigenden Ritualen, die ich schon tausendmal wiederholt habe, hilft mir dabei, den Druck zu senken: eine sehr heiße Dusche, das belebende Einreiben des Körpers, ein sorgfältiges Make-up, um das Selbstbewusstsein zu stärken, ein Notfallbeutel gegen alle möglichen Wehwehchen (ätherisches Öl gegen Schwindelanfälle, Antistress-Globuli, Honigpastillen, Glücksbringer gegen negative Strömungen …). Endlich bin ich fertig.

Ich hake mich bei Rose unter, und so marschieren wir los. Erwartungsvoll träumen wir davon, dass das Theater des Guillemets uns eine erfolgreiche Schauspielerkarriere eröffnet.

Hin und wieder strauchelt Rose und schimpft auf ihre Absätze. Wie oft habe ich ihr schon empfohlen, flachere Schuhe zu tragen, insbesondere wegen ihrer Körpergröße!

Als wir im Theater ankommen, werden wir vom Theaterdirektor empfangen. Heute wirkt er zufrieden und ganz anders als bei unserem ersten Treffen. Da machte er auf mich den Eindruck eines Mannes mit trockenem Humor; eines Nervenbündels, das so wenig Empathie besitzt wie die Sahelzone Wasser.

»Wie geht es Ihnen, meine Damen?«, fragt er in leicht unterwürfigem Ton.

Da Rose ungewöhnlich schweigsam ist, antworte ich ihm, dass

wir in Höchstform sind. Er zeigt sich zufrieden und schiebt die Brille wieder auf die Nase.

»Umso besser, denn die gute Nachricht ist, dass wir heute Abend ausverkauft sind.«

Ich kann meine Aufregung nicht verbergen und stoße Rose mit dem Ellbogen in die Seite, möchte mit ihr die Euphorie, die mich erfasst hat, teilen. Vielleicht würdigt das Publikum endlich unsere Leistung?

»Ich verlasse mich darauf, dass Sie vollen Einsatz bringen.«

Das kann er. Meine Laune hat sich wieder gebessert, und ich spüre, wie Adrenalin durch meinen gesamten Körper fließt. Ich fühle mich seltsam: wie ein Feuerball, der in einen zugefrorenen See stürzt. Das ist die Wirkung des Lampenfiebers, vermischt mit dem Übereifer, sich endlich auf der Bühne zeigen zu können.

Rose scheint in tiefe Konzentration versunken zu sein: Sie hat die Augen geschlossen und sitzt wie angewachsen auf ihrem Stuhl, als ob sie meditieren würde. Ich überlasse sie ihrer Stimmung.

Endlich sind wir dran. Mein Herz schlägt zum Zerspringen. Als ich von den Kulissen aus in den Saal spähe, entdecke ich, dass er bis auf den letzten Platz besetzt ist. Im Publikum herrscht gute Stimmung. Der Augenblick, in dem man die Bühne betritt, gleicht dem Sprung beim Bungeejumping. Man ist sich nie sicher, ob man sich noch einmal trauen wird, so intensive Empfindungen zu erleben. Ich hole tief Luft und stehe jetzt vor dem Publikum. Mein Publikum, meine Motivation zu leben.

Ich stehe in Flammen. Doch dann habe ich den unliebsamen Eindruck, dass etwas nicht stimmt. Rose ist nicht bei der Sache. Ihr Spiel ist kraftlos. Was ist los? Wir bringen einen Gag nach dem anderen. Ich strenge mich doppelt an und werfe ihr insgeheim besorgte Blicke zu. Wir beginnen gerade unseren dritten

Sketch. Als sie mir antworten soll, halten das gesamte Publikum und ich den Atem an. Die Pause, die entsteht, wirkt auf den ersten Blick wie ein Bühneneffekt. Rose geht taumelnd auf mich zu. Und plötzlich fällt sie der Länge nach hin und bleibt reglos liegen.

Das Publikum reagiert mit Entsetzen. Ich stürze sofort zu meiner Freundin, um ihr zu helfen. Ein Arzt wird gerufen. Rose wird in aller Eile ins Krankenhaus gebracht. Ich brauche wohl nicht zu betonen, dass in meinem Kopf Chaos herrscht. Das Institut für medizinische Tests spielt den Vorfall herunter: »Es kann vorkommen, dass ein paar Stunden nach den Tests unerwünschte Nebenwirkungen auftreten, doch das ist im Allgemeinen nichts Ernsthaftes.« Man beachte die Ironie von »nichts Ernsthaftes«. Am liebsten würde ich ihnen den Hals umdrehen. Während ich warte, befindet sich meine Rose in der Vorhölle.

Nach Stunden des Wartens erklärt man mir, dass kein Grund mehr zur Sorge bestehe und ich mich umsonst geängstigt habe. Man wolle sie nur noch zur Beobachtung in der Klinik behalten. Ich bin zutiefst erleichtert und freue mich von Herzen. Doch das ist leider nur von kurzer Dauer. Am Tag darauf bin ich gegen Mittag wieder in der Klinik, um Rose abzuholen. Sie kann mit mir in unser Appartement zurückkehren. In diesem Augenblick klingelt mein Handy. Monsieur Bocquet, der Theaterdirektor, ist dran, und seine Stimme verheißt nichts Gutes. Er erkundigt sich eher beiläufig nach Rose' Zustand.

»Ich will Ihnen nicht verschweigen, dass das gestrige Fiasko verheerende Folgen hat …«

»Ah …«

»Ganz schön dramatisch für ein Drama«, spottet er.

»Gut improvisiert«, erwidere ich zögerlich.

Er schneidet mir das Wort ab.

»Es ist eine Katastrophe, sowohl für Sie als auch für mich«, erwidert er eiskalt.

Er legt eine unheilvolle Pause ein, so wie ein Arzt, der im Begriff ist, einem Patienten mitzuteilen, dass er unheilbar krank ist. Mit bitterer Feierlichkeit verkündet er:

»Ich habe achtzig Zuschauern das Eintrittsgeld zurückzahlen müssen. Können Sie sich vorstellen, was das für mich bedeutet?«

Rose, die neben mir steht, möchte wissen, was los ist. Sie hat wohl beobachtet, wie sich meine Miene innerhalb von Augenblicken verdüsterte und ich nach dem Gespräch völlig verstört war.

»Und?«, fragt sie ängstlich.

»Wir sind gefeuert.«

Ich fange an zu heulen.

SZENE 41

Antoine

Es ist immer aufwühlend, wenn die Frau, die man liebt, in Tränen aufgelöst ist, vor allem, wenn es am Telefon ist. Ich kann nicht sagen, wo genau es mich trifft, aber auf jeden Fall tief in meinem Innersten! Dieser Tränenstrom, der für Meredith völlig ungewöhnlich ist, hat mich schwer erschüttert. Ich zittere immer noch am ganzen Körper. Wer hätte bei der Premiere am Theater des Guillemets ein derartiges Katastrophenszenario voraussehen können? Welche Mühe habe ich mir gegeben, den Saal zu füllen, achtzig Zuschauer aufzutreiben ... alles für nichts. Am meisten unter die Haut ging mir die tiefe Verzweiflung von Meredith! Es war, als hätte dieses Ereignis in ihr einen großen Abgrund geöffnet, den sie nicht mehr schließen konnte. Ich spürte, dass sie kurz davor war, unsere Beziehung zu beenden und auch den Schauspielerberuf aufzugeben. Das ließ mir das Blut in den Adern gefrieren. Während ich ihren verzweifelten Worten lauschte, spürte ich eine nicht kontrollierbare Unsicherheit – diese typisch männliche Empfindung gegenüber den Gefühlsergüssen des anderen Geschlechts: Es war mir peinlich, und gleichzeitig fühlte ich mich so ohnmächtig! Ich weiß, dass ich effizient bin, wenn Entscheidungen zu treffen sind oder konkrete Maßnahmen umgesetzt werden müssen. Doch wenn es darum geht, eine emotionale Krise zu bewältigen, fühle ich mich wie ein unbeholfener Junge, der nicht weiß, wie er sich verhalten soll. Finde ich die richtigen Worte? War ich dem Vertrauen gewachsen, das Meredith mir bekundete, indem sie sich mir in einem Augenblick der Schwäche offenbarte? Ich betrachte diesen Hilfeschrei als ein Geschenk, da sie bisher immer größte Vorbehalte hatte, mich um Hilfe zu bitten. Auf die Verzweiflung einer Frau angemessen zu reagieren, ist für einen Mann ziemlich kompliziert! Ich fühlte mich gegenüber der Frau, in die ich rasend verliebt bin, so ratlos wie bei einem chinesischen Geduldsspiel und erinnerte mich in dieser Situation an einen der guten Ratschläge meiner besten Freundin Annabelle: »Der Fehler vieler Männer besteht darin, dass sie dazu neigen, sich gerne selbst reden zu hören. Glaube mir, ein Mann, der es versteht, seiner Partnerin aufmerksam zuzuhören, ohne sie zu unterbrechen oder ihr sofort Ratschläge zu erteilen oder ihr zu sagen, was sie tun soll, sammelt verdammt viele Pluspunkte.« Während Meredith sich alles von der Seele redete und den Himmel mit ihren düsteren Visionen verdunkelte, hörte ich geduldig zu, biss mir immer wieder auf die Zunge und hielt die Zähne zusammengepresst, um ihr nicht dazwischenzureden. Ich wollte einfach nur zuhören. Mehr nicht. Und ganz nebenbei kleine tröstende Zeichen und aufmunternde Worte von mir geben. Diese Methode scheint zu funktionieren.

»Es hat mir wirklich … gutgetan, mit dir zu reden …«, sagte sie schließlich.

»Das freut mich sehr. Meredith, gib nicht auf. Du weißt, kein Tag ist wie der andere. Ich bin davon überzeugt, dass sich alles zum Guten wenden wird.«

»Wie gern würde ich dir glauben.«

»Heute siehst du alles rabenschwarz. Ich nenne dich ab jetzt meinen Black Swan«, sagte ich, um sie aufzuheitern.

»Black Swan?«, stammelte sie ins Telefon.

»Mein schwarzer Schwan«, erwiderte ich zärtlich.

»Es ist sehr nett von dir, in mir einen Schwan zu sehen, selbst wenn es ein schwarzer ist.«

Pro forma schalt ich sie ein wenig, damit sie aufhörte mit ihrem Selbstmitleid. Ich habe den Eindruck, dass ich ihre Fähigkeiten besser erkenne als sie selbst. Und ich weiß, dass sie diese einsetzen wird, um wieder auf die Beine zu kommen, geschehe, was da wolle. Ich wünsche mir, sie wäre davon genauso überzeugt wie ich.

»Erlaubst du mir, mein schöner Schwan, das Image deines weißen Gefieders etwas aufzupolieren?«

Endlich lachte sie und versprach, wieder positiver zu denken.

»Weißt du was? Ich werde deinen Theaterdirektor anrufen.«

»Nein, tu das nicht, ich flehe dich an. Er wird dich zum Teufel schicken.«

»Wie willst du das wissen?«

»Ich weiß es halt. Der Kerl ist eine Bulldogge, das darfst du mir glauben.«

»Meredith. Gib mir seine Nummer. Ich werde einfach versuchen, mit ihm zu reden …«

»Du vergeudest deine Zeit.«

Aber etwas in ihrer Stimme gab mir recht.

Wir umarmten uns herzlich, natürlich nur virtuell. Mein sensorisches Gedächtnis versuchte, sich ihre Samthaut unter meinen Fingern vorzustellen. Dann verabschiedeten wir uns.

Ich verharrte eine Weile an Ort und Stelle, den Blick in die Leere gerichtet. Dann ging ich im Zimmer auf und ab und dachte darüber nach, wie ich sie aus dieser miesen Lage retten könnte. Ich griff nach meinem Handy.

Monsieur Bocquet meldete sich sofort. Bei der bloßen Erwähnung von Rose und Meredith nahm seine Stimme einen vorwurfsvollen Ton an. Zum zweiten Mal an diesem Tag konnte ich die Theorie des guten Zuhörers in die Praxis umsetzen, was den Direktor mir gegenüber gleich viel milder stimmte. Doch obwohl er meine Liebenswürdigkeit zu schätzen wusste, wiederholte er ständig, dass man da nichts tun könnte. Die Greluches hätten ihre Chance gehabt, aber ihr Fiasko sei für ihn zu teuer gewesen.

Jetzt spielte ich meine Trumpfkarte aus. Auch wenn ich es nur ungern sage: Geld macht vielleicht nicht glücklich, aber geben wir es zu, es trägt dazu bei, viele Situationen zu bereinigen.

»Monsieur Bocquet. Ich schlage Ihnen ein großzügiges Angebot vor. Ich bin bereit, Ihnen die achtzig Eintrittskarten vollständig zu ersetzen …«

Ich betonte jede Silbe, damit sie in sein Trommelfell drang. Plötzlich schien er ganz aufmerksam zu sein.

»Und worin besteht die Gegenleistung?«

»Sie engagieren die beiden wieder, damit sie die ursprünglich vorgesehenen Aufführungen durchführen können.«

Er machte kein langes Tamtam.

»Doch ich bitte Sie um einen kleinen Gefallen.«

»Ja?«

»Sagen Sie ihnen mit keinem Wort, dass ich Ihnen das Geld erstattet habe, um alles zu regeln … Und damit diese zweite Chance ›plausibler‹ erscheint, sagen Sie den beiden, dass Sie sie nur unter der Voraussetzung wieder engagieren, dass sie für die ausgefallene Aufführung einen Ersatztermin finden. Sind Sie damit einverstanden?«

»Das sollte möglich sein …«

»Danke, Monsieur Bocquet.«

Ich fühle mich nach diesem Gespräch etwas erleichtert, setze mich mit dem Taschenrechner und einem Notizblock an den

Tisch und rechne das Ganze durch. Diese Geschichte kommt mich allmählich ganz schön teuer, aber das ist mir egal. Es gibt nichts, was ich nicht tun würde, um wieder ein fröhliches Lächeln auf Merediths Gesicht zu zaubern.

Entschlossen greife ich erneut zum Handy und rufe bei meiner Bank an.

»Guten Tag. Antoine Delacour am Apparat. Können Sie mich bitte mit Sandra Magnieri verbinden? Ja, ich warte … Sandra? Geht's Ihnen gut? Ich möchte bitte einen Übertrag von meinem Sparkonto auf mein Girokonto vornehmen. Besten Dank.«

Während ich warte, kritzle ich kleine spontane Zeichnungen auf meinen Block. Viele Spiralen, Arabesken, Blütenblätter … Was auch immer ich unternehme, um zu Merediths Glück beizutragen, mir scheint, dass es meine Stimmung jedes Mal erheblich verbessert.

SZENE 42

Meredith

Countdown: J-77

Am Ende des Telefonats mit Antoine liegen zahlreiche Kleenex-Tücher am Boden. Plötzlich schäme ich mich etwas für das wehleidige Verhalten, das ich Antoine zugemutet habe. Um ehrlich zu sein, ich hätte nicht gedacht, dass das Gespräch mit ihm mir so viel Trost spenden würde. Ich bin jetzt erleichtert, empfinde große Dankbarkeit für Antoine und denke über seine Worte nach. Über den Black Swan, an den ich ihn erinnere, einen Schwan mit schwarzem Gefieder. Sehr schnell hat Antoine meine natürliche Neigung durchschaut, allzu schnell mutlos zu werden, mich selbst zu bemitleiden und die Dinge zu dramatisieren … Ich neige dazu, meine Fehler in den Vordergrund zu stellen und meine positiven Seiten auf die Größe eines Reiskorns zu reduzieren.

Im Augenblick kann ich mir nicht vorstellen, dass ich mich, wie in Andersens Märchen, in einen schönen weißen Schwan verwandeln werde. Die Stigmata des hässlichen kleinen Entleins sind noch allzu tief in mir verankert. Automatisch hole ich meinen Love Organizer hervor und trage unter der Rubrik »Zwischen mir & dem anderen« einen Beschluss ein: Ich will ihn nicht mit meinen Sorgen überfordern, denn sonst besteht die Gefahr, ihn mit meiner düsteren Stimmung anzustecken. Ich gebe mir das Versprechen, herauszufinden, wie weit ich gehen kann, ihm meine Sorgen anzuvertrauen, und an welchem Punkt ich eine gesunde, undurchlässige Trennwand zwischen uns errichten muss.

Ich sammle gerade die Kleenex-Tücher ein, um sie zu entsorgen, als Roméo mit hängendem Kopf auf mich zutrippelt.

»Bist du traurig? Bisse traurig?«, wiederholt er.

Einen Augenblick lang bin ich verdutzt. Wie stellt er es an, Gefühle wahrzunehmen? Ich streichle ihn und will jetzt zu Rose ins Schlafzimmer gehen, doch vorher wische ich meine Tränen ab.

»He, alles klar?«

Sie liegt ausgestreckt auf dem Bett, den Blick zur Decke gerichtet, und macht sich gerade über eine zweite Packung Chips her. Meine Frage klingt idiotisch.

»Sag mal … Roméo … Ist es nicht etwas verrückt, dass er mich fragt, ob ich traurig bin?«

»Ah, hat er das?«

»Ja …«

Rose wirkt nachdenklich.

»Ja, ich habe es bemerkt. Es ist wirklich irre. Anscheinend kann er Grundgefühle erkennen und einordnen.«

»Ist das normal für einen Papagei?«

»Das glaube ich nicht, nein … Vor Kurzem hat das Institut Peterson bei mir angefragt, ob ich ihnen Roméo für einige Zeit überlasse, damit sie seine Fähigkeiten untersuchen können. Bis jetzt habe ich aber noch nicht den Mut gefunden, mich für länger von ihm zu trennen …«

»Hm …ich verstehe … Übrigens habe ich mit Antoine telefoniert.«

»Und?«

»Er will versuchen, mit Bocquet zu reden. Aber so, wie wir den Kerl kennen, ist es vergebliche Liebesmüh, wenn du mich fragst.«

»Kann schon sein, das müssen wir abwarten … In der

Zwischenzeit bleibt uns nichts anderes übrig, als uns mit Chips vollzustopfen.«

Sie lacht gequält, es klingt nicht sehr hoffnungsvoll.

»Nein danke, mir schwebt etwas anderes vor, um mich zu beschäftigen … Ich mache mich jetzt auf den Weg. Soll ich dir etwas mitbringen?«

»Nein. Ich habe noch genug Chips auf Vorrat.«

Ich lasse sie mit ihrem kleinen salzigen Vergnügen zurück.

Mein Ziel: die Kreativabteilung im Baumarkt, den ich ein paar Straßen weiter entdeckt habe.

Ich kaufe eine Baumwollleinwand DIN A3, eine Tube schwarze Acrylfarbe, einen schwarzen Posca-Filzstift, einen Beutel weiße Deko-Federn, eine Wandklammer, Pauspapier, einen 2B- und einen HB-Bleistift. Zufrieden ziehe ich mit meiner Beute ab.

Die letzten Stunden haben mich dermaßen gefordert, dass ich das dringende Bedürfnis habe zu entfliehen.

Als ich in unser Appartement zurückkehre, hat sich meine Idee noch weiterentwickelt, und ich stürze mich direkt auf meinen Laptop, um das gewünschte Bild zu finden. Ich öffne die Suchmaschine und gebe ein: »Skizze eines Schwans«. Sofort finde ich, was ich will. Ich wähle den Schwan aus, der mich am meisten inspiriert, kopiere die Abbildung, füge sie in ein Dokument ein und vergrößere sie auf DIN-A4-Format. Dann drucke ich sie aus. Nun brauche ich nur noch die Umrisslinien meines Schwans auf die Leinwand durchzupausen. Der B2-Bleistift ist weicher, daher nehme ich ihn, um die Striche ohne Pauspapier zu ziehen.

Der HB-Bleistift ist härter und dafür geeignet, die Umrisslinien des Schwanes durchzupausen.

Ich übertrage die Skizze in meinen Love Organizer: Den Hintergrund des Schwans werde ich in Schwarz malen, um den weißen Schwan hervorzuheben, damit er »wirkt«, wie die Grafiker sagen.

Mit dem schwarzen Filzstift werde ich »Zufallsbereiche« und »Zonen« innerhalb des skizzierten Schwanes einzeichnen. Einige von ihnen werde ich mit einfachen Motiven und Grafiken aus meiner Vorstellungskraft und Fantasie ausfüllen. Die anderen mit symbolischen Begriffen meiner Tätigkeiten und meines Engagements, damit schließlich der schöne Schwan daraus wird, den ich mir erhoffe. Die Richtschnur ist eindeutig, und ich schreibe sie mit Rot in den Love Organizer: Was veranlasst mich dazu, stolz zu sein?

In dem Abschnitt »Zwischen mir & mir« erstelle ich eine Liste von Ideen.

Die reichen von den banalsten Dingen bis zu den großartigsten! Plötzlich erscheint mir das die selbstverständlichste Möglichkeit zu sein, mein Selbstwertgefühl in Schwung zu bringen.

Zwischen diesen »Zonen« schwärze ich den Hintergrund, damit die stilisierte Form des Schwans besser hervorgehoben wird. Während die Farben trocknen, rauche ich auf dem winzigen Balkon eine Zigarette. Sie reizt meine Kehle noch etwas mehr, und ihr bitterer Geschmack macht mich schrecklich durstig. Ich nehme einen letzten Zug an diesem Stängel mit der gräulich gefärbten Spitze und suche verzweifelt eine Stelle im randvollen Aschenbecher, an welcher ich ihn ausdrücken kann. Die Zigarettenkippen haben sich im Lauf der Tage angehäuft. Nicht sehr appetitlich. Plötzlich fällt bei mir der Groschen: Wäre es nicht ein guter Anfang, stolz auf mich zu sein, wenn ich mit dem Rauchen aufhören würde?

Als ich mich wieder meiner Malerei zuwende, bin ich aufgeregt und fühle mich gleichzeitig herausgefordert. Ich habe Angst, aber ich habe auch Lust herauszufinden, wozu ich fähig bin. Und vor allem habe ich Lust darauf, damit aufzuhören, diese Vorsätze auf später zu verschieben. Sie sind nicht bedeutungslos, sondern enthalten für mich eine starke Verpflichtung, das Rad der Veränderung ins Rollen zu bringen. Mit etwas zitteriger Hand schreibe ich mit Schönschrift in eine der inneren »Zonen« des Schwans: »Mit dem Rauchen aufhören.« Ich trete etwas zurück, um die Wirkung zu testen. Es ist unglaublich, wie ermutigend das ist. Schwungvoll fülle ich weitere Bereiche mit hübschen, kontrastreichen Grafiken aus: Ein Feld wird mit dicken weißen Streifen bedacht, ein anderes mit kleinen Kreisen und wieder ein anderes mit Blütenblättern … Allmählich nimmt das Ganze Form an, es sieht sehr hübsch aus.

Plötzlich taucht Rose auf.

»Wow, das sieht aber gut aus. Du hast also beschlossen, den Beruf zu wechseln?«, lacht sie. »Du hast völlig recht. Schauspielerei ist ätzend!«

»Nein, nein, ich vertreibe mir lediglich ein bisschen die Zeit, das ist alles.«

»Du hast aber wirklich recht …«

Sie rekelt sich, wirkt erschöpft, hat dunkle Augenränder, und ihre Miene wirkt apathisch.

»Soll ich dir eine Tasse Tee machen?«

»Sehr gern, danke, meine Süße.«

Hinten in der Kochnische höre ich den Teekessel pfeifen. Ich hefte die ersten weißen Federn um die Einfassung, um einen Rahmen zu improvisieren. Die Wirkung gefällt mir recht gut.

»Der Tee ist fertig«, verkündet Rose.

»Ich komme.«

In aller Eile kritzle ich die Ideen, die mir durch den Kopf gehen, in meinen Love Organizer.

Ein weiterer wichtiger Grund, stolz auf mich zu sein, bestünde darin, mein Projekt der One-Woman-Show zu Ende zu führen. In einen Bereich des Schwans schreibe ich: Dinge zu Ende führen … Ich verstehe mich!

Dies bedeutet, dass ich mir auch klar darüber werden muss, was ich in der Rubrik »Zwischen mir & der Welt« erreichen möchte.

Um dieses Projekt in Gang zu setzen, muss ich ganz konkret werden. Man kann ein Ziel nicht »erträumen«, man muss es visualisieren. Dazu ist es absolut notwendig, dass man alle Phasen der Umsetzung so gut wie möglich einzeln ausführt.

Ich muss einen präzisen Arbeitsplan aufstellen, und zwar anhand einer einfachen Frage: Wie viele Stunden des Tages werde ich mich dieser Arbeit widmen können?

Und ich muss mir eine Deadline setzen. Bis wann muss ich die Show fertig geschrieben haben?

Ich muss auch genau wissen, wem ich das Projekt vorstelle, sollte also potenzielle Produzenten und Regisseure ausfindig machen. Wie kann ich Kontakt mit ihnen aufnehmen? Wer in meinem Netzwerk kann mir helfen? (Ich muss eine Mindmap meiner Bekannten erstellen.)

In meiner Vorstellung tauchen jetzt auch die weniger wichtigen Ziele auf; ich schreibe sie voller Begeisterung nieder und entwerfe einen umfassenden Aktionsplan.

Rose ruft mich erneut zum Tee.

Hm … jetzt habe ich dafür keine Zeit mehr.

SZENE 43

Rose

Monsieur Bocquet hat uns schließlich wieder engagiert, und wir konnten alle ursprünglich vorgesehenen Vorstellungen durchführen. Meredith hat keine Ahnung, was es mit alldem auf sich hat! Im Übrigen ist es auch besser, wenn sie es nie erfährt. Da ich eingeweiht bin, weiß ich, dass Antoine dieses Mal noch weiter gegangen ist und die gesamten Tickets noch einmal gekauft hat. Ich weiß auch, dass er dafür gesorgt hat, dass jede unserer Aufführungen gut besucht war. Ich finde das total verrückt. In der ganzen Zeit, in der wir uns kennen, habe ich noch nie erlebt, dass er so verrückt nach einer Frau war. Meredith hat Glück. Aber ist sie sich dessen überhaupt bewusst? Antoine möchte unter keinen Umständen, dass sie von dieser unglaublichen Hilfestellung Wind bekommt, die für sie wie ein Glücksfall aussehen soll. Ich kann sein Argument gut nachvollziehen: Er möchte um jeden Preis, dass Meredith ihr Selbstvertrauen wiederfindet. Und da muss ich ihm recht geben: Unser Erfolg, auch wenn er nicht echt ist, ist ihr etwas zu Kopf gestiegen, und ich beobachte, wie sie eifrig an einem geheimen Projekt arbeitet, über das sie im Augenblick Stillschweigen bewahren möchte, sogar mir gegenüber. Sie scheint von diesem inneren Feuer erfüllt zu sein, dieser verzehrenden Leidenschaft für die Bühne. Es ist eindeutig: Sie hat das im Blut. In bestimmten Augenblicken bin ich mir in Bezug auf mich selber da nicht mehr so sicher. All diese Jahre des Schuftens, des Bemühens, trotz der mickrigen Gagen und der leeren Säle über die Runden zu kommen, haben bei mir Spuren hinterlassen … Von Zeit zu Zeit denke ich darüber nach, wie ein geordnetes Leben aussehen würde, ohne hin und her rennen zu müssen, gezwungen zu sein, jede beliebige Gelegenheit beim Schopf zu ergreifen, um den Kopf über Wasser zu halten. Ich liebe die Bühne, aber ich suche jetzt einen Rettungsanker. Ich habe die Nase voll davon, auf einem sinkenden Floß der Medusa das Überleben zu üben.

Diesen Überlegungen hänge ich noch nach, als mein Zug in Paris einfährt. Als ich nach einem bekannten Gesicht suche, sehe ich sie plötzlich: meine Tochter! Wir rennen aufeinander zu, und sie wirft sich in meine Arme. Meine Süße! Ich bedecke ihr Gesicht mit Küssen, vergrabe die Nase in ihren Haaren, rieche an ihr wie eine Katze an ihren Kleinen. Sie ist kitzelig, und ich genieße voller Freude ihr Lachen, das wie Musik in meinen Ohren klingt. Etwas abseits stehend betrachtet mich meine Mutter mit wohlwollenden Blicken. Ich gehe auf sie zu. Wir umarmen uns verhalten, aber das mindert meine Freude, die beiden wiederzusehen, in keiner Weise. Mama besteht darauf, mir beim Tragen einer Tasche behilflich zu sein. So ist meine Mutter: Sie ist gerne tatkräftig, und jeder Widerspruch ist zwecklos.

Ich atme die verschmutzte Stadtluft mit vollen Zügen ein. Diese verdammte Stadt hat mir so sehr gefehlt! Mama ist mit ihrem uralten Wagen zum Bahnhof gekommen. Immer wieder drehe ich mich während der Fahrt nach meiner Tochter auf dem Rücksitz um und betrachte sie. Wie schön sie ist! Ich nehme jedes Detail ihres niedlichen Gesichts wahr. Ihre Nase ist vollkommen, sehr zart. Ihre Lippen sind wie Rosenblätter, ihre Zähne wie

Perlen. Ihre Augen faszinieren mich wie das klare Wasser eines Bergsees.

»Mama, sag, wann fahren wir ins Disneyland?«

Ich lächle. Sie kommt gleich zur Sache. Du hast recht, nur zu, das Leben wartet nicht. Wenn es nach ihr ginge, würden wir sofort losfahren.

»Nach zwei Heias, mein Liebling. Am Sonntag. Einverstanden?«

Sie scheint ein wenig enttäuscht zu sein, dass wir nicht gleich heute fahren. Dann denkt sie nach und kommt wohl zu dem Schluss, dass es bis Sonntag ja gar nicht mehr so lange hin ist.

»Super, Mama.«

Plötzlich gibt das Auto ein merkwürdiges Geräusch von sich. Ich zucke zusammen. Meine Mutter lässt einen Fluch los. Aus der Motorhaube dringt Rauch.

»Wir müssen anhalten«, murmelt sie, die Zähne zusammengebissen vor Ärger.

Sie setzt den Blinker und hält am Bürgersteig an. Dann springt sie wie ein Wirbelwind aus dem Auto, um nachzusehen, was unter der Motorhaube los ist. Ich kurble hastig das Fenster herunter.

»Mama! Du kannst hier auf der Ringautobahn nicht einfach aussteigen, du hast ja nicht einmal die gelbe Warnweste an.«

Meine Mutter ist immer unvorsichtig und impulsiv. Ich wusste schon vorher, dass irgendetwas Unvorhergesehenes passieren würde. Innerlich koche ich. Ich nehme ihr übel, dass sie wegen ihrer Fahrlässigkeit diesen Augenblick des Wiedersehens verdirbt. Sie hat schon wieder einmal vergessen, den Wagen zur Inspektion zu bringen. Meine Mutter hat nun mal die fatale Neigung, die alltäglichen Dinge zu vernachlässigen, um sich mit

»erhabeneren« Anliegen zu beschäftigen ... Mit dem Spirituellen, den Seelen, den Astralkörpern und allem, was mit ihrem Beruf als Kartenlegerin zu tun hat. Ein Motor gehört also zu ihren geringsten Sorgen.

Während wir warten, fühlen wir uns recht unwohl. Ich öffne das Handschuhfach, hole zwei gelbe Warnwesten heraus und ziehe eine davon an. Dann schaue ich nach Késia auf dem Rücksitz.

»Du rührst dich nicht von der Stelle, ja, mein Herz?«

Sie nickt, ohne aufzumucken, und bleibt brav. Man würde nicht glauben, dass es sich um meine Tochter handelt.

»Mama, du ziehst jetzt sofort eine Warnweste an.«

»Aber nein, das bringt nichts, du nervst mich ...«

Ich ziehe ihr die Weste gewaltsam über und achte nicht auf ihre Proteste. Dann öffne ich den Kofferraum.

»Was machst du da?«, keift sie.

»Stell dir vor, ich suche das Warndreieck! Du hast noch nie begriffen, wie gefährlich es ist, in einem Notfall auf dem Seitenstreifen anzuhalten. Hast du gesehen, wie schnell die Autos an uns vorbeifahren?«

»O ... du dramatisierst immer alles. Dein Vater ...«

»Bitte, red nicht von ihm ... Was machst du denn da, Mama?«

Ich sehe, wie sie am Motor herumhantiert.

»Hör auf!«

Aber sie bleibt hartnäckig. Ich bin gezwungen, energisch zu werden.

»Mama. Hör endlich auf! Wir rufen den Abschleppdienst, okay?«

»Aber nein, ich ...«

»Nein. Du wirst gar nichts tun. Ich rufe jetzt an.«

Mein unmissverständlicher Ton beendet die Diskussion. Ich

zwinge sie, sich wieder in das Auto zu setzen, und nehme Kontakt mit der Versicherungsgesellschaft auf. Sie können frühestens in einer Stunde hier sein. Und ich wollte doch mit Késia in diesem Auto nach Disneyland fahren …

SZENE 44

Meredith

Countdown: J-66

Monsieur Bocquet hatte sich bereit erklärt, uns eine zweite Chance zu geben. Aber dafür mussten wir eine zusätzliche Gratisvorstellung geben, als Ersatz für die Aufführung, die durch Rose' Schwächeanfall abgebrochen werden musste. Nun denn: Die Katastrophe einer Absage konnte ohne langes Federlesen vermieden werden. Das hätte unsere Agentin auch sehr schlecht verkraftet. Wenn sie uns fallen gelassen hätte, wäre unsere bereits jetzt keineswegs ruhmreiche Künstlerkarriere völlig gescheitert.

Meinen Flirt-Sammler habe ich schon mehrere Male getroffen. Als ich ihn fragte, was er von mir erwarte, war ich sehr überrascht, ja erschüttert von seiner Antwort: Er erwarte nichts.

Nun, unterm Strich war das aber doch recht viel. Denn es brachte mich zum Nachdenken. Bisher hatte ich ausschließlich Menschen getroffen, die irgendetwas von mir wollten. Es gab Männer, die nur aus sexuellen Gründen an mir interessiert waren, mich besitzen und auf ihrer Eroberungsliste abhaken wollten, andere, die mit mir ausgehen wollten, um sich wegen meines guten Aussehens mit mir zu brüsten, und wieder andere, die wussten, dass ich hilfsbereit und charmant bin, und mich immer um einen Gefallen baten. Kurz gesagt: Niemals, absolut nie, habe ich jemanden getroffen, der total selbstlos war.

Deshalb war ich leichten Herzens bereit, viel Zeit mit Laurent, dem Flirt-Sammler, zu verbringen, fasziniert von seiner besonderen Persönlichkeit, die sehr selten ist und voller Poesie.

Ich glaube, ich wollte auch ein wenig hinter das Geheimnis seiner Ausgeglichenheit kommen.

Wie stellte er es an, gegenüber den Fragen der Liebe und des Lebens, die mich ständig wie ein Blatt im Wind hin- und herbewegen, so gelassen zu bleiben?

An einem Tag im Mai, als das Wetter nahezu sonnenklar ist, stelle ich diese Überlegung an. Laurent hat mich zum LaM, dem Museum moderner Kunst in der Nähe von Villeneuve-d'Ascq, mitgenommen. Wir schlendern durch das idyllische, Entspannung bietende Gartenlabyrinth, als wir unverhofft auf eine Skulptur von Alexander Calder stoßen. Kreuz des Südens, ein imposantes Mobile, das fest im Boden verankert ist und dessen bewegliche eiserne Arme im Wind flattern.

Diese Skulptur verbildlicht, wie ich im Augenblick mein Verhältnis zum Leben empfinde: Ich fühle mich in einem ständigen Widerspruch zwischen dem Wunsch nach Stabilität und dem Bedürfnis nach Bewegung. Die Stabilität beruhigt mich, lässt mich aber auch erstarren, wodurch ich Angst davor bekomme, einzurosten. Die Bewegung bringt jedoch oft eine positive Dynamik mit sich, wenn sie mich dazu drängt, meine Komfortzone zu verlassen; mich ermutigt meine Kühnheit, die die Keime des Erfolgs in sich trägt und mich dazu antreibt, über mich selbst hinauszuwachsen. Manchmal ist Bewegung aber auch negativ, wenn sie uns daran hindert, zur Ruhe zu kommen, und uns in einem Zustand der Aufregung und Zerstreutheit verharren lässt.

Ich beobachte dieses Hin und Her geometrischer Formen, die von den Windstößen durcheinandergeschüttelt werden, und denke dabei, dass ich mich auf keinen Fall aufs Geratewohl durchs Leben treiben lassen will. Ich will nicht, dass mein Schicksal von unsichtbaren Mächten bestimmt wird, auch nicht von zufällig wirkenden Kräften.

In diesem Augenblick begreife ich, dass das Leben, das ich aktiv gestalte, ein Leben ist, in dem ich entscheiden kann und in dem ich mich weder auf das Glück noch auf den Zufall verlassen muss, um das zu bekommen, was ich will.

Ich betrachte erneut Calders Werk. Dieser große Künstler scheint durch seine Skulpturen eine geheime Botschaft über das absolute Gleichgewicht übermitteln zu wollen. Könnte die Harmonie, nach der wir alle streben, nicht eine Mischung aus Stabilität und Veränderung sein?

»Gestatten Sie, dass ich eine kleine Skizze anfertige?«, frage ich Laurent und hole meinen Love Organizer heraus.

Natürlich hat er nichts dagegen. Ich skizziere die Skulptur in der Registerkarte »Zwischen mir & der Welt« und füge ein paar symbolische Erklärungen hinzu. Der stabile schwarze Sockel würde alle wesentlichen Elemente verkörpern, um eine echte Stabilität in meinem Leben zu schaffen. Eine affektive und emotionale Stabilität. Ich muss so handeln, dass ich in Frieden mit mir selbst und im Inneren ausgeglichen bin. Ich muss aus meiner Seele einen behaglichen, bequemen Ort machen, an dem man sich gerne aufhält. Diese Vorstellung gefällt mir. Ich lächle und stelle mir vor, wie ich Tag für Tag meinen inneren Hort verschönern würde … Die hübschen frischen Blumen wären die Sammlung netter Kleinigkeiten, die Freude in den Alltag bringen, und die Gemälde wären jeweils die kostbaren Momente meines Lebens, in denen ich mich glücklich und stolz gefühlt habe. Ich würde das Ganze auch mit erlesenem Mobiliar ausstatten. Jedes der »Möbelstücke« wäre ein wichtiger Bestandteil, der dazu beitragen würde, dass ich mich in meiner Haut wohlfühle. Sie würden immer wieder, wie in einer endlosen Schleife, auftauchen: in erster Linie die Freiheit, dann die Kreativität, der Humor und die Freude, die Großzügigkeit, die Offenheit anderen gegenüber und der Mut … Sobald ich »mein Inneres« mit schönen Möbeln ausgestattet habe, kann ich aus mir herausgehen. In der Außenwelt muss ich einen guten Heimathafen für mich finden und ein paar Personen auswählen, auf die ich zählen kann. Außerdem brauche ich eine solide Existenzgrundlage, um Sicherheit zu erhalten. Und ich muss wissen, wo ich wohne.

So viel zur Stabilität. Aber ein Leben, in dem es nur diesen Teil gäbe, würde unvermeidlich zur psychischen Erstarrung der Seele führen, zu Langeweile und Frustration. Daraus erklärt sich die besondere Bedeutung des leichten, beweglichen Teils, der Fantasie. Das ist der Anteil des Unerwarteten, der Spontaneität, der Intuition oder des Instinkts und des Irrationalen … Ein Körnchen Verrücktheit und ein Körnchen Genialität. Man muss seine verborgenen Talente enthüllen und sie nutzen, denn manchmal sind es verborgene Schätze, die zutage gefördert werden müssen. Die persönliche Erfüllung ist keine Nebensache, sondern muss in unser aller Leben als roter Faden dienen.

Laurent beobachtet mich, wie ich Notizen in meinen Love Organizer eintrage, ohne mich in meinem inspirativen Schwung zu unterbrechen oder zu bremsen. Das mag ich an ihm. Diesen Respekt. Diese nie nachlassende Aufmerksamkeit, um das Richtige zu tun.

Erneut erkenne ich, wie sehr ich unseren so zwanglosen Bummel genieße. Auch wenn Laurent mir gestanden hat, dass er mich als Flirt betrachtet, übt er keinerlei Druck aus, er zeigt keinerlei Hartnäckigkeit, um irgendetwas durchzusetzen. Ich nehme wahr, wie sehr mich diese Feinfühligkeit berührt.

Wir diskutieren ausführlich und versuchen zu ergründen, welche Haltung man einnehmen müsse, um die Liebe so ausgeglichen und erfüllend wie nur möglich zu erleben. Er erklärt mir sehr genau seinen Standpunkt. Dabei bleibt er neben einem Teppich leuchtender, erst vor Kurzem erblühter Narzissen stehen, die von den ersten zarten Strahlen der Frühlingssonne erwärmt werden. Er berührt meinen Arm, damit ich ebenfalls stehen bleibe, und wendet sich der Sonne zu, die Augen geschlossen, das Gesicht gelassen und friedvoll. Seine Hand gleitet meinen Arm entlang und greift nach der meinen. Diese Geste wirkt so natürlich, dass ich mich ihr nicht widersetze. Und es ist ein solch zarter, feinfühliger Augenblick, dass ich den Zauber nicht brechen möchte. Einen Moment lang verharren wir in völligem Schweigen, die Sinne hellwach. Wir lauschen dem leisen Piepsen einiger versteckter Spatzen und spüren, wie der Wind über unsere Wangen streicht und die Sonne unsere Haut erwärmt. Wir sind uns auch der Wärme unserer Hände bewusst, die sich berühren und nichts anderes wollen als einen Augenblick der Ruhe und des Friedens. Als wir die Augen wieder öffnen, flattern unsere Lider unter den Strahlen des Lichts, und wir lächeln uns zu, als sich unsere Blicke treffen.

Schweigsam setzen wir unseren Weg fort. Ich beobachte ihn flüchtig und stelle fest, dass er glücklich zu sein scheint.

»Wissen Sie, Meredith, das Leben der Menschen wäre viel glücklicher, wenn sie es lernten, die Augenblicke der Liebe mit so viel Natürlichkeit in sich aufzunehmen, wie sie es mit einem Sonnenstrahl tun, wenn er sich zeigt. Einen Sonnenstrahl akzeptiert man, wie er ist, ohne Fragen zu stellen. Aber all die Erwartungen an die Liebe und der Druck, der in ihrem Namen ausgeübt wird, führen schließlich zu ihrem Tod. Verlangen. Inbesitznahme. Gegenseitiges Belauern. Täuschungen. So viele Erwartungen, die

Spannungen innerhalb der Beziehung erzeugen. Immer aus demselben einzigen Grund.

Ich höre ihm aufmerksam zu.

»Ah ja? Und der wäre?«, frage ich voller Neugier.

»Als Einziger das Objekt der Begierde besitzen zu wollen, ganz allein. Was für einen Druck übt man dann auf diesen Menschen aus. Sie stürzen sich buchstäblich auf alle Enttäuschungen und schließen die Möglichkeit aus, ein ruhigeres und erfüllenderes Glück zu erleben.«

»Was kann man also tun?«

»Schauen Sie mich an: Ich genieße während dieser Tage das Glück des wunderbaren Flirts mit Ihnen ... Aber verstehen Sie mich richtig: Sie sind nicht mein einziger Flirt. Ich habe mehrere Flirts auf einmal, und für keinen davon empfinde ich Leidenschaft. Ich habe nicht nur eine Liebe. Ich empfinde Liebe für viele Dinge, die mich erfüllen, mich vibrieren lassen und mich glücklich machen. Meine Flirts sind nicht ausschließlich auf Menschen begrenzt. Ich bin verrückt nach Themen, nach Orten, nach Kunstformen. Ich bin verliebt in die Liebe und das Schöne. Ich bin nicht polygam, sondern polyästhetisch. Alles wird verdorben, wenn man sich an eine einzige Form der Liebe klammert, an einen einzigen Menschen. Die Wahrscheinlichkeit, dass die Liebe sich früher oder später festfährt, ist groß. Und die Ernüchterung unvermeidlich ...«

Unvermutet wirkt seine Miene ein wenig düster.

»Ich habe es erlebt und möchte nie wieder einen solchen Schmerz empfinden ...«

Es ist das erste Mal, dass er sich zu einem etwas persönlicheren Geständnis hinreißen lässt. Ich frage mich, wie diese Frau, die ihm offenbar solchen Kummer bereitet hatte, wohl gewesen sein könnte ...

Unwillkürlich lege ich ihm die Hand auf die Schulter, als Zeichen des Trostes.

»Laurent, es tut mir wirklich leid …«

»Dazu besteht kein Grund. Es ist schon lange her …«

Er hat sich mir zugewandt, und wir stehen uns direkt gegenüber. Liegt es an dem Zauber des Augenblicks, an der Nähe, die durch sein intimes Geständnis entstanden ist? Er streicht mit dem Daumen über meine Wange und beugt sich über mich, um einen Kuss auf meine Lippen zu hauchen. Ich erstarre, als ob ich etwas erwartet hätte. Ein Aha-Erlebnis, um ihn zurückzustoßen? Seine heißen Lippen nehmen meine in sich auf, was mich überrascht. Es ist nicht richtig, dass sie sich so angenehm anfühlen. Ich hasse sie dafür. Doch dieser Kuss und sein köstlicher Geschmack des Verbotenen lösen in mir ein unergründliches Unbehagen aus. Ich muss weggehen, flüchten.

Fast brutal stoße ich ihn zurück. Überrumpelt durch meine schroffe Geste, taumelt er rückwärts.

Voller Panik bringe ich ein »Tut mir leid« heraus und flüchte, ohne den Mut zu haben, ihn ein letztes Mal anzuschauen.

Ich renne über die Alleen zum Ausgang. Erschüttert hämmert mir Antoines Vorname gegen die Schläfen, wie eine Reihe von Stromstößen der Schuldgefühle.

SZENE 45

Rose

Hat er gespürt, dass ich in Paris war? Besaß dieser Kerl etwa Antennen? Wie dem auch sei, ein erstaunlicher Zufall will es, dass ich einen Anruf von Croquou erhalte. Wieder er, immer er. Nach all den Monaten, die seit unserem kurzen Abenteuer in Paris vergangen sind, das für mich ohne Zukunft war, lässt er trotz allem nicht los, ungeachtet meiner Tournee und meines passiven Verhaltens. Als wenn nichts gewesen wäre, ruft er mich an, um zu hören, wie es mir geht. Da ich mich nicht gerade in der richtigen Situation befinde, um ihn von oben herab zu behandeln, berichte ich ihm von meiner jämmerlichen Lage. Sein Blut gerät in Wallung, und als eiserner Ritter bietet er an, uns sofort abzuholen.

»Weißt du, der Abschleppdienst ist benachrichtigt.«

»Egal. Sicherlich ist es viel angenehmer, wenn ich euch nach Hause fahre …«

Ich protestiere nur halbherzig. Doch die Entscheidung, mich von Croquou in einem geräumigen Auto auf weichen Sitzen nach Hause bringen zu lassen statt in einem rostigen und unbequemen Abschleppwagen, fällt mir nicht schwer. Ich treffe sie innerhalb von Minuten.

Késia, meine Mutter und ich empfangen ihn als Retter. Er hat sogar eine Thermoskanne mit Kaffee mitgebracht und Kekse für die Kleine, die sich darauf stürzt, als habe sie seit Tagen nichts zu essen bekommen. Ein Stressausgleich. Schließlich trifft der Abschleppwagen ein, und zwischen dem lästigen Ausfüllen der Papiere und dem Abschleppen vergeht nochmals eine halbe Stunde, bevor das Autowrack endlich abgeschleppt wird.

Croquou fährt uns zu meiner Mutter, und natürlich laden wir ihn zum Essen ein. Er ist völlig fasziniert von der beeindruckenden esoterischen Atmosphäre, die im Haus meiner Mutter herrscht. Ich bin so sehr daran gewöhnt, dass ich es gar nicht mehr wahrnehme, aber ich muss zugeben, ja, das kann einen zum Staunen bringen. Die verschiedenen Kerzen, Weihrauch, eine Lampe aus Salzkristall, Tarotkarten, eine kleine Kristallkugel, ein Pendel für Heilkundige, einige Fläschchen mit Lotionen von zweifelhafter Wirkung …

Er hüstelt, um eine leichte Verlegenheit zu überspielen. Ich finde das sehr sympathisch. Um ihn zu beruhigen, erkläre ich ihm, dass wir ihm keine Hirnsaft-Bouillon servieren werden. Er hält kurz inne, wie wenn man einen Film anhält, dann lacht er schüchtern. Der Arme! Insgeheim erteile ich mir einen Rüffel wegen meines geringen Mitgefühls, weil ich ihn so auf den Arm nehme.

Késia ist nicht viel sensibler und genießt es, einen Überraschungsgast dazuhaben, den sie als Versuchskaninchen zum Spielen benutzen kann. Während ich mit meiner Mutter das Essen zubereite, beobachte ich, wie Croquou sich bereitwillig den tyrannischen Befehlen von Késia unterwirft. Ich muss gestehen, dass ich es genieße. Nach Ablauf des Abends ist er bei Késia definitiv gut angeschrieben. Sie sitzen nebeneinander auf dem Sofa, und sie redet mit ihm, als wäre er ihr Schmusetier, und vertraut ihm ihren Kummer an: Kann Mama ohne Omis Auto und trotz des Streiks der öffentlichen Verkehrsmittel nach Disneyland fahren? In ihren Augen glitzert es verdächtig. Croquou wagt sich vor:

»Und wie wäre es, wenn ich euch fahren würde?«

Der Blick meiner Kleinen fängt wieder an, gefährlich zu funkeln. Mit ihren fünf Jahren kann sie noch nicht verstehen, was daran verbindlich wäre, wenn er uns fahren würde. Und dass er dies nicht nur ihrer schönen Augen wegen machen würde.

Ich möchte einem Verehrer, den ich, bis zum Beweis des Gegenteils, eindeutig abgewiesen habe, in keiner Weise verpflichtet sein. Croquou spürt wohl mein Unbehagen und arrangiert es so, dass wir allein in der Küche sind, damit er mich beruhigen kann.

»Weißt du, wenn ich das anbiete, dann deshalb, weil es mir Spaß macht, okay? Das verpflichtet dich zu nichts.«

Er ist unglaublich nett. Und meine Tochter wäre überglücklich … Wie kann ich das Angebot ablehnen?

SZENE 46

Meredith

Countdown: J-54

Rose ist beschwingt von ihrem Wochenende in Paris zurückgekommen. Als ich Näheres erfahren wollte, zeigte sie sich recht ausweichend. Schließlich rückte sie aber mit der Sprache heraus und erzählte mir von ihrem »Croquou«. Sie wurde leicht ärgerlich, als ich Anstalten machte, sie damit aufzuziehen, und wehrte sich mit aller Kraft dagegen, zuzugeben, dass sie irgendetwas für ihn empfand. Doch räumte sie bereitwillig ein, dass er sehr nett wäre und sie ihm dankbar sei, da er ihrer Tochter den Tag im Disneyland ermöglicht habe. Das sei alles.

»Und ich sage dir, er ist ein Fre-u-nd.«

Es ist drollig, wie sie in solchen Augenblicken der Gereiztheit ungewollt ins Kreolische verfällt. Ich habe dann nicht weitergebohrt.

»Und wie war dein Wochenende ohne mich?«

Ich schämte mich meiner Feigheit, weil ich es nicht wagte, ihr von meinen Erlebnissen mit Laurent zu berichten. Inzwischen hat er mindestens zehnmal versucht, mich telefonisch zu erreichen. Ich schäme mich. Ehrlich. Und dabei hasse ich es, wenn Funkstille herrscht, und finde das unerträglich. Aber in diesem Fall kann ich die Realität nicht akzeptieren. Es wäre heuchlerisch, wenn ich behaupten würde, ich hätte seinen Kuss nicht erwidert. Aber mir fehlt der Mut, ihn direkt darauf anzusprechen. Auf jeden Fall brechen wir in fünf Tagen auf. Alice, unsere Agentin, hat mich angerufen: Sie bietet uns Dreharbeiten in London an.

Ich informiere Rose. Es handelt sich um eine Fernsehserie, und ausnahmsweise sind dieses Mal die Nebenrollen keineswegs zweitrangig! Es geht um zwei Geschäftsfrauen aus Paris auf einer Dienstreise für einen internationalen Konzern. Nachdem Rose' Miene sich zunächst aufhellte, verdüstert sie sich innerhalb von Sekunden wieder.

»Du denkst an Késia, ist es das?«

»Genau … es bedrückt mich, sie wieder allein zu lassen.«

»Aber sie hat sich doch offensichtlich gut mit deiner Mutter verstanden?«

»Ja, aber … Meine ständigen Reisen sind sicherlich nicht gut für sie.«

Ich versuche, ihre Bedenken zu zerstreuen, indem ich ihr erkläre, dass London auf jeden Fall das Ende unserer Tournee ist und sie danach in aller Ruhe Zeit mit ihrer Tochter verbringen kann.

»Und stell dir vor, wie stolz Késia sein wird, wenn ihre Mama im Fernsehen auftritt.«

Rose lächelt und fängt an, sich zu entspannen.

»Ja, da ist was dran …«

»Und sechs Wochen lang sind alle unsere Unkosten gedeckt, alle Ausgaben bezahlt, und es gibt eine fürstliche Gage für unsere Dreharbeiten, das kann man doch nicht ablehnen.«

Sie stimmt mir zu, besiegt und überzeugt. Wir köpfen eine Flasche Champagner, genießen das perlende Getränk und geben uns unseren Träumen von Ruhm hin.

Die letzten Tage in Lille vergehen wie im Flug. Ich schaffe es nicht einmal mehr, meine Eltern zu besuchen, und begnüge mich damit, sie anzurufen. Das rief den Unmut meiner Mutter hervor – zumindest tat sie so. Seither sinkt mein Ansehen bei ihr.

Am Abend vor unserer Reise nach London denke ich, dass es nicht in Ordnung ist, wenn ich abreise, ohne mich von Laurent zu verabschieden.

Soll ich ihm eine kurze Nachricht schicken? Aber was soll ich ihm schreiben? Dass ich es bedaure, ihn geküsst zu haben? Das wäre gelogen. Dass unsere Geschichte hiermit endet? Meiner Meinung nach weiß er es bereits. Was also dann? Schließlich stoße ich in einer antiquarischen Buchhandlung auf eine wunderbare Buchreihe in Miniaturausgabe, nur fünf Zentimeter hoch. Eines der Bücher stellt die Liebe in französischen Redewendungen dar. Das Buch wirkt zwischen meinen Fingern winzig, und ich traue mich kaum, die Seiten umzublättern. Neben jeder Redewendung ist eine entsprechende Abbildung in Miniaturmalerei zu sehen. Liebe auf den ersten Blick, Süßholz raspeln, in jemanden verknallt sein, hinter jedem Rock her sein … Ich verweile auf der Seite »in jemanden verknallt sein«. Ich glaube, ich weiß jetzt, was ich in den kurzen Brief, den ich diesem Buch beifügen will, schreiben werde.

Ich bitte den Buchhändler, mir die Miniaturausgabe als Geschenk zu verpacken. Dann verlasse ich den Laden mit meinem winzigen Überraschungsgeschenk.

Lieber Laurent,
der Ausdruck »in jemanden verknallt sein« gefällt mir. Meine Art, »in Dich verknallt zu sein«, ist vielleicht nicht Liebe im konventionellen Sinne. Aber ich merke auf jeden Fall, dass das, was Du ausstrahlst, eine Resonanz bei mir findet. »Wir harmonieren gut«, sagt man nicht so? Ich hoffe, dass Du irgendwo in Deiner hübschen

Flirt-Sammlung eine kleine Nische der Erinnerung für mich aufbewahrst …
Ich umarme Dich herzlich
Meredith

Da ich seine Adresse nicht kenne, beschließe ich, das Päckchen bei der Bibliothekarin, die ihn jeden Tag sieht, zu hinterlegen.

»Sie geben es ihm doch bestimmt, ja?«

Ich verlasse das beeindruckende Gebäude etwas erleichterter und habe den Eindruck, getan zu haben, was sein musste. Laurent, mein Flirt-Sammler, hat mir ermöglicht, ein hübsches Kapitel meiner Love Tour zu schreiben. Jetzt ist es an der Zeit, Lille den Rücken zu kehren. London, ich komme!

SZENE 47

Antoine

Ich habe Meredith die Adresse meines englischen Freundes, des Künstlers Nick Gentry, gegeben. Seit ich ihn vor etwa fünfzehn Jahren kennengelernt habe, hat er eine beachtliche Karriere gemacht und genießt heute einen internationalen Ruf. Im Rahmen eines Erasmus-Aufenthaltes habe ich damals fast ein Jahr lang in London verbracht. Wir waren fünf Studenten und haben eine sehr bescheidene Wohnung geteilt, die uns aber wie ein Palast vorkam. Das Gefühl der Freiheit und der Überschwang der Jugend verschönern alles. Wir waren drei Jungen und zwei Mädchen und hatten alle unterschiedliche Studienrichtungen. Nick studierte am Royal College of Art, der Londoner Version unserer École nationale supérieure des Beaux-arts. Die Sympathie war von Anfang an gegenseitig, und ich muss gestehen, dass dieses Jahr in London dank ihm zu einer unvergesslichen Erinnerung wurde. Da er der einzige Londoner der Gruppe war, zeigte er uns alle Sehenswürdigkeiten, ausgefallenen Orte und Plätze sowie den Underground von London, das Künstlerviertel mit seiner Bohème und die Welt der Kunst. Alles war inspirierend, manchmal dekadent und etwas verrucht. Wenn die Engländer aus sich herausgehen, haben sie eine erstaunliche Freude am Feiern.

Als Meredith mir erzählte, dass ihre Agentin Dreharbeiten in London plante, habe ich sofort an Nick gedacht. Der Gedanke, dass sie mit Rose allein in London sein würde, gefiel mir gar nicht. Ich stellte mir vor, wie sie sich in verrufene Stadtviertel vorwagten, und machte mir Sorgen wegen der tausend Gefahren, die ihnen drohen könnten.

In Erinnerung an die guten alten Zeiten, aber auch mithilfe eines großen Arbeitsauftrags für sein Büro habe ich also meinen alten Kumpel gebeten, sich um meine Liebste und ihre Freundin Rose zu kümmern. Die Aufgabe ist ganz einfach: Er soll etwas Zeit mit ihnen verbringen, ihnen verschiedene Stadtviertel zeigen und interessante Plätze empfehlen ... Das Wissen, dass mein Freund ein Auge auf die beiden haben würde, beruhigt mich. Natürlich habe ich Nick gebeten, dabei sehr diskret vorzugehen. Wenn Meredith von meiner Motivation wüsste, würde sie sich maßlos aufregen.

Am Telefon war er sehr aufgeregt bei der Vorstellung, »meine Verlobte« zu treffen. Dann musste ich mich von ihm aufziehen lassen. Denn meine Bitte offenbarte unwillkürlich meine überfürsorgliche Seite und ordnete mich auf Anhieb in die Kategorie »schmachtender Liebender« ein.

»You've got a goddam crush on her«, spottete er.

Das brachte ihn natürlich zum Lachen. Damals kannte er mich eher als Frauenheld, und ja, ich habe einigen Damen den Kopf verdreht, sicherlich, weil ich anscheinend etwas Unerreichbares ausstrahlte, was die Mädchen um den Verstand brachte. Und dabei tat ich es keineswegs mit Absicht: In jener Phase meines Lebens war es mir nicht sonderlich wichtig, eine einzige Frau zu haben. Meine Jugend und mein Aussehen verliehen mir die Arroganz, zu glauben, dass ich jederzeit eine andere haben könnte. Es gab weder Druck noch Herausforderung, es zählte einzig und allein das Spiel, der Nervenkitzel bei der Jagd – denn das war es, eine Jagd, die schnell ihren Reiz verlor, wenn die

Eroberung erfolgreich war. Ich hatte kein Herz, das zu erobern war. Mein Herz reduzierte sich auf seine organische Funktion. Ja, ich gebe es zu, ich war ferngesteuert durch mein sexuelles Verlangen, Eros beschäftigte mich voll und ganz. Einige Frauen waren im Übrigen im Hinblick auf meine krasse Insensibilität in helle Wut geraten. »Ein Schwanz anstelle des Herzens« war die brutalste Bemerkung. Ganz zu schweigen von dem Glas Wein, das mir eine Dame ins Gesicht schüttete. Ich liebte alle Frauen, aber keine wirklich. So einfach war das. Mein Ehrgeiz und mein Wille, erfolgreich Karriere zu machen, waren zu der Zeit meine Hauptanliegen.

Soll ich lächeln oder Angst haben, wenn ich bedenke, was Meredith gerade aus mir macht? Ich weiß es nicht. Auch hier habe ich nicht die absolute Kontrolle, was für jemanden wie mich höchst verwirrend ist: Ich kann mich nicht mehr hinter rationalen, beruhigenden und konkreten Dingen verstecken. Mit Meredith bin ich in das große Becken der Emotionen und Empfindungen getaucht. Sie hat mich in das Reich der Sensibilität eingeführt. Wie alles, worüber ich nicht die volle Kontrolle habe, versetzt mich das in große Angst! Ich bin ein Anfänger in Sachen große Gefühle. Und zum ersten Mal in meinem Leben befürchte ich, dem nicht gewachsen zu sein. Aber habe ich denn eine Wahl? Ich fühle mich Meredith voll und ganz ausgeliefert. »Gefangen«, aber glücklich in dieser köstlichen Falle. Ich bin ein williges Opfer …

London

SZENE 48

Meredith

Countdown: J-47

Ich beende mein Telefonat mit Antoine und starre auf den Schmierzettel, auf den ich die Nummer von Nick Gentry, seinem Londoner Freund, gekritzelt habe. Er kann uns ein wenig die City zeigen. Ich könnte schwören, dass Antoine beunruhigt ist, und diese erneute altväterliche Bevormundung ärgert mich. Als ob ich nicht allein zurechtkommen würde! Ich hasse es, wenn die Männer in uns das kleine schwache Weibchen sehen. Das macht mich rasend.

Doch ich versuche, vernünftig zu bleiben. Antoines Bemühung erfolgte bestimmt in guter Absicht! Und die Tatsache, hier in London einen Bekannten zu haben, kann sich durchaus als vorteilhaft erweisen.

»Was gibt's Neues?«, will Rose wissen, die gerade aus dem Bad kommt. Sie hat sich die Haare gewaschen, trägt ein Handtuch um den Kopf geschlungen und sieht mit ihrem Turban aus wie eine orientalische Prinzessin.

»Eigentlich nichts. Es war Antoine. Er hat mir die Telefonnummer eines alten Kumpels gegeben, der hier lebt und uns die Stadt zeigen könnte.«

»Ein alter Kumpel? Hmm … Interessant!«

Ich verdrehe die Augen.

»Nun mal langsam. Du bist unerträglich. Ich kenne ihn nicht, habe ihn noch nie gesehen. Und seine Rolle als Anstandswauwau finde ich eher abtörnend … Ehrlich gesagt weiß ich nicht, ob ich ihn anrufen soll …«

Rose fegt meine Vorbehalte mit einer Handbewegung beiseite und fährt fort:

»Wie heißt er denn?«

Ihr Ton ist unmissverständlich.

»Nick. Nick Gentry.«

»Klingt gut. Dann wollen wir mal schau'n.«

Sie stürzt zu ihrem Laptop, um sich schlau zu machen. Ich lasse sie gewähren und nutze die Gelegenheit, um mir eine Tasse Tee zuzubereiten. Einen Moment später höre ich ein lautstarkes Pfeifen, das aber nicht vom Teekessel stammt.

»Hey, der Kerl ist ja der Hammer!«

Rose blickt wie gebannt auf den Bildschirm. Und ich sehe, wie sie gerade dabei ist, durchzudrehen. Großes Kopfkino.

Ich bin trotzdem fasziniert, wie aufgeregt sie mit der Maus scrollt, um alle Bilder des berühmten Nick aufzurufen. Sie zeigt mir auf dem Bildschirm ein Foto von ihm in Großformat. Sein Gesicht ist okay, das gebe ich zu.

Wikipedia ist der beste Verbündete, was Indiskretionen angeht. Mit ein paar Klicks erfährt man viel über diesen Gegenwartskünstler mit internationalem Ruf. Nick Gentry, geboren am 29. Mai 1980, also achtunddreißig Jahre alt. Rose starrt hingerissen auf sein Foto. Man muss einräumen, dass das Schwarz-Weiß-Flair unvergleichlich ist. Die Kontraste sind großartig. Die Ausgewogenheit zwischen Schatten und Licht stimmt perfekt. Das Licht hebt seine linke Gesichtshälfte hervor und lässt die rechte im Halbschatten. Ein attraktiver dunkelhaariger Mann mit Augen so tiefgründig wie Loch Ness, einem geheimnisvollen, einschmeichelnden Blick, regelmäßigen, feinen Gesichtszügen, einem gepflegten Dreitagebart, der die harmonischen Umrisse seines Gesichts hervorhebt.

»Is he for real?«, ruft Rose voller Erstaunen über dieses hinreißende Porträt.

Ich zucke mit den Schultern und spiele die Gleichgültige gegenüber diesem attraktiven Äußeren.

»Du willst mir doch nicht einreden, dass Antoine dir diesen unglaublichen Mann als Anstandswauwau empfohlen hat?«

»Doch …«

»Hat er den Verstand verloren, oder was?«

Nun ist es passiert. Ich habe Rose verloren. Sie ist *on fire*. Sie ist jetzt nicht mehr zu halten. Ich blicke sie eindringlich an, um die Dinge klarzustellen.

»Rose: Ich liebe Antoine. Mach dir also keine Sorgen, okay? Ja, der Kerl sieht gut aus, aber eine schöne Visage ist noch nicht alles …«

»Sprich für dich. Du rufst ihn an, oder?«

Ich spüre, dass es keinen Sinn hat weiterzudiskutieren. Rose wird mich so lange unter Druck setzen, bis Nick Gentry unsere offizielle Leibwache wird. Und sogar eine sehr enge, sofern er sich nur an sie hält.

Ich wähle seine Nummer. Nach mehrmaligem Klingeln, während ich versuche, meine Atmung wieder unter Kontrolle zu bekommen, höre ich am anderen Ende der Leitung eine Stimme.

»Hello?«

Ich stelle mich der großen Herausforderung meiner ersten Unterhaltung auf Englisch. Rose schubst mich von der Seite an, damit ich den Lautsprecher einschalte.

»I was expecting your call.«

Aha. Gut, wenn er meinen Anruf erwartet hat, ist ja alles

bestens, oder? Sinngemäß verstehe ich, dass er Antoine sehr schätzt und sich freut, ihm diesen kleinen Dienst erweisen zu können. Aus seiner überschäumenden Begeisterung schließe ich, dass sie während des Erasmusjahres jede Menge Blödsinn und unvergessliche Spinnereien angestellt haben müssen. Ich fürchte, dass man sie selbst mit der blühendsten Fantasie nicht alle erraten kann. Ich empfinde eine leichte Eifersucht, die ich aber schnell verdränge. Nick Gentry hat sich für den Nachmittag mit uns in seiner Galerie verabredet.

»So that we'll get to know each other better.«

»Deal«, stimme ich zu, eingeschüchtert durch Rose' vernichtenden Blick.

Als ich das Gespräch beendet habe, lässt sie ihrer Aufregung freien Lauf, während ich zur Salzsäule erstarrt bin – der Kontrast könnte nicht größer sein.

»Hast du diese Stimme gehört? Rau, tief … «

»O, beruhig dich wieder.«

Wie ein hyperventilierendes kleines Mädchen bekommt sie nichts mehr mit.

»Und dieser britische Akzent, so sexy! Das raubt mir den Verstand.«

»Sag, Miss Groupie, wie wäre es, wenn wir unsere Texte für die Serie einüben, bevor du nur noch Mister Charming im Kopf hast? Ich erinnere dich daran, dass wir unsere Szenen noch lange nicht beherrschen!«

Rose atmet wieder gleichmäßig. Ich glaube, dass sie sich gerade an die vielen Zeilen erinnert, die sie auswendig lernen muss, zudem in Englisch. Das ernüchtert. Wir stecken uns Ohropax in die Ohren. Nun beginnt ein seltsames Ballett im Zimmer, in dem wir auf und ab gehen, den Text in der Hand. Wir sagen ihn auf wie Automaten, während hinter uns immer noch Nick Gentry auf dem Bildschirm des Laptops zu sehen ist, wie er uns von Kopf bis Fuß beobachtet.

SZENE 49

Meredith

Es geht in Richtung des eleganten Stadtviertels von Mayfair. Rose trägt ihr Kill-the-Game-Outfit – kurzer Rock und kniehohe Stiefel mit hohen Absätzen. Ich habe mich für Jeans und einen blauen Pullover entschieden. In der Metro plappert Rose ohne Punkt und Komma, und ich erkenne daran die Symptome der Aufregung, die charakteristisch sind für ihre Stimmung vor einem Flirt. Innerlich muss ich grinsen: Wie schnell hat sie doch meinen Bruder vergessen – ganz offensichtlich hat sie dieses flüchtige Abenteuer unter der Rubrik »gescheiterte Liaisons« abgelegt. Ehrlich gesagt bin ich erleichtert darüber, denn ich sah bereits tausendundeine Komplikationen voraus und war völlig davon überzeugt, dass er in keiner Weise der Mann war, der zu meiner Freundin passt.

Wir gehen zur Bond-Street-Station hinunter. Ähnlich wie in Paris wimmelt es auch hier zu allen Tageszeiten von Menschen. Auf der Straße drehen sich einige Männer nach Rose um, die mit ihrer Größe, ihrem langen Pelzmantel, ihren riesigen Kreolen, ihren langen Schritten, ihren schönen glänzenden Augen und ihrem einladend vollen Mund Aufsehen erregt. All ihre äußeren Merkmale können als großzügig bezeichnet werden.

Wir stehen jetzt vor der Opera Gallery. Die Inschrift ist in goldenen Buchstaben gehalten, in einer hübschen klassischen Typografie und in einer antiquarischen Elzevir-Schriftart mit auffallenden dreieckigen Serifen. Buchdrucker und Grafiker schätzen diese Schrift für gewöhnlich sehr.

Ich zögere kurz, bevor ich die Glastüren aufstoße, die von breiten schwarzen Design-Leisten eingerahmt sind, und bin etwas eingeschüchtert von der luxuriösen Atmosphäre dieses Ortes. Das riesige Gemälde im Schaukasten ist tonangebend, und seine visuelle Wirkung beeindruckt mich. Es handelt sich um ein zwei mal drei Meter großes Porträt, so spektakulär, dass ich kaum den Blick von ihm lösen kann. Es ist ein Frauenporträt, das mir auf seltsame Art ähnelt. Außer der klaren und präzisen Ausführung beeindruckt mich die realistische Perfektion der Arbeit. Das Werk zeigt in der Wahl der verwendeten Objekte eine fesselnde Originalität: eine gelungene Anordnung von *Floppy Disks*, alten PC-Disketten, die, recycelt und zum klassischen Gemälderahmen umfunktioniert, kunstvoll als avantgardistisches Beiwerk dienen. Mit großartiger Zauberkunst hat Nick Gentry diese Disketten arrangiert und sie entsprechend ihren Farbnuancen brillant auf der Bildfläche verteilt, um auf dem dargestellten Gesicht die passenden Schatten- und Lichtzonen zu schaffen.

Ich bin sprachlos.

Rose zerrt mich am Ärmel: Sie möchte endlich in die Galerie.

»Was tust du da? Kommst du?«

Ich reiße mich von dem Anblick los und stoße die Tür zur Opera Gallery auf, wobei ich unwillkürlich den Atem anhalte.

Ich trete auf die dunklen Bodenfliesen, die aus einem edlen Material bestehen, vielleicht aus gewachstem Beton, der gerade sehr im Trend liegt. Meine Schritte hallen auf besondere Weise in der fast religiösen Stille dieses Kunsttempels wider. Die Werke an den weiß getünchten Wänden beeindrucken mich, ich genieße die nüchterne, aber eindrucksvolle Ausstellungsarchitektur.

Auf einem völlig schwarzen Abschnitt der Wandfläche hebt sich ein besonders irritierendes Gemälde ab: das Porträt eines Mannes, ebenfalls auf Disketten. Es bewegt sich vorwärts, ein Selbstporträt, das lebendig wird. Meine Augen wandern von einem zum anderen. Vor mir steht Nick Gentry und reicht mir die Hand. Ich drücke sie herzlich.

»Hey, Nick. Nice to meet you.«

So handsome, lese ich in Rose' Augen. Sie hat durchaus recht.

Er führt uns durch seine Galerie, entschuldigt sich, weil er nicht Französisch spricht, und stellt uns die Geschäftsführerin vor. Er fühlt sich hier wie zu Hause, das ist unverkennbar. Wir bewundern seine Arbeit.

»Really? You like it?«

»Natürlich gefallen mir Ihre Gemälde. Man müsste schon etwas seltsam sein …«

Rose bleibt fasziniert vor einer Lightbox stehen: ein Frauenporträt, das vollständig aus Negativen von recycelten Filmfotos zusammengesetzt ist und von einer Hintergrundbeleuchtung angestrahlt wird. Ein großartiger Effekt.

Ich bin fasziniert von dem Charme all dieser Diskettenporträts, die anscheinend die Mysterien der jeweils abgebildeten Persönlichkeit durchdringen wollen.

Jede Diskette, die ein Gesicht darstellen soll, scheint eine Facette zu verkörpern. Eine helle oder eine dunkle Facette, wie die verschiedenen Seiten einer Persönlichkeit, dessen, was wir sind, unsere Licht- und Schattenseiten.

Ich erkenne die Vielschichtigkeit eines jeden Lebewesens. Was macht eine Persönlichkeit aus? Ist sie das Ergebnis der persönlichen Geschichte, die uns geformt hat? Wie all diese Disketten oder Teile der Filmfotos, die Nick Gentry verwendet, um seine Porträts zu schaffen, so entsteht auch die Persönlichkeit eines jeden von uns aus einer Ansammlung von abgespeicherten Inhalten, aus der lebendigen Erinnerung an die Vergangenheit. Sicherlich hat dieses gelebte Leben nach und nach die Umrisse unseres Ichs geformt …

Welche Geheimnisse bergen diese Disketten in sich? Das wird man nie erfahren. Sie sind für immer in Nick Gentrys Werk begraben. In gleicher Weise bewahrt jede Persönlichkeit in sich etwas Geheimnisvolles. Es ist schwierig, die Wahrheit des anderen aus seinem intimsten Bereich herauszuschnippeln. Bis zu welchem Punkt haben wir Zugang zum wahren Inneren des anderen, ganz unverhüllt und ohne Maske? Wie viele Schichten der Intimität muss man freilegen, bevor man die Essenz seiner wahren Persönlichkeit berührt?

Die Andersartigkeit. Die Kunst, den anderen in all seiner Verschiedenartigkeit zu erfassen … Genau daran denke ich, während Nick auf mich zugeht und unbedingt erfahren möchte, was ich von seiner Arbeit halte.

»Ich liebe Ihre Gemälde, denn sie entsprechen meinen eigenen Studien …«

»Ah ja? An welchem Thema arbeiten Sie?«

»… An der Liebe.«

Aus seiner Miene schließe ich, dass er nach einem Zusammenhang sucht, zwischen meinem Thema und seinen Werken. Ich kläre ihn auf.

»Wer Liebe sagt, meint Andersartigkeit: Der andere ist ein anderer. Worauf ist es zurückzuführen, dass zwei Persönlichkeiten für eine gewisse Zeit zusammenpassen? Welche Facetten harmonieren miteinander? Und welche funktionieren nicht? Ihre Arbeit lässt mich an all das denken …«

»Interesting …«

In seinem Blick leuchtet ein Funken von Neugier auf. Ich beeile mich, meine Theorie darzulegen.

»Zu Beginn einer Beziehung erscheint bei einem Paar die Persönlichkeit des anderen in schmeichelhaftem Licht, sie spiegelt nur die Schokoladenseiten.«

»Die Stärken?«

»Exactly. Jede Persönlichkeitsstruktur gleicht einem Gemälde. Wie in der Malerei gibt es ›dominierende Persönlichkeitsmerkmale‹, vergleichbar mit einem Gemälde, das von einer dominierenden Farbe beherrscht wird. Jede Persönlichkeit ist einmalig, aber man kann einige wichtige ›Persönlichkeitsmuster‹ unterscheiden, mit besonderen, leicht identifizierbaren Merkmalen.«

Er blickt mich durchdringend an.

»What are yours?«

Wenn er annimmt, dass ich so einfach meine wesentlichen Charaktermerkmale preisgeben werde, irrt er sich.

Ich weiche aus und bleibe vor einem außergewöhnlichen Gebilde seiner Schöpfungen stehen: »Speyer. Negative von alten Filmen, Trailer und Mikrofilmrollen, die von einer Hängevorrichtung herunterbaumeln. 650 cm x 120 cm.«

Es handelt sich um ein großes, von der Decke herabhängendes seltsames Band mit alten Filmstreifen, das von oben durch einen großen Lichtkegel beleuchtet wird. Ich trete in den Lichtkreis, der sich auf dem Boden abzeichnet, und schaue zur Decke hoch, fasziniert von den sanften Schwingungen der Filmstreifen, die ihre Geschichten erzählen. Nick folgt mir ins Innere der Installation. Offensichtlich wartet er auf eine Fortsetzung meiner Theorie der Persönlichkeiten.

»And?«

Ich bin etwas beunruhigt wegen dieser zufälligen Beengtheit und schiebe ihn sanft etwas weg, um wieder mehr Raum zum Atmen zu haben.

»Nun, die Hauptmerkmale meiner Persönlichkeit sind: Spontaneität, Kreativität und Verspieltheit … Auch etwas Wildheit … Ich hasse es zum Beispiel, mit Menschen zusammengepfercht zu sein.«

Ich trete aus der Installation heraus und lasse ihn stehen. Er folgt mir auf den Fersen.

»Und welche Verbindung besteht zu der Liebesbeziehung?«

»Stellen Sie sich eine Person vor, die ein großes Bedürfnis nach Freiheit hat und Luft zum Atmen braucht … Sie könnte nicht mit jemandem ausgehen, der zu symbiotisch wäre und überfließend vor Empathie.«

»True …«

»Gleichermaßen hätte eine sehr gesellige Persönlichkeit Schwierigkeiten mit einem sehr introvertierten Partner, der nur wenig von seinen Gefühlen preisgibt. Sie kennen doch diese Gesichter, die an Einwegspiegel erinnern?«

Rose schließt sich uns an. Die Geschäftsführerin der Galerie hat sie aufgehalten, und ich merke, dass Rose darüber leicht verärgert ist.

»Shall we go for a drink?«

Ich glaube, sie würde auch gerne etwas von der Unterhaltung mit Nick mitbekommen.

Er scheint enttäuscht zu sein, dieses Gespräch, das ihn offensichtlich interessiert, unterbrechen zu müssen. Aber er ist viel zu sehr Gentleman und zu höflich, um Rose' Bitte nicht nachzukommen. Dieser Drink kommt mir übrigens sehr gelegen, denn ich könnte ebenfalls einen gebrauchen.

Nick führt uns in eine Bar, die er gut kennt. Einige Steinwürfe entfernt liegt der Duke of York, ein Pub mit der typischen in

Schwarz und Gold gehaltenen Vorderfront und kleinen Fensterscheiben, die im Inneren eine gemütliche, gedämpfte Atmosphäre verbreiten. Er gefällt mir. Begeistert betrachte ich die Blumenampeln sowie das alte Schild, eine Kunstschmiedearbeit der damaligen Zeit, im *Old Style*, die meiner Vorstellung vom Herzog von York entspricht.

Im Inneren des Pubs nehmen wir an einem Tisch aus dunklem, warmem Holz Platz. Ich lasse den Blick über die Gäste gleiten und schaue sie mir genauer an. Sie stehen entweder, auf einen Ellbogen gestützt, an der Theke oder sitzen an einem der Tische. Aus Spaß zähle ich die Zapfhähne für die verschiedenen Fassbiere: Es sind mehr als zehn! Was für eine Vielfalt! Ich bin total gefesselt von dem reizvollen Ambiente. Nick bestellt sich ein Guinness, und wir Frauen entscheiden uns beide für ein *Pint of Lager*, ein großes helles Bier.

Rose nimmt unseren neuen Freund sofort in Beschlag. Sie reden über Gott und die Welt, vor allem Rose. Nick wirkt leicht reserviert, und ich frage mich, ob er ihren Redeschwall nicht etwas lästig findet. Das erinnert mich an den noch fast unbearbeiteten Teil meines Love Organizer mit dem Titel »Zwischen mir & dem anderen«. Ich will ihn hervorholen, um ein paar Gedanken festzuhalten.

»Do you mind?«

Nick wirkt überrascht, hat aber nichts dagegen, dass ich mir ein paar Notizen mache. Er beobachtet mich aus dem Augenwinkel, während Rose ihren Redeschwall fortsetzt, begeistert von ihrem Beruf als Schauspielerin erzählt und ihre Freude darüber äußert, eine Zeit in London, dieser großartigen Stadt, verbringen zu können.

Ich notiere stenogrammartig eine Überlegung zur besseren Kommunikation in Paarbeziehungen in mein Heft. Vor Kurzem habe ich auf www.processcommunication.fr folgenden Satz gefunden: Die Art und Weise, wie man etwas sagt, zählt genauso wie das, was man sagt. Ich interessiere mich brennend für das von dem Amerikaner Taibi Kahler geschaffene Instrument, das dazu dient, auf spielerische und verständliche Weise das eigene Verständnis für Beziehungen zu verbessern. Er gibt Erklärungen zu den unterschiedlichen Persönlichkeitstypen, zu ihren Hauptmerkmalen sowie zu ihren Grundbedürfnissen, die befriedigt sein müssen, um »gute positive Energie« auszustrahlen. Er weist aber auch auf die vorhersehbaren spezifischen Folgen hin, die Stress für jeden einzelnen Typ haben kann. Man muss sie bei sich und beim anderen erkennen, um ihnen besser vorbeugen zu können und die endlosen Streitigkeiten zu vermeiden, die eine wahre Krebsgeschwulst für ein Paar darstellen können … Manchmal handelt es sich um völlig sinnlose Streitigkeiten, die wie ein Waldbrand klein anfangen, aufgrund schlecht gewählter Worte, einer ungeschickten Intonation, einer falsch gedeuteten Mimik oder Gestik. Vielleicht liegt das Geheimnis einer dauerhaften Liebe ja in einem besseren gegenseitigen Verständnis und einer besseren Kommunikation? Und in der Kunst und der Art und Weise, wie man miteinander redet und den anderen als anders begreift? Es gibt Unterschiede in der Art, wie man tickt, ebenso in den Bedürfnissen und Erwartungen. Und es ist amüsant, wie man zu Beginn einer Beziehung beim anderen die Ähnlichkeiten zu entdecken versucht, während es doch genauso wichtig ist, die Unterschiede zu begreifen, um abschätzen zu können, inwieweit man bereit ist, diese zu akzeptieren. *Be able to deal with it.* Ein Paar muss lernen, miteinander im »Einklang zu stehen«, sich bewusst zusammenfügen. Das ist so ähnlich wie bei der Stimmung, die ein harmonisches Gemälde ausstrahlt. Persönlichkeiten reiben sich aneinander, oder sie verschmelzen miteinander wie gut aufeinander abgestimmte Farben.

Ich skizziere schnell eine kleine Tabelle mit zwei Spalten und denke dabei an Antoine. Rechte Spalte: Welche Bedürfnisse hat Antoine in unserer Beziehung? Linke Spalte: Was sind meine eigenen Bedürfnisse? Sind unsere Bedürfnisse im Gleichklang? Wie kann ich einige meiner eigenen Bedürfnisse selbst erfüllen, ohne damit Antoine zu belasten? Ich beschließe auch, die in mir angesammelten Frustrationen aufzulisten: Zum Beispiel hat er mich noch nie gebeten, meine Texte zu rezitieren, was ich als mangelndes Interesse an meinem Beruf auslege. Ein weiteres Beispiel, das harmlos scheinen mag: Noch nie wollte er mich am Sonntagmorgen zu dem großen Markt begleiten, obwohl ich es so sehr mag, zwischen den Marktständen zu bummeln. Ich liebe die Gerüche, die Düfte, die inspirierenden Farben, die scherzenden Verkäufer und diese lebhafte, sinnenfreudige menschliche Fauna. Und wenn er heimlich eine Blume besorgt hätte? Es ist töricht, aber es hätte mich gefreut, wenn er mir eine geschenkt hätte … Mir wird bewusst, dass es genug Beispiele gibt und die Liste problemlos erweitert werden könnte.

Etwas wird mir dabei klar: Ein Mann kann meine Bedürfnisse und Wünsche kaum erraten, wenn ich sie nicht eindeutig formuliere. Ich notiere es mir in Rot und unterstreiche es: Anliegen eindeutig formulieren. Natürlich mit Feingefühl. Aber ich kann ihn entlasten, indem ich rätselhafte Andeutungen vermeide sowie die unvermeidlichen Diskussionen, die auf schlecht verarbeiteten Enttäuschungen beruhen. Ich würde diese als »schwelende Feuer« bezeichnen, um beim Bild des Waldbrandes zu bleiben.

Nick mustert mich weiterhin, während ich in meinen Love Organizer Eintragungen mache. Ich bemerke, dass Rose verärgert ist, weil er sich mehr für mich, die Schweigsame, zu interessieren scheint als für sie, die Gesprächige …

»Bist du nun endlich fertig mit deinen Notizen? Sag Bescheid, wenn wir dich stören.«

»Bleib ruhig, meine Rose, ich höre gleich auf, versprochen. Ich wollte nur schnell einen Gedanken niederschreiben.«

Mein strahlendes Lächeln vertreibt ihre Verärgerung. Ich denke an die legendäre Ungeduld meiner Freundin, ein charakteristischer Zug ihrer Persönlichkeit. Manchmal schafft sie es, diese etwas abzumildern … Dabei fällt mir eine neue Figur für meine Show ein: ein Experte für das Konfigurieren der Persönlichkeit, der nicht nur deren Konturen skizziert, sondern auch dabei hilft, diese besser zur Geltung zu bringen. Ich stelle mir eine komische Szene mit dieser übermütigen Figur vor – gespielt von Mamzelle Juju –, die eine Ansprache an das Publikum hält, um es davon zu überzeugen, wie wichtig es ist, seine unschönen Persönlichkeitsmerkmale radikal zu eliminieren und die positiven Eigenschaften geschickt in den Vordergrund zu stellen, um seinen Seelenverwandten zu finden. Eine wahre Lehrstunde über das Leben. Eine komische Spinnerei, die funktionieren könnte …

Nick Gentry holt mich aus meiner Träumerei zurück, und ich bin wieder im Pub.

»Woran hast du gedacht?«

»O, an nichts …«

»Du warst anscheinend sehr weit weg«, amüsiert er sich.

»Sag, Nick, wann zeigst du uns die *Places to be* in London?«, fragt Rose, um wieder die Oberhand über die Unterhaltung zu bekommen.

Er scheint tatsächlich voll und ganz bereit zu sein, unseren Stadtführer zu spielen. Rose und ich zeigen deutlich unsere Begeisterung. Wir verabschieden uns als beste Freunde. Etwas später am Abend erhalte ich eine SMS von ihm:

Ich freue mich, deine Bekanntschaft gemacht zu haben. Unsere Unterhaltung hat mich sehr inspiriert. Deine Persönlichkeit ebenfalls. Würdest du mir Porträt stehen? xx Nick

Ich spüre, wie sich meine Wangen röten, bin gleichzeitig geschmeichelt und leicht verlegen.

»Hast du eine SMS bekommen?«, will Rose wissen, die das Signal gehört hat.

»Hmm? Nein, nur eine Reklame …«

Ich will es Rose nicht sagen. Schließlich kann man sehr wohl befreundet sein und doch seine kleinen Geheimnisse haben, oder?

SZENE 50

Meredith

Da die Dreharbeiten der Serie erst in einer Woche beginnen, hatten wir ein paar Tage zur Verfügung, um London als Touristinnen zu erobern. Nick hat Wort gehalten, seine Rolle als Stadtführer übernommen und uns zu Orten geführt, die man gesehen haben muss. Rose, die seit ihrem Wochenende in Disneyland ziemlich kindisch ist, hat eine neue Marotte entdeckt, um sich die Zeit zu vertreiben: den Besuch eines Escape Rooms, ein Vergnügungsprogramm, das zurzeit Furore macht. Es stellt die Teilnehmer vor die Herausforderung, knifflige Rätsel in einer vorgegebenen Zeit lösen zu müssen, damit sie einen abgeschlossenen Raum verlassen können. Rose war so hartnäckig, dass Nick und ich schließlich nachgegeben haben. Und nun sind wir auf dem Weg zur Caledonian Road, zum Escape Room clueQuest. Wir kommen an mehreren Gruppen herumtobender Jugendlicher und einigen überforderten Eltern vorbei, die versuchen, sie zu beruhigen. Das Empfangspersonal gibt uns eine freundliche Einweisung. Unsere Aufgabe: die Rettung der Welt. Etwas zerstreut vernehme ich die Geschichte von verschwundenen Spionen, von einem Doppelagenten, dessen Identität wir herausfinden sollen, und von dem dämonischen *Pr Blacksheep*, dessen niederträchtigen Plan wir vereiteln sollen. Rose, Nick und ich kommen zu einer schwarz-gelben Tür – Thrilleratmosphäre verpflichtet –, die sich geräuschlos öffnet, und wir betreten den Raum. Unser Führer zeigt uns den »Back-to-reality-Button« – den Knopf, den wir drücken müssen, um im Fall von Panik aus dem Zimmer herauszukommen. Die Tür fällt mit einem Knall zu, der mich zusammenzucken lässt. Welcher Teufel hat mich geritten, mich darauf einzulassen? Ich in einem Escape Room! Ich, die es hasst, eingesperrt zu sein! Wir sind jetzt für die nächsten sechzig Minuten hier eingeschlossen. Rose trotzt der Herausforderung und stürzt sich auf die ersten Aufgaben. Ich für meinen Teil reagiere nicht so gut auf das Konzept. Meine Klaustrophobie ist stärker. Ich muss eine Möglichkeit finden, auf die eine oder andere Weise die Situation zu meistern. Und ich sehe nur eine einzige Chance: meine Vorstellungskraft.

Spontan widme ich mich erneut dem Thema, das seit Wochen all meine Gedanken beherrscht und an dem ich eifrig arbeite: die Liebe. Es ist seltsam, welche Gedankenassoziationen mir dazu einfallen: Dieses verriegelte Zimmer lässt mich an das Ende einer Beziehung denken, so, als ob das Paar hinter verschlossenen Türen gefangen wäre und erstickt … Es fühlt sich genauso klaustrophobisch an. Ich beobachte, wie Nick neben einer freudestrahlenden und begeisterten Rose am Spiel teilnimmt. Er ist zweifellos charmant. Aber wie würde ich es finden, wenn wir alle vierundzwanzig Stunden des Tages zusammenkleben würden, über Jahrzehnte hinweg? Sicherlich wäre das auf die Dauer unerträglich … Worin besteht also das Geheimnis der dauerhaften Liebe? Das erste Bild, das mir in den Sinn kommt, vor allem in diesem fensterlosen und völlig abgeschlossenen Zimmer, ist folgendes: Man muss sich Fenster schaffen und eines davon immer offen lassen.

Eine Liebe, die einsperrt, muss meines Erachtens um jeden Preis vermieden werden. Ich denke an die Heldin meines Schauspiels, Mamzelle Juju. Es wäre lustig, sie sich als Teilnehmerin in einem Escape Game vorzustellen, in einem Szenario, das Independent Love heißen könnte. Ihre Aufgabe bestünde darin, die Fallen der affektiven Abhängigkeit zu umgehen, indem sie Amors Rätsel löst … Könnten dadurch – warum nicht? – Amors verschwundene Flügel wiedergefunden werden? Die Flügel der Begierde zurückerlangt werden? Ist dies nicht für sich genommen ein schöner Gedanke? Und was sind die Flügel der Begierde anderes als die Metapher der Freiheit? (Begierde) = (Freiheit). Wenn die Freiheit aufhört zu existieren, dann erlischt auch die Begierde. Das wäre eine der Reaktionen, um zu verhindern, dass die Beziehung schließlich erstarrt und man sich abkapselt: Dem anderen sollen nicht seine Begierden abgesprochen werden, es sollen ihm auch nicht die Flügel gestutzt werden, trotz der Angst, dass er dann anderswohin fliegen könnte. Was bedeutet das? Man soll es wagen, Vertrauen zu haben. Und noch viel mehr, das Risiko einzugehen, dass der Partner eines Tages Lust verspüren könnte, durch diese Tür zu gehen. Und wenn er sich das an jenem Tag wünscht und es ihn glücklich macht, werden wir ihn nicht daran hindern.

Denn es ist nicht nur illusorisch, sondern auch hochexplosiv, den anderen in eine Beziehung zwingen zu wollen. Zu viel Besitzanspruch tötet die Liebe und macht schließlich krank. Das eigene Wohlbefinden und Glück von jemand anderem abhängig zu machen ist ein Irrtum, der einen teuer zu stehen kommt. Die affektive Abhängigkeit übt auf den anderen einen wahnwitzigen Druck aus und bürdet ihm die unerträgliche Last unangemessener Erwartungen auf. Der echte Gral ist die affektive Autonomie, denke ich. Aber wie soll man sie umsetzen?

»Yes, we found a new clue!«, brüllt Rose außer sich vor Freude. »Meredith, los, beweg dich endlich aus deiner Ecke heraus.«

Ich nähere mich und tu so, als wäre ich begeistert.

»Wir sind im Begriff, das Rätsel zu lösen.«

Nick betrachtet mich aus dem Augenwinkel. Bemerkt er, wie weit ich in Gedanken weg bin, versenkt in Abgründe des Nachdenkens? Ich schenke ihm ein unergründliches Lächeln. Er scheint unruhig zu sein. Ich widme mich wieder meinen Fragestellungen. Schade für das Spiel. Aber ich habe ebenfalls eine große Herausforderung zu bewältigen, wenn ich das Geheimnis der dauerhaften Liebe lüften möchte.

Ich denke nach: Die einzige Möglichkeit, nicht der affektiven Abhängigkeit zu verfallen, besteht meiner Meinung nach darin, die Befriedigung der eigenen Bedürfnisse selbst anzugehen. Und vor allem seine Quellen der Zufriedenheit zu vervielfachen. Ich muss mir in meinem Love Organizer eine Liste erstellen: Welche Quellen meiner Zufriedenheit hängen nur von mir selbst ab?

Ist es nicht absurd zu behaupten, man könne lieben, ohne den anderen in irgendeiner Weise zu brauchen? Natürlich braucht man den anderen. Wie immer liegt die Wahrheit sicherlich irgendwo in der Mitte. Wann hat man ein gesundes, normales Bedürfnis nach dem anderen? Wann werden wir von unseren eigenen Funktionsstörungen eingeholt und wollen »zu viel«? Im Übrigen ist es amüsant, festzustellen, dass die »Leere« das »Zuviel« erzeugt, die Haltung des »zu viel«: zu viel an Forderungen, zu viel Druck und zu viele Vorwürfe.

Solange man diesen alten Wunden nicht genug Aufmerksamkeit schenkt – Mangel an Liebe, an Achtung, an Sicherheit – und das Notwendige nicht unternimmt, um die Schwachstellen seiner affektiven Leere wieder zu beseitigen, hat dies eine Sogwirkung, die Qualen der Traurigkeit beschert und mehr oder weniger starke Ängste, die einem früher oder später bewusst werden und über kurz oder lang hemmen. Wie schade! Ich denke an meine eigene Kindheit zurück und verspreche mir, in Zukunft das Erforderliche zu tun, um die Öffnungen abzudichten, indem ich so bald wie möglich eine Selbstanalyse bei einem Spezialisten in Angriff nehme. Koste es, was es wolle.

»Du wirkst recht nachdenklich. Alles in Ordnung, Meredith?«

Nick steht jetzt vor mir und legt mir die Hand auf die Schulter. Es berührt mich, dass er sich nach mir erkundigt.

Ich schäme mich etwas, weil ich nicht mitspiele. Vielleicht wäre es an der Zeit, mich in Stimmung zu bringen. Ist das nicht letztendlich die Lösung, die ich gefunden habe – mich aus meinen Grübeleien über die Liebe herauszureißen? Ich muss aus mir selbst herausgehen, mich einbringen, teilnehmen, aktiv sein. Das liegt doch klar auf der Hand – ich muss es nur noch in die Tat umsetzen. Schnell verflüchtigen sich meine existenziellen Fragen. Rose, Nick und ich erleben einen freudigen, aufregenden Moment, und als wir das Rätsel schließlich gemeinsam lösen, verspüren wir freundschaftliche Verbundenheit und geheimes Einverständnis, was uns mit großer Freude erfüllt.

SZENE 51

Rose

Wie ich diese Stadt liebe! London ist wie geschaffen für mich. Jeder Winkel scheint voller Kreativität zu sein, und ich habe den Eindruck, dass ich immer wieder von Neuem überrascht werde. Das letzte Mal gestern: Während ich mit Meredith in der Nähe des Waterloo-Viertels flanierte, landeten wir wie zufällig im Leake-Street-Graffiti-Tunnel. Manchmal wird er auch Banksy-Tunnel genannt, zu Ehren des berühmten englischen Künstlers, der wegen seiner Stadtgraffitis bekannt wurde. Ich war fasziniert von diesem Tempel der Street Art, die hier jede Parzelle der Wand ausfüllt; wie hypnotisiert von diesem Flechtwerk aus Formen und Farben, diesen grafischen Effekten und den umwerfenden Lichteffekten.

Nachdem wir die Kunstwerke einige Augenblicke lang betrachtet hatten, setzten Meredith und ich unseren Bummel durch das Viertel fort. Wir standen noch ganz unter dem Eindruck der Graffiti im Tunnel, die wir gerade bewundert hatten, da hatten wir eine Begegnung, die noch verblüffender war: Ein Mann in einem Overall voller Farbkleckse lag ausgestreckt auf dem Boden. Seine Aufmerksamkeit war auf etwas sehr Kleines gerichtet, das wir nicht erkennen konnten.

»Was tut er da?«, flüstere ich Meredith zu.

»Ganz ehrlich: Ich habe keine Ahnung.«

Sie traut sich nicht, ihn zu fragen. Ich sterbe vor Neugier und überwinde mich.

»Guten Tag, Monsieur. Darf ich Sie fragen, was Sie da tun?«, erkundige ich mich.

Der Mann richtet sich auf einem Ellbogen etwas auf, liegt aber immer noch auf dem Boden. Ich hoffe, dass ich ihn nicht belästige … Mit Erleichterung stelle ich fest, dass er bereit ist, mir freundlich zu antworten. Ja, er scheint sich sogar zu freuen, dass ich ihm diese Frage stelle. Wie diese Automaten in den Vororten, in die man eine Münze einwirft, wird er sofort sehr lebhaft, um uns mit großer Begeisterung zu erklären, was er hier macht.

»Ich heiße Ben Wilson, bin Straßenkünstler und habe beschlossen, dem Stadtmüll ein neues Leben zu schenken.«

Wir recken den Hals, um uns über das Werk, an dem er gerade arbeitet, zu beugen. Jetzt entdecke ich, dass es … sich um einen abgekauten Kaugummi handelt, den er gerade in ein winziges Kunstwerk verwandelt. Es ist absolut verblüffend, was er auf eine so winzige Fläche malt!

Ich frage ihn, ob man das kaufen könne, aber er sagt mir, dass seine Kunst nicht käuflich, sondern eher als Protestaktion gedacht sei, um den Umgang mit dem städtischen Müll anzuprangern … Wir danken ihm für seine Erklärungen und loben seine Arbeit, bevor wir unseren Weg fortsetzen.

Ich freue mich, dass ich ihm meine Anerkennung ausdrücken konnte. Ich weiß, wie wichtig es für einen Künstler ist, verstanden und in seinem Vorhaben unterstützt zu werden. Ich werde immer nachdenklich, wenn gewisse Leute die Diskussion über den Zweck der Kunst eröffnen. Die Kunst ist schlichtweg die Ergänzung unserer Seele. Findet nicht die Kunst ihre Notwendigkeit in ihrer Art und Weise, die Gefühle zu beflügeln und sie über die rationale und produktive Dimension zu erheben? Der Mann mit den Kaugummis wandelt das Hässliche, das Benutzte, das Gekaute in Schönes, Buntes und Kreatives um. Ist das nicht großartig?

»Der Mann mit den Kaugummis … Der Mann ist unglaublich, nicht wahr?«

»Außergewöhnlich … Das bringt mich im Übrigen auf eine Idee …«

Seit Wochen schleppt Meredith ihr Heft überall mit sich herum – wie nennt sie es noch mal? Ah ja! Ihren Love Organizer. Sie holt ihn bei jeder Gelegenheit hervor, um alle Ideen, die ihr durch den Kopf gehen, aufzuschreiben.

»Sag jetzt nicht, dass du schon wieder etwas aufschreibst?«

»Hmm …«

Sie hört mir nicht mehr zu.

»Und was hat es mit der Idee, die du gerade aufschreibst, auf sich? Sag es mir wenigstens.«

»All das ließ mich an die Abnutzung von Liebesbeziehungen denken, die wie abgekaute Kaugummis enden: Sie haben jeglichen Geschmack verloren. Viele Beziehungen werden beim geringsten Anlass einfach in den Mülleimer geworfen, wie alte Kaugummis. Dabei würde es im Grunde genügen, sich etwas Mühe zu geben, um weiter daran zu glauben und seiner Beziehung eine zweite Chance zu geben. So wie es der Künstler mit den Kaugummis macht.«

»Worauf genau willst du hinaus?«

»Es ist ganz einfach. Die Lektion des Mannes mit den Kaugummis besteht darin zu zeigen, dass die Abnutzung der Beziehung kein unabwendbares Schicksal ist. Kannst du mir folgen?«

Am meisten liebe ich an Meredith ihren Idealismus. Ich lächle sie warm an, während sie weiterhin voller Leidenschaft die Möglichkeit einer dauerhaften Liebe verteidigt.

»Aber ja, Rose, sie ist möglich. Jene, die sie wirklich wollen, können es schaffen, ihre Beziehung zu erfinden und wieder neu zu erfinden, solange sie darin eine Art Kunstwerk sehen. Ließe man sich in der Liebe von denselben Energien leiten wie der Künstler, wäre man von dem Verlangen geleitet, Schönes zu schaffen, das Triviale zu verfeinern und sich von positiven schöpferischen Energien inspirieren zu lassen. Und sch… auf das Schicksal, die vergehende Zeit, die Abnutzung, die Gewohnheit …«

Aha, so sieht also die Revolte aus. Meine Meredith, meine Pasionaria der Liebe, bringt mich zum Lächeln.

»Ich habe den Eindruck, dass dich das Thema inspiriert … Und gerade du hast ja bereits jede Menge Männer getroffen, die der Liebe eine zweite Chance gegeben haben, ihr Zeit gelassen haben, zu erlöschen und wieder zum Leben erweckt zu werden, wie Phönix, der aus der Asche auferstanden ist.«

Damit habe ich einen wunden Punkt angesprochen. Sie hat ein unbändiges Bedürfnis, an die große Liebe, die ewig währt, zu glauben. Ich sehe, dass sie sich ärgert, weil ich versuche, ihre These zu erschüttern.

»Ok, es stimmt, ich habe noch keine derartigen Männer kennengelernt, solche, die es für möglich halten, dass die Liebe die Zeit überdauern kann und nicht das Schicksal eines abgekauten Kaugummis erleidet … Aber das heißt nicht, dass es so etwas nicht gibt …«

»Hör auf! Du sagst das nur, um mir eine Freude zu machen.«

»Mein Gott, bist du gereizt! Weißt du was, ich habe von einem tollen Ort gehört, wo man sich herrlich entspannen kann. Bist du dabei?«

Sie meckert der Form halber, hat aber nichts dagegen, irgendwo eine Pause einzulegen. Richtung: Mayfairviertel …

»Wohin schleppst du mich dieses Mal?«

Ich verrate ihr nichts von meinem Plan. Als wir am Ziel anlangen, amüsiere ich mich königlich über ihren Gesichtsausdruck, als man uns Daunenjacken und Fäustlinge reicht. Ich genieße die Situation. Sie meckert, bis wir an der Bar sind, die vollständig ins Eis gehauen ist. Jetzt fehlen ihr die Worte. Sie atmet schwer. Die Magie der Eisbar zeigt Wirkung. Ich kann mir einen kleinen Scherz nicht verkneifen.

»Es gibt auch noch eine weitere Lösung, damit deine Liebe bis in die Ewigkeit andauert …«

»Ah ja, und was?«

»Den Winterschlaf durch Einfrieren.«

Sie lacht gezwungen, und wir stoßen mit unseren eisgekühlten Gläsern auf die Gesundheit der großen Liebe und ihrer hoffentlich ewigen Flamme an.

SZENE 52

Meredith

Countdown: J-40

Wie immer bin ich zu spät dran. London bietet unglaubliche Shoppingmöglichkeiten; ich werde wohl meine knapp bemessene Gage hierlassen. Beladen mit vollen Einkaufstüten – Rose wird mich kräftig ausschelten – eile ich aus der Westminster Station und gebe auf dem GPS meines Smartphones die Millbank Street ein. In dieser Straße befinden sich die Aufnahmestudios für die Serie, in der Rose und ich mitspielen. Heute ist der erste Drehtag, und ich muss mir eingestehen, dass ich gestresst bin. Dabei kann keine Rede davon sein, dass unsere Rollen irgendwie bedeutend wären! Es sind nur wenige Zeilen Text, nicht sehr anspruchsvoll. Aber ich will unbedingt gut sein in der Rolle – dieser Wunsch ist stärker als ich. Ich möchte unserer Agentin, die uns empfohlen hat, Ehre machen. Die Regieassistentin hat alle Vorbereitungen für uns getroffen: Make-up, Frisur und Kostüm, eine Stunde vor Drehbeginn. Ich mag dieses Zeremoniell. Was für ein Erlebnis, wenn wir uns in die Hände all dieser Experten begeben, für die unsere Verwandlung in eine andere Person ein Kinderspiel ist. Apropos Kind: Jedes Mal, wenn ich mich in eine neue Rolle hineinfinde, fühle ich mich wieder wie ein Kind. Natürlich ist dies noch nicht die Rolle meines Lebens! Alles in allem handelt es sich lediglich um eine drittrangige Serie, um Zuschauer zu unterhalten, die tagsüber zu Hause bleiben, weil sie krank oder arbeitslos sind. Rose und ich müssen zwei Businessladys spielen, Geschäftspartnerinnen der französischen Tochtergesellschaft eines großen internationalen Konzerns. Sie sind wegen eines Vertrags, bei dem es um viel Geld geht, nach London gekommen. Ich muss beim Big Boss Unruhe stiften, damit die Angelegenheit zu unseren Gunsten ausgeht. Dabei tappe ich aber in meine eigene Falle, da ich mich in den Mann verliebe. Ein regelrechtes Melodram. Aber das ist mir egal. Ich habe eine Rolle, und das ist das Einzige, was für mich zählt.

Auf dem Weg zur Abingdon Street komme ich am Big Ben vorbei und blicke zum eindrucksvollen Elizabeth Tower hoch, dem Uhrenturm vom Westminster Palace, dem Sitz des britischen Parlaments. Verblüfft bleibe ich stehen: Drei Mechaniker bewegen sich auf dem riesigen Ziffernblatt der gewaltigen Uhr hin und her! Sie schaukeln wie zappelnde Marionetten im Freien, rote und schwarze Punkte, die auf dem Ziffernblatt die in strengen römischen Zahlen skalierten Stunden etwas verwirrend aussehen lassen. Welch seltsamer Wischmopp! Faszinierend!

»Amazing, isn't it?

»Pardon?«

»You seem fascinated, lady.«

Ein Herr im dunklen Anzug steht vor mir und lächelt mich an. Mir wird sofort klar, dass es der Boss der Mechaniker ist, die die Reinigung oben an der Uhr durchführen.

»Sorry. I didn't want to disturb you.«

»Not at all, love.«

Mir gefällt an unseren angelsächsischen Freunden ihre natürliche Neigung, jedermann »love« zu nennen. Eine hübsche Sprachgewohnheit.

Der Chef des Mechanikerteams strahlt etwas Gutmütiges aus, was ihn mir sofort sympathisch werden lässt.

»What an incredible job you've got.«

»Yes, amazing, indeed.«

Voller Stolz schaut er zu seinem Team hoch und erklärt mir in wenigen Worten, wie wichtig die Aufgabe der Männer da oben ist, um dieses Meisterwerk britischen Kulturerbes in Ehren zu halten. Big Ben muss, um seinem Ruf gerecht zu werden, in vollem Glanz erstrahlen! Ich beobachte, wie sich sein brauner Schnurrbart beim Sprechen bewegt, was mich erheitert. Vielleicht habe ich das lustige Bild von einem angeklebten weiß geschäumten Schnurrbart im Kopf, wie man es auf alten Bierreklamen sehen kann? Ich danke ihm für das Gespräch, verabschiede mich herzlich und setze meinen Weg fort. Während ich weitergehe, verabschiedet er sich mit einem Handzeichen.

Als ich im Studio ankomme, fängt mich Rose in der Halle ab. Sie ist außer sich vor Wut.

»Was, um Himmels willen, hast du denn getrieben? Hast du die Königin von England überfallen?«, empört sie sich, als sie meine vielen Einkaufstüten entdeckt.

»Ich erinnere dich daran, dass wir hier nicht im Urlaub sind, sondern zu Dreharbeiten.«

Die Kulissen können natürlich nicht mit Hollywood mithalten. Die Schminkecke ist winzig klein. Das Personal hat seine verschiedenen Utensilien wahllos auf dem Tisch verteilt, manche sogar aus Platzmangel auf dem Boden. Auf dem Tisch selbst herrscht ein unbeschreibliches Chaos. Eine Limonadenflasche, ein Glätteisen, Reste vom Frühstück to go, halb leere Make-up-Tuben, und, trotz Rauchverbots, eine Zigarettenkippe, die in einer kleinen Kaffeetasse ausgedrückt wurde.

Die junge Frau, die sich jetzt um uns kümmert, begrüßt uns mit einem müden »Guten Tag«. An den blauroten Augenringen kann ich ihren strapaziösen Tagesablauf erraten, ihre aufreibende Lebensweise, die große Anzahl an Gesichtern, die sie für diese Serie, die sich ja schließlich rentieren soll, schminken muss. Es ist im wahrsten Sinne des Wortes eine »Produktion«.

Als sie meine Haare viel zu heftig bürstet, sage ich nichts, auch nicht, als ein wenig Rauch aus dem Haartrockner dicht neben meiner Haarsträhne aufsteigt. Als sie das Make-up auf meinem Gesicht verteilt, gerät ihr ein Spritzer auf mein Kleid und hinterlässt einen Fleck. »Scheiße!« ist alles, was sie dazu zu sagen hat. Ich presse voller Wut die Nägel in meine Handflächen und schwöre mir innerlich, dass ich eines Tages in meiner künstlerischen Laufbahn so etwas nicht mehr mitmachen und nur noch mit aufmerksamen und respektvollen Menschen verkehren werde … Jetzt ist Rose an der Reihe; sie sitzt im selben Boot wie ich.

Ich hole meinen Love Organizer heraus und notiere unter »Zwischen mir & der Welt«, wie wichtig es ist, den richtigen Motivationsschalter zu drücken, um eine Veränderung in Gang zu setzen. Nun aber hängt mein beruflicher Erfolg unmittelbar von dem Zustand meines Gefühlslebens ab. Um meinen Partner zu lieben, muss ich erst mich selbst lieben und stolz auf mich sein. Ich verinnerliche diese Szene in meinem Kopf, um mich an das zu erinnern, was ich nicht mehr erleben will. Dann öffne ich die Innenflächen meiner Hände und betrachte die kleinen roten Stellen, die meine Fingernägel hinterlassen haben. Ich darf diese Abfolge von Gesten und die kleinen Schikanen nicht vergessen, um mein oberstes Ziel niemals aus den Augen zu verlieren – den Durchbruch zu schaffen.

Nachdem wir zurechtgemacht sind, büffeln Rose und ich unsere Dialoge, die bestimmt nicht in die Annalen der Geschichte eingehen werden …

Die Handlung ist von einer nicht zu überbietenden Seichtheit. Zu dem Zeitpunkt hatte ich noch keine Ahnung, dass mir in nur wenigen Tagen eine noch viel unglaublichere und filmreife Handlung bevorstand, allerdings nicht im Studio, sondern draußen, im wahren Leben.

SZENE 53

Meredith

Countdown: J-30

Seit zehn Tagen wiederholt sich immer dasselbe Szenario: Ich fahre mit der U-Bahn bis zur Westminster Station und gehe dann zu Fuß zu den Studios, wobei ich am Big Ben vorbeikomme. Und jeden Tag treffe ich den Herrn mit dem Schnurrbart, den Chef des Mechanikerteams, das noch immer rund um die Uhr im Einsatz ist. Wir haben uns beide angewöhnt zu grüßen und ein paar Worte zu wechseln. Ich erfuhr, dass er Benjamin heißt, wie der Ingenieur Benjamin Hall, dessen Name auf der Uhr steht. »I was bound to do that job, wasn't I?«, rief Benjamin und zwinkerte mir humorvoll zu.

»Indeed«, erwiderte ich.

Am Morgen des vierten Tages, an dem ich ungefähr zwanzig Minuten früher dran war, unterhielten wir uns etwas ausgiebiger. Benjamin fragte mich, was ich hier in London mache. Ich erzählte ihm von meiner kleinen Rolle in einer Fernsehserie und sprach über meinen Schauspielerberuf, aber vor allem über mein eigentliches Projekt: die One-Woman-Show, die ich gerade verfasse …

In kurzer Zeit habe ich ihm mehr davon erzählt als meinen eigenen Eltern. Das Leben spielt manchmal seltsam. Er ist neugierig und möchte gern wissen, wie das Thema meines Schauspiels lautet.

»Love … It's about love.«

»O, lovely«, ruft er.

Er findet das Thema interessant. Zeitlos. Er ist ein Magier der Zeit und ich eine Erforscherin der Liebe, von der man sich immer wünscht, dass sie ewig währt. Er betrachtet die majestätische Uhr über uns, die ihn auf einen Gedanken bringt.

»Meine junge Freundin, ich weiß nicht, ob die Zeit der Liebe in die Karten spielt … Viele glauben, eher nicht. Ich bin seit fünfunddreißig Jahren mit derselben Frau verheiratet und habe sie noch nie betrogen. Vielleicht liegt darin das Geheimnis.«

Mit einer Handbewegung deutet er auf seine praktisch hoch in der Luft schwebenden Männer und erklärt:

»My dear, man muss schwebende Momente schaffen, Momente, die der Zeit trotzen. Diese kostbaren Augenblicke, die über dem Gewöhnlichen, dem Trivialen stehen … Was zählt, ist nicht so sehr die Dauer der Zeit, die man miteinander verbringt, sondern die Qualität der Zeit, die wir dem anderen schenken. Deshalb spiele ich für meine liebe Frau von Zeit zu Zeit den Magier der Zeit …«

»Das hört sich gut an … Ach, wissen Sie, Benjamin, wir Frauen haben mit der Zeit, die hinter uns liegt, kein Problem, wenn wir den Eindruck haben, dass die Männer uns auch noch im Alter lieben. Irgendeine große Schauspielerin sagte einmal: ›Übertüncht mir nicht die Falten! Ich habe so viele Jahre gebraucht, sie zu bekommen …‹«

»You're right, dear.«

»Ich glaube, alle Frauen können trotz der Falten reizvoll bleiben, da sie ja von innen strahlen. Nicht die Falten treiben die Männer in die Flucht, sondern die innere Abstumpfung, glauben Sie nicht auch?«

»Ja, das stimmt. Solange eine Frau von schönen Gedanken

inspiriert wird, spiegelt sich dies unwillkürlich in ihrem Lächeln und ihrem strahlenden Blick wider.«

Noch nie hatte ich mit einem fast unbekannten Mann eine so tiefschürfende Unterhaltung, und das mitten auf der Straße. Benjamin macht mich betroffen. Was für ein angenehmer Mann. Ich lächle ihm zu, ganz unter dem Eindruck seiner inspirierenden Worte. Doch plötzlich wird mein Blick auf einen schrecklichen Vorfall gelenkt, direkt vor uns. Ich bekomme es kaum mit, so schnell rast ein großer Geländewagen, der von der Straße abgekommen ist, auf uns zu. Mir bleibt kaum Zeit, um aufzuschreien. Aus einem Überlebensreflex heraus reiße ich Benjamin mit mir zusammen mit aller Kraft nach vorne, um uns aus der Fahrbahn des außer Kontrolle geratenen Wagens zu bringen. Passanten stoßen Schreie aus, und dann kracht es plötzlich ohrenbetäubend: Das Fahrzeug ist gegen einen Lichtmast geprallt, die Vorderfront wird fast völlig eingedrückt. Mir ist noch nicht klar, was sich gerade abgespielt hat. Automatisch wende ich mich Benjamin zu, um zu sehen, wie es ihm geht. Ich habe ihn wie ein Rugbyprofi zu Boden gerissen. Ich glaube, er ist angeschlagen, und ich wundere mich über meine ungeahnten Kräfte.

»Are you hurt? I'm so sorry!«

Anscheinend tut ihm der Arm weh. Ich kann meine Tränen nicht zurückhalten. Wenige Augenblicke später treffen die Polizei und die Ambulanz am Unfallort ein, wo die Schaulustigen bereits herbeiströmen. Ich werde befragt, aber seltsamerweise funktioniert mein Englisch nicht mehr. Das muss wohl der Schock sein. Man kümmert sich um Benjamin. Bevor er in den Ambulanzwagen getragen wird, bedankt er sich bei mir mit einem etwas verstörten Blick. Durch den Sturz hat er sich am Kopf verletzt, und am Arm hat er eine große Schürfwunde, die an mehreren

Stellen blutet. Die Verletzungen scheinen nicht allzu schlimm zu sein, aber der Notarzt möchte ihn trotzdem im Krankenhaus röntgen lassen.

Ich zittere immer noch. In meinem Kopf überschlagen sich die Vermutungen. War es der Versuch eines Attentats? Stand der Fahrer des Wagens unter Drogen oder Alkohol? Oder litt er unter Depressionen und war selbstmordgefährdet? Vielleicht erfahren wir es später … Als Benjamin in den Krankenwagen eingeladen wird, drücke ich ihm meine Telefonnummer in die Hand.

»Please give me a call, Benjamin.«

Er schenkt mir noch ein etwas verstörtes Lächeln, dann schließen sich die Türen des Krankenwagens hinter ihm. Ich stehe da, direkt gegenüber von Big Ben, der mich herausfordernd ansieht, mich verspottet und daran erinnert, dass ich nicht unsterblich bin. Unvermittelt wird mir überdeutlich bewusst, dass die Zeit, die hinter einem liegt, unwiederbringlich vorbei ist und man jeden Augenblick nutzen sollte. Denn wer weiß schon, was danach kommt? Ich bin in Gedanken ganz nah bei Antoine, denke an die Minuten, die fern von ihm verrinnen. Ich greife nach meinem Handy und rufe ihn an.

SZENE 54

Antoine

Als das Telefongespräch mit Meredith zu Ende geht, zittern meine Hände. Das, was sie gerade erlebt hat, lässt mir das Blut in den Adern gefrieren. Das Leben fordert uns von Zeit zu Zeit heraus und erinnert uns an seine Spielregeln: Nichts dauert ewig, alles ist vergänglich. Und die Menschen, die sich dem Leben gegenüber wie Grundbesitzer verhalten, gehen das Risiko ein, irgendwann tief zu fallen. Denn wir sind nur Pächter von allem. Das Leben gibt, und das Leben nimmt. Es beharrt auf seinen Rechten wie ein wilder Dschungel.

Meredith war wie in einem Trancezustand. Ich mache mir Sorgen. Ich habe ihr angeboten, den nächsten Zug zu nehmen und sie zu besuchen, aber sie wollte es nicht. Sie möchte dieses sentimentale Brachland fruchtbar machen, als wolle sie unser Land für die schönste Ernte vorbereiten. So hat sie sich das vorgestellt … Doch dann hat sie mir ein Telefondate vorgeschlagen, denn ihr war plötzlich etwas eingefallen. Sie wirkte aufgedreht, wie elektrisiert. Als ob der Unfall, den sie gerade erlebt hatte, in ihr ein unbändiges Verlangen zu leben hervorgerufen hätte. Als wenn die Erfahrung von der Unsicherheit und der Endlichkeit des Lebens sie keineswegs erschrecken würde, sondern sie jetzt noch mehr Lust hätte, das Glück des Augenblicks zu genießen und es auszukosten. Sie fragte mich, ob ich zu mir nach Hause zurückkehren könne. Ich wollte wissen, weshalb, aber sie wollte es mir nicht verraten. Also sagte ich blind zu. Ich sollte innerhalb der nächsten Stunde erreichbar sein.

Ich habe einen Notfall in der Familie vorgegeben, um schnell aus dem Büro zu kommen. Mit dem Auto schlängelte ich mich durch die verstopften Straßen der Hauptstadt, um schneller voranzukommen. Kaum war ich zu Hause, stürzte ich ins Bad und kümmerte mich sorgsam um meine Frisur. Dann besprühte ich mich mit Aftershave. Idiotisch, da sie es ja am Handy nicht riechen kann. Aber allein das Bewusstsein, wie sehr sie diesen Duft mag, genügt mir. Ich schlüpfe in ihr Lieblingshemd und lasse die Krawatte weg. Sie mag keine Krawatten. Nervös schenke ich mir ein Glas Wein ein, auch wenn es noch Vormittag ist. Endlich meldet sich das Handy, und ihr Gesicht erscheint. Ich spüre ein vertrautes Pochen in der Brust. Ich kann es mir immer noch nicht erklären, weshalb ihr Gesicht eine solche Wirkung auf mich ausübt. Warum ihres und kein anderes?

Ich glaube, wir beide sind aufgewühlt. Aber gehört das nicht auch zum Leben? Ich begreife sofort, wo sie sich befindet, und schweige. Meredith. Meredith und ihre ewigen kleinen Verrücktheiten. Sie hat sich ein Hotelzimmer gemietet. Und ich fange an zu erahnen, welches kleine Spiel sie mit mir vorhat. Ganz nach Lust und Laune lässt sie ihr Handy mit ausgestrecktem Arm auf und ab gleiten und spricht dabei mit ihrer warmen, einschmeichelnden Stimme. Hinter ihr entdecke ich die schweren dicken Vorhänge, die Dunkelheit vortäuschen. Dennoch stiehlt sich ein wenig Tageslicht herein und wirft seine goldenen Strahlen auf ihren Körper. Ihr Körper … Mein Verlangen meldet sich, setzt sich schamlos fest, lässt sich durch nichts vertreiben.

Meredith kniet auf dem Bett, ihre langen Haare fallen ihr

kaskadenartig über die Bluse, die halb offen steht, mehr als halb. Als langsam ihre Brüste sichtbar werden, werde ich unruhig, versuche aber, es nicht zu zeigen. Die Kamera des Handys wandert weiter über ihren Körper. Ich sehe die cremefarbene Haut ihrer bereits nackten Beine, die sie in einer Sitzhaltung unter ihrem Po eingezogen hat. Sie trägt einen aufreizenden roten Spitzentanga – solche Dessous sollten im Handel verboten sein, denn sie lassen nichts verborgen.

Das Handy beleuchtet jetzt ihr Gesicht. Mein Blick verweilt auf ihren Lippen, die mir unmoralische Worte zuflüstern. Meine brennende Begierde, sie zu küssen, wird unerträglich, denn niemand beherrscht die Kunst des Küssens so wie Meredith. Sie fragt mich, ob ich bereit sei, mit ihr dieses sinnliche Experiment zu wagen. Sie braucht die Antwort nicht abzuwarten. Mein Blick hängt wie gebannt an den Bildern, die mir ihr Smartphone sendet. Insgeheim bedanke ich mich bei der heiligen Technologie.

Meredith lässt sich anmutig unter das Bettlaken gleiten. Ich bin wie gebannt, als sie einen Zipfel ihrer Bluse zur Seite schiebt und ihren perfekten Busen enthüllt, der sich in einem subtilen Spiel zwischen Hell und Dunkel im Halbschatten abzeichnet. Hypnotisiert beobachte ich, wie sie mit der Hand schamlos verführerisch kleine Neckereien auf ihren Brüsten treibt. Von Zeit zu Zeit hält sie das Handy ans Gesicht, und unsere Blicke versinken ineinander, werden fast herausfordernd, um den Grad der Erregtheit des anderen an der Intensität des Leuchtens der Augen ablesen zu können. Bei diesem sinnlichen Kampf gewinnt sie schnell die Oberhand. Sie kaut an ihrer Unterlippe, die anschwillt und sich rötet durch die kleinen Bisse ihrer Zähne. Ihre Zunge, mit der sie über die Lippen fährt, hat eine köstliche glänzende Spur hinterlassen.

Ich werde von einem fieberähnlichen Zustand erfasst, der nicht mehr zu kontrollieren ist. Sie nimmt jetzt ihren Arm etwas zurück und legt sich wieder ausgestreckt auf die Seite, damit ich ihren Rücken erkennen kann, der sich im Einklang mit ihrer zunehmenden Erregung bewegt. Die verführerischen Rundungen ihres gewölbten Rückens bringen mich um den Verstand. Wie eine toll gewordene Rose ist Meredith im Begriff, mir das Herz aufzureißen. In einem Impuls äußerster Kühnheit überschreitet sie die letzten Grenzen der Schicklichkeit und bietet mir die intimste ihrer Lüste dar, an der ich als fassungsloser Zuschauer teilnehme. Die nackte Begierde, die schlichte Natürlichkeit, der sie sich hingibt, erschüttern mich bis ins Mark.

Über einen längeren Zeitraum sprachen wir kein Wort, waren uns trotz der örtlichen Entfernung ganz nah, erlebten einen unbeschreiblichen Augenblick des intimen Einverständnisses.

Eine Stunde, nachdem ich abgeschaltet hatte, erhielt ich eine SMS von ihr:

Das war der schönste schwebende Augenblick, den ich je erlebt habe. M.

Etwas später antwortete ich ihr im Lauf des Abends:

Hast du die Buchstaben bemerkt, die unsere Initialen bilden? Antoine, Meredith. AM, das ergibt Âmes, also Seelen. Aber nach den Geschehnissen heute Morgen würde ich nicht mehr von verwandten Seelen reden … sondern in Anspielung auf Michel Polnareffs Song »Ame câline« eher von sich umarmenden Seelen?

Wenn ich ihr schreibe, halte ich meine Gefühle im Zaum, um ihr keine Angst einzujagen. Mein Ton ist eher scherzhaft, freundlich.

Doch in meinem Inneren tobt ein Vulkan. Meredith, Meredith. Du hast mich völlig verhext. Ich habe die Musik von Screamin' Jay Hawkins im Ohr: »I put a spell on you.« Am liebsten würde ich ihr mit derselben Leidenschaft zurufen: »I put a spell on you because you're mine.« Das verzaubernde Saxofon. Die heisere Stimme, die aus tiefster Seele »I love you« singt.

Bis zum Ende dieses verdammten Experiments muss ich mich noch über einen Monat lang gedulden. Noch einen ganzen Monat! Warum sollte die Zeit nicht mehr dieselbe sein, wenn man liebt? Das Wiedersehen, das Lichtjahre entfernt zu sein scheint, diese verdammte Zeit, die einfach nicht vergehen will – sie sind wie der Fluch des Paradoxons von Zenon und dem Pfeil, der nie sein Ziel erreicht. Dabei geht man davon aus, dass ein Pfeil innerhalb einer Sekunde auf ein zwanzig Meter entferntes Ziel zehn Meter zurücklegen kann. Nach der ersten Sekunde befindet sich der Pfeil dann noch zehn Meter vom Ziel entfernt. Wartet man eine halbe Sekunde, dann legt der Pfeil fünf Meter zurück; es bleiben ihm also noch fünf weitere. Wartet man eine Viertelsekunde, dann legt der Pfeil zweieinhalb Meter zurück, und es fehlen noch weitere zweieinhalb Meter. Und so weiter …

Genauso absurd finde ich das Warten. Dieser unangenehme Eindruck, dass das Ende des Countdowns nie eintreten wird; es erscheint mir umso weiter entfernt, je näher es rückt.

Mein Blick fällt auf die Zeitschrift *Psycho* auf dem Tisch, in der ein Test angeboten wird: »Sind Sie verliebt?« Ich habe vier Euro zum Fenster hinausgeworfen. Damit ich eine Antwort erhalte, müsste ich zuerst eine Frage stellen …

SZENE 55

Meredith

Ein paar Tage später erhalte ich einen Anruf von Benjamin. Er bedankt sich tausendmal, und ich bin gerührt, da ich spüre, dass seine Dankbarkeit mir gegenüber echt ist. Er versichert mir, dass er, abgesehen von ein paar Kratzern, gut davongekommen sei. Er stehe aber immer noch unter dem Schrecken des Vorfalls … Benjamin beharrt darauf, mir auf eine ganz besondere Art zu danken. Er möchte mir etwas ganz Besonderes anbieten. Ich versuche, ihn zu überzeugen, dass er mir nicht zu Dank verpflichtet sei. Aber keine Chance! Er schlägt mir etwas sehr Originelles, Einzigartiges vor, um mir seine Dankbarkeit zu bezeugen. Etwas, das er als eine Ehre und große Gunst betrachtet. Eine Erfahrung, die nur wenigen Menschen vergönnt ist: Ich soll zu Big Ben hochsteigen, begleitet von den Männern des Mechanikerteams. Ich finde den Vorschlag großartig und sehr aufregend. Ich bedanke mich herzlich. Doch dann kommen die ersten Bedenken.

»Are you sure it would be safe?«

»Sie gehen kein Risiko ein: Es ist vollkommen sicher, und mein Team weicht Ihnen nicht von der Seite. Natürlich können Sie einen Freund mitnehmen, wenn Sie Begleitung wollen.«

Ich kann unmöglich ein Erlebnis ablehnen, das magisch zu werden verspricht. Viele Menschen praktizieren Bungee-Jumping und Fallschirmspringen, aber wie viele steigen den Big Ben hoch? Dennoch wäre ich beruhigt, wenn ich eine Begleitung hätte. Spontan spreche ich Rose darauf an. Sie findet das Ganze bescheuert und weigert sich strikt, mitzumachen.

»Nie und nimmer! Und was noch? Willst du, dass ich in neunzig Meter Höhe das Hängebauchschwein spiele? Du bist übergeschnappt, meine Süße.«

Sie brummelt auf Kreolisch vor sich hin. Das ist eindeutig ein schlechtes Zeichen. Ich denke über eine Alternative nach. So viele gibt es nicht. Nick Gentry scheint mir die einzige verbleibende Lösung zu sein. Also rufe ich ihn an. Er ist überrascht, gerührt, dass ich an ihn denke, und schließlich absolut *delighted.* Er liebt den Nervenkitzel und sagt mir gerne zu. Das wäre also in trockenen Tüchern: Jetzt gibt es kein Zurück, ich muss es wagen.

Das Treffen ist für übermorgen vorgesehen; es soll ein schöner Tag werden. Also optimale Bedingungen. Ich komme etwas früher. Benjamin empfängt mich herzlich, bietet mir Kaffee an und stellt mich dem Team vor. Alle stehen um mich herum und widmen mir ihre volle Aufmerksamkeit. Ich bin wie von einem Glorienschein umgeben, da Benjamin meine Tat als heldenhaft bezeichnete, auch wenn sie für mich lediglich ein natürlicher Reflex war, um ihn vor einer Gefahr zu schützen.

Als Nick eintrifft, ist er im Gegensatz zu mir, deren Nerven flattern, fröhlich und entspannt. Ich habe eine Heidenangst und Magengrimmen, aber jetzt gibt es kein Zurück mehr!

Benjamin ist stolz darauf, uns »seinen« Big Ben zu präsentieren, und tut dies mit fast väterlicher Zärtlichkeit.

»Sie werden da oben einen Schutzanzug überstreifen.«

Wir klettern jetzt die Stufen hoch, um den Glockenturm zu erreichen. Es ist die Gelegenheit für mich, festzustellen, dass es an der Zeit ist:

1. das Rauchen einzustellen
2. wieder Sport zu treiben
3. keine salzigen Chips mehr zu essen und kein Bier mehr zu trinken.

Worin besteht Nicks Geheimnis? Er wirkt keineswegs außer Atem ... Nach 335 Stufen – ja, ich habe sie gezählt und im Kopf kleine Striche gemacht, wie es die Gefangenen tun, wenn sie die Tage ihrer Haft zählen – gleiche ich einem Dampfkochtopf. Endlich sind wir oben. Ich stütze mich für einen Moment gegen eine niedrige Mauer, um Atem zu schöpfen. Da ich gestresst bin, fällt mir das Atmen noch schwerer.

»Are you okay?«, fragt Benjamin besorgt.

Nick beobachtet mich; ich richte mich ruckartig auf und lächle gequält. Ich möchte einfach gut dastehen.

»Yes! Sure!«, versichere ich mit gezwungener Heiterkeit.

Das wirkt. Das Team hilft uns, unsere Schutzanzüge überzuziehen, und informiert uns über die Sicherheitsvorschriften. Ich lausche mit großer Aufmerksamkeit. Nun ist es an der Zeit, sich auf die große Uhr zu stürzen. Nick bemerkt meine Angst und nimmt meine Hand, um mir Mut zu machen. Ich bedanke mich mit einem verzerrten Lächeln.

»Das wird genial, du wirst sehen«, ermutigt er mich mit seinem holperigen Französisch.

»Hey, ich wusste nicht, dass du Französisch kannst.«

»Ein kleines bisschen«, erwidert Nick und deutet zwischen Daumen und Zeigefinger an, wie minimal seine Französischkenntnisse sind.

Ich lache. Hört sich sehr charmant an, diese unbeholfene Art,

Französisch zu sprechen. Benjamin bleibt bei uns, um uns beizustehen.

»Halten Sie sich strikt an meine Anweisungen, und alles läuft reibungslos.«

»Okay.«

Es besteht keine Gefahr, dass ich hier die Abenteuerin spiele.

In dieser Höhe peitscht mir die kühle Luft ins Gesicht und raubt mir den Atem. Nick hat sich als Erster hinausgewagt, ich bewundere seine Gelassenheit. Er hängt jetzt an dem großen Minutenzeiger, der über vier Meter zwanzig lang ist. Wir klatschen, er hebt den Daumen und strahlt über das ganze Gesicht. Nun bin ich dran. Keine Chance zu kneifen. Zumal ich gegenüber Nick nicht das Gesicht verlieren möchte. Ich hole tief Luft und versuche, das Pochen in meiner Brust zu ignorieren. Ich habe das Gefühl, dass mein Herz den Brustkorb sprengt. Sitzt der Schutzanzug auch richtig? Bin ich gut angeschnallt? Und gut abgesichert? Eine Viertelsekunde lang habe ich die schreckliche Vision, in der Luft zu hängen und festzustellen, dass das Seil nicht richtig befestigt ist. Mein Mund ist völlig trocken. Und da sind all diese Männer, die mich anschauen und darauf warten, dass ich mich ins Freie stürze.

»Come on«, spornt Nick mich an.

… und plötzlich schwebe ich.

Ich glaube, mein Schrei klang wie der Todesschrei eines Schweins. Ich habe das Gefühl, das Trommelfell meiner Umgebung durchstochen zu haben. Da ich weniger geschickt als Nick bin, gelingt es mir nicht sofort, mich festzuhalten, und ich fange an, in der Luft hin- und herzuschwingen. Mein Körper pendelt in einem wilden Tick-tack von rechts nach links. Ich schließe die Augen und schreie, unfähig, mich wieder zu fassen.

»Halten Sie sich fest! Halten Sie sich fest!«, rufen mir die Männer zu.

Aber nein. Meine Ohren sind verstopft, und ich zappele wie ein in Panik geratener Kuckuck. Wonder-Nick beschließt, die Initiative zu ergreifen. Er verlässt seinen Standpunkt und stürzt sich ins Freie, um mir zu helfen. Mit einem genau kalkulierten Sprung fängt er mich ein, ganz wie ein Londoner Tarzan. Dann sichert er uns an einem der anderen Zeiger, dieses Mal ein Stundenzeiger: zwei Meter siebzig Erleichterung. Nick hält mich fest in den Armen, und ich glaube, dass er durch den Schutzanzug hindurch das Zittern meines Körpers spürt! Wir sind beide außer Atem. Plötzlich wird mit bewusst, wie nah sich unsere Gesichter sind und wie tief ich ihm in die Augen sehen kann. Ein intimes Panorama der Emotionen, lebensecht. Spontan könnte ich nicht sagen, was mich mehr berührt: Die Intensität seines Blicks oder der Anblick der Stadt – beides ist atemberaubend. Durch einen Adrenalinstoß wird mir schwindlig, und ich bemühe mich, das, was ich so ungeschminkt gesehen und gefühlt habe, schnell wieder aus meinen Gedanken zu verscheuchen.

Es ist gewaltig, die riesigen Ziffern von Big Ben aus nächster Nähe zu betrachten. Nach und nach beruhige ich mich wieder und gewöhne mich an meine Umgebung. Benjamin möchte, dass wir uns noch etwas amüsieren. Er fordert uns auf, auf dem riesigen Ziffernblatt weitere Aussichtspunkte zu suchen, und wir vollführen eine improvisierte Puppet Show, so als wären wir Marionetten.

Manchmal, wenn unsere Seile sich kreuzen, berührt Nick meine Hand flüchtig. Ein anderes Mal vollführt er ein paar ulkige Bewegungen, um mich zu beeindrucken und zum Lachen zu bringen. Ich bin sehr verärgert, weil ich merke, dass es funktioniert, und empfinde das leichte Schuldgefühl, das mich erfasst, als sehr unangenehm. Doch ich wische es schnell wieder weg. Ich habe doch wohl das Recht, ihn sympathisch zu finden, oder? Genau das ist es: Er ist sehr sympathisch.

Doch nach fast einer halben Stunde werde ich langsam müde, und Benjamin lässt uns auf festen Boden zurückkehren. Sein Team bleibt noch, um die Instandhaltungsarbeiten fortzusetzen. Nachdem ich mich meiner Kletterausrüstung entledigt habe, küsse ich Benjamin spontan auf die Wange und bedanke mich für dieses einmalige Erlebnis.

»My pleasure, love.«

Wir trennen uns als Freunde und verabreden, uns bald bei einem Dinner wiederzutreffen – um auf das Leben und die besonderen, schwebenden Augenblicke anzustoßen.

Ich schließe mich Nick an, und einen Augenblick lang schweigen wir. Er hat die Hände tief in den Taschen seiner Jacke vergraben und wirft mir von Zeit zu Zeit einen komplizenhaften, freundlichen Blick zu, den ich erwidere. Unter anderen Umständen hätte ich dieses Schweigen als Kälte bezeichnet, aber in diesem Fall wäre Hitze zutreffender. Es ist ein Schweigen des gemeinsamen heimlichen Einverständnisses und des Stolzes, intensiviert durch Begeisterungsimpulse, wie sie nur in Momenten des Über-sich-Hinauswachsens möglich sind. Doch einen Stich versetzt mir das Ganze: Schade, dass ich diesen Ausnahmemoment nicht mit Antoine erleben durfte … Ein leichter Schleier der Betrübnis legt sich über mein Gesicht, und Nick nimmt es wahr.

»Tired?«

»No, no, I'am okay …«

Ich will diesen besonderen Augenblick nicht mit meinen Gemütszuständen verderben. Als wir bei der Metro angelangt sind, müssen wir uns verabschieden, da wir nicht in dieselbe Richtung fahren.

»Magst du für mich Modell stehen?«

Ich denke an seinen Blick da oben auf Big Ben und zögere. Soll ich zusagen oder ablehnen? Ich empfinde wirklich sehr viel Sympathie für Nick. Mir fällt der Ausdruck »dieselbe Wellenlänge haben« ein. Genau das ist es. Wir sind gut aufeinander abgestimmt. Was soll daran falsch sein? Ich kenne das Leben schließlich gut genug, um den richtigen Abstand zu wahren, oder? Und ich möchte diese Erfahrung um nichts auf der Welt verpassen …

»Yes, sure, it would be a pleasure.«

Er scheint sich zu freuen, weil ich Ja gesagt habe. Etwas zu sehr? Ich mache mir so meine Gedanken. Ich fahre jetzt in unsere Wohnung zurück, zu Rose. Während die Stationen an mir vorbeigleiten, höre ich »Mad About The Boy« von Dinah Washington und träume von Antoine. Dabei lächle ich die Fahrgäste an.

SZENE 56

Meredith

Countdown: J-21

Rose und ich freunden uns im Lauf der Tage immer mehr mit Nick an, wir drei werden zum Club der Unzertrennlichen. Er zeigt uns sehr viel von London. Manchmal führt er uns in Bars wie das Brilliant Corners, mit wundervoller Musik und intimer Atmosphäre, oder in das God's Own Junkyard, wörtlich »Gottes persönliche Müllhalde« – eine unglaubliche Sammlung von Neonröhren (gerne hätte ich für zu Hause den großen roten Schriftzug »Trouble« mitgenommen, denn Trouble bedeutet so viel wie »Ärger machen« – kurzum, eine Neonröhre, die für Neorebellinnen wie mich gemacht ist).

Nick hat uns auch in einige Restaurants geführt. Das beeindruckendste ist meiner Meinung nach das Sarastro in Covent Garden, sein *kinky restaurant*, wie er es nennt. Wir verstehen, was daran *kinky* ist – auf Französisch würde man sagen, es herrscht eine ausgelassene Stimmung –, als wir die unglaubliche Kulisse dort entdecken: Wandbehänge und Theaterrequisiten, alles in einer aufgelockerten Mischung von Kunstrichtungen, genauso flamboyant wie das Rokoko, die Gotik oder die osmanische Architektur. In einer der Nischen genossen wir die türkische Küche, köstlich mediterran zubereitet. Als guter Führer klärt uns Nick über den Ursprung des Namens auf: Sarastro ist in Mozarts Oper Die Zauberflöte der Zauberer. Dieses Restaurant führt seinen Namen zu Recht: Als wir es verlassen, fühlen wir uns total verzaubert.

»Der ideale Ort für ein Date«, seufzt Rose.

»O yeah, it's great for dates.«

Ich brauche kein Dekodiergerät, um die verstohlenen Blicke meiner Freundin zu deuten. Es ist offensichtlich, dass sie gerne mit Nick ein Date hätte. Kann es sein, dass er es nicht bemerkt? Oder tut er aufgrund seiner britischen Gelassenheit und Diskretion so, als sehe er nichts, um meine Freundin nicht durch eine Ablehnung zu verletzen?

Aus demselben Grund habe ich Rose nichts von »meinen Modellsitzungen« bei Nick erzählt. Jedes Mal muss ich mich eine Stunde lang bewegungslos verhalten, während er ein beeindruckendes Porträt von mir erstellt, zwei Meter mal drei Meter. Und immer besteht der Untergrund aus aufgeschichteten Disketten. Während er mich malt, stellt er mir tausend Fragen, die darauf abzielen, meine Persönlichkeit noch besser zu erfassen. Ich muss stillsitzen, doch ich darf die Lippen bewegen. Das Porträt nimmt allmählich Gestalt an, und ich bin von seinem Talent ausgesprochen beeindruckt! Ich glaube, er hat meine Widersprüche total erfasst: diese Mischung in meinem Inneren aus einer zeitweisen inneren Sicherheit und einem labilen Selbstwertgefühl, dazu ein fester Charakter, der scheinbar kaum Zweifel kennt und einen kühlen Kopf bewahrt. Andrerseits aber auch eine Frau, die von ihren Hemmungen immer wieder eingeholt wird, die sich eingeigelt, schnell ausflippt und vor allem wie gelähmt ist vor Angst, jemanden zu enttäuschen und den Anforderungen nicht gewachsen zu sein …

Wenn man derart intime Dinge miteinander teilt, kommt man sich zwangsläufig näher. Ich erfahre mehr über seine Eltern, seine Vergangenheit und seinen Werdegang als Künstler. Dabei entdecke ich einen sehr berührenden Mann, der sehr authentisch in seiner Vorgehensweise ist.

Nach jeder Sitzung bin ich verwirrt, ohne richtig zu verstehen, weshalb. Ich muss mir eingestehen, dass er eine gewisse Anziehungskraft auf mich ausübt, was ich der allzu langen Abwesenheit von Antoine zuschreibe. Auch wenn wir erst vor ein paar Tagen diesen magischen virtuellen Augenblick per Video miteinander geteilt haben, macht sich inzwischen die physische Distanz bemerkbar. Ich hätte nicht gedacht, dass ich einmal diese Art von körperlichem Leiden erleben würde. Soll ich das so auslegen, dass ich zu animalisch bin oder zu sehr von Lebenstrieben beherrscht?

Unser Engagement geht zu Ende. Noch gut zwei Tage werden wir in London sein. Nick möchte einen besonderen Abend veranstalten, eine Art Höhepunkt unseres Aufenthalts. Er verkündet geheimnisvoll, dass er eine schöne Überraschung für uns bereithalte.

Er hat seine besten Kontakte spielen lassen, um uns Eintritt in einen der erlesensten Nightclubs der Stadt zu verschaffen: den Cirque le Soir.

Nick hat uns gewarnt: Man muss dafür alles aufbieten. Dresscode: elegant und sexy.

Als der Mann von der Security uns einlässt, nachdem Nick seinen Ausweis gezeigt hat, fühlen Rose und ich uns wie blaublütige Prinzessinnen. Ich glaube, das könnte mir gefallen.

Das Ambiente ist atemberaubend, ich bin wie elektrisiert von der ungewöhnlichen Kulisse. Decke und Vorhänge sind rot, dazu in Schwarz-Weiß gehaltene Clownporträts. Die Wandflächen sind mit breiten, schwarz-weißen Streifen dekoriert, entsprechend der allgegenwärtigen Zirkusatmosphäre. Das Motto lautet: Zirkus total. Ich bin begeistert. Die Lichtspiele sind absolut irre. Die High Heels waren mehr oder weniger Pflicht, aber bei jedem Schritt auf meinen zwölf Zentimeter hohen Absätzen laufe ich Gefahr, mir den Knöchel zu verstauchen. Im Übrigen wirken alle Frauen mit spitzen High Heels wie Seiltänzerinnen, die auf einem dreißig Meter über dem Boden gespannten Seil balancieren. Ein regelrechter Glamour-Zirkus.

Ich begegne einem Clown, der mir zuzwinkert. Teils amüsiert, teils erschreckt, wende ich mich ab. Nick hat einen Tisch reserviert. Wir können alles aus nächster Nähe erleben, tanzen und die Vorführungen verfolgen. Aber vor allem empfiehlt er uns einen In-Cocktail – den *Punch on the road.* Ein sehr extravaganter Drink, wie ich schon bei dem ersten Schluck merke, der in meinem Gaumen tausend Geschmacksknospen explodieren lässt.

»What's in there?«, rufe ich und versuche, den Lärm um uns herum zu übertönen.

Nick amüsiert sich über meine überraschte Schnute und meine bereits geweiteten Pupillen.

»It's a secret. No one can tell.«

Offensichtlich, denke ich. Unauffällig flüstere ich Rose ins Ohr:

»Pass auf, der Drink hat's in sich.«

Sie lächelt mich an, hat mich verstanden. Aber ich erkenne auch in ihrem Blick einen »Abend ohne Limits«. So wie sie Nick anstarrt, scheint dieses »ohne Limits« ihn mit einzuschließen.

Wir schlürfen schnell unseren ersten Drink, und ich glaube, ich bin nicht die Einzige, die spürt, wie sich sanfte Wärme im Körper ausbreitet und auf gefährliche Weise allmählich jede Pore enthemmt.

Nick bestellt eine neue Runde.

Nach einem halben Glas fange ich an, albern zu lachen, was Nick mit großem Vergnügen registriert. Was ist mit mir los? In meinem Kopf geht eine kleine Alarmglocke an, obwohl der Alkoholdunst mich bereits in einen Schleier gehüllt hat. Ich erhalte das Signal einer Gefahr, die ich nicht sehen will. Ich amüsiere mich gerade einfach zu gut. Der unwiderstehliche Drang, zu gefallen, zu faszinieren, hat Besitz von mir ergriffen und will mich nicht mehr loslassen. Ich spüre, wie mein Fuß bereits die Linie überschritten hat. Nick ist zwischen uns beiden eingeklemmt. Zum ersten Mal, seit wir uns kennen, wirft mir Rose Blicke zu, die mir zeigen, dass sie mich als Rivalin sieht. Sie beugt sich zu Nick hinüber und flüstert ihm etwas ins Ohr, was ihn zum Lachen bringt. Nicht schlecht. Ich trinke einen weiteren Schluck des Cocktails. Bin ich nicht hier, um mich zu amüsieren? Mich zu amüsieren – und sonst nichts! Plötzlich taucht ein Feuerschlucker auf, und ich stoße einen Schrei aus, als ein Feuerstrahl aus seinem Mund hochschießt. Ich bin verblüfft über die spektakuläre Wirkung, die durch den Halbschatten noch verstärkt wird. Nick bemerkt, wie ich zusammenzucke, nutzt die Gelegenheit und legt den Arm um mich, um mich zu beruhigen. Ich genieße die Berührung seiner warmen Hände auf meiner nackten Haut. Dieser Punch on the road ist wirklich sehr heimtückisch.

Rose steht auf, um zu tanzen.

»Kommt ihr mit?«

Ein ausgezeichneter Vorwand, um mich aus dieser verwirrenden Situation zu befreien. Wir sind jetzt zu dritt auf der Tanzfläche, bezaubert von den heißen Rhythmen der Electronic Dance Music. Ein Ballett erotischer Tänzerinnen tritt auf, und ich glaube, meinen Augen nicht zu trauen. Die Stimmung wird *hot*, *hot*, *hot*. Ohne weiterhin zu versuchen, unser Spiel geheim zu halten, kämpfen Rose und ich nun ganz offen um Nick. Sie vollführt eine leicht obszöne Hüftbewegung, um ihn zu animieren. Unbewusst habe ich das vage Gefühl, dass mir alles mehr oder weniger entgleitet, und ich schäme mich irgendwie für das, was ich gerade tue. Eine Schlangenbeschwörerin bahnt sich den Weg durch die Menge und wendet sich an das Publikum. Als Schmuck hat sie einen großen, lebenden Königspython um den Hals geschlungen. Sie bleibt kurz vor uns stehen, und mir wird klar, dass sie mich auffordert, die weiße Schlange zu übernehmen und mir um die Schultern zu legen – für ein Erinnerungsfoto. Ich werfe ängstliche Blicke auf meine ausgelassenen Freunde. Nachdem sie auf mich eingeredet haben, lasse ich es zu, dass die Schlangenbeschwörerin die Schlange auf meine Schultern legt. Dabei kann ich jedoch ein heftiges Zittern nicht unterdrücken. Mein Auftritt mit der Schlange hat zu einer Menschenansammlung um uns herum geführt. Ich stelle mich in Pose, und Blitzlichter leuchten auf. Die drei Minuten kommen mir wie eine Ewigkeit vor! Schließlich befreit mich die Schlangenbeschwörerin wieder von dem Tier und drückt mir ein Ticket in die Hand, mit dem ich das Foto abholen kann.

»I want that one«, haucht mir Nick mit heißem Atem in den Nacken.

Ich fröstle und bemerke, dass ich eine Gänsehaut habe. Verlegen stelle ich fest, dass Nick es ebenfalls bemerkt hat, doch vorgibt, den Grund dafür nicht zu kennen.

»Are you chilly?«, fragt er neckisch.

»So wird's wohl sein«, erwidere ich und verfluche meine Verlegenheit.

Rose, die offensichtlich am Ende ihrer Geduld ist, packt mich am Arm und zerrt mich in Richtung der Toilette, unter dem Vorwand, unser Make-up zu erneuern. Kaum haben wir die Tür hinter uns geschlossen, fällt sie über mich her.

»Hey, was hast du mit Nick vor?«

Ich reagiere gereizt.

»Und das fragst gerade du?«

»Ich erinnere dich daran, dass du gebunden bist. G-E-B-U-N-D-E-N«, buchstabiert sie. »Ich dagegen bin ungebunden … Und wie du sicherlich bemerkt hast, gefällt mir Nick.«

Ich höre ihr mit einem Ohr zu und krame gleichzeitig meinen Lippenstift aus meiner winzigen Abendtasche hervor.

»Hör zu, ich amüsiere mich, das ist alles! Du willst doch wohl nicht an unserem letzten Abend die Spielverderberin sein?«

Sie bringt mit zitternder Hand ihre Frisur in Ordnung.

»Zumindest habe ich dir gesagt, was ich zu sagen hatte …«

Wir verlassen die Toilette und kehren zu Nick zurück. Er hat inzwischen ein paar Bekannte entdeckt, die sich zu uns an den Tisch gesetzt haben. Auch gut, zumindest sichert das einen Waffenstillstand zwischen Rose und mir.

Wir ignorieren uns gegenseitig für einige Augenblicke und widmen uns unseren Cocktails. Ich reagiere auf nichts mehr. Schließlich wendet sich Nick uns wieder zu. Das Publikum ist inzwischen noch mehr außer Rand und Band geraten. Auf der Tanzfläche drängeln sich die Paare, und wir mischen uns ungestüm unter sie. Alles um mich herum schwankt. Ich klammere mich an Nick, um nicht hinzufallen, und schlinge dabei die Arme um seinen Hals. Er muss das wohl missverstanden haben, denn ohne Vorwarnung küsst er mich mitten auf den Mund. Während sich die Tanzenden um uns herum ausgelassen bewegen, liegen wir uns in den Armen, als wären wir allein auf der Welt.

Das ist zu viel für Rose. Flüchtig bemerke ich ihren wütenden Blick, als sie wie von Furien gehetzt davonrauscht. In diesem Augenblick berührt mich das alles nicht. Ich habe nur noch den einen Wunsch – Nick die ganze Nacht lang zu küssen, Nick und seine heißen Lippen, mich dieser zartesten der süßen Sünden hinzugeben.

SZENE 57

Rose

Als ich das knirschende Geräusch des Türschlosses höre, erstarren meine Finger, mit denen ich den Griff meines Koffers umklammere. Ich habe kein Auge zugemacht, aber trotz meiner Müdigkeit sitze ich kerzengerade auf dem schäbigen Sofa mit kaputter Federung. Seit endlosen Stunden warte ich auf Merediths Rückkehr, um zu sehen, wie weit sie in ihrem Taumel gegangen ist, wohin die Entgleisung sie geführt hat.

Als sie mich sieht, erstarrt sie zur Salzsäule und wird rot. Die blauroten Schatten unter ihren Augen schüren meinen Zorn noch mehr. Behutsam schließt sie die Tür hinter sich und betritt leise das Zimmer, ohne es zu wagen, mich anzublicken. Es ist sieben Uhr morgens, eine Tageszeit, die keinen Zweifel daran lässt, wie der Abend mit Nick ausgegangen ist. Sie wirft ihre Tasche in die Ecke und schnappt sich einen Stuhl, auf dem sie sich niedersinken lässt. Das Schweigen zwischen uns schafft eine tiefe Kluft. Man vernimmt lediglich das nervöse Geplapper von Roméo, den ich in seinen Transportkäfig gesperrt habe und der mit den Flügeln gegen das Gitter stößt, als er versucht herumzuflattern. Seit Stunden warte ich auf diesen Augenblick, doch plötzlich fehlen mir die Worte, um meine entsetzliche Verwirrung und alle Facetten meiner Enttäuschung zu beschreiben.

Ich beobachte, dass sie den Blick auf dem Koffer ruhen lässt.

Sie hat begriffen. Der unvermeidliche Bruch. Für einen Moment freue ich mich, dass es ihr wehtut.

»Nun, war's schön? Hast du dich gut amüsiert?«

Meine spöttische Bemerkung entlockt ihr kein Lächeln, sie beißt die Zähne zusammen. Diese Art von Anspannung entstellt ihr schönes Gesicht.

»Rose, es tut mir leid, lass es mich erklären …«

Sie wird sich jetzt gleich rechtfertigen, und das ertrage ich nicht.

»Ich bitte dich, sei still«, unterbreche ich sie grob.

Sie ist diesen Ton an mir nicht gewöhnt und fängt an zu zittern.

»Sei still, sei still«, wiederholt Roméo. Dieses Echo ist unerträglich.

So sind Frauen wie ich nun mal. Unser Herz ist so heiß wie der Rum, aber wenn wir uns verraten fühlen, wird es hart wie ein Stein. Unterschwellig brodelt unsere Wut, wie ein Sturm, der kurz davorsteht, sich zu entladen. Ich springe vom Sofa auf und gehe im Zimmer auf und ab, um mich besser sammeln, wieder klarer denken zu können, wenn ich ihr all das an den Kopf werfe, was ich auf dem Herzen habe. Als ich glaube, dafür bereit zu sein, wende ich mich ihr zu und zwinge sie, mir in die Augen zu sehen.

»Warum hast du das getan? Warum nur?«

Meine Stimme hört sich eher wie Gebrüll an. Ich beobachte, wie sie die Augen aufreißt, aber sie rührt sich nicht von der Stelle. Sie steckt ein. Dieser Anflug von Würde macht mich noch wütender. Mir wäre es lieber, sie wäre ausgerastet, das hätte es einfacher gemacht. Ich fahre fort:

»Nick … Du hast doch gewusst, wie sehr er mir in all den Wochen gefallen hat und dass ich mich von Anfang an zu ihm hingezogen fühlte. Und du … Du machst dich über ihn lustig. Es schmeichelt dir, dass er von dir hingerissen ist, das ist alles. Du hast keine Gefühle für ihn.«

»Rose, ich bitte dich …«

»Stopp! Sag nichts! Für dich ist es leicht. Von jeher lagen dir die Männer zu Füßen, vor allem der arme Antoine … Reicht es dir noch nicht, ihn zu haben? Musst du denn alle kriegen?«

Ich bemühe mich nicht einmal mehr, die Bitterkeit in meinen Worten zu verbergen. Merediths Augen füllen sich mit Tränen, rollen ihr langsam über die Wangen, unerbittlich. Es ist mir egal, es rührt mich nicht mehr. Der Damm ist gebrochen, und aus meinem Mund ergießt sich eine Lawine voll Unrat.

»Es ist wohl stärker als du? Und diesen Mann konntest du mir auch nicht lassen? Musst du unbedingt die Prinzessin spielen, die ganze Aufmerksamkeit auf dich ziehen, bis nichts mehr für die anderen übrig bleibt?«

Sie versucht, mit mir zu reden, mich zu beruhigen, aber ich lasse ihr keine Chance. Ich bin jetzt außer mir. Ich sehe nochmals vor mir, wie sie Nick umarmt und ihn mitten auf den Mund küsst. Ich stelle sie mir in seinen Armen vor, und das macht mich rasend. Eine Schattenseite von mir dringt an die Oberfläche. Es ist die Lust, zu verletzen, um einen Ausgleich für meinen Schmerz zu finden. Ganz am Rande meines Blickfelds nehme ich Roméo wahr, fast nicht mehr erkennbar, die Federn aufgeplustert, zerzaust, die Augen halb geschlossen, verzweifelt in seinem Käfig. Aber ich muss es jetzt durchziehen, muss Meredith mit ihren Fehlern konfrontieren.

»Kannst du dir vorstellen, wie es Antoine geht, wenn er das erfährt?«

Sie richtet sich auf, und ich beobachte, wie sich Angst in ihrem Gesicht ausbreitet.

»Rose, hör mit diesem Schwachsinn auf. So etwas würdest du nie tun.«

Mein Magen verkrampft sich. Dieser Streit ekelt mich an. Aber ich kann mich nicht zurückhalten, muss ihr alles sagen, auch das, was ich seit zu vielen Monaten verschweige.

»Natürlich muss ich es ihm sagen. Nach allem, was er für dich getan hat, hat er das Recht, zu erfahren, welcher Art von Frau er seine Liebe schenkt, bevor er sich dauerhaft bindet …«

Meredith zittert. Sie ist totenblass.

»Schluuuusss! Schluuuusss!«, kreischt Roméo mit einer völlig ungewohnten Stimme.

Doch weder Meredith noch ich beachten ihn, da wir zu sehr damit beschäftigt sind, miteinander abzurechnen.

»Rose, du fantasierst … du machst mir Angst. Dir fehlt Schlaf, liegt es daran? Du solltest dringend schlafen. Du kannst nicht mehr klar denken …«

»Noch nie war mein Verstand so klar. Und ich gönne mir sogar die Freude, dir die Augen zu öffnen und dich zu erinnern, was Antoine alles für dich getan hat …«

Ich betrachte sie mit einem Hauch von Geringschätzung. Zum ersten Mal hat es ihr die Sprache verschlagen.

»Meine arme Meredith. Du bist dermaßen auf dich fokussiert, dass du gar nicht merkst, was sich um dich herum abspielt. Hast du seit Beginn unserer Tournee nicht etwas Seltsames, Ungewöhnliches wahrgenommen? Glaubst du wirklich, du hättest durch Zufall all diese Lose gewonnen? Und glaubst du, es sei dein überragendes Talent, das bei jeder unserer Vorstellungen in Lille die Zuschauer herbeigelockt hat? Glaubst du, es sei die Gutherzigkeit des Direktors gewesen, die ihn dazu gebracht hat, uns nach meinem Ausfall eine zweite Chance zu geben? Welch rührende Naivität!«

»Aber wovon sprichst du?«

Jetzt ist sie sehr besorgt. Ich weiß, dass ich im Begriff bin, eine Bombe hochgehen zu lassen. Ich sehe, wie Roméo Mühe hat zu atmen und den Schnabel aufreißt.

»Mach doch die Augen auf, Mädchen. Hinter alldem steckt Antoine …«

»Wie – Antoine?«

Der Sinn meiner Worte bahnt sich nur mühsam den Weg in ihr Bewusstsein. Es macht mir Spaß, ihr die Wahrheit zu sagen.

»Das war er! Er ist dein ›Schutzengel‹. Antoine hat alles in die Wege geleitet und alles organisiert, damit es dir nie an Geld mangelt, du Selbstvertrauen hast, an deine Karriere glaubst und guter Stimmung bleibst … Denn der arme Kerl liebt dich!«

Meredith zittert nun am ganzen Körper. Plötzlich befürchte ich, dass sie mir eine Ohrfeige geben könnte. Ich weiche einen Schritt zurück, da mir plötzlich bewusst wird, dass ich vielleicht zu weit gegangen bin.

»Du lügst.«

»Ah ja, glaubst du?«

An ihrer Miene erkenne ich den Film meiner Enthüllungen, die vorbeiziehen. Und ich sehe das Puzzle, das sich jetzt in ihrem Kopf zusammenfügt, die Wirklichkeit, die in ihr Bewusstsein dringt. All das, was sie nie wollte, alles, was ihr Angst machte – dass man sie nicht für fähig hält, sich selbst zu helfen. Dass man sie wie ein Kind behandelt. Dass man ihr nicht die Chance gibt, sich unabhängig und selbstständig zu beweisen …

Wutentbrannt greift sie nach zwei Gläsern, die auf dem Tisch stehen, und schleudert sie mit voller Kraft durchs Zimmer. Sie zerbersten am anderen Ende des Raums in tausend Stücke. Roméo stößt einen schrillen Schrei aus.

»Geh jetzt!«

Sie hat mir den Rücken zugekehrt. Ihre Stimme klingt plötzlich rau.

»Mach dir keine Sorgen, das hatte ich sowieso vor.«

Mein Ton ist so scharf und kalt wie ein Messer an ihrer Kehle. Auch ich bin tief verletzt. Ich versuche, Nachsicht für sie aufzubringen, wenigstens ein bisschen, aber ich schaffe es nicht. Der Zorn und die Enttäuschung verdrängen alles andere.

»Meredith, ich fahre nach Paris zurück, und verlass dich drauf, ich werde Antoine alles erzählen! Er ist ein langjähriger Freund, und mir liegt viel an ihm. Und ich will, dass er erkennt, wie du wirklich bist …«

Ich will gerade nach meinem Koffer greifen und nach Roméos Käfig, um schnell hier rauszukommen. Doch plötzlich werde ich durch einen dumpfen Laut daran gehindert: Roméo ist von seiner Stange gefallen und liegt wie tot in seinem Käfig.

»Roméooooo!«

Ein herzzerreißender Schrei entringt sich meiner Kehle, und wir stürzen beide zu dem Käfig.

SZENE 58

Rose

Meredith und ich warten seit über einer Stunde geduldig in einer tierärztlichen Notfallklinik mitten in London. Seit unserer Ankunft hier haben wir keine drei Worte gewechselt, verschanzen uns in feindlichem Schweigen. Als ich völlig in Panik den Käfig aufriss, um meinem geliebten Papagei zu Hilfe zu eilen, hatte Meredith unseren Streit vorläufig begraben und ihre Hilfe angeboten. Roméo war nicht tot. Sein Herz schlug. Er wirkte eher so, als stehe er unter einem emotionalen Schock. Sofort nachdem wir in der Klinik eingetroffen waren, gaben wir Roméo in die Hände der Ärzte. Ich hielt es für nützlich, diese über den »speziellen« Charakter meines Papageis zu informieren, der in Paris das Interesse des Institut Peterson und von Professor Boileau geweckt hatte. Nach einer Wartezeit, die mir ewig erschien, tauchte die Stationsärztin wieder auf. Trotz der eher ermutigenden Neuigkeiten war ihre Miene ernst.

»Seine Vitalfunktionen sind gut, er ist wieder bei Bewusstsein … sofern man das so sagen kann …«

»Was heißt das …«

»Wir haben Grund zu der Annahme, dass er zu keinem Zeitpunkt wirklich das Bewusstsein verloren hat …«

»Ich verstehe nicht …«

»Wir haben Kontakt mit Professor Boileau in Paris aufgenommen. Er hat um Ihren Anruf gebeten, und zwar so schnell wie möglich, um Ihnen alles zu erklären.«

»Ah …«

»Folgen Sie mir bitte.«

Die Stationsärztin drängt mich in ihr Büro, und ich befehle Meredith, mir nicht zu folgen. An ihrem Gesichtsausdruck erkenne ich, wie sehr ich sie damit verletze, aber im Augenblick kann ich nicht anders.

Die Stationsärztin gibt mir die Vorwahl von Frankreich, und ich wähle die Nummer von Professor Boileau, der sofort abnimmt. Er wirkt nervös, völlig außer Atem vor Aufregung. Ich frage mich, was er mir wohl zu sagen hat.

»Mademoiselle, können Sie mir bitte zunächst genau erklären, was passiert ist, und alle Reaktionen Roméos während des Vorfalls beschreiben?«

Ich berichte ihm alles im Detail und empfinde plötzlich Schuldgefühle, weil ich während meines Streits mit Meredith nicht auf die Symptome geachtet hatte.

»Mademoiselle, ich habe den berechtigten Verdacht, dass Roméo nicht das Bewusstsein verloren hat, sondern …«

»Was dann?«

»Er hat sich tot gestellt.«

»Gestellt?«

Ich bin sprachlos und verstehe nicht, was der Professor sagen möchte.

»Rose. Sie wissen, dass Ihr Kakadu ungewöhnliche Fähigkeiten besitzt. Alles lässt uns vermuten, dass er eine ungewöhnliche Wahrnehmung der Gefühle der Menschen hat, die ihn umgeben. Es ist sogar möglich, dass er sich sehr betroffen fühlt. Stellen Sie sich vor … Wir sprechen hier von emotionaler Empathie. Bei einem Vogel! Und da ist noch etwas, was mir noch unglaublicher erscheint … «

Mein Mund ist inzwischen sehr trocken. Was wird er mir noch enthüllen?

»Es würde mich nicht wundern, wenn Roméo sich aus einem sehr faszinierenden Grund tot gestellt hätte: Er wollte Ihren Streit beenden, indem er die Aufmerksamkeit auf sich lenkt, um damit Ihre Versöhnung zu bewirken.«

Gott sei Dank sitze ich auf einem Stuhl. Den Rest seiner Worte höre ich nur noch verschwommen. Ich verstehe nur, dass das Institut Peterson Roméo aufgrund seiner außerordentlichen Merkmale um jeden Preis näher studieren möchte, und der Professor fleht mich geradezu an, ihnen meinen Papagei für ein paar Monate zu überlassen. Mademoiselle, es geht um die Fortschritte in der Wissenschaft! Was sollte ich darauf antworten? Ich verabschiede mich von der Stationsärztin wie in Trance und bin völlig benommen, als ob mich jemand mit einer Keule niedergeschlagen hätte.

Meredith steht auf, als sie mich sieht.

»Es ist vorbei. Ich kehre mit Roméo nach Paris zurück. Sie nehmen ihn mir weg.«

Meredith macht eine flüchtige Geste, als wolle sie mich trösten, doch ich weiche ihr aus. An diesem Tag verliere ich meinen geliebten Papagei und meine beste Freundin. Als ich durch die Flure der Tierklinik gehe, murre ich vor mich hin: Was für ein Hundeleben!

Meredith

Als Rose sich entfernt und mich allein in dieser dämlichen Tierklinik zurücklässt, breche ich völlig zusammen. Ich lasse meinen Tränen freien Lauf und schluchze leise vor mich hin. Es kommen mir bruchstückhafte Erinnerungen aus der verrückten Nacht mit Nick in den Sinn, immer noch verschwommen vom Alkoholdunst, von Müdigkeit und Traurigkeit. Ich habe eigentlich gar nicht realisiert, was ich tat, ließ mich ganz einfach von meinen Sinnen fortreißen, von einem unkontrollierbaren Drang …

Ja, ich gebe es zu. Ich habe Nick begehrt. Schlimmer noch – ich habe mich lustvoll mit ihm vergnügt. Aber hatte ich auch das Recht, dieser Versuchung nachzugeben? Was für eine Art Frau bin ich, dass ich nicht einmal fähig bin, meinen Instinkten zu widerstehen? Die Realität ergießt sich über mich wie ein Eimer eiskaltes Wasser. Es war keine wilde Nacht, sondern ein Augenblick geistiger Verwirrung, den ich bitter bereuen sollte. Und Nick. Hatte ich nicht mit ihm gespielt, ihn unwillkürlich dazu benutzt, meine Begierde zu befriedigen? Das hat er nicht verdient. Ich werde ihn verlieren, das steht fest. Doch ein noch viel schlimmeres Damoklesschwert schwebt jetzt über mir: Antoine zu verlieren. Wenn ihm Rose in ihrer Wut alles erzählt, wäre es vorbei mit uns. Diese Vorstellung wirkt so bedrückend auf mich, dass ich nach Luft ringe. Ich ersticke fast und trete aus dem Taumel der letzten Nacht wie aus einem langen Tunnel. Das Licht, das durchbricht, bietet mir einen Augenblick seltener Klarheit. Niemals vorher habe ich meine Liebe zu Antoine so klar gesehen. Mit unsicheren Schritten verlasse ich die Klinik und begreife, dass ich nicht Antoine untreu gewesen bin, sondern mir selbst …

SZENE 59

Antoine

Rose sitzt in meinem Appartement genau dort, wo Meredith vor ein paar Monaten gestanden und mir ihre Absicht von ihrer seltsamen Love Tour verkündet hatte, die uns für eine gewisse Zeit trennen würde. Rose, die zusammengekauert auf ihrem Stuhl sitzt, hat viele Tränen vergossen, die Mascaraspuren auf ihren Wangen hinterlassen haben. Sie zieht die Knie an die Brust, und ihre Füße – sie hat die Schuhe ausgezogen – ruhen auf dem Stuhlkissen. Sie schweigt, aber ihre Ohren sind gespitzt, um jedes Wort des Gespräches, das ich gerade mit Meredith am Telefon führe, genau zu hören. Ich habe sofort in Merediths tonloser Stimme die unterschwellige Besorgnis erkannt, das leichte, kaum merkliche Zittern, wie ein durch Gewissensbisse verschleiertes Geständnis. Das hat mir gereicht als Beweis! Ich habe ihr gefehlt. Ganz schrecklich gefehlt, meinte sie. Und sie habe sich beeilt, nach Paris zurückzukehren. All das sei jetzt vorbei. Zögerlich fragt sie mich, ob ich Rose gesehen habe.

»Ja, ich habe sie gesehen. Wir haben gestern Abend zusammen gegessen.«

Nachdem ich ihr dies berichtet hatte, schwieg Meredith. Es war ein besorgtes Schweigen, da sie von Zweifeln gequält wurde, ob Rose geplaudert hat oder nicht.

»Und …«, fuhr sie fort, »sonst noch was?«

»Nein. Wir haben einen netten Abend miteinander verbracht. Es tat mir sehr leid, dass sie wegen Késia so überstürzt nach Paris zurückkehren musste. Aber zum Glück scheint es ihr ja schon besser zu gehen. Das ist eine große Erleichterung, nicht wahr, meine Süße?«

»... Ja, eine große Erleichterung ...«

Mir ist klar, dass ihre Erleichterung ganz andere Gründe hat.

Rose neben mir ist fassungslos, und ich erkenne, dass sie nicht mehr auf das Thema zurückkommen wird. Ihr Blick verrät mir, dass sich das, was sie vermutet hatte, bestätigte: Ich werde Meredith gegenüber kein Wort verlieren. Niemals werde ich mit Meredith über diese verdammte Nacht reden.

»Antoine?«

»Ja?«

»Ich liebe dich.«

Meredith legt auf, und ich stehe da und versuche, die letzten Worte, die wie eine Bombe auf mich wirken, zu verdauen. Warum sagt sie diese Worte, die sie bisher nie geäußert hatte, gerade jetzt? Ich schließe die Augen, um diesen Moment des Glücks zu genießen.

Ich werde mich gegenüber Rose rechtfertigen müssen, denn sie begreift nicht. Sie furcht die Stirn, ist offensichtlich sehr verstimmt.

»Wann hörst du endlich damit auf, sie zu verschonen und ihr alles zu verzeihen?«

»Rose, ich verschone sie nicht. Ich schließe lediglich die Augen vor einem Augenblick der Verwirrung.«

»Antoine, du bist viel zu nachsichtig ihr gegenüber. Am Ende wirst du von ihr reingelegt und musst dann auch noch einstecken ...«

»Ich bin bereit, das Risiko einzugehen.«

»So sehr liebst du sie?«

»…«

»Ich bin mir nicht einmal unbedingt sicher, ob sie weiß, welches Glück sie hat …«

»Vielleicht. Ist auch egal. Hör zu, Rose. Ich hätte gern, dass du etwas für mich tust.«

Ich gehe auf sie zu, umfasse ihre Schultern und blicke ihr tief in die Augen.

»Was, Antoine?«

»Ich habe mich so verhalten, damit Meredith annimmt, dass du nicht geplaudert hast. Ich habe es deshalb gemacht, weil ich es wichtig finde, dass ihr beide Freundinnen bleibt.«

Rose schüttelt den Kopf, immer noch entrüstet über das Verhalten ihrer Freundin.

»Seit all diesen Jahren sehe ich euch und weiß, wie sehr sie dich liebt. Du bist die Schwester, die sie gern gehabt hätte! Ihr dürft diese schöne Beziehung nicht kaputt machen, nicht wegen einer banalen Geschichte mit einem Kerl, die dazu auch noch ohne ein Morgen ist.«

Sie starrt mich an, aus einer Mischung von Schock und Bewunderung.

»Wie stellst du es nur an?«

»Was?«

»Ihr nicht böse zu sein? So ruhig zu bleiben? So edel?«

Bevor ich ihr antworte, lege ich eine kleine Pause ein. Dann seufze ich tief auf.

»Rose, täusch dich nicht. Glaub ja nicht, dass ich nicht leide unter dem, was in London geschehen ist! Glaub ja nicht, dass ich nicht verstehe, was du empfindest. Die Wunde ist da. Würde ich sie nicht so sehr lieben, würde ich sie hassen. Aber wenn irgendjemand meint, dass eine Liebesbeziehung oder eine Freundschaft keine Probleme kennt, täuscht er sich schwer. Scheußlich sind nicht die Fehler, sondern die Tatsache, dass man sich in Kleinigkeiten verliert, die es nicht wert sind. Eure Freundschaft ist zu kostbar, als dass ihr sie bei der erstbesten Dummheit aufs Spiel setzen solltet, glaubst du nicht auch?«

Sie nickt langsam.

»Rose, im Namen unserer Freundschaft bitte ich dich um einen letzten Gefallen: Verzeih Meredith! Ich flehe dich an. Tu es für mich. Sie braucht dich, und auch du brauchst sie.«

Rose hat wieder angefangen zu heulen. Ich nehme sie in die Arme, und wir verharren so eine Weile. Als sie sich von mir löst, beruhigt mich ihr Blick.

»Einverstanden, Antoine. Ich tu es dir zuliebe. Aber nicht sofort. Ich muss das alles noch verarbeiten … Antoine?«

»Ja?«

»… Wenn sie dich dann doch nicht will, dann … heirate ich dich.«

Gemeinsam brechen wir in Lachen aus.

»Deal!«

SZENE 60

Meredith

Countdown: J-19

Ich habe ein paar Stunden mit Packen verbracht und dann die Schlüssel des Appartements abgegeben. Bye-bye, London. Ich sehe mich noch einmal um, bevor ich die Tür hinter mir schließe. Die letzten Tage waren seltsam, ohne Rose, ganz allein. Ich habe auf Nicks hartnäckige Anrufe nicht geantwortet. Ich hatte nicht den Mut dazu, habe ihm aber einen Brief an sein Atelier geschickt. Er hat meinen Anrufbeantworter mit Anrufen überflutet. Er macht sich Vorwürfe, fühlt sich schuldig, vor allem Antoine gegenüber. Aber er erklärt mir, dass er sich so zu mir hingezogen fühlte, dass er nicht anders konnte. Während all der langen Stunden des Nachdenkens hatte ich Zeit, das Ganze zu analysieren. Die verschiedenen Arten der Begierde, vor allem auch die, die mich eine Nacht lang in Nicks Arme getrieben hatte. Aber diese Begierde ist wie eine obere Schicht der Haut: Oberflächlich. Nicht zu vergleichen mit meinen Gefühlen für Antoine. Ihn habe ich unter der Haut.

Ich kehre nicht sofort nach Paris zurück. Ich fühle mich noch nicht in der Lage, Rose oder Antoine gegenüberzutreten. In meinem Kopf herrscht Chaos. In Lille genieße ich ein paar Tage die Gastfreundschaft einer Freundin. Meine Schwester lädt mich zum Essen in ihr hübsches Haus am Stadtrand ein. Dabei treffe ich meine Nichten und Neffen. Valentine mit ihren sechs Jahren ist entzückend, voller Kindlichkeit. Heute Abend lese ich ihr eine Geschichte vor. Natürlich die Geschichte von einer Prinzessin und ihrem Märchenprinzen. Wir machen es uns auf zwei weichen Kissen bequem, und sie schmiegt sich an mich.

»Tante?«

»Ja, mein Schatz?«

»Sind sie dann ihr Leben lang glücklich miteinander?«

Sie betont »ihr Leben lang«. Ich lächle sie liebevoll an und weiß nicht genau, was ich ihr antworten soll. Soll man die Kinder an die ewige Liebe glauben lassen, ihnen von klein auf Utopien in ihren kleinen Kopf setzen, die sich vielleicht im Erwachsenenalter als Illusionen herausstellen und ihnen unvermeidbare Schmerzen zufügen werden?

»Ich weiß nicht … Vielleicht? Was hättest du denn gerne?«

»Ich hätte gern, dass sie sich für immmeeerrrr lieben.«

Ihre rührende Euphorie und ihre kleinen glänzenden Augen gehen mir unter die Haut.

Die ewig dauernde Liebe … Ein hübsches Märchen, um die Augen kleiner Kinder zum Glänzen zu bringen? Sehr viele werden sagen, dass es richtig sei, sie daran glauben zu lassen, solange das funktioniert. Eine milde Täuschung, wie der Weihnachtsmann. Ich umarme meine Nichte liebevoll und knipse das Licht aus, damit sie schlafen kann.

Dann gehe ich wieder die Treppe hinunter, um meiner Schwester zu helfen, den Tisch abzuräumen. Doch sie lehnt es ab. Ich sei doch ihr Gast, also … Ich verkrieche mich in eine Ecke und hole meinen Love Organizer heraus, wähle die Registerkarte »Zwischen mir & dem anderen« und setze ein großes Fragezeichen hinter die dauerhafte Liebe. Ich muss einen Strich unter diese grundlegende Frage ziehen. Ich erinnere mich an den gestohlenen Kuss von Laurent, meinem Flirt-Sammler, dann denke ich an Nick Gentry, an seine Anziehungskraft. Und all das in knapp drei Monaten. Was für ein heilloses Durcheinander herrscht doch in meinem Kopf! Ich war in Versuchung geraten. Und habe sogar vom Apfel gekostet. Doch meine Liebe für Antoine wurde dadurch nicht gemindert. Sie wurde vielleicht sogar noch stärker! Als ob diese Verwirrungen Teil des Entwicklungsprozesses wären und mir helfen würden, den richtigen Weg zur wahren Liebe einzuschlagen. Aber die eigentliche Frage ist moralischer Art: Werden nicht gerade viele ehelichen Katastrophen dadurch heraufbeschworen, dass man sich verbietet, Verlangen nach anderen Partnern zu empfinden, seine Triebe verdammt und unterdrückt und sie verurteilt?

Muss man nicht von Anfang an erkennen und akzeptieren, dass man Verlangen nach anderen hat, sich zu ihnen hingezogen fühlt – und dass dies unvermeidbar und vielleicht sogar gesund, ja normal ist? Sicherlich ist die Monogamie notwendig, um das Chaos zu vermeiden. Im Namen der Moralordnung, aber auch im Namen der Gesellschaftsordnung. Einen Rahmen setzen, Regeln aufstellen … Funktioniert das so? Ist die Treue nicht wie ein hübscher Fassadenanstrich? Und wo beginnt die Untreue? Bedeuten verliebte Gedanken und echte Gefühle für jemand anderen nicht einen größeren Treuebruch als eine kurze, rein sexuelle Liaison?

Man kann das Problem von allen Seiten betrachten: Der erste Irrglaube besteht darin zu glauben, dass der andere einem gehört …

Der zweite darin, den anderen daran hindern zu wollen, das zu leben, was er leben muss.

Funktioniert die Monogamie überhaupt? Die Zahl der Ehebrüche beweist das Gegenteil. Der Treueschwur bei der Eheschließung wird schnell zur Heuchelei.

Neulich noch las ich in einer Zeitschrift, dass jeder zweite Mann und jede dritte Frau zugeben, untreu gewesen zu sein. Und die Zahl steigt weiter an. Ganz zu schweigen von den außerehelichen Dating-Portalen, die wie Pilze aus dem Boden schießen … Die Liebe erstickt unter dem Joch der Zwänge. Und warum das alles? Noch einmal: aufgrund von Heuchelei. Die lebenslange Treue – ist das nicht ein schönes Versprechen, das aus einer Zeit stammt, in der man keine hundert Jahre alt wurde?

Ich gebe zu, dass ich Lust habe, die alten Muster zu entstauben und stattdessen daran zu glauben, dass jeder das Recht haben sollte, seine eigene Version einer Paarbeziehung zu konzipieren, ohne sich zwangsläufig an das Diktat von »gesellschaftlich akzeptiert« zu halten. Denn wie könnte es dieselbe Glücksformel zweimal geben? Jedem die seine! Auch wenn diese Devise leider wenig verbreitet ist.

Meine Schwester bringt mir einen Kräutertee mit einem Spekulatius.

»Ich bin gleich wieder bei dir«, erklärt sie mir und kehrt in die Küche zurück.

Nach einem ersten Schluck, bei dem ich mir fast die Zunge verbrenne, da der Tee zu heiß ist, beiße ich in den Keks und denke über eine solche Lockerung der Sitten nach. Sollte man also toleranter sein und eine freiere Geisteshaltung anstreben? Ich schmunzle und versuche, mir vorzustellen, woran allzu sture Geister denken würden …

Die wichtigste Aufgabe wäre also: Stärkung der Akzeptanz. Die möglichen Begierden des anderen für »andere Partner« zu akzeptieren, kein Tabu mehr daraus zu machen, zuzulassen, dass es in Worte gefasst und im Gespräch verhandelt wird. Eine böse kleine Stimme bringt sich bei mir in Erinnerung … Meredith, sei ehrlich: Wenn Antoine zu dir käme und dir von seiner Zuneigung zu einer anderen Frau erzählen würde, wie würdest du reagieren? Sicherlich habe ich zu schnell den altbekannten Feind verdrängt – die Eifersucht.

Die Eifersucht ist eine Angelegenheit des Egos. Sie kaschiert ihren Willen nach Allmacht schlecht. Der andere muss mir gehören.

Nun bedeutet den Partner zu lieben nicht, ihn zu besitzen. Die wahre Liebe sollte nicht in einen Käfig gesperrt werden; ein Fenster muss immer offen bleiben.

Ich kritzle in meinen Love Organizer und denke mir einen Test namens »Wahrheit« aus.

Wie böse wäre ich, wenn ich erfahren würde, dass Antoine mich betrogen hat? (0: Ich bin ihm überhaupt nicht böse; 10: Ich bin ihm für ewig böse.)

Ehrlich gesagt: Ich stehe bei 7.

Meine kleine Theorie über die Heuchelei ist aber noch nicht erwiesen.

Wäre ich bereit, ihm zu verzeihen? (0: nein; 10: völlig.)

Ich würde sagen: 5.

Meine Ergebnisse sind nicht gerade überwältigend. Ich bin mir bewusst, dass ich noch viel Arbeit vor mir habe, bevor ich mit diesem Eid durch bin. Nicht ein Eid der Treue wäre erforderlich, sondern ein Eid der Aufrichtigkeit. Denn es geht in Wahrheit nicht in erster Linie darum, den anderen zu belügen, sondern darum, sich nicht selbst zu belügen.

Im Grunde genommen finde ich das Fehlverhalten nicht so gravierend. Ein stabiles Paar kann es wie eine leichte und unvermeidbare Turbulenz bewältigen. Ist nicht das Wichtigste, dass es sich klar darüber wird, was die wahre Liebe ausmacht? Ist ihre Liebe so unerschütterlich wie ein Fels oder hoffnungslos zerrüttet? Das Herz weiß Bescheid. Denn der eigentliche Treuebruch, der der Abstumpfung, der Bitterkeit, der Ermüdung und der Passivität, ist lediglich das Ergebnis einer Vogel-Strauß-Politik. Des Mangels an Mut, der Wahrheit ins Gesicht zu sehen: Der andere sagt uns nicht mehr zu, gefällt uns nicht mehr. Die Beziehung schwächt uns, sie lässt uns verkümmern, raubt uns die wahre Lebensfreude. Man verpflichtet sich zusammenzubleiben, doch in wessen Namen? Dem der Kinder? Der Konventionen? Aus Angst vor Veränderung, davor, eine Institution oder eine angenehme Gepflogenheit aus der gewohnten Ordnung zu bringen? Oder noch schlimmer: des Geldes wegen?

Sich selbst zu belügen kommt jedoch einer langsamen Lähmung gleich, einem schleichenden Tod. Wenn man sich in seiner Paarbeziehung nicht mehr wohlfühlt, sollte man seinen Partner nicht betrügen, sondern ihn verlassen.

Ich halte den Stift noch in der Luft, als meine Schwester neben mir Platz nimmt. Wir lächeln uns über unsere Tassen an. Ich wage die Frage, die mich plagt.

»Du und Guillaume, das klappt?«

Sie betrachtet mich leicht erstaunt, als ob ich eine echt skurrile Frage gestellt hätte.

»Natürlich. Warum sollte es nicht?«

Ich bohre nicht weiter. Beim Essen habe ich jedoch beobachtet, wie er sich gegenüber meiner Schwester benimmt. Er sieht sie nicht, ist rücksichtslos und gleichgültig. Das würde mich auf die Palme bringen. Und sie hat sich in ihr Schicksal der unsichtbar gewordenen Frau gefügt, sich mit der Langeweile abgefunden. Warum sollte er Angst haben? Er weiß ja, dass sie bei ihm bleiben wird, ihn nicht verlässt. Niemals würde sie das wagen. Er ist sich dessen so sicher, dass es schon beängstigend ist.

Wie würde sich Mamzelle Juju in einer solchen Situation verhalten?

Sie würde nicht versuchen, ihn zu ändern. Sie würde vielmehr ihre eigene Verhaltensweise ändern. Ich glaube, als Erstes würde sie einen Geschmacksverstärker für die Sinne erfinden. Sie würde auch ihrem Charme durch Salz ein wenig Schärfe hinzufügen sowie weitere pikante Gewürze nach ihrem Geschmack. Die Anziehung beruht auf der Haltung. In erster Linie auf der Geisteshaltung. Die Körperbewegungen sind lediglich die Fortsetzung davon.

Ich will niemals eine Frau sein, die verzichtet hat. Auf ihre Weiblichkeit. Auf ihre Verführungskunst. Auf ihre Selbstständigkeit.

Der Mann bewahrt immer seine Jagdinstinkte. Selbst wenn er die Ruhe und die häusliche Sicherheit mag. Manchmal ist es angebracht, ihn daran zu erinnern, dass er sich niemals so fühlen sollte, als würde er sich auf erobertem Terrain befinden. Der prähistorische Mensch kämpfte um das Feuer. Heutzutage geht es um ein anderes Feuer.

Niemand möchte erleben, dass das Feuer seiner großen Liebe erlischt. Aber mit der Zeit vergessen viele, wie viel Pflege, Mühen, Aufmerksamkeit und Kreativität diese kostbare Flamme erfordert …

Die Hauptsache für uns ist doch, wie »lange ein Paar schon zusammen ist«. Als ob die Leistung sich an der Zahl der Jahre messen ließe. Die einzig gültige Arithmetik im Bereich der Gefühle ist die Zahl der Sterne, die man in den Augen des anderen aufblitzen sieht!

Als ich mit meiner Schwester über dieses Thema diskutiere, schüttelt sie den Kopf und hält mich wohl für übergeschnappt.

»Mireille, du bist wirklich eine Idealistin.«

»Meredith, bitte«, korrigiere ich sie.

»Ich werde mich nie an diesen Namen gewöhnen.«

Wie glücklich sie doch letztlich ist … Ich verabschiede mich, danke ihr, wie es sich gehört, für das köstliche Essen und kehre zu der Freundin zurück, bei der ich wohne. Ich überlege, dass es an der Zeit ist, die großen Entscheidungen zu treffen. Der Countdown läuft. Wo stehe ich mit meinen Gefühlen für Antoine? Bin ich bereit für den großen Sprung? Hat meine Amourability ein gutes Niveau erreicht? Ich stoße einen tiefen Seufzer aus, denn ich fühle, dass es eine kurze Nacht werden wird …

Paris

SZENE 61

Antoine

Der Tag der Tage: Ende des Countdowns

Wir haben den 28. Juli. Heute ist entweder der erste Tag von meinem restlichen Leben mit Meredith oder der letzte Tag unserer Liebesgeschichte. Ich habe beschlossen, ihrer Liebe zu vertrauen. Seit fünf Tagen habe ich nichts mehr von ihr gehört, seit diesem merkwürdigen Brief, den sie eigenhändig bei mir eingeworfen hatte.

Inzwischen kenne ich diesen Brief auswendig, sehe jedes einzelne Wort vor meinem inneren Auge. Meredith besitzt zweifellos das Talent für eine Inszenierung. In dem Brief hat sie mich um ein Treffen gebeten, heute pünktlich um 14 Uhr am Pavillon im Park Buttes-Chaumont.

Die Worte tanzen vor meinen Augen.

Vor dem Spiegel im Bad versuche ich, die Spuren einer unruhigen Nacht zu beseitigen. Ich rasiere mich sorgfältig, besprühe mein Gesicht mit dem Eau de Toilette, dessen Duft sie so mag. Ich werde es nie mehr auftragen können, ohne ihr Gesicht so nah vor mir zu sehen, ihre kleine Nase, die an meiner Wange meinen Duft einatmete, in einer fast kindlichen Art.

Dann hole ich die Kleidung aus meinem Schrank, die sie besonders an mir mag. Keine Markenkleidung. Diskrete Eleganz, ohne groß aufzufallen. Ich öffne den ersten Knopf am Hemd. Sie mag dieses Hemd, und ich stelle mir ihre Hände auf meiner

Brust vor. Sie schöpft hier ihre Kraft, wie andere aus Bäumen. Ich liebe diese Geste der Verbundenheit zwischen uns. Sie weiß nicht, dass auch ich Kraft daraus schöpfe, wenn ich ihre sanften Hände durch den Stoff spüre.

Ein letztes Mal mustere ich mich kritisch im Spiegel und finde mich, trotz der Schatten unter den Augen, ganz passabel. Wie jeder Verliebte, der seine Liebesgeschichte als etwas Besonderes empfindet, gehe ich in ein Blumengeschäft, möchte nicht mit leeren Händen kommen. Ich wähle Blumen aus, die zu ihr passen. Nichts Exotisches, sondern duftende bunte Blumen.

Es ist ein strahlender Tag. Ein gutes Omen? Ich habe meine Hemdsärmel hochgerollt und wische mir ständig die Hände an meiner Hose ab. Manchmal bringt uns die Liebe in diese Verfassung …

Vor mir liegt der Park, und die Nervosität lässt mich nicht los, ist so penetrant wie ein ungewollter Gast, den man nicht verabschieden kann. Ich habe den Brief in meiner Tasche stecken und streiche mit den Fingerspitzen über ihn, wie über einen Talisman, um Mut zu schöpfen. Es wird Zeit, Gewissheit zu haben und ein Ende mit dieser Komödie zu machen. Ich glaube, ich könnte es keinen Tag länger aushalten.

Als ich durch den Park schlendere, verirre ich mich ein wenig. Doch schließlich erblicke ich an der Abbiegung eines Wegs, eingebettet in üppiges Grün, den alten Pavillon. Er steht vor mir, Komplize und stummer Zeuge meines verhexten Schicksals, eine absurde Theaterbühne für das Stück, das jetzt gleich aufgeführt wird.

Ich bin zehn Minuten zu früh dran. Was sind schon zehn Minuten, wenn man seit sechs Monaten wartet, werden Sie einwenden? Und doch …

Wie endlos erscheinen mir diese Minuten! Jedes Mal, wenn ich einen Schritt höre oder einen Passanten vorbeigehen sehe, fange ich an zu zittern. Ist sie es? Ich fühle mich etwas lächerlich mit meinem Blumenstrauß in der Hand. Ein ungefähr dreißigjähriger Möchtegern-Bohemien wirft mir einen amüsierten Blick zu. Ist ja reizend. Ich halte den Strauß hinter den Rücken, damit er weniger auffällt, und stelle mich hinter einen Lichtmast. Die Minuten ziehen sich hin. Es ist heiß.

Im Mittelgang kommt ein Spaziergänger auf mich zu. Er sieht aus, als sei er ebenfalls verabredet, denn er hält eine Rose in der Hand. Amüsant. Wir beäugen uns aus dem Augenwinkel und lächeln uns schließlich verschwörerisch zu. Er wirkt nervös. Auch wenn es sich idiotisch anhört, tröstet mich das ein wenig. Immerhin bin ich nicht allein im Universum. Der Mann sieht mit seinen halblangen Haaren und seinem Bart aus wie ein Hipster.

Ständig blicke ich auf die Uhr, noch zwei Minuten bis zur festgesetzten Zeit. Kurze Zeit später kommt ein anderer Mann des Wegs, wirft uns einen flüchtigen Blick zu und schaut dann auf seine Armbanduhr. Genau wie wir dreht er dann seine Runden um den Pavillon. Er hat keine Blumen bei sich. An diesem Pavillon scheint sich ja die ganze Welt zu verabreden! Ich beobachte den Mann, ich habe ja nichts anderes zu tun. Er ist etwas zu blond, seine Gesichtszüge sind etwas zu zart, was ihm bestimmt den Spott seiner Mitmenschen einbringt. 14.02 Uhr. Meredith verspätet sich. Aber nur um zwei Minuten, versuche ich mich zu beruhigen. Dann tauchen noch drei weitere Herren auf. Wir betrachten uns gegenseitig mit einem seltsamen Gesichtsausdruck. Die Situation wird surreal. Wie hätte uns Magritte gemalt? Als männliche Figuren, hoffnungsvoll auf Wolken am Himmel schwebend? Wir werden es gleich erfahren …

Mich als nervös zu bezeichnen, wäre angesichts meiner inneren Anspannung eine krasse Untertreibung.

Plötzlich tritt noch ein weiterer Mann in Erscheinung. Er kommt näher, und ich kann ihn erkennen. Dieser Mann ist … Nick! Nick Gentry. Ich kneife ungläubig die Augen zusammen, verspüre einen Stich im Herzen. Offensichtlich ist auch er hier verabredet.

»What the hell are you doing here?«, ruft er mir in unüberhörbarer Lautstärke zu.

Er scheint ebenfalls nicht zu verstehen, was sich hier abspielt. Er sieht mich an, lässt den Blick zu den anderen Männern wandern und wirkt verärgert. Die anderen Männer nähern sich. Sie spüren, dass unser Gespräch sie irgendwie etwas angeht. Nick Gentry, der sich eindeutig unwohl fühlt, stammelt ein paar Worte. Ich zwinge ihn, sie zu wiederholen, wobei ich so tue, als habe ich sie nicht richtig verstanden.

»I've got a date with Meredith.«

»A what??«

»A date.«

Ich ringe nach Luft. Das Blut hämmert in meinen Schläfen.

»Das ist unmöglich. Es ist MEIN Rendezvous, Nick. Meins und nicht das von jemand anderem.«

Ich vergesse alle guten Absichten, die es mir ermöglichten, über die Londoner Eskapaden die Augen zu verschließen, und verliere plötzlich meine Gelassenheit. Zu viel ist zu viel!

»Du Dreckskerl. Und ich habe dich für einen Freund gehalten, dich gebeten, auf sie aufzupassen … Und was tust du stattdessen? Du hast mit ihr geschlafen. Bastard!«

Ich packe ihn mit einer Hand und schlage ihm mit der anderen den Blumenstrauß um die Ohren, sodass die Blumen zerfetzen und um uns herumfliegen. Die anderen Männer greifen ein, um uns zu trennen. Es ist das absolute Chaos überreizter Männer. Nick versucht, etwas zu sagen.

»I'm so sorry, Antoine.«

Plötzlich ertönen mehrere Pfiffe, und der Parkwächter kreuzt auf. Völlige Stille herrscht, nachdem Nick ausruft:

»I'm in love with her.«

Ein bleiernes Unbehagen legt sich auf die Anwesenden. Nick murmelt etwas auf Englisch in seinen Bart, ein *it's beyond my control* … was mich erneut reizt, ihm den Hals umzudrehen. Im Übrigen frage ich mich, was die anderen Männer hier tun.

Ich habe plötzlich einen schrecklichen Verdacht und zittere vor der Erkenntnis.

»Sagen Sie um Gottes willen nicht, dass Sie ebenfalls mit Meredith verabredet sind?«

Ihr Schweigen spricht für sich. Ich wende mich dem Parkwächter zu.

»Aber Sie doch nicht, oder?«

»Hm … Um ehrlich zu sein … doch, ich auch.«

In meinem Kopf dreht sich alles. Was soll dieses schändliche Theater?

Inmitten all dieser Turbulenzen entdecke ich in der Ferne eine junge Frau, die auf uns zukommt. In ihrem eng anliegenden orangeroten Kleid und dem kleinen bunten Schal um den Hals ähnelt sie einer Flugbegleiterin. Als sie auf uns zugeht, wirkt sie wie eine Führerin, die zu ihrer Gruppe stößt.

»Sie sind alle hier versammelt, um Meredith zu treffen?«

Sie spult das alles mit ruhiger, kristallklarer Stimme ab, so, als ob sie uns auffordern würde, sie zu einem unterhaltsamen Besuch zu begleiten. Wir bejahen es alle wie Dummköpfe, stehen noch zu sehr unter Schock, um anders reagieren zu können.

»Bitte, folgen Sie mir«, fordert uns die Dame auf.

Wir folgen ihr auf den Fersen. Ich lasse meine Blumen achtlos auf dem Boden liegen. Wütend verpasse ich Nick einen Stoß mit dem Ellbogen, um ihn beiseitezuschieben. Er stammelt ständig sorry … Ich höre ihm gar nicht mehr zu.

Wir kommen zu einem Café und werden von der jungen Frau nach oben geführt. In einem angenehmen Saal ist ein großer Fernseher aufgestellt. Das Doppelfenster ist weit geöffnet, und ein erfrischender Luftzug weht herein. Unter anderen Umständen hätte es hier gemütlich sein können. Die Dame bietet uns Getränke an. In unserer Situation greifen wir alle dankbar zu. Und jetzt übermittelt sie ihre Botschaft.

»Meredith hat Ihnen etwas zu sagen.«

Mit fester Hand – ihre Hand ist ja nicht von dem kleinen Drama, das sich gerade abspielt, betroffen – schaltet sie den Fernseher ein. Und Merediths Gesicht erscheint auf dem Bildschirm.

SZENE 62

Meredith

Fünf Tage zuvor

Gestern traf ich in Paris ein und bin jetzt wieder in meinem Appartement im 19. Arrondissement. In den letzten Tagen habe ich eine intensive Selbstbeobachtung vorgenommen und endlos lange Stunden damit zugebracht, Bilanz zu ziehen über das, was mich die letzten Monate gelehrt haben, über meine Pläne, meine Hoffnungen und Bestrebungen und den Weg, den ich noch zurücklegen muss. Vor allem aber darüber, wie es mit meiner Liebesgeschichte mit Antoine weitergehen würde. Diese Stunden des einsamen Herumirrens, in denen ich durch die Gegend geschlendert bin oder mich auf den Terrassen der Cafés in tiefgründige Überlegungen gestürzt habe, gaben mir die Gelegenheit, an meine vergangenen Liebesbeziehungen und Männerbekanntschaften zurückzudenken. Das ließ in meiner Vorstellung ein Szenario entstehen. Je mehr ich darüber nachdachte, desto mehr erschien es mir als die einzige Möglichkeit, Antoine das zu sagen, was ich ihm zu sagen habe. Auf eine Weise, die zu mir passt. Verrückt, aber völlig aufrichtig.

Ich habe also meinen Plan umgesetzt und Kontakt mit allen Personen aufgenommen, die eine Rolle in meinem Leben gespielt haben und die mir auf die eine oder andere Weise geholfen haben, bei der Suche nach der wahren Liebe in meiner persönlichen Entwicklung voranzukommen. Würden sie das Spiel mitspielen? Würden sie kommen?

In wenigen Stunden erhielt ich überwiegend positive Antworten und nur zwei Absagen. Die Würfel waren gefallen. Ich fing also an, meine Aufnahme vorzubereiten. Zunächst habe ich viel Tinte aufs Papier gebracht. Ich wählte jedes Wort mit unendlicher Sorgfalt, um so präzise wie möglich zu sein. Dann habe ich als gute Schauspielerin den Text auswendig gelernt. Ich habe mein schönstes Outfit angezogen, habe mich geschminkt und frisiert, um gut auszusehen, ohne zu dick aufzutragen. Schließlich habe ich einen hübschen Hintergrund gewählt, eine grafische Komposition, die ein gutes Bild abgeben würde: eine Grünpflanze und ein Stück bunten Stoffs, das die gerade Linie des schwarzen Sofas unterbricht. Ein wahrer Matisse! Der Teufel steckt im Detail. Ich bin bereit. Mit leicht zitterndem Finger drücke ich auf den Startsensor des Aufnahmegeräts. Als ich sehe, dass er rot aufleuchtet, weiß ich, dass die Aufnahme läuft. Ich beginne.

Allen, die ihr hier versammelt sind, danke ich von ganzem Herzen, dass ihr meinem Aufruf gefolgt seid, der sicherlich etwas verwirrend war, das räume ich ein. Ich entschuldige mich schon jetzt bei euch allen für diese verwunderliche Inszenierung, die euch bestimmt überrascht, einige vielleicht sogar verärgert hat. Pardon. Alles wird sich in Kürze aufklären.

Antoine, wenn du anwesend bist, bitte ich dich inständig, das Ende meiner Rede abzuwarten, um zu verstehen, warum ich diese anderen Männer mitten an diesem Tag, der nur uns allein hätte gehören sollen, hierherbestellt habe.

Zu dem Zeitpunkt, an dem ihr dieses Video anschauen werdet, sind sechs Monate, sechs Monate und ein Tag vergangen, nachdem ich Antoine ein seltsames Experiment vorgeschlagen habe. Ich wünschte eine Unterbrechung unserer Beziehung, keine Beendigung, sondern nur eine vorübergehende Trennung, damit ich Zeit hätte, mir über meine Zukunftsperspektiven klar zu werden: wer ich bin, wohin ich gehe, wie ich es anstellen könnte, dieser schönen Liebesgeschichte gerecht zu werden, ihrer würdig zu sein und mich in gewisser Weise darauf vorzubereiten. Schließlich habe ich einen Ausdruck dafür gefunden: Amourability. Ich wollte herausfinden, ob ich meine Liebesfähigkeit verbessern könnte …

Auf diesem Weg habt ihr alle, die ihr hier versammelt seid, in dem Augenblick, da ihr in mein Leben getreten seid, euren Beitrag geleistet. Jeder Einzelne von euch hat für mich etwas Einmaliges dazu beigetragen.

Antoine, wenn ich heute in deiner Anwesenheit ein paar Worte an jeden Einzelnen von ihnen richte, dann deshalb, damit du begreifst, woher ich komme und wie diese Geschichten die Frau, die ich geworden bin, geformt haben. Und ich will dir auch sagen, was ich anhand dieser Erfahrungen über die Liebe gelernt habe.

(Ich lege eine kleine Pause ein und nutze sie, um tief Luft zu holen, damit ich den Mut finde, mein Vorhaben zu Ende zu führen. Dann fahre ich fort.)

Julien, ich danke dir. Mit zwanzig war ich unsterblich in dich verliebt. Damals wollte ich dir mit Haut und Haaren gehören, dir alles geben. Zu viel. Ich befand mich in dem trügerischen Wirbel der symbiotischen Liebe, einem Wirbel, der schließlich immer die Oberhand gewinnt. Du hast mir die erste Regel in der Liebe beigebracht: Die Harmonie besteht in dem subtilen Gleichgewicht zwischen der Kunst zu geben und der Kunst zu empfangen.

Zach und Nicolas, die Zwillinge meines Herzens. Was habe ich für leidenschaftliche Erinnerungen an drei aufeinanderfolgende Sommer … Ich werde wohl nie wissen, welcher von euch beiden mein Favorit war. Ihr habt mir auch die zweite Regel in der Liebe beigebracht: Um die Flamme am Glühen zu halten, muss die Beziehung mit Leichtigkeit, Frische, Freude und Heiterkeit gewürzt werden. Ihr beide habt das besessen. Die Spontaneität, die Kreativität, die Energie der Forscher, die alle Winkel der Lust durchforsten, die das Leben genießen, so wie man an einem Sommertag eine saftige Frucht vom Baum pflückt …

Cyril, du hast alles in dir vereinigt. Schönheit, Intelligenz und eine hochgewachsene Figur. Du hattest alles, aber schließlich hat die Eifersucht alles zerstört. Du hast mich erdrückt, da du mich für dich allein haben wolltest. Wir hätten glückliche Tage erleben können, wenn du es gewagt hättest, diese Untugend zu überwinden. Du hast mich die dritte Regel in der Liebe gelehrt: Niemand besitzt den anderen. Wenn die Liebe zu einem Käfig wird, erstickt der Vogel langsam, auch wenn der Käfig aus Gold ist. Die Freiheit liegt im Vertrauen. Jeder muss an seiner emotionalen Selbstständigkeit arbeiten, denn sie allein verleiht den Gefühlen Flügel.

Laurent. Du und ich, wir hatten nicht wirklich etwas, was man als eine Affäre bezeichnen könnte. Das, was du, der Flirt-Sammler, für mich empfunden hast, beruhte in gewisser Weise auf Gegenseitigkeit. Aufgrund der Philosophie, die du dir ausgedacht hast und die mich völlig hingerissen hat, erlebte ich den idealen Flirt. Von uns allen bist sicherlich du derjenige, der die Schlüssel zur glücklichen Liebe in Händen hält, denn du beschränkst dich nicht auf ein einziges Objekt der Begierde. Du definierst den Begriff Liebe viel umfassender. Je mehr ich mich entwickle, desto besser verstehe ich, dass der Schmerz in der Liebe von der Besessenheit herrührt, von der Tatsache, dass man sich zu sehr auf ein und dieselbe Person fokussiert! Wenn jemand all deine Gedanken beansprucht, in jeder Minute und in jeder Sekunde, leidest du, wenn diese Person nicht anwesend ist. Und du leidest auch, wenn diese Person sich mit anderen Freunden oder Aktivitäten amüsiert … Du, Laurent, hast mir die vierte Regel in der Liebe diktiert: Man sollte die Quellen der Liebe, des Interesses und der Zufriedenheit diversifizieren, sie also breit streuen. Denn die Liebe kann viele Formen annehmen. Sie kann die Anzahl der Flirts vervielfachen wegen alldem was schön, interessant und inspirierend sein kann. Man muss sich außerhalb der Liebe stellen, die einschließt, indem sie monopolisiert, und die dann bedauerlicherweise hochgiftig werden kann.

Nick. Ich bin glücklich, dich kennengelernt zu haben. Du bist ein wunderbarer Mensch, auch wenn du in meine Love Tour ganz schön viel Wirbel gebracht hast. Ohne es zu beabsichtigen, hast du mich mit einer Realität konfrontiert, die jedes Paar früher oder später kennenlernen wird: Kann man mehrere Personen gleichzeitig begehren? Die Antwort lautet: Ja, unbedingt. Kann man mehrere Personen gleichzeitig lieben? Diese Frage ist bereits komplexer, aber, ja, sicherlich, sobald die Liebe sehr viele Formen annimmt und das Wesen der Liebe ebenfalls. Es gibt folgende Arten von Liebe: die leidenschaftliche, die vernünftige, die kameradschaftliche, die kuschelige, die flammende und die stützende Liebe … Eines haben alle Arten gemeinsam: Keine Begegnung ist zufällig. Wenn du eine Beziehung hast und mit Versuchungen konfrontiert wirst, versuche, die Botschaft, die damit verbunden ist, zu ergründen. Diese Begegnung ist zwangsläufig eine Aufforderung zur Reise nach innen. Was lehrt mich das über mich selbst? Was an dieser Person findet Resonanz bei mir? Lieber Nick, du hast mir somit die fünfte Regel in der Liebe beigebracht: Jede neue Person, die mich anzieht, hält mir einen Spiegel vor, damit ich mir Gedanken über meine Wünsche, meine Bedürfnisse und meine Defizite mache.

Jean-Claude, ich danke dir, dem Wahrer der Hoffnungen. Für deine Güte, deine Großzügigkeit. Du bringst dich persönlich ein für die abgewiesenen und verzweifelten Liebenden, die deinen Weg kreuzen. Du reichst ihnen die Hand und vermittelst ihnen Hoffnung … Die Liebe ist kein Honigschlecken, sie ist vergleichbar mit einer Achterbahn. Es gibt Höhen und Tiefen. Die Liebe rüttelt durch, sie erschüttert, bringt durcheinander, sie trägt uns oder bringt uns auch manchmal total aus der Fassung … Aber das Schlimmste, was ihr passieren kann, ist das langsame Erlöschen. Jean-Claude, du hast mir die sechste Regel in der Liebe vermittelt: Die Nächstenliebe darf nie dazu führen, dass wir darüber die Selbstliebe vergessen. Niemand sollte das Recht haben, über unser Wohlbefinden oder Unbehagen zu entscheiden. Damit würde man dem anderen zu viel Macht einräumen. Wir haben also eine Aufgabe uns selbst gegenüber zu erfüllen: Wir müssen für uns selbst Milde, Zärtlichkeit und Wohlwollen empfinden und diese für uns hüten wie unseren Augapfel! Die Liebe funktioniert in dem Augenblick nicht mehr richtig, in dem wir diese Verantwortung dem anderen aufbürden.

Antoine, es wird jetzt Zeit, dass ich mich dir zuwende.

(Vermutlich sind meine Wangen gerötet. Meine Kehle ist trocken, und ich frage mich, ob ich noch fähig sein werde weiterzureden. Ich versuche, mir mit der Zunge die Lippen zu befeuchten, bevor ich fortfahre.)

Mein Liebster. Ich wage nicht, mir auszumalen, welche Qual dir diese Inszenierung bereiten wird. Doch sie hat nur das eine Ziel: dir eine Erklärung abzugeben. Meine Erklärung, wie es im Chanson heißt. Du bist der wunderbarste Mann, den ich je kennengelernt habe. Das, was ich für dich empfinde, ist nicht zu vergleichen mit den Gefühlen, die ich empfunden habe, bevor ich dir begegnet bin. Nach diesen sechs langen, herausfordernden, aufreibenden Monaten habe ich zumindest eine Gewissheit: Ich liebe dich, wie ich noch keinen Mann je geliebt habe.

Aber …

(Ich senke den Blick und lasse meinen Satz unvollendet. Ich stelle mir Antoine vor, wie er in diesem Café, das ich ausgewählt habe, inmitten dieser anderen Männer sitzt, überwiegend Rivalen, deren Blicke alle auf ihn gerichtet sind. Er ist innerlich zerrissen von widersprüchlichen Gefühlen, und ich spüre, wie mein Herz schneller schlägt.)

… Pardon, mein Liebster, pardon. Verzeih mir, dass ich noch nicht bereit bin. Ich kann noch nicht zu dir zurückkehren.

(Das Fallbeil ist gefallen. Mir ist elend. Wegen mir. Wegen ihm.)

… Und ich habe auch nicht das Recht, dich noch länger warten zu lassen. Ich befinde mich in einem unlösbaren Dilemma. Ich bin also verpflichtet, ein unglaubliches Risiko einzugehen, nämlich das grausame Kopf- oder Zahl-Spiel: Entweder verliere ich dich unwiderruflich, oder ich bin bereit, mich lebenslang mit dir zu verbinden. Denn im Augenblick muss ich meine Suche fortsetzen, muss das allein zu Ende führen, was ich begonnen habe. Ich kann auch nicht wissen, wie lange das dauern wird. Wie könnte ich dich daher bitten, weiterhin auf mich zu warten? Das wäre zu egoistisch … Ich werde dich dorthin, wohin ich mich begeben werde, weit, sehr weit weg, fest verankert in meinem Herzen mit mir tragen. Aber ich kehre erst zurück, wenn ich es geschafft habe. Ich muss unbedingt »jemand« sein, durch und durch. Nicht die Frau von … Du hast mich auf deine Weise die siebte Regel der Liebe gelehrt: Jeder hat die Pflicht, sich selbst zu verwirklichen. Die beste Gewähr für eine dauerhafte Partnerschaft besteht darin, dass jeder sein Möglichstes tut, damit er Grund hat, auf sich stolz zu sein und den anderen ebenfalls stolz zu machen. Ganz gleich, wie bescheiden die Leistung ist, die Grund zur Bewunderung gibt! Besteht nicht der bittere Geschmack, wenn man in einer Paarbeziehung nicht mehr über den eigenen Tellerrand hinaussieht, darin, dass man sich weder selber mag noch das, was man geworden ist? Ich glaube, es liegt in der Verantwortung jedes Einzelnen, herauszufinden, worin er seine Erfüllung finden kann, und alles Mögliche zu tun, um den Lebensplan, der seine Talente am besten zur Entfaltung bringt, umzusetzen. Denn was ist sinnvoller, als zu versuchen, uns von unserer besten Seite zu zeigen?

(An dieser Stelle meiner Ansprache spüre ich, wie sich meine Augen mit Tränen füllen. Ich blicke auf die Kamera mir gegenüber. Tränen rollen über meine Wangen, doch ich versuche nicht, sie abzuwischen. Ich strecke die Hand aus, um die Aufzeichnung zu beenden, halte aber in meiner Bewegung inne, um noch ein paar Worte an Antoine zu richten.)

Antoine, ich liebe dich.

(Kamera off)

SZENE 63

Antoine

Ich lasse den emotionalen Tsunami auf mich wirken, nachdem ich Merediths Ansprache in mich aufgenommen hatte. Als sie die letzten Worte geäußert hatte, legte sich seltsamerweise zunächst eine bleierne Stille über die Anwesenden. Eine Stille, die ich mein Leben lang nicht vergessen werde. Und dann, kurz danach, bricht ein höllischer Tumult aus. Alle reden zur gleichen Zeit. Es hört sich so an, als befinde man sich nach einem großen Fußballspiel in einem italienischen Lokal. Ich habe in diesem Augenblick den Eindruck, das Spiel meines Lebens verloren zu haben. Verstört – das beschreibt wohl am besten meinen Zustand. Es ist der Absturz vom Absturz. Ich habe auf diesen Tag wie auf eine Erlösung gewartet, doch jetzt bin ich am Boden zerstört durch ein neues Urteil. Ich wurde verurteilt, weiter zu warten. Ich fühle mich wie ein Angeklagter der Liebe. Mein einziges Delikt: Ich habe mich in eine ungewöhnliche Frau verliebt. Und jetzt sperrt sie mich in eine seltsame Zelle ein. Verurteilt mich zur Isolierung. Das Schlimmste daran ist, dass mein Herz ein freiwilliger Gefangener ist und nicht nach einer Fluchtmöglichkeit sucht. Wenn er wenigstens wüsste, wie viele Tage er einsitzen muss, dann könnte er sie immerhin zählen. Aber nein. Noch nicht einmal das ist ihm vergönnt.

Nick kommt auf mich zu. Auch er wirkt völlig niedergeschlagen. Ist sich Meredith überhaupt bewusst, was sie hier angerichtet hat?

»I'm so sorry! All of this is crazy«, murmelt er.

Er wirkt aufrichtig. Ich weiß noch nicht, soll ich ihm die Faust ins Gesicht schlagen oder mich versöhnlich zeigen, also Schwamm drüber? Doch was hätte es überhaupt für einen Sinn, sich mit ihm zu prügeln? Mein Krieg spielt sich fortan anderswo ab. Meine Optionen sind nicht gerade großartig: Entweder ich lerne, ohne Meredith zu leben, was mir im Augenblick schlimmer als eine lebenslange Irrfahrt erscheint, oder ich warte weiterhin blindlings auf sie, in der Dunkelheit und für unbestimmte Zeit.

Ich sehe, wie Nick weggeht, den Rücken leicht gebeugt, wie niedergeschmettert von der Nachricht von Merediths Verschwinden. Ich bestelle ein zweites Bier und denke ständig an sie. Sie ist die am meisten anwesende Abwesende. Allmählich sind auch die anderen Männer verschwunden. Merkwürdig: Jeder Einzelne hat mir die Hand gedrückt, wie man bei einer Beerdigung dem Mann der Verstorbenen sein Beileid ausspricht. Die Verstorbene: Ich habe das unangenehme Gefühl, dass es sich dabei um meine Liebesbeziehung handelt.

Ich glaube, dass sich der Verstand nach einem derartigen emotionalen Schock irgendwie schützt. Das war bei meinem der Fall, zumindest während der ersten Tage. Er verschanzte sich hinter einer Art Verdrängung und packte meinen Schmerz in Watte, die Watte der Fassungslosigkeit. Fast war ich geneigt, das Ganze für einen bösen Scherz zu halten. Meredith würde sicherlich jeden Augenblick auftauchen und mir um den Hals fallen, dabei schallend lachen, wie ich es so an ihr mag. Pro forma würde ich ein wenig schmollen und ihr erklären, dass ihr Scherz nicht besonders lustig sei, und das wäre es dann gewesen. Ich würde sie fest in die Arme nehmen und sie nicht mehr loslassen, bis alles vergessen und dieser Albtraum vorbei wäre. Doch als ich am Morgen darauf die Augen öffne, erinnert mich leider mein schreckliches Magengrimmen daran, dass das alles kein Scherz war, sondern dass Merediths Verschwinden real ist. Sie hat sich sozusagen in Luft aufgelöst.

Es gibt nicht einmal einen Faden der Ariadne, um die Verbindung aufrechtzuerhalten. Keine SMS. Keine Nachrichten. Nichts. Lediglich das hypothetische Versprechen, dass sie wiederkommen würde und mich liebe. Als Faden ist das zu dünn und viel zu schwach, um sich daran festzuhalten.

Im Lauf der Tage ließ der Effekt »Verdrängung« nach, und wie nach dem Nachlassen einer Narkose ging es mir dann richtig schlecht. Allmählich wurde ich zu einem Schatten meiner selbst. Im Büro machte man sich Sorgen um mich und bot mir an, Urlaub zu nehmen. Als ob man von einer großen Liebe Urlaub nehmen könnte!

Bei dieser Art von großen Gefühlen würde das einen Urlaub ohne Freude bedeuten. Als Erstes schwinden die Illusionen. Schnell fühlt man sich auf eine verlassene Insel der Verzweiflung versetzt. Allein mit sich selbst, mit seinem Selbstmitleid und seiner Bitterkeit.

Der Kummer hat mich total ausgehöhlt, meine gesamte Lebensenergie aufgesogen. Ich bin so müde, dass selbst die einfachsten Handlungen des Alltags mir wie eine unüberwindbare Anstrengung erscheinen. Ich lebe nicht mehr, ich überlebe nur noch. Ich habe das Gefühl, als sei eine Granate in meinem Bauch explodiert und habe ein großes Loch hinterlassen. Es war, als seien meine Eingeweide bloßgelegt, und dieses Loch würde alles aufsaugen. Natürlich erkenne ich in den lichten Momenten, dass ich versuchen muss, eine Art symbolischen Deckel auf diese emotionale Öffnung zu legen. Und ich muss diesen Deckel in allem Möglichen suchen, um mir etwas Gutes zu tun: kleine Freuden, Augenblicke der Ruhe, flüchtige Momente des Friedens, das gute Gefühl von Freundschaften … Aber der Deckel ist immer noch zu porös, und der Schmerz findet immer noch eine Lücke, durch die er eindringen kann.

Rose ist mir eine große Stütze. Sie ist eine echte Freundin. Wir haben uns oft gesehen. Sie bemüht sich vergeblich, Meredith die Episode in London übel zu nehmen, und ich bin mir sicher, dass sie ihr fehlt.

Auch mit Nick habe ich schließlich das Kriegsbeil begraben. Sitzen wir nicht irgendwie im selben Boot? Zwei verliebte Männer, traurig und einsam. Er hat wegen seiner Ausstellung ein wenig Zeit in Paris verbracht. Wir haben beieinandergesessen und so manches Bier zusammen gekippt. Auch wenn wir uns bemühten, nicht über sie zu reden, war Meredith doch überall anwesend. Wir wirkten wie zwei Blödmänner, die vorgaben, einen Schlussstrich gezogen zu haben. Wir heuchelten nicht einmal so schlecht, auf etwas groteske Weise. Keiner ließ sich davon täuschen.

Im Lauf der Wochen nahm meine Hoffnung, sie wiederzusehen, ab, bis sie sich ganz auflöste. Auf Drängen der Menschen meines nächsten Umfeldes versuchte ich, mich aus meiner Erstarrung zu lösen. Um ihnen eine Freude zu machen, habe ich mich gezwungen, wieder auszugehen. Angélique, meine Ex, ließ sich nicht zweimal bitten, Merediths noch warmen Platz einzunehmen. Ich versuchte dann ebenfalls, ein guter Schauspieler zu sein. Ich lächelte, wenn Angélique lächelte, lachte, wenn sie lachte, küsste sie, wenn sie mich küsste. Aber in meinem tiefsten Inneren hatte ich das Gefühl, eine düstere Komödie zu spielen. Ich fühlte mich wie eine leere Schale. Innerlich vergoss ich Ströme von Tränen, und meine Traurigkeit war wie ein schwerer Stein, der mich langsam nach unten zog …

SZENE 64

Rose

Ich versichere Ihnen: Wenn man auf diese Weise von seiner besten Freundin sitzen gelassen wird, i pwak, wie es auf Kreolisch heißt, tut das verdammt weh. Tanzantan, ich wäre froh, wenn sie hier wäre, damit ich ihr erklären könnte, wie es mir geht und was ich denke. Ab und zu gelingt es mir, mehr Abstand zu gewinnen, und ich glaube zu verstehen, was sie erreichen wollte. Am selben Tag, als sie ihr Video »Die große Show« vor diesen Männern abspielte, habe ich einen Brief erhalten. Ich kenne ihn inzwischen auswendig. Ich glaube, ich habe ihn x-mal gelesen.

»Meine Rose,
wenn Du diese Zeilen in Händen hältst, bin ich bereits weit weg. Rose, ich breche auf, um das zu vollenden, was ich begonnen habe. Und ich weiß, dass ich diese letzte Wegstrecke allein gehen muss. Ich glaube nicht, dass Du ermessen kannst, wie sehr Du mir fehlen wirst. Ja, mein Ein und Alles, du fehlst mir ganz furchtbar. Auch wenn wir uns wegen eines Kerls in London in der Wolle hatten, wird dies nichts daran ändern. Ich hoffe, dass Du mir jetzt glaubst, wenn ich Dir schwöre, dass zwischen Nick und mir nichts weiter passiert ist. Und selbst das Wenige, was passiert ist, bedaure ich, da es Dich verletzt hat. Ich bitte Dich aufrichtig um Verzeihung! Du hast Antoine nichts verraten, und das ist Deine edelste Geste als Freundin. Danke.

Du weißt, wie sehr ich mir wünsche, dass Du glücklich bist. Ich werde eine kleine Nische einrichten, die Amor gewidmet ist, und jeden Tag, das verspreche ich Dir, bitte ich ihn, Dir den Mann zu schicken, den Du verdienst. Es wird funktionieren … Und wenn es sein muss, wäre ich sogar bereit, irgendwelche Zauberer aufzusuchen, damit sie einen Liebestrank herstellten. Es muss einfach klappen.
Ich weiß nicht, wie lange ich weg sein werde, aber ich bitte Dich um drei Dinge:
Erstens: Bitte bewahre einen kleinen kuscheligen Platz für mich in Deinem kleinen kreolischen Herzen. Du hast doch wohl nicht im Ernst geglaubt, mich einfach so loszuwerden, für immer?
Zweitens: Achte darauf, dass mein Antoine nicht zu unglücklich ist. Wenn Du kannst, sei ihm die Freundin, die Du immer für mich warst. Ich werde es Dir vergelten.
Drittens: Kümmere Dich gut um Deinen kleinen Po und den Deiner Tochter. Vergiss nicht, was ich Dir gesagt habe: Mindestens zweimal pro Tag Gemüse essen, Chips- und Schokobonbons-Orgien nicht öfter als einmal pro Woche, hüte Dich vor den Männern und schicke alle in die Wüste, die Dich nicht wie die Prinzessin behandeln, die Du bist. Verstanden?
Dann Tschüss, meine Süße.
Wo auch immer Du bist, blick Dich immer um, denn eines Tages werde ich hinter Dir stehen.
Mi aime a ou.«

Und damit hat sich Meredith aus dem Staub gemacht, ist verschwunden. Auf den sozialen Netzwerken hat sie alle Konten gelöscht.

Wohl oder übel forderte das Leben sein Recht. Wir haben alle ohne sie weitergelebt. Ich schloss mich einer kleinen Truppe an, die in einem Pariser Café-Théâtre auftrat. Und dank seiner

Kontakte hat mir Antoine erneut einen regelmäßigen Job vermittelt, der darin besteht, Stücke, die im Rundfunk gesendet werden, aufzunehmen. Für eine freischaffende Künstlerin ein Glücksfall. Dank dieses Jobs konnte ich für mich und Késia eine gewisse Sicherheit schaffen. Schluss mit den Reisen und Tourneen ohne meine Tochter. Die Kleine geht jetzt in die Vorschule. Sie hat ihre ersten Milchzähne verloren und hat nun vorne eine Zahnlücke. Es sieht sehr witzig aus, wenn sie da ihre kleine Zunge hindurchstreckt. Wir haben unter großem Zeremoniell den Milchzahn in eine hübsche Schachtel verpackt und diese dann unters Kopfkissen gelegt. Am Morgen darauf lagen da eine glänzende Zwei-Euro-Münze und ein paar Bilder für ihr Sammelalbum. Die strahlenden Augen meiner Süßen bedeuten mir alles.

Wir mussten uns daran gewöhnen, ohne Roméo zu leben. Nach der Londoner Episode und auf das flehentliche Drängen von Professor Boileau hin habe ich mich entschlossen, ihm meinen Papagei auf unbestimmte Zeit für eine Studie zu überlassen. Professor Boileau und sein Forscherteam scheinen in ihm nämlich ein äußerst seltenes Exemplar tierischer Intelligenz zu sehen. Im Namen des wissenschaftlichen Fortschritts wollten sie versuchen, das Geheimnis zu lüften. Was sollte ich darauf erwidern? Ich konnte mich lediglich fügen … Meine Sorge um Roméo löste sich jedoch in nichts auf, als ich sah, unter welchen Bedingungen er dort aufgenommen wurde: wie ein Prinz, dem die Aufmerksamkeit aller zuteilwird. Er hat einen riesigen Raum zur Verfügung, ausgestattet mit exotischen Tropengewächsen. Gesellschaft leisten ihm charmante Artgenossinnen … Ich habe ihn noch nie so glücklich erlebt. Ich fand mich also mit der Situation ab. Im Übrigen können wir ihn besuchen, so oft wir wollen.

Und was die Liebe angeht: Da ich keine Lust mehr auf Date-Sites hatte, beschloss ich, all meine Profile zu löschen und darauf zu warten, was das Leben mir zu bieten hatte. Ich wollte dem Leben vertrauen. Es bereitete mir ein unglaubliches Vergnügen, die verwirrende »Suche nach der Liebe« einfach aufzugeben. Es zu schaffen, den Einen zu finden. Wie nervenaufreibend! Und der gesellschaftliche Druck? Höllisch. Die von Singles so sehr gefürchtete Frage lautet: »Und, hast du jemanden gefunden?« Als ob die Tatsache, die große Liebe noch nicht gefunden zu haben, ein schmachvoller Makel wäre.

Meredith hat wohl dort, wo sie sich gerade aufhält, an mich gedacht und ihr Möglichstes bei Amor getan. Denn schließlich hat sich die Liebe dort gezeigt, wo ich sie nicht erwartet habe.

Ich habe mich oft mit Croquou getroffen. Ja, der Croquou, der so anhänglich war. Ich nannte ihn so, weil ich an Casse-Croute, also einen Imbiss, denken musste. Ich hatte in ihm nie etwas anderes gesehen als einen Sexfreund, den ich mir bei einem Liebesnotstand an Land ziehen konnte. Das ist nicht sehr edel, aber so lautet das harte Gesetz des Single-Lebens.

Ich muss endgültig aufhören, ihn so zu nennen. Er heißt nämlich Henock. Seit dem Tag in Disneyland liegt mir Késia mit ihm in den Ohren. Er hat es geschafft, von ihr akzeptiert zu werden. Mein Mutterherz registriert das natürlich. Nach meiner Rückkehr nach Paris habe ich Klartext mit ihm geredet: Wir sind nur Freunde. Er hat das Spiel mitgespielt. Und ich habe in meiner Wachsamkeit nachgelassen, habe nicht sofort gemerkt, dass er etwas zu häufig in meinem Leben präsent war, Tag für Tag. Wenn ich traurig war, war er da. Wenn ich mir Sorgen wegen einer harmlosen Krankheit von Késia machte oder wegen eines problematischen Gastspiels, war er da. Jedes Mal, wenn ich ihn musterte, sagte ich mir: So schlecht ist er auch wieder nicht. Er ist vielleicht nicht so hochgewachsen und muskulös, wie ich es gerne hätte. Aber Henock besitzt eine seltene Gabe: Er versteht es zu geben. Und diese natürliche Großzügigkeit hat nichts mit Muskelmasse zu tun.

Als er anfing, sich mit dieser Béatrice zu treffen, machte es bei mir Klick. Selbstverständlich hatte er jetzt weniger Zeit für mich. Er wurde auch selbstsicherer und hat sich sogar erlaubt, mich zu necken. Manchmal hat er mich sogar abgewimmelt, wurde selbst sauer auf mich. Er fing sogar an, sein Verhalten zu verändern, abweisender zu werden. Ich habe diese beunruhigende Entwicklung verfolgt und schnell bemerkt, nicht ohne einen Anflug von Selbstironie, dass sich auch mein Interesse an ihm veränderte.

Bis zu jenem berühmten Valentinstag. Ich erinnere mich noch an das Geschenk, das er für Beatrice ausgesucht hatte und das er mir unbedingt zeigen wollte. Es war ein entzückendes Armband aus Kristallperlen, das mir Begeisterungsrufe entlockte, mit denen ich eine unterschwellige Eifersucht übertünchte.

Ein paar Stunden später hatte er bei mir an der Tür geläutet – es ist eine Manie meiner Freunde, mich aufzusuchen, wenn sie eine Enttäuschung erlebt haben. Völlig aufgelöst stand er vor der Tür. Das Mädchen, diese Beatrice, war ausgeflippt. Ihre Gefühle für ihn waren nicht so stark wie seine. Sie hatte befürchtet, ihre Geschichte könnte zu ernst werden, und hatte es daher vorgezogen, mit ihm Schluss zu machen.

In jener Nacht habe ich Henock bei mir aufgenommen. Wir haben nicht miteinander geschlafen, hielten uns einfach umschlungen und flüsterten, um Késia nicht aufzuwecken. Dann redeten wir miteinander. Ich hörte ihm zu. Dann herrschte Stille, eine beredte Stille, intensiv. Wir sahen uns an, konnten den Blick nicht voneinander lösen, und endlich berührten wir uns sanft. Und darin besteht die Magie dieser Verbindung, die den Ausschlag gab. In jener Nacht habe ich mich in ihn verliebt.

Danach erlebte ich endlich eine gute Zeit. Die Schwierigkeiten verschwanden, und Ausgeglichenheit herrschte in meinem Leben. Ich bin fast wunschlos glücklich. Doch ich muss immer an Meredith denken und mache mir Sorgen um sie. Was ist aus ihr geworden? Ist sie in Sicherheit? Wird es ihr gelingen, ihre verrückten Pläne durchzuführen? Wird sie sich nicht, auf sich allein gestellt, verzetteln und Hirngespinsten nachjagen?

Über zwei Jahre lang haben mich diese Fragen ständig gequält. Bis zu jenem Tag. Ein Casting hat mich ins 9. Arrondissement geführt. Schnellen Schritts ging ich durch die Straßen, als mein Blick auf ein Plakat fiel. Ich traute meinen Augen nicht. Es war ein sehr großes, originelles Plakat, das an der Eingangstür des Casino de Paris, der berühmten Musikhalle, angebracht war.

Ich machte ein Foto mit meinem Handy, schickte es Antoine und bat ihn mit zitternden Fingern, mich so bald wie möglich zurückzurufen.

SZENE 65

Antoine

Ich stecke mitten in der Aufnahme einer Sendung mit einer bedeutenden Persönlichkeit, als ich Rose' SMS erhalte. Ich betrachte die beiden beigefügten Fotos und kapiere nicht sofort. Sie sind zu klein, doch das Ganze klingt dringlich. Ich klicke auf das erste Foto und sehe das Casino de Paris. Will mir Rose damit sagen, dass sie eine Rolle ergattert hat und dort auftritt? Das wäre eine Bombennachricht. Ich lächle und beeile mich, das zweite Foto zu öffnen. Es handelt sich um ein Plakat, ich kann aber keine Details erkennen. Ich zoome, um das Bild zu vergrößern, und jetzt schlägt mein Herz einen doppelten Salto. Mein Verstand setzt in dem Augenblick aus, als er die Information entschlüsselt. Meine Augen sind vernebelt. Die Buchstaben des Titels auf dem Plakat tanzen wohl eine Polka, so sehr dreht sich alles in meinem Kopf.

DU UND ICH UND AMORS PFEILE
Ein Abend von und mit Meredith Rose

Ich muss mich unbedingt setzen. Sie ist wieder da. Meredith ist zurück. Das Chanson von Jacques Brel dröhnt in meinen Schläfen.

Mon coeur, mon coeur ne t'emballe pas
Fais comme si tu ne savais pas
Que la Mathilde est revenue
Mon coeur, arrête de répéter
Qu'elle est plus belle qu'avant l'été
La Mathilde qui est revenue
Mon coeur, arrête de bringuebaler
Souviens-toi qu'elle t'a déchiré
La Mathilde qui est revenue

Der Schock ist so groß, dass ich nicht einmal sagen kann, was ich fühle. Aber klar ist, dass innerhalb weniger Sekunden alles wieder an die Oberfläche gekommen ist! Der Schmerz, das endlose Warten, die Einsamkeit, die Grausamkeit ihrer Abwesenheit, der Kummer, die Hoffnung, die von Tag zu Tag mehr schwindet …

Ich weiß nicht mehr, ob mir heiß ist oder kalt: Das Aufflammen dieser schmerzlichen Gefühle lässt mir einerseits das Blut in den Adern gefrieren, verbreitet andererseits jedoch eine unkontrollierbare, unpassende und diffuse Hitze in meinem Inneren. Meredith lebt. Offensichtlich ist es ihr gelungen, ihren Weg zu Ende zu gehen, und sie hat den Durchbruch in der Theaterwelt geschafft. Wie viel Zeit hat es gebraucht?

Zwei Jahre, vier Monate und sechs Tage.

Werde ich es jemals schaffen, jemandem einzugestehen, wie sehr ich diese verdammten Tage gezählt habe?

Jemand klopft an die Scheibe. Es ist mein Star-Radiosprecher. Er erkundigt sich, ob die Aufzeichnung der Sendung und das Interview gut gelaufen sind. Scheiße. Ich habe nichts aufgenommen, nichts gehört. Zwei Minuten später kommt die interviewte Person zu mir, drückt meine Hand und fragt mich, wie ich ihre Antworten gefunden habe. Ein Augenblick totaler Hilflosigkeit.

Meine Assistentin muss etwas geahnt haben, denn sie eilt mir zu Hilfe. Das Versäumte wird mit großer Liebenswürdigkeit und Nachsicht wiederholt. Geschafft!

»Antoine, alles klar?«, will meine Assistentin wissen, sehr beunruhigt über meinen merkwürdigen Zustand. Ich versuche, sie so gut wie möglich zu beruhigen, habe jedoch nur das Eine im Kopf: Rose anzurufen. Ich ziehe mich zurück und wähle ihre Nummer.

Sie ist genauso hysterisch wie ich und fragt mich, was ich vorhabe.

»Nichts …«

»Was soll das heißen, ›nichts‹?«

»Nichts«, wiederhole ich. »Rose, kapierst du es denn nicht? Sie ist seit über zwei Jahren verschwunden. Und überhaupt … ich habe das Kapitel abgeschlossen.«

»Antoine!«

»Was?«

»Das kannst du jemand anderem erzählen …«

Ich versichere ihr, dass es so sei. Ich rechtfertige mich. Ich habe zu sehr gelitten. Ich freue mich für sie, dass sie es geschafft hat, doch ich will sie nicht sehen. Meine Tür ist für Meredith definitiv verschlossen.

»Und wenn sie jemals Kontakt mit dir aufnimmt?«

»…«

Wie verhält man sich, wenn der Teufel an die Tür klopft?

SZENE 66

Meredith

Es ist jetzt zwei Jahre, vier Monate und sechs Tage her, dass ich weggegangen bin. Ja, ich habe die Tage gezählt. Seit einigen Wochen bin ich jetzt wieder in Paris, habe mich aber noch bei niemandem gemeldet. Ich warte den richtigen Moment ab. Wenn alles bereit ist. Die große Premiere von *Du und ich und Amors Pfeile* findet in drei Tagen statt. Geplant sind sieben Aufführungen. Ein Rekord für so einen schönen Saal wie das Casino von Paris. In den Vereinigten Staaten und in Kanada war die Show recht erfolgreich! Alles fing in New York an, wo ich meine Tante Lily aufsuchte. Sie war bereit, mir zu helfen, wollte es aber gegenüber meiner Familie geheim halten. Mein Kummer brachte es mit sich, dass ich nicht klar denken konnte und nicht fähig war zu sagen, ob ich mich auf dem richtigen Weg befände. Sie gab mir das Selbstvertrauen und die Kraft, den Weg zu Ende zu gehen. Ich habe unermüdlich daran gearbeitet, mein Schauspiel zu perfektionieren, und konnte es schließlich einigen Produzenten vorführen. Natürlich musste ich mehrere Absagen hinnehmen. Doch eines Tages trat das Wunder ein: Zwei Produzenten glaubten an mich und wollten mir eine Chance geben. Eine Geste wahrer Menschlichkeit! Wir alle wollten nur das Eine: die Augen der Zuschauer strahlen lassen und sie mit unserem Stück unterhalten und zum Lachen bringen. Dieser fantastische Glücksfall hat mein Leben verändert. Innerhalb von Monaten schloss ich meine Verwandlung ab, das Puppenstadium nahm ein Ende. Der Erfolg verändert einen und lässt die künstlerischen Selbstzweifel verschwinden. Anerkennung wirkt wahre Wunder für das Selbstwertgefühl.

Hier bin ich also. Ganz neu, mit einem bestens eingespielten Schauspiel und bereit, Frankreich zu erobern. Die letzte Etappe meiner Reise. Die langen Monate meiner Abwesenheit habe ich genutzt, um mir darüber klar zu werden, was ich vom Leben erwarte … und insbesondere von der Liebe. Jetzt weiß ich, dass ich Antoine will und für ihn bereit bin. Ist die Definition der großen Liebe im Grunde nicht einfach ein Mann, der Ihr bester Freund ist, mit dem Sie Ihre Leidenschaften, Ihre Gedanken, Ihre Freude und Ihren Kummer teilen und den Sie außerdem sehr begehrenswert finden? Ich müsste eigentlich bei dem Gedanken, meinem letzten Ziel so nah zu sein, jubeln. Doch in Wahrheit zittere ich vor Angst. Ich bin das Risiko eingegangen, zu verschwinden, ohne mich je wieder bei Antoine zu melden. Hat er begriffen, dass ich es tat, damit er sein Leben normal fortsetzen konnte? Dass ich der Meinung war, nicht das Recht zu haben, ihn zu bitten, für eine unbestimmte Zeit auf mich zu warten? Damit habe ich riskiert, meine große Liebe zu verlieren. Heute bin ich mir dessen in aller Grausamkeit bewusst, jetzt, in der Stunde der Wahrheit … So ist das eben, sage ich mir schicksalsergeben.

Für die Premiere von *Amors Pfeile* habe ich eine hübsche Einladungskarte entworfen.

Antoine,
die Zeit ist mir so unendlich lang erschienen … Doch ich gebe mich der Illusion hin, dass Amor uns nicht vergessen hat, immer über unsere

Liebe gewacht hat, trotz der sehr großen räumlichen Distanz. Ich habe nie aufgehört, an Dich zu denken. Keinen Moment lang. Wenn Du der Meinung bist, unser Amor könne wieder mit den Flügeln schlagen, seien sie auch nur aus Pappe, dann bitte ich Dich, komm!
Meredith

Ich legte Wert darauf, den Umschlag persönlich in seinen Briefkasten einzuwerfen. Als ich ihn in den Schlitz gleiten ließ, richtete ich ein Gebet an das Universum. Es ist ein seltsames Gefühl, mit einer Einladungskarte sein Leben aufs Spiel zu setzen.

Heute Abend ist die Premiere. Und damit stellen sich auch die vielen kleinen Unpässlichkeiten eines hypochondrischen Künstlers ein. Das bisschen Halsweh wird zu einem tödlichen Röcheln, der Druck im Magen zu einem eingebildeten Krebsgeschwür, das leichte Händezittern zu einer frühen Stufe von Parkinson.

Während ich mich in der feudalen Garderobe zurechtmache, klopft es an die Tür. Mein Produzent befindet sich in Begleitung. Mein Herz hämmert. Es ist Rose. Wir fallen uns in die Arme. Ich vergieße Tränen, muss wohl nachher das Make-up auffrischen. Wir reden beide gleichzeitig.

»Du bist tatsächlich gekommen?«

»Hey, du glaubst doch wohl nicht, dass ich das verpassen will, Süße.«

»Du hast mir so sehr gefehlt.«

»Du mir überhaupt nicht.«

Ich trete einen Schritt zurück, um ihr direkt in die Augen zu blicken. Hinter ihren schwarzen Pupillen erkenne ich einen Funken Ironie.

»Du hast dir Zeit gelassen. Ich hatte schon fast beschlossen, dich zu vergessen.«

»Bitch!«

»Selber Bitch!«

Ihr Lächeln beruhigt mich, die Freundschaft hat überlebt.

Wir unterhalten uns eine Weile aufgeregt, bis ich es wage, ihr die Frage aller Fragen zu stellen.

»Und Antoine? Glaubst du, dass er kommt?«

»… Ich weiß nicht. Er hat nichts dazu gesagt …«

»Rose, ich bitte dich, sag mir die Wahrheit.«

»… Ich kenne sie nicht, wünschte es mir von Herzen, deinetwegen.«

Mit diesen aufmunternden Worten lässt sie mich allein, damit ich mich weiter zurechtmachen kann. Aber kaum hat sie die Tür hinter sich geschlossen, spüre ich, wie erneut Angst in mir hochsteigt. Bald kommt der große Augenblick. Von den Kulissen aus blicke ich auf die ersten vier Reihen, die für geladene Gäste und für Familienangehörige reserviert sind. Ich erblicke Rose. Und ein paar Plätze weiter meinen Vater und meine Mutter. Für jeden anderen wäre es das Selbstverständlichste der Welt, dass sie den Weg hierher auf sich genommen haben. Aber für mich bedeutet es an diesem Abend sehr viel. Ich bin stärker ergriffen, als ich mir eingestehen mag, und genieße die symbolische Bedeutung dieser Geste. Mein Blick wandert schließlich über die Reihen der reservierten Plätze, und ich muss meine Enttäuschung hinunterschlucken: weit und breit kein Antoine, zumindest nicht im Moment …

Ich spüre eine sanfte Hand auf meiner Schulter. Es ist Fanny, die Regisseurin. Sie überprüft mein Mikro und redet beruhigend auf mich ein.

»Alles klar, Meredith? Bist du bereit? Ich habe dir deine Wasserflasche vor den Schemel auf der Bühne gestellt – wie immer.«

Ich danke ihr, und sie zieht sich zurück, blinzelt mir aufmunternd zu.

Fünf, vier, drei, zwei, eins … Mein Auftritt.

Mit wackeligen Beinen trete ich auf die Bühne. Zum Glück bewirkt der Applaus, dass mir Flügel wachsen. Das Lampenfieber verwandelt sich in Energie, eine unglaubliche Energie, um die Zuschauer zu amüsieren, sie zum Lachen zu bringen. Ich bin wie elektrisiert. Nach anderthalb Stunden fällt der Vorhang, und ich trage diese Freude in mir, dieses Teilen mit dem Publikum. Mir gefällt die Geschichte dieses Ausdrucks »teilen«. Einst teilten die Piraten ihre Beute, indem sie sie mithilfe des Fußes abgemessen haben. Dann verteilten sie sie an ihre Komplizen. Daraus entstand der Ausdruck »geteilte Freude ist doppelte Freude«. Mein Goldschatz an diesem Premierenabend sind die begeisterten Gesichter der Zuschauer.

Doch als ich wieder in meiner Garderobe bin, meldet sich das Grimmen im Bauch erneut, und es hat nichts mit dem Lampenfieber zu tun. Ist er doch noch gekommen? Ich ziehe mich schnell um und schminke mich ab. Im Übrigen weiß ich, dass man auf mich wartet. Mein Produzent hat alles arrangiert: In einem kleinen Privatsalon des Theaters hat er einen Cocktail für Personen, die mir nahestehen, und für ein paar geladene Gäste arrangiert. Als ich mich dort zeige, genieße ich die Lobeshymnen, die Glückwünsche und die vielen Komplimente. Doch am meisten berühren mich die stumme Ergriffenheit und der Stolz im strahlenden Blick meiner Eltern. Sie nehmen mich in die Arme, und plötzlich erweist sich diese Umarmung als wundersamer Balsam für mein früheres verletztes Selbstwertgefühl und mein unausgesprochenes Bedürfnis nach Anerkennung. Während meiner zwei Jahre in der Fremde habe ich ausschließlich ihnen Nachrichten zukommen lassen, um sie zu beruhigen. Ich glaube, der Mut und die Entschlossenheit, die ich gezeigt habe, um meinen künstlerischen Plan zu Ende zu führen, hat ihnen schließlich Respekt abverlangt. Wir haben eine Hürde überwunden, und ich spüre bei beiden den Willen, einen Neuanfang mit mir zu wagen. Wieder einen festen Platz im Herzen seiner Eltern zu haben, tröstet über vieles hinweg … Ich gehe von einer Gruppe zur nächsten, um die Menschen zu begrüßen, die mich freundlich in Beschlag nehmen und begeistert von der Aufführung schwärmen. Ich lächle übers ganze Gesicht und versuche verzweifelt, die Freude, die mich nach einem solchen Erfolg erfüllen sollte, wiederzufinden. Doch es gelingt mir nicht, weil »ER« nicht da ist.

Rose beobachtet mich. Ihr kann ich nichts vormachen. Mit einem Blick erfasst sie meinen Seelenzustand und weiß sofort, was ich brauche – ich muss von hier weg. Sie zieht mich mit sich und findet die passenden Worte, damit wir uns aus dem Staub machen können. Endlich sind wir allein und schlendern Arm im Arm durch die Straßen von Paris. In bittersüßer Atmosphäre trinken wir auf meinen Erfolg. Doch trotz des Glücks, sie wiedergefunden zu haben, kann ich nicht vergessen, dass ER nicht gekommen ist. Als sie sich von mir verabschiedet, wirft sie mir einen Blick des Bedauerns zu, und ich habe den Eindruck, dass sie etwas weiß, mir aber nichts sagen möchte. Hat Antoine mit ihr geredet? Wir verabschieden uns mit dem Versprechen voneinander, uns bald wieder zu treffen. Ich kehre nach Hause zurück – mit gebrochenem Herzen.

Am Tag darauf werfe ich eine neue Einladungskarte in Antoines Briefkasten. Abends gebe ich auf der Bühne mein Bestes, für das Publikum, aber insgeheim und besonders leidenschaftlich für ihn. Aber später wartet niemand am Ausgang auf mich.

Tag für Tag und Abend für Abend dasselbe Manöver.

Aber nichts. Antoine kommt nie.

Heute ist der Vorabend der letzten Vorstellung. Ich habe nur noch einen letzten Versuch und begreife jetzt, dass die Einladungskarte nicht ausreicht. Ich muss stärkere Register ziehen. Ich denke nach und werde meinen letzten Trumpf ausspielen. In meiner Wohnung steige ich auf einen Schemel, um ganz oben auf einem Regal eine Schachtel herunterzuholen. Schnell finde ich, was ich suche. Ich wickele es mit größter Sorgfalt ein und gehe schnell los, um es persönlich in Antoines Briefkasten zu werfen. Automatisch drücke ich, bevor ich es durch den Schlitz schiebe, einen Kuss darauf, der eine zarte Spur des Lippenstifts hinterlässt.

SZENE 67

Antoine

Ich habe vor mir die sechs Einladungskarten von Meredith ausgebreitet. Sie sehen aus wie ein seltsames Kartenspiel. »Ist das ein gutes Blatt?«, frage ich mich. Früher hätte ich diese Frage ohne zu zögern mit einem Ja beantwortet. Mit Beklemmung betrachte ich die zarte Schrift in schwarzer Tinte, die hübschen kursiven Buchstaben, die typisch sind für Meredith. Ich sehe sie vor mir, wie sie sich mit ernstem Gesicht vorbeugt, um diese Worte zu schreiben. Ich kann ihre Hoffnung zwischen den Zeilen lesen. Aber meine Hoffnung ist schon vor einer langen Zeit erloschen.

Einen Augenblick lang bin ich verärgert. Ist sie zurückgekehrt, um mich wieder zu quälen? Hat sie mir nicht schon genug angetan? Glaubt sie etwa, ich werde ihr alles verzeihen und auf ein Fingerschnippen wieder zu ihr zurückkehren, nur, weil sie beschließt, endlich wiederaufzutauchen? Von jeher besaß Meredith einen Hang zur Extravaganz, aber das hier ist einfach des Guten zu viel.

Voller Wut packe ich die Karten, zerreiße sie und werfe die kleinen Papierfetzen in die Luft. Sie fallen wie trauriges Konfetti zurück in das Zimmer. Ich spüre, wie dumpfe Wut in mir hochsteigt, und mit ihr der Wunsch, gegen irgendetwas zu treten. Also versetze ich meinem Stuhl einen Tritt, der daraufhin umkippt.

Ich muss rausgehen, an die frische Luft, sonst ersticke ich. Also nehme ich Schlüssel und Brieftasche und stecke sie in die Innentasche meiner Jacke, geh zur Tür hinaus und haste die Treppe hinunter. Im Schlitz des Briefkastens hängt ein zusammengedrücktes Päckchen, das wohl nicht hindurchgepasst hat. Ich verfluche den Briefträger, der schon öfters zu große Päckchen mit Gewalt dort hineingezwängt hat. Dann schließe ich den Briefkasten auf und nehme mit etwas Mühe das eingezwängte Päckchen heraus.

Als ich meinen Namen auf dem Umschlag lese, erstarren meine Finger, denn ich erkenne Merediths Schrift. Was hat sie mir da geschickt? Mein Verstand ist wütend, aber mein Herz ist berührt. Langsam, ganz langsam mache ich kehrt und beschließe, in meine Wohnung zurückzugehen. Stufe um Stufe, ohne das Päckchen aus dem Auge zu lassen. Ich umklammere es geradezu. Als ich wieder in der Wohnung bin, setze ich mich an den Tisch und streichle zärtlich über die Stelle auf dem Päckchen, wo Meredith, ich würde es beschwören, einen Kuss hingehaucht hat.

Dann öffne ich es.

SZENE 68

Meredith

Heute ist die letzte Aufführung, der große Abend. Ehrlich gesagt weiß ich nicht, wie ich diesen Tag überlebt habe. Vermutlich in einem Trancezustand. Ich habe kaum vier Stunden geschlafen, und mein Schlaf war unruhig. Mein Verstand macht, was er will. Ich habe ihm vergeblich eingeredet, nicht immer an Antoine zu denken, erst freundlich, dann immer heftiger. Nichts zu machen. Antoine hat sich in jedem Winkel meiner Nacht eingenistet. Mein Geist, ein boshafter Geist, sollte ich wohl sagen, hat wie ein verrückter Filmvorführer immer wieder den Film unserer schönsten Augenblicke vor mir abgespielt. Ich war wehrlos im Schlaf, gelähmt durch das unbezwingliche Verlangen nach Antoines Anwesenheit, und sah, wie die Bilder unserer glücklichen Momente vorbeizogen, so detailliert und deutlich wie in einem Film. Das ging die ganze Nacht lang so. Ich träumte von seinem Mund, seinem Oberkörper, seinen Händen auf meiner Haut … Eine Qual!

Antoine, was machst du nur mit mir?

Amor macht sich wohl einen Spaß da oben. Um mich wieder wie ein normaler Mensch zu fühlen, habe ich mir eine Gesichtsmaske aus Kiwikernen und Zuckerstückchen gemacht. Da ich ohnehin den Eindruck hatte, einen Tag in der vierten Dimension verbracht zu haben, schien mir die Ähnlichkeit mit einem kleinen grünen Männchen gar nicht so absurd.

Ich versuchte, vor meinem Aufbruch ins Theater etwas zu mir zu nehmen, aber mein Magen hatte wohl beschlossen zu streiken. Um nicht mit leerem Magen aufzutreten, habe ich mühsam Quark mit Erdbeermarmelade hinuntergewürgt. Ich darf nicht in aller Öffentlichkeit auf der Bühne umkippen. Ich stopfe noch ein paar kleine Tuben mit Kompott für Kinder in die Tasche – mein Allheilmittel für Tage mit starkem Lampenfieber. Ich werde durchhalten.

Recht zerstreut beende ich meine Vorbereitungen und stelle fest, dass die Zeit läuft und ich mich sofort auf den Weg machen muss. In diesem Augenblick ruft mein Produzent an, um meine Stimmung abzuchecken. Während ich mit ihm rede, setze ich die Kopfhörer auf, um die Hände frei zu haben. Ich schlüpfe in eine Jacke, schlage die Tür hinter mir zu und eile in Richtung Metro. Nach hundert Metern merke ich, dass ich ohne meine Handtasche aus dem Haus gestürmt bin. Undenkbar, unmöglich … Ich kehre auf der Stelle um und hoffe inbrünstig, dass der Pförtner einen Ersatzschlüssel hat. Es ist 17 Uhr, als ich vor der Pförtnerloge stehe. Auf der Holztafel über der Glasscheibe lese ich, dass der Pförtner erst gegen 17.30 Uhr kommt. Mir bleibt nichts anderes übrig, als eine halbe Stunde lang zu warten.

Ich hätte mich auf die Treppenstufen setzen können, aber dazu fehlt mir die Ruhe. Ich gehe hinaus, um auf der Straße auf und ab zu gehen. Dort begegne ich einem jungen Mädchen, das raucht. Einen Augenblick lang kämpfe ich mit mir; frage mich, ob ich sie nicht um eine Zigarette anbetteln sollte. Stress ist ein guter Vorwand. Seit über zwei Jahren habe ich nicht mehr geraucht. Ich werde schwach, bitte sie um eine Zigarette und entschuldige mich dafür, dass ich auch kein Feuer habe. Lediglich den Mund zum Rauchen. Sie holt ihr Feuerzeug heraus und hilft mir, die Zigarette anzuzünden. Ich ziehe an dieser, als ob ich Sauerstoff einsaugen könnte. Tatsache ist aber, dass ich mich fast verschlucke, weil meine Lunge nicht mehr an den Zigarettenrauch gewöhnt ist. Ich paffe widerwillig an dem Glimmstängel und hoffe, dass jeder Zug meine flatternden Nerven beruhigt. Eine Zigarette ist aber schnell geraucht. Sie hinterlässt lediglich ein unbefriedigtes Gefühl und einen bitteren Geschmack im Mund. Es bleibt mir nichts anderes übrig, als mich an Ort und Stelle zu gedulden, durstig und mit einem Geschmack von Asche in der Kehle.

Endlich kommt der Pförtner. Er ist freundlich und heißt Abdellah. Ist immer hilfsbereit. Er amüsiert sich, als ich ihm von meinem Missgeschick berichte, und ich lächle gequält mit ihm, um gut dazustehen. Hastig greife ich nach dem Ersatzschlüssel und eile in meine Wohnung, denn ich habe schon genug Zeit verloren.

Im Sturmschritt eile ich zum Theater. Mein Produzent begrüßt mich herzlich. Er merkt sofort, in welcher Stimmung ich bin. Er kennt mich allmählich.

»Du brauchst unbedingt eine Aufmunterung, du bist ja totenblass.«

Dann mustert er mich auf seltsame Weise und bemüht sich, ein amüsiertes Lächeln zu verbergen.

»Meredith, ich glaube, du solltest mal in den Spiegel schauen.«

Was stimmt nicht? In der Garderobe beuge ich mich vor zum Spiegel und breche in schallendes Gelächter aus. Als ich mich vorhin hergerichtet habe, war ich dermaßen durcheinander, dass ich in der Eile zwei unterschiedliche Ohrringe angezogen habe, dazu noch zwei besonders auffällige: am linken Ohr einen großen, langen roten Ohrring aus Gold und einen in Form einer Blume aus Weiß- oder Gelbgold am rechten Ohr.

»Sehr originell«, macht sich mein Produzent lustig.

Ich ziehe eine Grimasse der Entrüstung, lächle aber dabei. Ich habe meine Selbstironie noch nicht völlig verloren. Mein Produzent macht mich darauf aufmerksam, dass das Fernsehen die gesamte Aufführung filmen werde.

»Und das höre ich erst jetzt?«, brülle ich.

Mein Lampenfieber lässt mich stinksauer werden.

Ich versuche, mich wieder in die Figur von Mamzelle Juju zu versetzen. Wer weiß? Vielleicht gelingt es ihr ja, die Herausforderung anzunehmen?

Ja, sie hat es geschafft, die Kamera zu vergessen, und hat sich ganz natürlich gegeben. Am Schluss spendet ihr das begeisterte Publikum Standing Ovations. Plötzlich ist dieser ganze Druck wie weggeblasen, und an seine Stelle ist ein unsagbares Glücksgefühl getreten. Meine Augen füllen sich mit Tränen.

»Paris, ich liebe dich!«

Ich brülle mein »Auf Wiedersehen« ins Mikrofon und verschwinde hinter den Kulissen. Jetzt ist es also vorbei.

Aber ich weiß, dass der schwierigste Teil des Abends noch aussteht. Die Stunde der Wahrheit. Wird er da sein?

Mit klopfendem Herzen ziehe ich mich um und schminke mich ab. Dann begebe ich mich in die VIP-Lounge, wo mein Produzent die geladenen Gäste und Journalisten hinbestellt hat. Ich habe für jeden ein Lächeln, spiele das Spiel zwar routiniert mit, fühle mich aber leicht geistesabwesend. Mein Produzent flüstert mir zu, dass wir nur ein paar Minuten bleiben. Er hat in einem hübschen Restaurant einen Tisch reserviert, um mit dem gesamten Team unseren letzten Abend gebührend zu feiern. Er entschuldigt mich bei den Gästen, gibt vor, dass ich anderweitig erwartet werde, und drängt mich in den VIP-Flur und zum Ausgang. Ein Journalist folgt mir bis zum Bürgersteig, einen Selfie-Stick in der Hand. Er möchte ein letztes Interview von mir. Ich versuche, gute Miene zum bösen Spiel zu machen, aber mein Blick sucht die Umgebung nach dem von mir so heiß ersehnten Besucher ab. Doch dann wird mir klar, dass wir aus dem Notausgang gekommen sind. Wenn er am Haupteingang warten sollte, werde ich ihn dann nicht verpassen? Mein Herz klopft zum Zerspringen. Mein Produzent fordert mich mit einer Kopfbewegung auf, ihm zu folgen, als ein Auto vor uns hält. Die Tür wird geöffnet. Ich habe bereits einen Fuß im Auto, als ich innehalte.

»Moment!«

Der Produzent sieht mich verständnislos an.

»Meredith, was ist los?«

»Bitte, warte kurz auf mich, ich glaube, ich habe etwas vergessen … Ich komme gleich, sofort!«

Ich springe wie eine Verrückte aus dem Wagen und überhöre die Rufe des Produzenten, der sich sicher fragt, was los ist. Der Notausgang ist vermutlich von außen verriegelt, daher renne ich um das Gebäude herum. In meiner Hast stolpere ich und verstauche mir den Knöchel. Ich spüre einen stechenden Schmerz, achte aber nicht darauf. Ich muss es unbedingt wissen und laufe weiter, auf Teufel komm raus. Als ich auf der Vorderseite des Casino de Paris angelangt bin, bin ich außer Atem.

Auf dem Trottoir sind ein paar Leute ins Gespräch vertieft. Einige rauchen, andere lachen. Eine angenehme Atmosphäre nach der Aufführung. Ich nähere mich der kleinen Gruppe, um besser sehen zu können. Nein, kein bekanntes Gesicht. Niemand. Ich atme schwer, hinke, und was den Vogel abschießt: Ich fange an zu weinen. Zu viel, das ist zu viel. Alle Emotionen des Tages überfluten mich. Es ist aus. Ich habe das Spiel verloren. Ich habe mein Leben verpfuscht.

Ich heule hemmungslos. Die Menschen, die sich auf dem Trottoir unterhalten, werfen mir mitleidige Blicke zu, und einer von ihnen kommt auf mich zu.

»Alles in Ordnung«, lüge ich, um ihn loszuwerden.

Ich wehre ihn mit der Hand ab und schenke ihm ein schwaches Lächeln, damit er mich in Ruhe lässt. Im Augenblick will ich nichts anderes als meinen Frieden. Ich will mich hinlegen und in einen tiefen Schlaf fallen ... Ja, das werde ich jetzt tun, untertauchen in der Dunkelheit.

Geplagt von düsteren Gedanken blicke ich auf das gegenüberliegende Trottoir – und erstarre.

Ich glaube, meine Sinne täuschen mich. Ich muss mich kneifen. Anscheinend erzeugen emotionale Schocks überwältigende Visionen. Ist es real? Ich glaube es nicht. Ja? Nein? Ich muss es aus der Nähe sehen.

Also renne ich über die Straße, ohne ihn aus den Augen zu lassen. Je näher ich komme, desto mehr verschwinden meine Zweifel. Ja. Es ist real. Er steht da, ein wenig abseits, im Halbschatten der Straßenecke. Sein Blick fixiert mich. Er hält das Heft in der Hand, das ich ihm geschickt habe. Es ist das Tagebuch, das ich während der gesamten Zeit unserer Trennung geführt habe. Jeden Tag. Ich habe die Seiten vollgeschrieben, um ihm alles zu erzählen, ihm von meiner Liebe zu ihm zu berichten und ihm mein gesamtes Leben während dieser schmerzlichen Trennung zu schildern, von den banalsten Details bis zu den wichtigsten Ereignissen. Ja, ich habe jeden Tag so getan, als wäre er bei mir. Er war es immer. Alles, was ich getan habe, diese verrückte

Love Tour, diese lange Suche nach mir selbst, um jemand von Bedeutung zu werden, all das habe ich für ihn getan, aus Liebe.

Mit zitternden Knien gehe ich langsam weiter auf ihn zu, den Blick unentwegt auf ihn gerichtet. Sein Blick ist genauso verwirrt wie meiner. Endlich stehe ich vor ihm. Er nimmt mich in die Arme. Wir halten uns fest. Als ich zu ihm hochblicke, streicht er mir behutsam über die Haare und blickt mich mit unendlicher Zärtlichkeit an.

»Es ist eine lange Reise gewesen, nicht wahr?«

»Ja«, murmele ich, »eine sehr lange Reise.«

Eine Reise, die zwei Jahre, vier Monate und sechs Tage dauerte.

Der Love Organizer

Gebrauchsanleitung

Liebe Leserinnen und Leser,

ich schlage Ihnen vor, Merediths Erfahrung nochmals aufleben zu lassen und Ihren eigenen Love Organizer zu erstellen. Es handelt sich um ein Organisationsheft mit fünf Registerkarten, das es Ihnen ermöglichen wird, sich systematisch an Ihre Amourability heranzuarbeiten. Amourability ist ein Begriff, den ich mir ausgedacht habe, um von der Fähigkeit zu lieben zu sprechen. Ja, man kann sie verbessern. Man kann die Liebe leben und ihr alle Chancen einräumen, damit Sie das Glück und die persönliche Entfaltung erreichen, die Sie völlig zu Recht anstreben.

Doch um dem anderen tatsächlich begegnen zu können, sowohl im übertragenen als auch wortwörtlichen Sinne, scheint es in erster Linie wichtig zu sein, sich auf den Weg zu machen, um sich selbst zu begegnen. Sich besser kennenzulernen, sich mehr zu lieben, seinen Frieden zu finden und mit sich selbst und seiner Vergangenheit im Reinen zu sein. Diese Erkenntnisse tragen Sie in der Registerkarte 1 »Zwischen mir & mir« ein.

Nachdem Sie sich Ihrem Inneren zugewandt haben, widmen Sie sich dem zweiten wichtigen Aspekt der Amourability: der Beziehung zu Ihrem Gegenüber. Das ist dann die Registerkarte 2 »Zwischen mir & dem anderen«. Glücklich sein, ohne sich wirklich Gedanken über das Anderssein zu machen. Die

Unterschiede zwischen Persönlichkeiten, Bedürfnissen und Verhaltensweisen in Betracht ziehen und akzeptieren. Auf die Art und Weise achten, wie man sich verständigt und seine eigene Meinung wiedergibt, um gehört zu werden und Spannungen und Krisen zu bewältigen. Hier geht es um all das, was eine authentische und dauerhafte Bindung ermöglicht.

Der dritte wichtige Aspekt Ihrer Überlegungen findet sich in der Registerkarte 3 »Zwischen mir & der Welt«. Es ist schwierig, in seiner Paarbeziehung glücklich zu sein, wenn man sich nicht voll und ganz am richtigen Platz fühlt und noch nicht den richtigen Weg zu seiner Erfüllung gefunden hat. Mit anderen Worten – wenn man seine Lebensaufgabe noch nicht kennt. Ohne dabei aus den Augen zu verlieren, dass der Begriff Erfolg völlig relativ ist und nichts mit angehäuften Reichtümern oder der gesellschaftlichen Stellung zu tun hat. Es geht darum, »dort zu sein, wo man sein sollte«, dort, wo sich Ihre Qualitäten und Talente am besten entfalten können. Wo Sie die Tätigkeit und das Umfeld finden, die Sie am besten zur Geltung bringen und Ihnen ermöglichen, der Welt das Beste von sich selbst zu geben.

Die ersten drei Registerkarten Ihres Love Organizer betreffen Ihre Erkundungsphase.

Die Registerkarten 4 und 5 beziehen sich auf die Anwendungsphase.

Registerkarte 4: »Meine Entscheidungsfindungen«

Registerkarte 5: »Meine Ergebnisse und Erfolge«

In diesen beiden Registerkarten nehmen Sie auf Ihrem Weg den Teil »Tätigwerden« in Angriff. Es ist also wichtig, dass Sie in einer To-do-Liste Aufzeichnungen machen, an die Sie sich halten. Und vergessen Sie nicht, jede abgeschlossene Phase und jedes erzielte Ergebnis einzutragen! Dank dieser schwarz auf weiß festgehaltenen Aufgaben werden Sie die Kraft und die Energie finden, um auf Ihrem Weg der Veränderung weiterzugehen.

Viel Spaß mit Ihrem Love Organizer: Er wird für Sie schnell zu einem unerlässlichen »Sicherheits-Anker«, einem Hilfsmittel, das Ihre Lust, Ihre Entschlossenheit und Ihren Vorsatz, eine schöne und authentische Liebesbeziehung zu führen, unterstützt. Eine Liebesbeziehung, die in der Lage ist, Amors Pfeile zu vergolden.

Eine gute Reise und viel Glück!

Herzlichst

Raphaëlle

Der Love Organizer in der Praxis

KAUFEN SIE SICH EINEN PLANER ODER EINEN ORGANISATIONSORDNER DER GRÖßE DIN A5 MIT FÜNF REGISTERKARTEN.

REGISTERKARTE 1

»Zwischen mir & mir«

Die Fähigkeit, glücklich zu sein

Diese Fähigkeit entwickelt sich. Denken Sie an Mamie Didines Worte: »Man ist glücklich, wenn man das erreicht hat, was man unbedingt will.«

Das Glück ist auch eine Sache des Willens. »Sind Sie bereit, sich zu bemühen, glücklich zu sein?«

TO-DO

Finden Sie jeden Tag mindestens drei Anlässe, um kleine Glücksmomente zu erleben. Nutzen Sie diese Erfahrung, um sich Ihrer Glücksgefühle völlig bewusst zu werden und sie auf sich wirken zu lassen. Damit diese Wirkung länger anhält, verankern Sie die positiven Erfahrungen des Augenblicks fest in Ihrem Kopf. Wenn Sie diese winzigen Handlungen Tag für Tag wiederholen, werden Sie die Fähigkeit, glücklich zu sein, mit all ihren Facetten wiedererlangen.

Meditieren Sie über den Begriff »Wahres Glück«
Schreiben Sie folgende Formel auf ein Papier:

Meine Fähigkeit, glücklich zu sein =

Die Fähigkeit, aus den schönen Dingen des Lebens das Beste zu machen	÷	Die Fähigkeit, sich von den Risiken und Enttäuschungen des Lebens nicht unterkriegen zu lassen

Selbstliebe

Sehr häufig wundert man sich, dass man so wenig Nachsicht mit sich selbst hat. Man kritisiert sich oft selbst, fokussiert sich auf seine Fehler und auf das, was man nicht richtig macht, und vergisst darüber, sich für seine guten Eigenschaften zu loben und für all das, was man gut macht. Dabei ist es unerlässlich, sich aufrichtig zu lieben, um fähig zu sein, den anderen zu lieben.

TO-DO

Lieben Sie sich selbst mehr
Sie haben eine Verpflichtung sich selbst gegenüber. Behandeln Sie sich im Alltag mit Sanftmut, Wohlwollen und Zärtlichkeit. Achten Sie auf sich wie auf Ihren Augapfel. Dann wird sich

Ihre gute physische und psychische Verfassung positiv auf Ihre Liebesbeziehung auswirken und Ihnen dabei helfen, diese harmonisch und ausgewogen zu gestalten.

Der Maßstab der Bedürfnisse

Achten Sie darauf, dass sich der Maßstab Ihrer Bedürfnisse im grünen Bereich befindet. Sind Ihre Bedürfnisse befriedigt, verfügen Sie über positive Energie. Umfeld, Aktivitäten und Umgebung: Finden Sie heraus, was Sie stärkt, was Ihnen guttut. Achten Sie auf Ihre Verfassung im Allgemeinen, in erster Linie auf Ihre geistige. Das ist kein Egoismus, ganz im Gegenteil: Je besser Sie sich fühlen, desto mehr können Sie an die Welt weitergeben.

TO-DO

Stellen Sie eine Liste Ihrer Bedürfnisse auf
Es ist gut, seine eigenen Bedürfnisse herauszufinden, aber noch besser ist es, sie zu befriedigen. Nehmen Sie sich genügend Zeit dafür!

Der affektive Hunger

Um emotionale Autonomie zu erlangen, empfiehlt es sich, einen kleinen Check-up Ihres affektiven Hungers vorzunehmen: Reicht Ihnen das aus, was der andere Ihnen gibt, oder haben Sie den Eindruck, wie ein Fass ohne Boden zu sein, nie genug davon zu bekommen? Sollte das der Fall sein, dann kann eine kurze Rückkehr zur Quelle dieses empfundenen Mangels – Ihre Kindheit – hilfreich sein, um diesen zu begreifen, unter Umständen auch mit professioneller Hilfe. Eine komplizierte Familiensituation, Eltern, die zu häufig abwesend oder zu streng waren … Viele Ursachen können dazu beitragen, die affektiven Bedürfnisse aus dem Gleichgewicht zu bringen. Das Ergebnis im Erwachsenenalter: Sie glauben, den anderen unbedingt zu brauchen und von ihm abhängig zu sein. Sie erwarten, dass er sie »ernährt«, was so weit gehen kann, dass Ihre übermäßigen Erwartungen erdrückend werden können.

TO-DO

Stellen Sie die Liste Ihrer »affektiven Defizite« auf

Woran hat es Ihnen in Ihrer Kindheit und Jugend eventuell gemangelt? An Zuneigung? An Aufmerksamkeit? An Respekt? An Vertrauen? An Achtung? An Wertschätzung?

Beschreiben Sie die Auswirkung dieser »affektiven Defizite« auf Ihr Verhalten heute
Unverhältnismäßige Erwartungen? Unterdrückte Wut? Selbstzerstörung oder Selbsterniedrigung? Und so weiter ...

Seien Sie kreativ! Stellen Sie sich alle möglichen Lösungen vor, die diesen unausgefüllten Teil Ihrer Persönlichkeit beruhigen und befriedigen könnten.

Der Friedensvertrag mit sich selbst

Häufig ist man sich selbst der schlimmste Feind. Doch es wird Zeit, dass Sie zu Ihrem besten Verbündeten werden! Es versteht sich von selbst, dass sich das Herz öffnet und Harmonie mit dem Partner möglich wird, wenn man in Frieden mit sich selbst ist.

TO-DO

Schreiben Sie Ihren Friedensvertrags-Brief
»Liebes Ich (Ihr Name),
An diesem Tag des Jahres (Datum) verpflichte ich mich feierlich zu Folgendem:

- Mir meine physischen und psychischen Unvollkommenheiten großzügiger zu verzeihen.

- Meine Fehler und Schwachstellen, die aus der Vergangenheit stammen, zu lieben.
- Meine Verletzlichkeit und meine Schwächemomente zu akzeptieren.

Bei meiner Ehre gelobe ich, meine Verpflichtungen einzuhalten und mich gleichzeitig in jeder Lage zu respektieren, mich zu schonen, mit der Selbstquälerei aufzuhören und zielstrebig das zu suchen, was am besten zu mir passt.
(Unterschreiben Sie)

Fertigen Sie sich Ihre Fahne der inneren Freiheit an

Zeichnen Sie ein horizontales Rechteck. Für das erste Drittel auf der linken Seite denken Sie sich eine kleine Totemfigur im Stile des Künstlers Keith Haring aus, um Ihr »neues Ich«, das Frieden mit sich selbst geschlossen hat, zu verkörpern. In die beiden restlichen Drittel malen Sie drei horizontale Streifen und weisen jedem eine symbolische Farbe zu, die Ihre tiefsten Bedürfnisse widerspiegelt. Um sich Inspiration zu holen, nehmen Sie eine Farbtafel zur Hand.

Wählen Sie zum Beispiel einen blauen Streifen, wenn Sie Ruhe, Gelassenheit und Zeit für sich benötigen.

Einen gelben Streifen, wenn Sie Energie, Optimismus, Sonnenschein und kreative Stimulationen brauchen ...

Einen schwarzen, wenn Sie sich eine Bekräftigung Ihrer Ambitionen, Kraft und Erfolg wünschen ...

Oder einen roten Streifen, wenn es Ihnen an Nervenkitzel, Herausforderungen und Kühnheit fehlt ...

Der Friedhof der schmerzlichen Erinnerungen

Das ist ein fiktiver Ort, den Sie in Ihrer Vorstellung schaffen müssen, um dort symbolisch die Verletzungen der Vergangenheit zu vergraben. Es ist auch ein Ort der Besinnung auf sich selbst, um Ihre Wunden zu heilen und Ihnen den wohlwollenden Trost zu spenden, der Ihnen gefehlt hat.

TO-DO

Suchen Sie Ihre schmerzlichen Erinnerungen auf
Damit Sie von diesen nicht wieder in einer unpassenden Situation heimgesucht werden, ist es besser, Ihren schmerzlichen Erinnerungen gelegentlich bewusst ein wenig Zeit zu widmen, um sie zu beruhigen.

Spenden Sie Trost

Denken Sie während dieser »Zeit der Introspektion« an die verletzte Person, die Sie damals waren, und schenken Sie ihr aufrichtige und authentische Beachtung. Finden Sie die Worte, die damals gefehlt haben, um Sie zu trösten und zu beruhigen. Diese »Auszeiten« bieten Ihnen immer wieder von Neuem eine persönliche Ruhezeit, die wie eine heilende Meditation angesehen werden kann.

Die drei falschen Grazien

Sie kennen die Darstellung der drei Grazien, der drei schönen Frauenbilder, die häufig auf Gemälden abgebildet sind. Ich habe mir drei weitere »Damen« vorgestellt, die weitaus weniger graziös sind, weil sie Ihre Ängste, Ihre einschränkenden Vorstellungen und Ihre Komplexe verkörpern: die drei falschen Grazien.

Madame Angst

Um mit Madame Angst abzurechnen, betrachten Sie Ihre Ängste mit viel Milde und Nachsicht furchtlos in einem Spiegel.

Beispiele alltäglicher Ängste:
Die Angst, einer Sache nicht gewachsen zu sein, die Angst zu enttäuschen, die Angst zu scheitern oder die Angst, nicht genug Erfolg zu haben, die Angst, verlassen zu werden, die Angst vor der Einsamkeit, die Angst vor Verpflichtung ...

TO-DO

Stellen Sie eine Liste auf:
die Liste all Ihrer großen Ängste, die Sie daran hindern, voranzukommen.
Verwenden Sie die Strategie »Weder Scheuklappen tragen noch den Kopf in den Sand stecken«.

Konfrontieren Sie sich mit Ihren Ängsten, reiben Sie sich an ihnen, setzen Sie sich mit ihnen schrittweise auseinander. Nehmen Sie Ihre eigenen Grenzen unvoreingenommen wahr. Akzeptieren Sie sich voll und ganz mit Ihren Schwächen und Ihrer Verletzlichkeit. Die gute Nachricht: Sie sind nicht allein im Universum, denn ausnahmslos jeder hat seine Angstliste, auch wenn sie anders aussieht als Ihre.

Gehen Sie mit kleinen Schritten voran

Setzen Sie sich erreichbare Ziele, um nach und nach Ihre Komfortzone zu erweitern und Oberhand über Ihre Ängste zu gewinnen. Rechnen Sie nicht damit, nie mehr Angst zu haben, denn die Angst wird Sie während Ihres gesamten Transformationsprozesses begleiten. Denken Sie daran, dass es in Wirklichkeit viel einfacher ist, sich seinen Ängsten zu stellen, als mit der Angst vor der Angst zu leben.

Madame Überzeugung

Madame Überzeugung ist diejenige, die in den Marmor Ihres Gehirns überlieferte Vorstellungen einmeißelt; »negative Bilder«, die Ihre falschen Gewissheiten untermauern. Zum Beispiel: Sie bilden sich ein, der Liebe nicht würdig zu sein, dass niemand Sie mit Ihren uneingestandenen Fehlern lieben kann, dass es Ihnen an Begabung fehlt, dass Sie nicht für dauerhaftes Glück geschaffen sind ...

TO-DO

Räumen Sie mit Ihren einschränkenden Glaubenssätzen auf
Weisen Sie Madame Überzeugung in ihre Schranken, und ersetzen Sie diese negativen inneren Monologe durch positive und aufwertende Gedanken. Fokussieren Sie sich auf das, was Sie gut können, visualisieren Sie diese positiven Dinge so oft wie möglich, und beglückwünschen Sie sich.

Madame Komplexe

Madame Komplexe verfügt über ein Vergrößerungsglas. Dank diesem neigen Sie dazu, Ihren physischen oder intellektuellen Mängeln zu viel Bedeutung beizumessen. Was für Sie äußerst wichtig ist, zählt in den Augen anderer viel weniger, als Sie glauben (auch sie sind häufig zu sehr auf ihre eigenen Komplexe fixiert, um die Ihren wirklich wahrzunehmen).

TO-DO

Lenken Sie Ihren Fokus auf Ihren Charme
Heben Sie vor allem Ihre positiven Seiten und Ihre schönsten Persönlichkeitsmerkmale hervor. Beschreiben Sie, was

Ihnen am besten an sich gefällt, und tun Sie Ihr Möglichstes, um diese Seiten von Ihnen, die Sie lieben, zur Geltung zu bringen.

Verbannen Sie den »Calimerismus«

Wenn Sie den Calimero spielen, eine Zeichentrickfigur, die immer als Pechvogel dargestellt wird, sabotiert dies den Erfolg Ihrer Projekte. Das ist eine abwertende und kontraproduktive Haltung, die Ihnen schadet. Sie finden eine weitaus größere Befriedigung, wenn Sie sich akzeptieren und die Verantwortung für Ihr Wohlbefinden und Ihr Glück übernehmen.

Das innere »Home, sweet home«

TO-DO

Schaffen Sie sich ein inneres »Home, sweet home«
Sie müssen sich in Ihrem Inneren einen Zufluchtsort einrichten. Ungeachtet der Turbulenzen, die Sie in der Außenwelt zu überstehen haben, können Sie sich einen inneren Rückzugsort schaffen, an dem Sie jederzeit Ruhe und Gelassenheit finden können.
Durch eine Art Meditation finden Sie jederzeit den Weg dorthin: Schließen Sie die Augen, konzentrieren Sie sich auf Ihre

Atmung. Atmen Sie durch die Nase ein und behutsam durch den Mund wieder aus. So verlangsamen Sie Ihren Herzschlag und treten wieder in Verbindung mit sich selbst. Dann können Sie sich Ihren Zufluchtsort des inneren Friedens als ein fabelhaftes Haus oder einen wunderbaren, wohltuenden Ort vorstellen. Fügen Sie visuelle, klangvolle, geruchsintensive Elemente hinzu. Machen Sie sich diesen Ort Tag für Tag zu eigen, um dorthin zurückkommen zu können, wann immer Sie es brauchen.

Das Win Book

Wie wäre es, wenn Sie eine Sammlung von Bildern ganz neuer Art anlegen würden – die Ihrer kleinen Siege wie auch Ihrer großen Erfolge? Damit können Sie an jedem Tag Ihr Selbstvertrauen verstärken.

TO-DO

Kleinste Herausforderungen – größte Auswirkungen
Stellen Sie sich so oft wie möglich kleinen Herausforderungen. Tragen Sie dann Ihre Erfolge in Ihr *Win Book* ein. Lesen Sie sie immer wieder durch, um sie fest zu verankern und das Bild, das Sie von sich selbst haben, zu verändern.

REGISTERKARTE 2

»Zwischen mir & dem anderen«

Das doppelte Ich

Der andere ist ein anderer. In der Liebesbeziehung besteht das Schlüsselmoment darin, die Andersartigkeit besser zu begreifen. Denn jeder hat eine ganz spezielle Persönlichkeit mit bestimmten Wahrnehmungs-, Verhaltens- und Kommunikationsweisen, die nur ihm zu eigen ist. Oft entstehen die Streitigkeiten und das Fehlverhalten innerhalb einer Beziehung aufgrund dieser Verschiedenheit. Versteht man die Unterschiedlichkeiten und spezifischen Bedürfnisse des anderen besser, so läuft alles viel reibungsloser.

TO-DO

Erstellen Sie ein Profil Ihrer Persönlichkeit

Wären Sie in der Lage, das Profil Ihrer Persönlichkeit und das Ihres Partners genau zu beschreiben? Wenn Sie Tools wie die Prozesskommunikation oder den MBTI (Myers Briggs Type Indicator) verwenden, haben Sie die Möglichkeit, sich selbst besser kennenzulernen, aber auch, die Persönlichkeit Ihres Partners genauer zu erfassen. Das ist überaus wertvoll, um die Unterschiede ohne Bewertung zu akzeptieren – die Art der Reaktion, der Wahrnehmung, der Funktion, aber auch die Bedürfnisse und speziellen Motivationshebel. Die Prozesskommunikation ermöglicht es auch, die Reaktionen unter Stress kennenzulernen und vorauszusehen, um Spannungen und Beziehungskrisen besser meistern zu können.

Finden Sie die richtigen Worte

Die Art, wie Sie mit Ihrem Partner sprechen, zählt genauso wie das, was Sie ihm sagen. Um »gehört« zu werden, also damit Ihre Botschaften gut aufgenommen werden, müssen Sie die richtige Intonation sowie die passende Formulierung wählen. Jede Art von Persönlichkeit hat eine bevorzugte Kommunikationsweise. Was funktioniert? Wenn Sie sich deutlich, klar und knapp ausdrücken? Wenn Sie verspielt und emotional sind? Wenn Sie spritzig sind oder genau das Gegenteil, ruhig und zurückhaltend, ohne großes Drumherum?

Ein Tool wie die Prozesskommunikation unterstützt Sie in der Kunst, eine harmonische Beziehung zu führen.

Die emotionale Schleuse

Wir alle haben unsere Ärgernisse des Alltags. In einer Paarbeziehung muss man die Grenze ziehen können zwischen »teilen« und den anderen mit seiner Laune »infizieren«.

Davon leitet sich der Begriff der emotionalen Schleuse ab.

TO-DO

Finden Sie einen Platz der Entspannung für sich
(einen Ort zum Reden außerhalb der Beziehung, eine körperliche Aktivität, um das Übermaß an Emotionen abzubauen), um die Beziehung nicht unnötig zu belasten.

Teilen bedeutet nicht zwangsläufig, seinem Herzen Luft zu machen
Es ist wichtig, dass man sich seinem Partner anvertrauen kann, allerdings im richtigen Maß. Versuchen Sie daher zu spüren, wann Sie zu einem »emotionalen Überschuss« neigen. Denn dann besteht die Gefahr, dass Ihr Partner davon angesteckt wird, und es ist weder seine Rolle noch seine Aufgabe, damit fertigzuwerden (dafür gibt es Fachleute).

Handeln Sie vorausschauend

Trotz aller Schwierigkeiten empfiehlt es sich, eine offene und positive Haltung gegenüber Lösungsvorschlägen, die sich anbieten, einzunehmen. Der Partner wird Ihre Entschlossenheit, nicht in Ihren Problemen stecken zu bleiben, und Ihren Willen, die Dinge zum Besseren zu verändern, in hohem Maße zu schätzen wissen.

Den Gral zu finden bedeutet in diesem Fall: den Weg zu seiner affektiven Autonomie zu finden. Streichen Sie die Begriffe »besitzen« und »gehören« im Zusammenhang mit der großen Liebe. Der Partner darf nie als Eigentum betrachtet werden. Außerdem ist es nicht seine Aufgabe, Ihre Mängel auszugleichen. Andernfalls kann dies einen großen Druck erzeugen und eine sehr funktionsgestörte Beziehung zur Folge haben. Es bringt viel Leid mit sich, wenn man den anderen für sein Glück verantwortlich macht. Die Belastung ist zu schwerwiegend! Um den Prozess der Entfaltung Ihrer Fähigkeiten, Anlagen und Möglichkeiten erfolgreich zu Ende zu führen, sehen Sie sich alle Punkte der Registerkarte noch einmal an.

TO-DO

Lieben Sie mit Abstand

Untersuchen Sie, wie selbstständig Sie in Bezug auf Ihren Partner sind. Listen Sie alles auf, was Sie unabhängig vom anderen tun, und finden Sie heraus, was Sie nicht ohne den Partner tun würden.

Beginnen Sie ein Training der Independence Love

Setzen Sie sich kleine Ziele, wenn Sie dem Prozess der Entfaltung Ihrer Fähigkeiten folgen. Seien Sie stolz, wenn es Ihnen gelingt, die Dinge völlig selbstständig in die Hand zu nehmen.

Lassen Sie Freiraum

Lassen Sie Ihrem Partner genug Freiraum sowie Zeit für sich selbst, und spielen Sie die Vertrauenskarte aus.

Der Gap der Bedürfnisse

Ein Gap ist ein Graben. In einer Paarbeziehung können unterschiedliche Bedürfnisse diesen Graben vertiefen. Es sei denn, man akzeptiert, nicht alles gemeinsam zu machen oder sich nicht um jeden Preis in allen Punkten so ähnlich wie möglich sein zu wollen.

TO-DO

Befassen Sie sich mit Ihren Bedürfnissen

Zeichnen Sie eine Tabelle mit zwei Spalten. Listen Sie links die Dinge (Aktivitäten, kleine Freuden, Interessen) auf, die Sie stärken, die Ihnen positive Energie vermitteln und Freude bereiten. Führen Sie rechts die Bedürfnisse Ihres Partners auf. Vergleichen Sie diese mit Ihren eigenen. Wo haben Sie gemeinsame, wo unterschiedliche Bedürfnisse?

Besprechen Sie die Unterschiede mit Ihrem Partner, und finden Sie Kompromisse, um festzustellen, wie jeder von Ihnen seine speziellen Bedürfnisse selbstständig befriedigen kann.

Kultivieren Sie einen offenen Geist

Ankommen, Offenheit und Vorurteilslosigkeit. Um sich zu lieben, muss man nicht in allen Punkten übereinstimmen. Ganz im Gegenteil. Diese Unterschiede bedeuten Vielfalt und Ergänzung für die Paarbeziehung. Verzichten Sie darauf, den anderen um jeden Preis zu Ihrem Geschmack und Ihren Vorlieben »bekehren« zu wollen.

Das Gift der Erwartungshaltung

Solange man nicht voll und ganz bereit ist, die Verantwortung für die Befriedigung seiner Bedürfnisse zu übernehmen, neigt man dazu, darauf zu warten, dass der Partner dies für uns übernimmt. Doch häufig kann er das nicht. Dies erscheint durchaus logisch, da es nicht seine Rolle ist. Diese Erwartungshaltung führt unweigerlich zu Frust und einer geballten Anhäufung von Vorwürfen gegenüber Ihrem Partner, dem Sie vorwerfen, Ihre Bedürfnisse nicht befriedigen zu können.

TO-DO

Unterscheiden Sie zwischen gerechtfertigten und übermäßigen Erwartungen
Schreiben Sie diese auf.

Kommunizieren Sie auf intelligente Weise

Hören Sie auf, den Partner mit Vorwürfen zu überschütten. Was die gerechtfertigten Erwartungen angeht: Sagen Sie ihm deutlich und direkt, was Sie sich wünschen (das ist auch für ihn von Nutzen und erspart ihm, Frau Sybille zu fragen). Beispiel: »Ich würde mich freuen, wenn wir am Wochenende allein wären, ohne Kinder. Warum gehen wir nicht am Samstagabend ins Restaurant?« (Gerechtfertigt, präzise, wohlwollend.) »Nie versuchst du, mir Freude zu machen!« (Negativ, schwammig und unproduktiv.)

Die Spannung der Begierde

Die Begierde ist wie das Seil beim Seilziehen: zu locker, wenn kein richtiger Zug dahinter ist, und zu gespannt, wenn die »richtige Distanz« nicht stimmt (affektive Abhängigkeit, zwanghafte Liebe, Bitterkeit, Frust ...). Um eine gute Spannung der Begierde zu erreichen, müssen beide, wie beim Seilziehen, gleichmäßig mitmachen, dann wird ein harmonisches Gleichgewicht hergestellt. Zieht der eine zu sehr daran, zieht der andere etwas lockerer. Zieht einer nicht genug, leidet der andere oder er langweilt sich.

TO-DO

Bilanz ziehen

Ermessen Sie anhand einer Skala von 1 bis 10, wie begehrenswert Sie sich für Ihren Partner halten. Schreiben Sie dann alle Gründe auf, die dafür verantwortlich sein könnten, dass das Begehren zwischen Ihnen nachgelassen hat.

Neuaufflammen der Begierde

- Spielen Sie alle Facetten Ihres Charmes aus, indem Sie sich geheimnisvoll geben, eine gewisse Unzugänglichkeit kultivieren wie einen geheimen Garten. Geben Sie dem Partner durch Ihre Haltung auf diskrete Weise zu verstehen, dass er sich nicht einzubilden braucht, Sie erobert zu haben.
- Strahlen Sie, achten Sie auf sich, und nehmen Sie die Entwicklung Ihrer Persönlichkeit selbst in die Hand.
- Pflegen Sie weitere Leidenschaften, damit Sie sich nicht auf ein einziges Objekt der Begierde fixieren – den Mann oder die Frau Ihres Herzens – und nicht alle Ihre Erwartungen auf ein und dieselbe Person konzentrieren.

Intensives Zuhören

Das ist das kostbarste Geschenk, das Sie Ihrem Liebsten machen können. Nur wenige Menschen hören wirklich dem anderen zu, widmen ihm ungeteilte Aufmerksamkeit und sind voll und ganz für ihn da.

TO-DO

Trainieren Sie die vollkommene Aufmerksamkeit
Hören Sie dem Partner zu, ohne ihm ins Wort zu fallen oder sofort Ihre Meinung oder Ihre unangebrachten Ratschläge zum Besten zu geben. Achten Sie auf seine Gefühle und Empfindungen. Schenken Sie dem Partner besondere Aufmerksamkeit, damit er sich verstanden fühlt ... und einmalig.

Die schwebenden Momente

Um die Flamme wieder zum Glühen zu bringen, zählt nicht, wie viel Zeit man miteinander verbringt – was zählt, ist die Qualität dieser Zeit.

TO-DO

Finden Sie heraus, was Ihre »schwebenden Momente« sein könnten

Erstellen Sie eine Liste der Momente mit Ihrem Liebsten, in denen Sie sich »zeitlos« gefühlt haben, wie für einen Augenblick in die Ewigkeit versetzt. Besprechen Sie mit Ihrem Partner, wie Sie in Ihrem Leben einen Raum für diese »besonderen Momente« einräumen könnten. Sorgen Sie dafür, dass dies möglich wird.

Der schwarze Amor

Die Pfeile des schwarzen Amor sind Gift für ein Paar, denn sie gefährden Ihrer beider Gleichgewicht und können sogar zur Trennung führen.

Eifersucht, Besitzanspruch, Entscheidungsfindung …

Jeder schwarze Amor verbirgt einen Anteil von Ihren Verletzungen, der beachtet, respektiert und getröstet werden muss.

TO-DO

Beschreiben Sie Ihren schwarzen Amor
Versuchen Sie, diesen mit Nachsicht und Selbstironie zu vertreiben. Sprechen Sie allein oder mit anderen über das, was Sie verletzt.

Suchen Sie sich Ihre Wundsalben
Bringen Sie zum Ausdruck, was erforderlich ist, um diese Kränkungen abzustellen. Führen Sie intensive Gespräche mit Ihrem Partner, und legen Sie ihm Ihren Entschluss dar, Ihren schwarzen Amor auszumerzen. Schenken Sie sich gegenseitig positive Aufmerksamkeit, Wohlwollen und die Versicherung einer ungeschmälerten, unerschütterlichen Zuneigung.

Der Eid des Heuchlers

Der Treueid ist ein großartiger frommer Wunsch, doch in Wirklichkeit ein bloßes Versprechen, das häufig schwer zu halten ist. (Die Zahlen sprechen für sich.) Heuchelei bedeutet, vorzugeben, sich niemals von einer Person außerhalb der Partnerschaft angezogen zu fühlen, keine Begierde, auch kein Verlangen nach ihr zu haben. Man weiß jedoch genau, dass das, gerade bei einer langen Beziehung, absurd ist. Wer benötigt nicht hin und wieder einmal eine Rückversicherung, was seine Verführungskunst betrifft? Wer braucht nicht das Prickeln des

Neuen, von neuen Erfahrungen? Außerdem übt gerade das Verbotene einen Reiz aus. Die Vorstellung ist keineswegs, »zu etwas anzutreiben«, sondern dieses Postulat unter den beiden Partnern als Teil der Spielregeln der Liebe zu akzeptieren. Und vielleicht zu riskieren, innerhalb der Paarbeziehung einen möglichen Raum für die freie Meinungsäußerung über das Thema zu lassen. Man muss dem anderen zuhören, die Entwicklung seines Begehrens begreifen und über eventuelle Enttäuschungen diskutieren. Offenheit und Kreativität können es ermöglichen, den Fallen der Heuchelei zu entgehen.

TO-DO

Testen Sie Ihre Libido!
Wie steht es mit dieser innerhalb Ihrer Paarbeziehung? Sollte sie den Tiefpunkt erreicht haben: Woran könnte das liegen?

Gehen Sie auf die Schatzsuche nach Ihren erogenen Zonen
Glauben Sie, vom Weg des Begehrens abgekommen zu sein? Das ist lediglich ein Eindruck! Forschen Sie weiter, öffnen Sie neue Türen, erkunden Sie andere Quellen der Erregung, und finden Sie heraus, welche Ihrer Sinne am stärksten reagieren – ist es das Gehör? Der Tastsinn? Der Geschmacks- oder Geruchssinn? Das Sehvermögen? Was stimuliert Sie?

Wagen Sie den Dialog
Vielleicht trauen Sie sich nicht, mit Ihrem Partner über Ihre heißesten Begierden zu sprechen, aus Scham, aus Angst vor

Wertung. Vielleicht aber bewegen Ihren Partner dieselben Gedanken, und er leidet vielleicht unter der erotischen Intransparenz. Wenn Sie in Bezug auf diese Fragen einen Bereich des intimen Zwiegesprächs schaffen, können Vertrauen und Offenheit eine große Erleichterung bewirken. Außerdem besteht die Möglichkeit, die Liebesmotivation wiederzufinden. Womit kann man die Versuchung des Ehebruchs vermeiden? Der Weg der Aufrichtigkeit und Authentizität bezeugt auf jeden Fall mehr Respekt und Wertschätzung gegenüber der Beziehung als die Heuchelei.

Die polyästhetische Liebe

Häufig wird durch das Festhalten an einer Art von Liebe – der verliebten Liebe – Schmerz erzeugt. Es scheint riskant zu sein, sich auf einen einzigen Menschen zu fokussieren, da es verhängnisvolle Auswirkungen haben kann (die Angst, den anderen zu verlieren, übermäßiges Festklammern, Abhängigkeit, Eifersucht, Frust).

Das Konzept der polyästhetischen Liebe ermöglicht es, die Liebe in allen Formen zu erkunden und zu erleben. Liebe wird hierbei sehr facettenreich betrachtet. Man kann das Leben lieben, die Menschen, das Schöne, das Gute, die Liebe selbst.

TO-DO

Finden Sie alle weiteren Quellen von Emotionen in Ihrem Leben, neben der des verliebten Liebesgefühls.
Sind es Menschen? Ist es Kunst? Aktivitäten? Umstände?
Was löst Ihr Erstaunen aus, unterstützt Ihre Sensibilität, vermittelt Ihnen prickelnde Gefühle?

Die Ausgewogenheit des verliebten Gefühls

Die Harmonie in der Beziehung besteht in dem subtilen Ausgleich zwischen der Kunst des Gebens und der Kunst des Empfangens.

TO-DO

Zeichnen Sie die Skizze einer Waage in Ihr Heft
Auf welcher Seite neigt sich die Waagschale in Ihrer Beziehung am stärksten? Haben Sie den Eindruck, mehr zu geben oder mehr zu empfangen?

Befragen Sie sich selbst

Wie steht es mit Ihrer Fähigkeit zu empfangen?
Wie steht es mit Ihrer Fähigkeit zu geben?

Frisch verliebt auf Dauer

Wer verspürt nicht den Wunsch, dass seine Beziehung die Heiterkeit und Frische der Anfangszeit bewahren möge? Es ist durchaus möglich, diese prickelnde Atmosphäre beizubehalten. Sie brauchen lediglich die erforderliche Energie dafür aufzuwenden. Genauso, wie das Wasser die Mühle in Bewegung setzt, nähren Ihre kleinen Aktionen Ihre Liebesmotivation und sorgen dafür, dass die Flamme nicht erlischt und kräftig bleibt. Je weniger Sie dafür tun, umso weniger Lust haben Sie, überhaupt etwas zu machen. Dagegen gilt: Je mehr Sie sich einbringen, desto mehr untermauern Sie starke Gefühle bei Ihnen und Ihrem Partner oder Ihrer Partnerin.

TO-DO

Prüfen Sie, ob der Liebesapfel gut gezuckert ist

Beobachten Sie, ob Sie in Ihrer gegenwärtigen Beziehung Momente der Freude, der Leichtigkeit, der Spontaneität und der Kreativität erleben.

Lockern Sie die Zügel Ihrer Liebes-Kreativität
Lassen Sie das Zaumzeug Ihrer verliebten Kreativität los. Jetzt ist Brainstorming angesagt. Listen Sie unzensiert alle Ideen, die Ihnen durch den Kopf gehen, auf, machen Sie Ihrem Partner ein attraktives Angebot, und handeln Sie mit Freude.

Der Spiegel der Beziehungen

Keine Begegnung geschieht zufällig. Jede fremde Person, der Sie begegnen, hält Ihnen unwillkürlich einen symbolischen Spiegel vor, der harmlos aussieht, Sie aber dazu bewegt, Ihre eigenen Begierden, Bedürfnisse und Mängel zu hinterfragen. Der andere fungiert sowohl als Entwickler als auch als Auslöser, um Ihnen ins Bewusstsein zu bringen, was in Ihnen vor sich geht. Natürlich nur, wenn Sie darauf achten ...

TO-DO

Folgen Sie der Einladung zu einer Reise nach innen
Inwiefern findet das, was Sie bei Ihrem Partner berührt, in Wirklichkeit in einem Teil Ihrer eigenen Person eine Resonanz (Begierden? Mängel? Kränkungen?)?

Der Konflikt der Konflikte

Unausgesprochenes, Frustrationen, Klagen und Konflikte in der frostigen ehelichen Verdrossenheit ... Die Konflikte schwelen unter einer dicken Fettschicht der Beziehung. Eine Fülle von Enttäuschungen und Grübeleien hat sich da angesammelt. Die Krise ist nicht fern, aber vermeidbar, wenn man bereit ist, einige Gewohnheiten und Verhaltensweisen zu verändern. Man sollte die Kunst der Kompromisse pflegen und ein gutes Umfeld für Flexibilität, Toleranz und Zuhören schaffen. Kümmern Sie sich stetig um die Beziehung, und kehren Sie den Staub von Kümmernissen nicht unter den Teppich.

TO-DO

Entrümpeln Sie schrittweise
Bringen Sie die Kleinigkeiten, die Sie stören, taktvoll und behutsam, aber umgehend zum Ausdruck. Vermeiden Sie unbedingt, dass es dabei zur Explosion oder zu einem Nervenzusammenbruch kommt.

Respektieren Sie das Terrain Ihres Partners
Harmonisch zusammenzuleben bedeutet, die Intimsphäre des Partners zu respektieren. Achten Sie darauf, dass er seinen eigenen Bereich hat, für seine Geschäfte, für seinen Rückzug ...

Diskutieren Sie nach allen Regeln der Kunst

Das beinhaltet: Nicht heftig werden und die Sprechzeit jedes Einzelnen respektieren, und zwar abwechselnd. Empathisch, aufrichtig und aufnahmebereit zuhören. Die Argumente und den Standpunkt des Partners prüfen und Verständnis dafür aufbringen (der authentische Eindruck, »gehört« zu werden, entschärft den Zorn im Nu).

REGISTERKARTE 3

»Zwischen mir & der Welt«

Die Lebensaufgabe

Die Idee der »Lebensaufgabe« besteht darin, dass Sie sich so gut wie möglich den Lebensweg vorstellen, der Ihnen am meisten entspricht. Das heißt, dort zu sein, wo Sie sein möchten, dort zu sein, wo Ihre Talente und Eigenschaften am besten zur Geltung kommen. Wenn Ihre Lebensoptionen mit Ihrem inneren Wesen übereinstimmen, können Sie der Welt das Beste von sich geben. Daher stammt der Begriff Selbstverwirklichung.

TO-DO

Stellen Sie »Ich-Listen« auf

Die Liste Ihrer eigentlichen Talente.

Ihrer schönsten Erfolge.

Der Umfelder, die Ihnen am meisten zusagen.

(Beschreiben Sie diese genau.) Der Personen (Freunde und Feinde), die für Sie Quellen der Kraft sind, und derjenigen, die giftig sind für Sie.

(Treffen Sie eine Auswahl.)

Erstellen Sie eine Karte Ihrer Leidenschaften

Zeichnen Sie die Mindmap der Aktivitäten und Themen, die Ihnen im Leben am meisten Spaß machen.

Lösen Sie Ihre Bremsen

Erstellen Sie eine Liste Ihrer Bremsen, Widerstände, Blockaden. Denken Sie über jede einzelne Behinderung nach, oder lassen Sie sich professionell helfen, um sie nach und nach zu beseitigen. Dass Sie daran denken, hilft bereits dabei, Abstand zu gewinnen. Schlagen Sie eine Strategie der kleinen Schritte ein. Stecken Sie sich machbare, aufwertende Ziele. Entwickeln Sie eine Strategie für die Mittel und Wege sowie einen präzisen Aktionsplan, um Ihre Projekte konkret werden zu lassen.

Die Gegenprophezeiung vom Misserfolg

Wie auch immer Ihr bisheriger Weg verlaufen ist, es gibt keine Fügung des Schicksals. Sie können jederzeit entscheiden, dass heute der erste Tag Ihres neuen Lebens beginnt. Es ist nie zu spät. Hören Sie nicht auf Menschen, die versuchen wollen, Ihnen das Gegenteil einzureden. Streichen Sie die Begriffe »nie« und »immer« aus Ihrem Vokabular: Sie untermauern nur falsche Vorstellungen und wollen Ihnen weismachen, dass sich negative Schemata ewig wiederholen. Aber wer hat die Macht, Ihrem Lebensweg eine andere Richtung zu geben? Nur Sie allein! Glauben Sie an sich, geben Sie sich Mühe, und halten Sie durch.

TO-DO

Ändern Sie Ihre Haltung

Informieren Sie sich über die Techniken der mentalen Neueinstellung: die Neurowissenschaften (etwa in *Le Cerveau du Bonheur* von Rick Hanson), die NLP, die Gestalttherapien oder die kognitiven Verhaltenstherapien. Sie können von großem Nutzen sein, vor allem, wenn Sie sich dafür entscheiden, selbst für Ihren Erfolg verantwortlich zu sein! Es braucht Mut, Willenskraft, Ausdauer – und schon bald werden Ihre Anstrengungen Früchte tragen.

Der Grund, stolz auf sich zu sein

Um Ihren Erfolgsweg bis zum Ende durchzuhalten, ist es in erster Linie wichtig, auf Ihren Verstand einzuwirken. In der Neurowissenschaft kennt man heutzutage die Auswirkung einer positiven Beeinflussung des Gehirns. Es ist sehr motivierend, wenn man Gründe findet, stolz auf sich zu sein. Aber häufig nimmt man sich nicht die Zeit, sich daran zu erinnern oder seine Motive für den Stolz ausreichend zur Geltung zu bringen. Wenn man diese jedoch aufschreibt und vor Augen hat, kann man sie fest bei sich verankern und somit ein Maximum an positiver Wirkung erzielen. Finden Sie neue Ideen, die Sie umsetzen können und die Ihnen erneuten Anlass bieten, stolz auf sich zu sein.

TO-DO

Malen Sie den Schwan Ihres Erfolges

Suchen Sie sich im Internet eine Zeichnung von einem Schwan mit schwarzem Gefieder. Pausen Sie ihn auf einen verstärkten Karton durch. Malen Sie den Hintergrund aus, damit sich der Schwan gut davon abhebt. Schaffen Sie im Zentrum der Zeichnung einige »Zonen«, zufällige Bereiche, die durch eine schwarze Linie voneinander abgegrenzt sind.

Schreiben Sie in bestimmten Zonen schwarz auf weiß Ihre Anlässe auf, stolz zu sein, und zwar auf künstlerische und kalligrafische Weise.

Malen Sie in anderen Zonen einfache grafische Motive auf (Streifen, Punkte, gekrümmte Linien, Spiralen, Pflanzenmotive etc.).

Das Rad der Veränderung

Vertrauen Sie dem Prozess der Veränderung: Sobald Sie die vorgesehene Veränderung durch eine erste Handlung, der Sie einen hohen Wert beimessen, in Gang gebracht haben, wird sich das Übrige nach und nach einpendeln. Die eine Veränderung zieht die nächste nach sich. Lediglich der erste Schritt ist mühsam.

TO-DO

Visualisieren Sie Ihren Prozess der Veränderung
Zeichnen oder drucken Sie aus dem PC eine Abbildung eines Räderwerkes mit mehreren kleinen Rädern aus. Schreiben Sie unter jedes Rad die Entscheidung, die Sie treffen wollen, und unter das nachfolgende Rad die positiven Reaktionen, die das hervorrufen wird. Verfahren Sie genauso mit den übrigen Rädern. Damit haben Sie alle Entscheidungen, die Sie treffen wollen, sowie die positiven Reaktionen, die sich daraus ergeben, vor Augen.

Das Gleichgewicht ist ein »Stabile«

Stabilität und Mobilität zusammen bilden ein Stabile (Mobile) nach dem Vorbild der Skulpturen des Bildhauers Calder und seiner berühmten »Stabiles«. Denken Sie über das Gleichgewicht in Ihrem Leben nach. Finden Sie einen Punkt, der sich zwischen Stabilität (bei Calder der Sockel, ein fest im Boden verankertes Teil) und Mobilität (ein leichter Teil, frei und in Bewegung) befindet. Eine übermäßige Stabilität kann Langeweile, Frust, Erstarrung der Seele nach sich ziehen. Eine übermäßige Mobilität kann Flucht nach vorne bedeuten sowie andauernde Entwurzelung, Zersplitterung und die Unfähigkeit, sich zu engagieren.

Harmonie entsteht durch die feine Dosierung beider.

TO-DO

Malen Sie Ihr persönliches Stabile in Ihren Love Organizer, indem Sie sich von der Kunst von Calder inspirieren lassen.

Überlegen Sie:

1. *Ihr Stabilitätssockel:* Was müssen Sie tun, um Ihre materielle, affektive und emotionale Stabilität zu verstärken? Welches sind die wichtigen Stützen Ihres Lebens, auf die Sie bauen können? Welches sind die täglichen Rituale, die Sie in einer positiven Realität verankern?
2. *Ihr mobiler Teil:* Welche Aktivitäten, Projekte und Bestrebungen setzen Sie in Bewegung, die Erneuerung für Ihr Leben, frischen Wind, Begeisterung und Kreativität bedeuten? Welche kleinen Herausforderungen können Sie sich einfallen lassen, um aus Ihrer Komfortzone herauszukommen? Welche Befriedigung empfinden Sie, wenn Sie Ihre Kühnheit zur Geltung kommen lassen?

Schreiben Sie die wichtigsten Schlüsselwörter um Ihre Zeichnung des Stabiles herum auf.

REGISTERKARTE 4

»Meine Beschlussfassungen«

Tragen Sie hier Ihre Verpflichtungen ein und führen Sie eine To-do-Liste. Vergessen Sie nicht, sich ein Timing zu setzen, eine Deadline. Wer? Wann? Was? Warum? Für wann? Wenn man seine Ziele genau definiert, vervielfachen sich die Chancen, sie zu erreichen.

REGISTERKARTE 5

»Meine Resultate und Begehungen«

Es ist sehr wichtig, dass Sie nach und nach Ihre Fortschritte und Erfolge aufschreiben und sich selbst dazu gratulieren. Haken Sie jedes erreichte Ziel mit einem Aufkleber oder einem Stempel ab, als Zeichen des Erfolges. Notieren Sie schwarz auf weiß Ihre großen und kleinen Erfolge, und Sie werden echte Zufriedenheit empfinden. Diese sind der Treibstoff, um Ihren Weg der Veränderung weiterzugehen.

DANKSAGUNG

In erster Linie möchte ich meinen beiden Verlagen, Plon und Eyrolles, danken, dass dieses Buch, mein drittes, entstehen konnte.

Mit Piere habe ich mich mehr als einmal getroffen. Ich danke ihm, dass er meinem Amor Flügel verliehen und mir einen guten Platz bei Editis inmitten seines wunderbaren Teams angeboten hat.

Ich führe hier lediglich die Vornamen der jeweiligen Personen auf, aber sie alle wissen, wie viel Dankbarkeit ich ihnen schulde und welche Zuneigung ich für sie empfinde – Caroline und Thierry, Carine und Marie-Christine, Fabrice, Sofia … und so viele andere. Ich danke May für ihre erstklassige Recherche über die Lizenzrechte.

Ich danke euch allen, dass ihr meine Herzensfamilie seid.

Ein riesiges Dankeschön gilt auch meiner Familie. Die unerschütterliche Unterstützung meiner Familienangehörigen, die jedes Mal meine Inspiration beflügeln und mir helfen, die unglaubliche Herausforderung, das Verfassen eines neuen Romans, bis zum Ende durchzuhalten.

Ich danke meiner Zwillingsschwester, meiner schwesterlichen großen Liebe.

Herzlichen Dank an meine Mutter Claudine, ja, und Claude

und Mamie Didine – augenzwinkernde Komplizen –, eine gesegnete Verbindung, eine göttliche Gemeinschaft.

Ich danke auch den Männern meiner Familie sowie Régis und unserer guten Beziehung. Meinem Vater François, meinem Bruder Christophe und meinem Schwager Philippe. Es berührt mich, dass sie stolz auf mich sind, und spornt mich an, weiterzumachen.

Mein Dank gilt auch Paule und Didier für ihre stete Zuneigung.

Auch den Kindern meiner Familie möchte ich danken, denn sie sind meine ganze Freude: mein Sohn Vadim, Joë, Nina und Emile. Ich freue mich besonders, sie auf dieser Seite zu erwähnen, denn sie bereichern jede Seite meines Lebens.

Nick Gentry bin ich zu Dank verpflichtet, da er bereit war, aus der Realität in die Fiktion zu treten, indem er mir gestattete, ihn in meinem Roman unter seinem Namen als Künstler auftreten zu lassen.

Aber der allergrößte Dank gebührt Ihnen, meinen lesenden Freundinnen und Freunden, die Sie mir die Ehre erweisen, meinen Weg zu begleiten. Sie geben mir so viel mit Ihren wunderbaren Zuschriften, die mir jeden Tag von Neuem Kraft als Schriftstellerin geben.